무한 정의

限
無 義
正

무한 정의

나카무라 히라쿠 지음 　　　　　 **이다인** 옮김

지은이 ── 나카무라 히라쿠 中村 啓

사이타마현 와코시에서 태어나 도쿄도 무사시노시에서 자랐다. 제7회 '이 미스터리가 대단하다!' 대상에서 우수상 및 WEB독자상을 수상하며 『영안(국내 미출간)』으로 데뷔했다. 이색적인 과학 미스터리 장르의 『SCIS 과학 범죄 수사반 ~천재 과학자 모가미 유키코의 도전~(국내 미출간)』 시리즈가 2022년에 드라마 『판도라의 과실 ~과학 범죄 수사 파일~』로 제작되며 주목을 받았다.

옮긴이 ── 이다인

연세대학교에서 국어국문학을 전공했다. 글밥아카데미에서 일어 출판번역 및 영상번역 과정 수료 후 현재 바른번역 소속 번역가로 활동 중이다. 가깝지만 먼 두 나라에 대한 깊은 이해와 애정을 바탕으로 더 나은 번역을 위해 끊임없이 고민하며 지내고 있다. 옮긴 책으로는 〈레드클로버〉, 〈환상의 그녀〉, 〈나는 반년만 일한다〉, 〈THE FORMAT〉이 있다.

차례

프롤로그   3

제 **1** 장   9

제 **2** 장   159

제 **3** 장   297

에필로그   421

일러두기
등장인물의 이름은 일본어 발음으로 표기하였으며, 인명을 제외한 일본어 단어는 국립국어원의 외래어표기법을 따랐습니다.

프롤로그

노인요양시설 '히마와리' 부지 내의 테니스코트 한 면쯤 되는 크기의 정원에서 야쿠시마루 료이치는 오래된 벤치에 앉아 휠체어를 탄 아버지 카즈오의 모습을 가만히 바라보았다.

3월 중순으로 접어든 오늘은 날씨가 비교적 화창해 아버지는 플란넬 소재의 카키색 체크무늬 셔츠에 검은색 코듀로이 팬츠를 입고 그 위에 밤색 카디건을 걸친 가벼운 차림에도 춥지 않아 보였다. 료이치는 출근복인 짙은 회색 정장 위에 가벼운 베이지색 맥코트를 입고 있었다. 넥타이는 네이비색의 명품 브랜드 제품을 맸다. 생일에 아내가 선물해 준 것이었다. 패션에 크게 관심은 없지만 넥타이만큼은 신경을 쓰는 편이었다.

정원의 벚나무는 꽃봉오리가 부풀어 오르기 시작했고 화단에는 프리지어와 히아신스 같은 초봄에 피는 꽃들이 곱게 자라 있었다.

올해 75세인 아버지는 3년 전 치매 진단을 받았다. 아버지가 걸린 루이소체 치매는 기억 장애를 비롯한 인지 기능의 저하, 환시, 그리고 손발 떨림과 같은 파킨슨 증상을 보이는 치매의 한 종류로 알츠하이머 치매 다음으로 가장 흔한 것으로 알려져 있다. 인지 기능에 변화가 생기는 것이 특징인데다 카즈오의 경우에는 일시적인 의식 장애도 있어 정신이 맑을 때와 흐릿

할 때의 차이가 컸다.

어머니는 이미 12년 전에 세상을 떠났고 우라와에서 지내던 아버지를 더는 혼자 생활하시게 둘 수 없어 작년에 샤쿠지이코엔역 근처에 있는 요양시설로 모셨다. 료이치가 사는 네리마구 사쿠라다이에서 가까워 들르기도 편했다.

일주일에 한 번은 꼭 찾아뵈려 노력하는 편이었다. 올해 들어 급격히 야위어 가는 아버지의 모습을 보며 남은 시간이 그리 길지 않으리라는 예감이 들어서였다. 아버지와 조금이라도 더 많은 시간을 함께 보내고 싶었다.

시설에 오면 함께 정원을 산책했다. 깨끗하고 정성스럽게 가꿔진 정원에는 각 계절에 맞는 꽃이 늘 피어 있었지만 어째서인지 예쁘다고 느낀 적은 없었다.

카즈오는 볕이 드는 곳에 가만히 앉아 있었다. 시선은 화단 쪽을 향해 있지만 꽃을 감상하는 것처럼 보이지는 않았다. 말을 걸어보지만 아까부터 반응이 없다.

료이치는 넥타이 매듭의 위치를 바로잡았다. 비뚤어지지 않는지 늘 신경을 쓰다 보니 매듭을 만지는 것이 습관이 되어버렸다.

"곧 진급 시험이 있어요. 하필 좀 까다로운 사건 때문에 특수본이 꾸려져서 요즘 많이 바쁘기는 한데 그래도 재작년부터 준비했으니까 아마 합격할 수 있을 거예요. 그럼 저도 드디어 경부(대한민국 경찰 계급 중 경감에 해당−옮긴이)예요."

야쿠시마루 료이치는 이케부쿠로경찰서 형사과의 강력계 소속 수사관으로 나이는 45세, 계급은 경부보였다. 강력계에서는 살인이나 강도 등을 저지른 흉악범을 쫓았다.

최근에는 이케부쿠로경찰서 관내에서 연쇄살인 사건이 발생해 특별수사본부가 신설된 탓에 눈코 뜰 새 없이 바빴다. 사실 아버지 면회는 엄두도 못 낼 상황이지만 상사에게 특별히 양해를 구해 오늘 한나절만 겨우 시간을 냈다.

1차 진급 시험은 4월 말로 예정되어 있었다. 지금이 한창 공부에 매진해야 하는 시기이지만 어쩔 수 없다. 그래도 경부 진급 시험은 올해로 두 번째인 데다 그동안 꾸준히 준비해 왔으니 시험을 통과할 자신이 있었다.

경부로 진급한 다음은 경시청(본청) 수사1과로 이동할 수 있기를 바랐다. 경시청 형사부 수사1과는 말하지 않아도 누구나 아는 에이스 부서다. 특별수사본부가 운영되고 있는 바로 지금, 본청 소속 간부들이 날카로운 시선으로 수사관들의 움직임을 관찰하고 있다. 그들의 눈에 들면 곧바로 본청으로 발탁되어 가는 것도 얼마든지 가능한 일이었다.

경찰은 상명하복의 질서가 명확한 군대식 조직이다. 위에 서지 않는 한 어떤 명령이든 따라야만 하는 신세다. 료이치는 어떻게든 높은 자리로 올라가고 싶었다. 삼류 대학을 나왔지만 이론상 경시정까지는 진급이 가능하다. 경시정이 되면 지방공무원에서 국가공무원으로 신분이 바뀔 뿐 아니라 지방경찰 본부장이나 경찰서장 자리까지도 노려볼 수 있다. 료이치는 그런 미래를 꿈꾸고 있었다. 출세와는 거리가 먼 중학교 교사 출신에 느긋한 성격의 소유자인 아버지는 의식이 또렷하다 한들 료이치의 이런 야망을 이해할 리 없었다.

"진급하면 월급도 조금은 오를 테니 매달 나가는 주택자금대출 상환액도 늘릴 수 있을 거예요. 에리코한테 기대기만 할 수는 없으니까요. 그래도 제가 남편인데 면목이 없잖아요. 그리고 앞으로는 카나의 유학 비용도 대야 하고요."

유명 종합상사에 다니는 아내 에리코는 공무원인 료이치에 비해 벌이가 훨씬 좋았다. 아버지의 요양시설 입원비가 무시할 수 없는 수준이라 주택 대출금은 거의 아내가 갚아나가는 상황이었다. 또 고등학교를 갓 졸업한 딸 카나는 올가을에 런던으로 발레 유학을 떠나기로 되어 있었다. 발레를 좋아하는 아내의 손에 이끌려 초등학교 1학년 때 억지로 발레를 배우기 시작한 카나는 어느새가 발레리나의 꿈을 키우기 시작하더니 지난겨울 꿈에 그리던 영국의 명문 발레학교 오디션에 합격했다. 물론 경찰 월급은 딸을 발레 학원에 보내거나 유학을 보내기에는 턱없이 부족했다. 비용은 아내 에리코가 전부 부담하겠다고 했지만 그렇다고 료이치가 한 푼도 보태지 않을 수는 없는 노릇이었다.

"우리 딸이 발레리나라니, 왠지 실감이 안 나요. 이러다 세계적으로 유명한 발레리나가 되면 어떡하죠? 그럼 저도 딸내미 덕 좀 보면서 편하게 살까 봐요."

료이치는 자조 섞인 웃음을 터트렸다. 그러다 문득 카즈오의 상태가 심상치 않음을 느꼈다. 어딘가 한 지점을 노려보고 있었다.

"아버지, 제 말 듣고 계세요?"

"그자야. 그자가 왔어."

카즈오는 몸을 벌벌 떨기 시작하더니 휠체어에서 일어나려는 듯 팔걸이를 꽉 움켜쥐었다.

아버지가 무엇을 보고 있는지는 굳이 확인할 필요도 없었다. 늘상 있는 일이었다. 환시였다. 루이소체 치매 환자가 겪는 환시 증상에는 여러 종류가 있는데 아버지가 보는 것은 대체로 검은 옷을 입은 중년 남자의 환영이었다. 그가 자신을 감시하고 있다고 믿었다.

"그자가 왔어. 뭘 봐! 저리 가지 못해!"

그런 사람은 없다고 아무리 말해봤자 소용없었다. 당신 눈에는 보이니 말이다.

카즈오는 휠체어에 앉은 채 팔다리를 버둥거리며 더욱 흥분하기 시작했다. 이쯤 되면 더는 손을 쓸 수 없었다.

"저리 가라고!"

"아버지, 병실로 돌아가요. 예?"

료이치는 아버지를 달래며 휠체어를 밀어 정원을 벗어났다.

오늘은 정신이 유독 맑지 못한 날이었다. 안타깝지만 앞으로는 상태가 좋아지는 일 없이 악화의 일로를 걸을 뿐이다.

료이치는 슬프고 암담한 기분에 잠겼다. 그리고 다음 진급 시험에 반드시 통과해 더 높은 곳으로 올라가겠다고 다시금 결의를 다졌다.

제 **1** 장

1

남자들은 하루의 노고를 위로하며 캔맥주로 건배를 했다.

밤 11시, 야쿠시마루 료이치는 자택 거실에 모여 앉은 동료들의 얼굴을 둘러보았다. 다들 몸도 피곤하고 마음도 편할 리 없지만 이때만큼은 웃음을 띠고 있었다.

료이치의 자택에서 하룻밤 자고 가기로 한 것은 이케부쿠로경찰서 형사과 강력계에서 함께 근무하는 타니가와 에이키치 순사부장, 소우마 세이치로 순사부장, 그리고 료이치의 이번 사건 파트너인 본청 수사1과의 오다기리 마모루 순사부장까지 세 명이었다. 이들은 여전히 정장 차림인 채 거실에 있는 소파에 앉아 있었다. 료이치가 소속된 강력계에는 타니가와와 소우마 외에도 요시노 사토루 순사와 홍일점인 후카다 유미 순사가 있는데, 두 사람은 관할서 내에 무술 훈련을 위해 마련되어 있는 도장에서 쉬고 있었다.

최근 이케부쿠로경찰서 관내에서는 반사회 집단의 구성원만을 노린 연쇄 살인 사건이 발생하고 있었다. 3주 전인 2월 21일, 스도구미의 조직원이 칼에 수차례 찔려 사망한 것을 시작으로 3월 2일에 미야모토구미의 전 조직원이, 그리고 3월 10일에 한구레 조직(일본의 소규모 범죄 집단으로 야쿠자에 비해 구성원들의 나이대가 젊은 것이 특징이다-옮긴이) 블랙체리의 멤버까지 약 일주일 간격으로 모두 칼에 찔려 살해당했다. 흉기는 길이가 15센티미터 정도 되는 서바이벌 나이프로 추정되었다. 살해당한 피해자들의 얼굴에는 칼로 X 표시가 새겨져 있었다. 다만 이와 관련해서는 함구령이 내려져 언론에는 발표

되지 않았다. 반사회 집단만을 노린 범행이라는 점에 주목한 언론에서는 거리를 깨끗이 하는 청소차에 빗대어 범인에게 '성소자聖掃者'('거리를 청소하는 성스러운 자'라는 뜻을 담은 이름으로 일본어로 청소차와 발음이 같다-옮긴이)라는 이름을 지어 주었다. 경찰에서도 편의상 그 이름을 사용하고 있었다.

수사는 이렇다 할 진전이 없는 상황이었다. 유일하게 최초 피해자인 스도구미 소속 이토 유야의 손톱 밑에서 범인의 것으로 추정되는 피부 조직이 발견되었지만 경찰이 보유한 피의자 DNA나 유류 감정물 DNA 데이터베이스에 일치하는 기록이 없었다. 초범일 가능성이 높았다. 목격 정보도 전무했다. 원한에 의한 범행인지 무차별 범행인지도 알 수 없었다. 수사는 장기화될 조짐을 보이고 있었다.

중대 사건이 발생해 특별수사본부가 설치되면 관할서 도장에서 먹고 자는 사람들이 나오기 시작한다. 료이치의 자택은 이케부쿠로경찰서에서 가까워 이날 하루만 특별히 동료들을 집에 초대하기로 했다. 과거에는 경찰서 안에서 술을 마시기도 했다지만 요즘은 그러기가 쉽지 않은 분위기다. 오랜만에 한잔 마시고 싶기도 했고, 술을 마신 뒤 편하게 씻고 일찍 자고 싶었다.

료이치는 야식으로 간단하게 오일 파스타와 냉토마토 샐러드를 대접했다. 맞벌이 부부라 집안일을 분담해서 해 왔다 보니 당연히 요리도 어느 정도는 할 줄 알았다. 동료들은 맛있다며 먹었고 그중에서도 특히 오다기리는 료이치가 요리를 할 줄 안다는 사실에 적잖이 놀란 듯했다. 오일 파스타는 만드는 방법이 어렵지 않고, 냉토마토 샐러드는 토마토를 잘라서 드레싱을 뿌리기만 했을 뿐인데 말이다.

아내 에리코와 딸 카나는 이미 잠자리에 든 것 같았다. 불규칙한 생활을 하는 아들 쇼타는 어쩌면 깨어 있을지도 몰랐다. 2층에 있는 자신의 방에 온종일 틀어박혀 지내는 탓에 알 수가 없었다. 료이치와 동료들은 목소리를 낮춰 대화를 나눴다.

타니가와는 커다래진 눈으로 거실 곳곳을 둘러보았다. 57세 돌싱남인 그는 미타카에 있는 공무원 주택에서 혼자 살고 있었다.

타니가와는 관리되지 않은 몸매에 늘 사이즈가 맞지 않는 정장을 입고 다녔다. 패션과는 거리가 먼 중년 아저씨였다.

"그나저나 집이 정말 좋네. 나도 이런 집에서 살아보고 싶어."

료이치의 집을 방문하는 대다수의 사람들이 매번 하는 말이었다. 소우마와 오다기리도 감탄한 듯 시선이 집안 이곳저곳을 향했다.

"지어진 집을 사는 게 아니라 내 취향대로 자유롭게 디자인해서 집을 짓는 건 많이들 꿈꾸는 일이잖아. 나는 이번 생에는 어림도 없겠지만….."

거실과 주방이 있는 1층의 공용 공간은 11평쯤 되었고, 2층까지 뚫린 오픈 천장이라 개방감이 느껴졌다. 인테리어는 마룻바닥과 벽지, 그리고 가구 색을 전부 오프화이트로 통일해 북유럽 스타일로 연출했다. 에리코의 취향이었다.

소우마가 신기하다는 듯 눈앞의 편백나무 테이블을 만지작대며 물었다.

"이거 통원목 맞죠? 이런 건 가격이 얼마나 해요?"

올해 38세인 소우마는 과거에 불량 청소년이었다고 했다. 어떠한 심경의 변화가 있었는지는 모르지만 경찰관이 되었고, 결혼해서 슬하에 1남 1녀를 두었다. 얼굴이 잘생겨서 그런지 요즘 유행하는 소프트 리젠트 헤어가 유독 잘 어울렸다.

"글쎄, 얼마였더라….."

이 집에 관해 이야기할 때마다 료이치는 불편함을 느꼈다. 누가 봐도 공무원 월급으로는 절대 구입할 수 없는 매물이었다. 사실 아내의 수입까지 더해도 무리였다. 실제로 이 집은 바로 옆집에 살고 있는 장인이 10년 전쯤 자신이 소유하고 있던 토지에 지은 것으로, 집을 구매할 때도 집값의 절반 가까운 금액을 장인이 대신 내주었다. 그리고 남아 있는 대출금도 거의 대부분을 아내가 갚아나가고 있어 남편으로서 어깨를 펴고 살기 어려운 처지였다. 이 편백나무 원목 테이블도 아내가 구입한 것이라 료이치는 얼마인지 전혀 알지 못했다.

타니가와가 또다시 입을 열었다.

"편백나무 테이블 정도로 놀라면 안 되지. 딸은 발레리나가 되려고 곧 런던에 있는 명문 학교로 유학을 간다잖아."

"발레 유학이요? 드라마에나 나올 법한 부잣집 이야기잖아요!"

오다기리가 감탄한 듯 말했다. 오다기리와는 이번에 수사본부가 꾸려지며 처음 만났다. 성격이 밝고 붙임성이 좋아 팀원들도 다들 마음에 들어 해서 오늘 함께 집으로 데려왔다. 나이는 30세, 부드러운 외모와 달리 체격은 의외로 다부졌다. 알고 보니 유도 고단자로 왼쪽 귀가 만두귀였다. 격한 훈련으로 마찰에 의해 귀가 뭉개졌던 것이다.

료이치는 무의식중에 넥타이 끝부분을 만지작거리다 그것이 고급 브랜드 제품이라는 사실을 깨닫고 황급히 손을 뗐다.

"아니야, 부자도 뭣도 아니야. 사실 장인어른한테 도움을 많이 받았어. 그리고 아무래도 맞벌이니까."

변명하듯 말했다.

아직 독신인 오다기리가 고개를 끄덕였다.

"요즘은 다들 맞벌이네요. 일에 집중하고 싶어 하는 여자들도 많고, 둘이 같이 버는 편이 경제적으로 여유롭기는 하니까요. 사모님은 무슨 일을 하세요?"

"상사에 다녀."

료이치가 회사명을 말하자 오다기리는 깜짝 놀라며 몸을 뒤로 젖혔다.

"우와, 엄청난 엘리트시네요. 도대체 형사가 어떻게 상사에서 근무하는 여성분을 만나신 거예요?"

타니가와가 미소를 띠며 말했다.

"오다기리가 이야기를 잘 끌어내네."

"대학교 후배야. 너도 얼른 결혼해야지."

"그러게요. 그러고 싶은데 새로운 사람을 만날 기회가 잘 없어서⋯."

"어플 같은 건 어때? 요즘 이것저것 많지 않아?"

요즘 유행하는 것에 딱히 관심이 없어 보이는 타니가와가 물었다.

"소개팅 어플이요? 글쎄요, 제 친구 말로는 그루밍 범죄나 원조 교제가 목적인 경우가 많다던데요. 그래도 명색이 경찰인데 둘 다 좀 그렇잖아요."

"그건 그렇지."

"그래서 사모님은 미인이세요?"

오다기리가 또다시 아내에 관해 물어왔다. 왠지 엉덩이 쪽이 근질거렸다.

"아니, 딱히 그렇지도 않아⋯ 라고 하면 화내겠지만, 뭐라고 해야 할까. 나는 좋아서 결혼했어."

"당연히 그렇겠죠. 좋아하지 않으면 결혼도 안 할 테니까요."

갑자기 들려온 헛기침 소리에 돌아보자 거실 입구에 아내 에리코가 잠옷 차림으로 서 있었다. 올해 42세인 에리코는 료이치보다 세 살 연하였다. 살짝 올라간 눈꼬리에 코도 낮지만 전반적으로 귀여운 인상이라 실제 나이보다 훨씬 젊어 보였다. 잠자리에 들기 전 인사라도 해야겠다는 생각에 잠시 얼굴을 비춘 듯했다.

"아직 안 잤구나⋯. 자랑스러운 제 아내 에리코입니다."

어떻게든 아내를 띄워주려 했지만 에리코는 료이치에게 눈길조차 주지 않았다.

가장 연장자인 타니가와가 자리에서 일어나 고개를 숙였다.

"제수씨, 신세 좀 지겠습니다."

소우마와 오다기리도 뒤이어 일어나 "실례가 많습니다."라며 인사를 건넸다.

"아니에요, 요즘 고생들이 많으시죠."

에리코도 다시 한번 고개를 숙이며 말했다.

"편하게 쉬다 가세요. 저는 먼저 올라가 보겠습니다."

복도로 나가는 에리코를 따라나선 료이치는 거실문을 닫고 아내와 마주섰다.

"미안해. 다들 편하게 씻고 싶다고 해서."

"괜찮아, 하루 정도야 뭐."

이틀은 안 된다는 뜻이었다. 료이치는 이미 알고 있었다. 에리코는 아주 가끔 있는 하루쯤은 허용해 주는 편이었다.

"대신 빨래는 부탁 좀 할게."

"물론이지."

에리코가 손을 뻗어 넥타이 매듭의 위치를 바로잡아 주었다.

"그럼 잘 자. 미인이 아니라 미안하고."

"아니야, 당신 정말 예뻐. 잘 자."

작게 한숨을 내쉰 후 다시 미소를 지어 보이며 거실로 돌아갔다. 답답함에 넥타이를 살짝 풀었다.

내일도 아침 일찍 나가야 했다. 네 사람은 자정이 되기 전에 잠자리에 들기로 했다.

깊게 잠들지 못한 료이치는 같은 꿈을 반복해서 꾸었다. 꿈을 꾸는 일은 드물었다. 꿈에서 본 것은 에리코와 외식을 하는 장면이었다. 처음으로 함께 갔던 이탈리안 레스토랑에서 아내는 심각한 얼굴로 무언가를 말하고 있었다. 화가 난 것 같기도 했다. 필사적으로 무언가를 호소하고 있지만 마치 무성 영화를 보는 것처럼 목소리가 전혀 들리지 않았다. 아내는 냅킨을 집어 던지고는 자리에서 일어나 떠나갔다. 가슴 속에 막연한 불안감이 차올랐다.

그때 전화벨 소리가 울렸다. 업무용 스마트폰이었다. 료이치는 살짝 눈을 떴다. 날이 밝아 오고 있었다. 옆에서는 아직 잠들어 있는 타니가와와 동료들의 숨소리가 들려왔다. 어젯밤에는 거실에 이불을 깔고 동료들과 함께 잠을 잤다.

머리맡에 놓아두었던 스마트폰으로 손을 뻗었다. 타케노우치 요시노리 과장에게서 걸려 온 전화였다. 타케노우치 과장의 계급은 경시로, 원래 직속 상사였던 경부가 우울증에 걸려 휴직에 들어간 탓에 지금은 타케노우치가 료이치의 상사였다.

급히 몸을 일으켜 앉아 "고생 많으십니다." 하고 전화를 받았다. 동료들도 벨소리에 잠에서 깬 듯 몸을 뒤척였다.

낮은 목소리가 들려왔다.

"아침 일찍부터 미안하지만 또 살인 사건이야. 이번에도 성소자."

타케노우치는 피해자가 발견된 장소를 말해주고는 전화를 끊었다.

잠에서 깬 타니가와가 책상다리를 하고 앉아 몸을 긁적거리며 물었다.

"살인이래?"

"성소자 같대요. 사건 현장은 미나미이케부쿠로 2초메—."

"지금 몇 시지…?"

스마트폰 화면을 확인했다.

"5시 35분이요."

거실 불을 켜자 소우마와 오다기리도 뒤이어 일어났다. 네 사람은 서둘러 잠옷에서 정장으로 갈아입었다. 료이치는 옷장에서 짙은 빨간색 넥타이를 꺼내와 목에 둘렀다. 아무리 바빠도 넥타이는 매일 바꿔가며 맸다.

집 안은 고요했다. 에리코와 카나는 아직 자고 있겠지? 쇼타는 평소에도 이때쯤 잠자리에 드는 것일까?

씻기 위해 세면대로 향했다. 가는 길에 2층으로 올라가는 계단 위쪽을 살폈다. 어둡고 조용했다.

료이치는 아들이 걱정되었다. 쇼타는 고등학교 2학년이 되면서부터 등교를 거부하기 시작했다. 특히 최근에는 생활 리듬이 깨져 정오가 다 돼서 일어나 혼자 컵라면으로 끼니를 때우는 듯했다. 그마저도 가족들과 마주치지 않도록 조심했다. 학교에는 가야 한다고 몇 번이고 설득해 봤지만 집에서 혼자 수험 공부를 해서 대학에는 반드시 가겠다며 고집스럽게 버텼다. 학교에도 학원에도 가지 않으니 학업 수준이 어느 정도인지 파악이 되지 않았다. 진지하게 대화를 해 봐야겠다고 생각하면서도 아직 고등학교 2학년이니 괜찮지 않을까 하는 생각에 미뤄오고 있었다.

세수를 마친 뒤 서둘러 볼일을 봤다. 이미 전철이 다니는 시간이지만 택시로 이동할 생각이었다. 넷이서 나눠 내면 되니 부담이 적었다.

현관에서 가죽 구두를 신었다. 밖으로 나가려 문손잡이를 잡은 바로 그때, 갑자기 문이 열리더니 카나가 들어왔다. 료이치를 보고 적잖이 놀란 듯했다.

카나는 연보라색 튜닉 블라우스에 검정 다운 재킷을 입고 있었다. 료이치는 처음 보는 옷이었다. 제법 어른스러워 보였다.

어제는 늦은 시간에 귀가한 탓에 카나가 집에 있는지 확인하지 못했다. 그런데 설마 아침에 들어올 줄은 몰랐다.

"이때까지 어디서 뭘 한 거야?"

료이치는 자신도 모르게 엄격한 말투로 추궁했다.

"친구랑 놀았어."

카나는 그 말만 남기고 료이치와 동료들 틈을 빠져나가 신발을 벗고 계단을 뛰어 올라갔다.

어색한 분위기가 흘렀다.

타니가와가 료이치의 눈치를 살피며 말했다.

"뭐, 한창 놀고 싶을 때지."

"난감하네요. 인사도 안 하고…. 나중에 엄하게 타일러야겠어요."

료이치는 여러 가지 생각들로 머리가 복잡해졌다. 카나가 발레리나로 성공하는 것은 부부의 꿈이기도 했다. 지금은 노는 데 정신이 팔려있을 때가 아니었다.

"선배님, 어서 가시죠."

오다기리의 재촉에 료이치는 머릿속을 업무 모드로 전환했다.

2

사건 현장은 한적한 주택가였다. 크고 작은 단독주택이 늘어선 사이사이에 높은 맨션 건물 한두 채가 우뚝 솟아 있었다. 날이 조금씩 밝아 왔다. 작은 규모의 묘지에 인접한 십여 층 높이의 맨션 앞에 경찰차 여러 대와 구급차가 세워져 있었다.

수사관들이 모여 있는 한쪽 구석에 누군가 하늘을 보고 쓰러져 있었다. 이미 사망했다는 것을 한눈에 알 수 있을 만큼 얼굴이 창백했다. 피해자는 50대 남성으로 검은색 트레이닝복 차림이었다. 언뜻 보기에도 위험해 보이는 인상이었다. 이마에는 X 표시가 새겨져 있었고, 복부를 찔린 듯 아스팔트 바닥에 피웅덩이가 고여 있었다.

요시노 사토루 순사와 후카다 유미 순사는 이미 현장에 도착해 있었다.

"오셨습니까?"

두 사람의 젊은 목소리가 들려왔다.

요시노 사토루는 정확한 7대3 가르마에 고지식해 보이는 생김새였다. 자칭 HSP(초민감자)인 요시노는 감수성이 높고 예민한 기질 탓에 사람들과 관계 맺는 것을 어려워했다. 그래서인지 32세 독신인 그에게 여자친구가 있다는 이야기를 들어본 적이 없었다.

후카다 유미는 짧은 단발머리가 잘 어울리는 동안의 소유자로 아무리 봐도 아직 학생처럼 보였다. 외모에 비해 의외로 강단이 있고 착실해서 믿음직스러운 부하이기도 했다. 아이돌을 꿈꿨던 시절이 있었을 만큼 노래 실력이 뛰어났다. 나이는 28세로 요시노와 마찬가지로 아직 독신이었다.

"아침부터 수고들 많네."

이번에는 굵은 목소리가 들려왔다. 이케부쿠로경찰서 조직범죄대책과의 하마다 유마 경부보였다. 그의 파트너인 경시청 수사1과 소속의 후지이 슌스케 순사부장의 모습도 보였다. 이번 사건은 피해자들이 반사회 집단 구성원들인 만큼 조직범죄대책과 소속 수사관들도 수사에 참여하고 있었다.

료이치보다 두 살 위인 하마다는 폭력단과 관련된 사건들을 담당하는 조직범죄대책과에서 근무했다. 조직범죄대책과 소속 형사들은 대체로 폭력단원으로 오해를 받을 만한 생김새인데, 하마다 역시 소속에 걸맞은 무서운 외모였다. 큰 키에 풍채도 좋고 짧은 머리에 눈빛은 날카로웠다. 대부분의 사람들은 하마다를 피해 다녔다. 반면에 후지이는 그런 하마다와 대조적이었다. 30대 초반인 후지이는 가운데 가르마를 탄 세련된 헤어스타일에 피부가 하얗고 얼굴은 중성적이었다. 말이 별로 없는 그는 입을 꾹 다문 채 상대방을 가만히 응시하는 버릇이 있었다. 본청 수사1과 소속이니 당연히 우수한 인재겠지만 무슨 생각을 하고 있는지 도통 알 수 없는 타입이었다.

짧게 인사를 나눈 뒤 료이치는 피해자의 시신을 살펴보기 시작했다.

"야쿠자인가 보네. 신원은?"

하마다가 시신을 턱으로 가리켰다.

"이름은 키시타니 쇼고, 소속은 아마미야흥업. 몇 번 만나서 이야기를 들은 적이 있어. 북쪽 출구 앞에 있는 유흥업소 점장이었을 거야. 아마미야흥업은 원래 아마미야구미라는 고쿠텐카이 계열의 작은 3차 단체였는데 꽤 오래전에 해체됐어. 지금은 프론트 기업(반사회 집단의 유지 및 운영에 적극적으로 협력하는 기업-옮긴이)으로 운영되고 있다는 것 같고."

폭력단과 관련된 사건들은 조직범죄대책과가 도맡아 해결하기 때문에 형사과 소속인 료이치는 반사회 조직에 관한 정보가 많지 않았다.

옆에 있던 타니가와가 장난스럽게 말했다.

"만난 적이 있다는 건 그 가게에 가봤다는 거네."

하마다는 비웃음으로 대답을 대신하고는 지금까지 알아낸 정보를 이야기했다.

"오늘 새벽 5시 15분경, 산책 중이던 남성이 시신을 발견했어. 부검은 아직이지만 사후 경직이 진행된 정도로 봤을 때 사망한 지 다섯 시간 정도 지났을 것으로 추정되는 상황이야. 유류품은 지갑뿐인데 운전면허증이 들어 있었어. 거주지는 여기 맨션 2층. 이번에도 스마트폰은 없었어. 범인이 가져간 거겠지."

처음 살해당한 이토 유야를 제외한 나머지 피해자들은 모두 스마트폰을 소지하고 있지 않았다. 범행 후 범인이 가져갔을 것으로 추정되었다. 디지털 포렌식을 할 수 없으니 피해자들의 주변인 중 겹치는 인물이 있는지 파악할 방법이 없었다.

료이치는 시신으로 다가가 손톱 밑을 살폈다. 짧게 다듬은 손톱 사이에 끼어 있는 것은 없어 보였다. 첫 범행 이후로 현장에서 용의자의 것으로 보이는 증거물은 무엇 하나 발견되지 않았다.

"저항한 흔적도 없네."

일반적으로 칼을 든 사람을 상대로 저항을 하면 손이나 팔에 저항흔이 남게 된다.

하마다가 고개를 끄덕였다.

"맞아, 지나쳐 가는 순간에 복부를 단번에 찌른 거겠지. 성소자는 솜씨가 점점 더 좋아지고 있어."

"이번에도 주변에 CCTV는 없어 보이네요."

후카다가 아쉬움이 담긴 목소리로 말했다.

"사전답사를 하는 게 아닐까? 첫 번째 범행 이후로는 실수가 전혀 없잖아."

료이치는 일어나 주변을 다시 살폈다. 이 맨션을 제외하고는 전부 단독주택이라 CCTV는 없어 보였다. 성소자는 살해할 대상을 미행하며 생활 패턴을 파악한 다음 살해 장소를 결정하는 것 같았다.

소우마가 분하다는 듯 인상을 찌푸렸다.

"벌써 네 명째예요. 성소자 녀석 신난 거 아니에요? SNS에서 다들 정의의 사도라면서 띄워주니까요."

SNS에는 범인의 업적을 떠받드는 내용의 글들이 끊임없이 올라오고 있었다. 료이치도 몇 번 읽어 보았지만 수준 낮은 것들이 대부분이었다. 〈쓰레기 같은 반사회 집단 녀석들은 죽어도 싸지〉라던가 〈성소자는 잡히더라도 사형은 면제해줘라〉 같은 것들 말이다. 언론에서는 이러한 사회적 분위기를 풍자해 범인에게 성소자라는 이름을 붙여 주었고, 여태껏 용의자를 특정해내지 못한 경찰을 깎아내리기 바빴다. 피해자들이 모두 반사회 집단 소속이다 보니 경찰이 진지하게 수사에 임하지 않는 것이 아니냐는 말까지 나오고 있어 경찰의 입장이 몹시 난처한 상황이었다.

타니가와가 동조하듯 말했다.

"언론에서도 성소자 같은 별명이나 만들어 주면서 문제를 키우잖아. 피해자들은 반사회 집단 쓰레기라면서. 그 녀석들한테도 인권이란 게 있는데 말이야. 너무하지 않아? 안 그래?"

"글쎄요⋯."

후카다는 동의할 수 없다는 듯 입을 비쭉 내밀었다.

"인권이 없다고는 못하겠지만, 실제로 폭력단 대책법이나 배제조례가 시행되면서부터 법적 제재를 받고 있는 건 맞잖아요. 그 정도는 감수해야죠. 사회에 도움이 안 되는 인간들이니까요."

"의외로 후카다가 이런 데 엄격하네. 하지만 본인이 원해서 조직에 들어간 게 아닌 경우도 종종 있어. 그런 녀석들한테는 다른 접근 방식이 필요하지 않을까?"

옆에서 듣고 있던 오다기리가 후카다의 의견에 힘을 실었다.

"그렇다고 해서 범죄에 발을 들여도 되는 건 아니죠. 반사회 집단에 들어간 순간부터 이미 인간 실격이라고요."

후카다가 고개를 끄덕였다.

"저도 같은 생각이에요. SNS에 올라오는 의견들도 무시할 수 없어요. 그게 일반 대중들의 생각이니까요. 반사회 집단에 대한 분노가 이 일을 계기로 드러났을 뿐이에요."

요시노는 이런 대화에 끼는 법이 없었다. 입을 다문 채 모두의 의견을 가만히 듣고만 있었다. 하지만 대화 내용에 흥미가 없지는 않다는 것을 듣는 자세로 알 수 있었다. 그저 대화가 서툴 뿐이었다.

"이야, 요즘 젊은 친구들은 정의감이 대단하네. 우리도 저럴 때가 있었나?"

타니가와가 동의를 구하듯 료이치를 향해 고개를 돌렸다.

"우리라니요? 저랑 선배는 세대가 다르다고요."

"야쿠마루, 마흔 넘으면 다 똑같아. '초로'라고 사전에서 한 번 찾아봐. 마흔 넘으면 다 초로라니까?"

타니가와는 종종 료이치를 야쿠마루라고 불렀다.

그 말에 깜짝 놀란 소우마가 목소리를 높였다.

"네? 그럼 저도 2년 후면 초로예요? 너무 끔찍한데요."

남의 일인 양 오다기리가 껄껄 웃어댔다.

"너도 웃을 때가 아니야. 30대는 순식간에 지나간다니까."

하마다가 대화에 끼어들었다.

"어찌 됐든 성소자가 기세등등해 있는 거라면 살인은 계속될지도 모르겠네."

괜한 말을 한다고 생각하면서도 료이치는 반론하지 않았다. 그 대신 사건 현장에 모인 수사관들의 안색을 살폈다. 다들 피곤한 기색이 역력했다. 성소자는 만만치 않은 상대였다. 지난 3주 동안 수사관들은 하루도 쉬지 못하고 수사에만 매달렸다. 성소자를 체포하지 않는 한 쉬는 날은 오지 않는다.

"다들 수고가 많아."

이케부쿠로경찰서 형사과의 타케노우치 요시노리 과장이 현장에 도착했다. 잔뜩 구겨진 낡은 코트에 흐트러진 정장 매무새, 삐뚤어진 넥타이, 그리고 며칠째 면도를 하지 않아 멋대로 자란 수염까지 그의 겉모습은 자칫하면 노숙자로 오해를 받을 만한 수준이었지만, 형사로서의 긍지를 가진 우수한 사내였다.

"오셨습니까?"

수사관들이 일제히 인사했다.

타케노우치는 가볍게 손을 들어 답했다.

"기어코 네 번째 피해자가 나왔네. 상황이 좋지가 않아. 목격자도 없고. 아직 용의자를 한 명도 추려내지 못하고 있으니 언론의 압박도 한층 더 심해질 거야. 경찰의 위신이 바닥으로 떨어질 판이라고."

료이치는 한숨을 내쉬며 대답했다.

"그러게요."

"수긍할 때가 아니야. 경찰이 무능한 바보 취급을 받게 생겼다고. 아무리 반사회 집단 녀석들이라 해도 범인의 칼에 찔려 생을 마감하는 건 너무 비참하다고 생각들 하지 않나? 그 억울함을 풀어줄 수 있는 건 우리밖에 없어. 내 말이 틀렸나?"

수사관들은 모두 힘차게 고개를 저었다.

타케노우치는 그 반응에 만족한 듯 하던 말을 이어갔다.

"그럼 현장 주변 탐문부터 바로 시작하자. 수사 회의는 평소와 똑같이 8시 30분부터 진행한다."

수사관들은 큰 소리로 대답한 뒤 목격 정보를 얻기 위해 이제 막 동이 트기 시작한 주택가로 뿔뿔이 흩어졌다.

수사 회의는 오전 8시 30분에 시작되었다. 본청과 관할서를 합쳐 총 백 명에 가까운 수사관들이 이케부쿠로경찰서 강당에 모였다. 앞쪽에 마련된 단상 한가운데에는 경시청 수사1과장인 야나기사와 토시오 경시정, 경시청 관리관, 이케부쿠로경찰서장, 그리고 타케노우치 형사과장 등 주요 간부들이 앉아 있었다.

료이치는 야나기사와 수사1과장의 얼굴을 눈에 담으려 노력했다. 본청으로 발령이 난다면 곧 자신의 상사가 될 인물이었다.

야나기사와 수사1과장은 평범한 체격에 날카로운 눈매를 가진 50대 중반의 남자로 햇볕에 검게 탄 피부가 인상적이었다. 일을 잘한다고 소문이 자자했지만 이번 사건만큼은 고전을 면치 못하고 있었다. 타개책을 찾지 못한 그의 표정에서 다소 곤혹스러운 기색이 엿보였다.

료이치는 앞쪽에 세워져 있는 화이트보드로 시선을 돌렸다. 화이트보드에는 지금까지 살해당한 네 명의 피해자들의 사진과 살해된 날짜, 이름, 나이, 소속이 정리되어 있었다.

2/21 이토 유야 (56)   스도구미
3/2   토다 신스케 (57)   미야모토구미 출신
3/10 오구라 렌 (28)   블랙체리

3/14 키시타니 쇼고 (53)　아마미야흥업

수사 회의의 진행을 맡은 타케노우치 과장이 강당 안을 둘러보았다.

"그럼 회의를 시작하겠다. 오늘 아침 미나미이케부쿠로 2초메에 위치한 주택가 거리에서 아마미야흥업 소속 조직원 키시타니 쇼고, 53세의 사체가 발견되었다. 자세한 사망 원인은 부검 결과가 나오는 대로 다시 공유하겠지만, 날카로운 흉기로 복부를 단 한 차례 강하게 찌른 점, 그리고 이마에 X 표시가 새겨져 있는 점으로 보아 반사회 집단 연쇄살인 사건의 용의자, 통칭 성소자의 범행일 가능성이 높다. 다들 알다시피 이마에 새겨진 X 표시와 관련해서는 언론에 발표된 바가 없다. 즉 네 건의 사건 모두 동일범에 의한 것으로 추정되는 상황이다."

허공을 바라보는 야나기사와 수사1과장은 입을 꾹 다물고 팔짱을 낀 채 움직이지 않았다.

타케노우치 과장은 보고를 이어갔다.

"네 명의 피해자들은 현재 반사회 집단에 소속되어 있거나 반사회 집단 출신이라는 것 외의 공통점은 아직 밝혀지지 않았다. 물론 범인의 타깃은 반사회 집단과 관련이 있는 자라면 누구든 상관없을 가능성도 있다. 다만 일반적으로 이런 무차별 살인의 경우 사회적 약자가 타깃이 되는 경우가 많기 때문에 본 사건은 극히 드문 케이스라고 볼 수 있다. 그럼 어제저녁 수사 회의에 참석하지 못한 수사관들부터 보고를 시작하도록 하겠다."

늦은 시간에 영업을 시작하는 가게를 탐문하느라 수사 회의에 참석하지 못한 수사관들의 보고가 시작되었다.

최초 피해자인 스도구미의 조직원 이토 유야는 이케부쿠로 1초메에 있는 조직 사무실 부근을 지나던 중 뒤에서 다가온 범인의 칼에 등을 찔렸다. 최초 공격에 의한 상처가 깊지 않았던 탓에 범인과 몸싸움이 벌어진 듯했다. 이토가 범인을 붙잡는 과정에서 이토의 손톱 밑에 범인의 피부 조직이 남은 것으로 추정되었다. 범인이 여러 차례 공격을 이어갔음에도 이토가 끊임없이 저항했다는 것을 시신의 양팔에 남은 방어흔을 통해 알 수 있었다. 범인은 이토를 열 번 넘게 찔렀고 결국 이토는 출혈성 쇼크로 사망했다. 성소자는 이토가 사망한 뒤 그의 이마에 뼈가 드러날 정도로 깊숙이 X 표시를 새겼다. 성소자가 살인을 하는 데 비교적 오랜 시간을 필요로 한 것은 이때 단 한 번뿐이었고 두 번째 범행부터는 단번에 깊고 강하게 찔러 살해했다.

폭력단 관계자들의 이야기를 수소문한 결과, 이토 유야는 생전에 불법 카지노를 운영해 수입을 얻었던 것으로 밝혀졌다. 담당 수사관들은 이토의 주변인들을 확인했지만 이렇다 할 성과를 올리지 못했다. 사건 현장 주변을 탐문한 수사관들 역시 주목할 만한 정보는 얻지 못했다고 보고했다. 이토의 경우 유일하게 발견 당시에 스마트폰을 소지하고 있었기 때문에 포렌식이 진행되었다. 통화 기록이나 SNS 사용 내역 등을 통해 교우관계를 파악하고 있지만 아직까지는 별다른 소득이 없었다.

두 번째 피해자인 미야모토구미의 전 조직원 토다 신스케는 이케부쿠로역 북쪽 출구 부근에서 교제하던 여성이 거주하는 맨션으로 걸어가던 도중 칼에 옆구리를 찔려 사망했다. 성소자는 타깃과 스쳐 지나가는 순간에 망설임 없이 단번에 깊이 찔러야 한다는 것을 학습한 듯했다.

토다는 미야모토구미 소속이었으나 행실이 나빠 조직에서 쫓겨난 것으로 알려졌다. 최근에는 이렇다 할 벌이가 없어 돈 문제로 어려움을 겪고 있었으며 술집에서 일하는 여성의 집에 얹혀 지냈다는 것이 미야모토구미의 전 조직원

중 한 명의 증언이었다. 토다 사건의 담당 수사관들 역시 새로운 정보는 얻지 못했다고 보고했다.

"다음, 야쿠시마루."

료이치와 오다기리는 세 번째 피해자인 블랙체리의 멤버 오구라 렌의 주변인 조사를 담당하고 있었다. 블랙체리는 말단 조직원까지 포함하면 멤버 수가 백 명이 넘는 한구레 조직이다. 투자 사기, 성매매, 사채 등 여러 사업을 운영하고 있는 것으로 추정되지만 멤버들의 입이 무겁고 결속력도 강해 조직의 실체가 명확히 알려져 있지 않았다.

오구라의 주변인 조사에서도 별다른 소득이 없었다. 그가 생전에 무슨 일을 했는지조차 아직 알아내지 못했다. 지난 나흘간 료이치와 오다기리는 블랙체리의 멤버들을 대상으로 탐문을 이어갔지만 그 누구도 입을 열지 않았다. 블랙체리의 주요 아지트의 위치는 조직범죄대책과, 특히 하마다에게 이야기를 들어 알고 있었다. 이케부쿠로 옆 카나메초역 부근의 타워맨션 꼭대기 층이 블랙체리의 리더인 카스가 료의 자택 겸 본거지였다. 한구레 조직은 야쿠자와 이미지가 전혀 달랐다. 타워맨션을 찾아가 인터폰을 눌러봤지만 경찰은 만나지 않는다며 문전박대를 당하고 말았다.

오구라가 조직에서 어떤 일을 했는지 알아내지 못한 채 시간만 흘렀다. 그러다 어젯밤 블랙체리의 또 다른 아지트로 알려진 이케부쿠로역 북쪽 출구 근처의 바를 찾아갔을 때 멤버 중 한 명이 "성소자는 우리가 찾아낼 거야. 현상금이 걸려 있으니까."라며 술에 취해 말실수를 했다. 현상금에 관해 묻자 천만 엔이 걸려 있다고 했다. 그들은 경찰에게 의존하지 않고 자신들의 힘으로 성소자를 찾아내 사적 제재를 가할 생각이었다.

료이치는 자리에서 일어나 블랙체리가 성소자에게 현상금을 걸었다고 보고

했다. 천만 엔이라는 적지 않은 금액에 곳곳에서 탄성이 터져 나왔다. "성소자 잡으면 나도 천만 엔 받을 수 있나?"라며 누군가 농담을 던지자 일부 수사관들이 웃음을 터트렸다.

"자네들은 계속해서 블랙체리 쪽 수사를 이어가 주게."

"예, 알겠습니다."

타케노우치 과장의 지시에 대답하며 료이치는 다시 자리에 앉았다. 작게 한숨을 내쉬고는 무심코 넥타이 매듭을 만지작거렸다.

옆자리에 앉아 있던 타니가와가 낮은 목소리로 중얼거렸다.

"저 피해자들 중에 블랙체리 멤버만 이질적이란 말이지."

료이치는 화이트보드에 적힌 피해자 정보를 다시 한번 확인했다. 타니가와의 말대로 피해자들 대부분이 50대인 것과 달리 블랙체리의 오구라만 20대의 젊은 나이였다.

"블랙체리 멤버만 어리다는 거죠? 뭔가 의미가 있는 걸까요?"

"블랙체리 건은 적대 관계에 있는 다른 한구레 조직의 소행일지도 몰라."

"하지만 흉기도 같고 이마에 X 표시도 있었잖아요."

"그냥 그럴 가능성도 있다고. 아마 누구든 상관없었던 거겠지만."

"… 아무나 노린 걸까요?"

"피해자들 사이에 딱히 공통점이 없으니까. 그 얘기 들었어? 언론에서는 정의감이 유독 강한 사이코패스가 범인일 거라고 하던데."

"언론에서 하는 말을 믿으세요?"

어처구니없다는 듯한 료이치의 말투에 타니가와는 어깨를 으쓱였다.

그 사이 타케노우치 과장이 회의를 마무리하며 말했다.

"언론에서도 시끄럽고 대중의 관심도 높아지고 있는 만큼 한시라도 빨리 범인을 체포해야 한다. 정신 바짝 차리고 계속해서 수사에 임해주기를 바란다. 그럼 이상으로 회의를 마치도록 한다."

수사관들이 하나둘 일어나 강당을 빠져나갔다. 앞이 전혀 보이지 않는 막막한 현실에 모두의 뒷모습에서 피로감이 묻어났다.

3

료이치는 어떻게 해야 좋을지 망설여졌다. 블랙체리 멤버들은 웬만해서는 입을 열지 않을 것이다. 밤이 될 때까지 기다렸다가 블랙체리의 멤버가 운영하는 바를 다시 찾아가서 술에 취한 누군가가 말실수를 하기를 기대하는 수밖에 없는 것일까….

료이치와 오다기리는 이케부쿠로역 북쪽 출구 앞 번화가를 특별한 목적지 없이 마냥 걸었다. 오전이라 아직 문을 연 가게는 없었다. 공기는 맑고 거리는 한산했다.

오늘도 비교적 따뜻한 날씨였다. 오다기리는 살짝 배가 고프다며 가까운 편의점에 들어가 생크림이 가득 들어 있는 데니쉬 빵을 사 오더니 길을 걸으며 한 입 베어 물었다.

"맛있어?"

"네, 맛있네요. 저 단것을 진짜 좋아하거든요."

료이치에게는 직접 디저트를 사서 먹는다는 개념이 없었다.

"고등학생 때 저희 집 사정이 좀 어려웠거든요. 그래서 용돈을 모아서 가끔 한 번씩 편의점에서 디저트를 사 먹는 게 최고의 사치였어요. 그때부터 편의점 디저트의 열렬한 팬이 된 거죠."

"다들 저마다의 과거가 있네. 그나저나 이번 사건에 대해 어떻게 생각해?"

"어떻게 생각하냐니요?"

"언론에서 말하는 것처럼 과도한 정의감을 가진 사이코패스에 의한 무차별 범행 같은지, 아니면 원한 범죄 같은지?"

오다기리가 얇은 눈으로 료이치를 바라보았다. 어느덧 진지한 얼굴을 하고 있었다.

"원한 범죄라면 피해자들 사이에 공통된 누군가가 있어야 하잖아요."

"그렇지. 그리고 그 사람이 범인이겠지."

료이치는 한숨을 내쉬었다.

"지금까지 밝혀진 바로는 살해당한 네 명의 피해자들 사이에 공통점은 없어. 조직도 제각각인 데다 조직을 이미 나온 경우도 있고 한구레도 한 명 섞여 있잖아. 언론에서 말하는 것처럼 이케부쿠로를 근거지로 하는 반사회 집단 녀석들 중 아무나 골라 살해하고 있을 가능성도 배제할 수는 없지."

"사이코패스 연쇄살인마라…. 어떤 녀석일 거 같으세요?"

"의외로 어디에나 있을 법한 평범한 녀석일지도 모르지."

세상을 떠들썩하게 만드는 사건이 발생하면 사람들은 범인이 어떤 자일지 이런저런 예측을 해보지만 실제로 범인을 잡고 보면 의외로 평범한 인물이라는 것이 골치 아픈 지점이다.

"애를 먹은 건 첫 번째 범행뿐이었어. 그 뒤로는 현장에 아무런 흔적도 남기지 않았지. CCTV도 조심하고 있고. 우리로서는 손을 쓸 방도가 없잖아."

오다기리는 남은 빵을 먹어 치운 후 입 주위를 닦았다.

"막막하네요."

"그러게⋯. 방법을 좀 바꿔보자."

"네? 어떻게요?"

"블랙체리의 멤버들은 더 만나 봤자 입을 열지 않을 거야. 그러니 적대 관계에 있는 쪽에서 이야기를 듣는 거지. 이왕이면 블랙체리 멤버였던 사람이면 좋을 텐데 말이야."

"한번 찾아보시죠. 분명히 있을 거예요. 근데 저녁까지 어떻게 할까요?"

오다기리의 말대로 적당한 사람을 찾는다고 해도 그들은 늦은 밤이 되어야 거리로 나올 것이다. 그때까지 무엇을 해야 할지 고민하던 중 료이치의 개인용 스마트폰이 울렸다. 화면을 확인한 료이치는 자신도 모르게 인상을 찌푸렸지만 그래도 받아야 하는 전화였다.

"오랜만이네."

"그러니까. 잠깐 얼굴 볼 수 있어? 지금 이케부쿠로에 있거든."

"지금은 좀 그런데."

"성소자 사건 때문이지? 오늘 아침에 또 희생자가 나왔다며."

"네 명째야."

"수사도 딱히 진전이 없는 것 같던데."

"골치 아픈 사건이야."

"기분전환 겸 잠깐 어때? 시간을 많이 뺏지는 않을게."

옆에서 오다기리가 고개를 끄덕였다. 자신은 상관없다는 뜻이었다.

"그래, 그럼 잠깐 볼까?"

료이치는 약속 장소를 확인하고 전화를 끊었다.

"잠깐 누구 좀 만나고 올 테니까 어디서 시간 좀 보내고 있어."

"네, 저는 신경 쓰지 마세요. 근데 혹시 여자예요?"

"뭐라는 거야. 본청 인사1과 소속 감찰계장이야."

오다기리의 낯빛이 어두워졌다.

"네? 감찰계라니…. 선배님, 뭐 잘못한 거 있으세요?"

"아니야, 그냥 동기일 뿐이야."

오다기리의 반응에 료이치는 웃음을 터트렸다. 보통 감찰에서 연락을 받는다는 것은 경찰 생명이 끝난다는 것을 의미했다.

경시청 경무부는 본청 및 도쿄도 내 경찰서 소속 경찰관 전원의 인사를 담당하는 엘리트 집단이다. 관리 부서이기 때문에 범죄 수사는 하지 않지만 경무부 인사1과의 감찰계는 '경찰의 경찰'이라고 불리는 존재로 경찰관의 위법 행위를 조사하는 임무를 담당하고 있다. 감찰관이 접근하면 그날로 경찰 인생이 끝난다는 말이 있을 정도로 감찰계는 두려움의 대상인 만큼 료이치가 감찰계장에게 전화를 받았다는 이야기에 오다기리가 놀라는 것도 무리는 아니었다.

카타세 카츠나리와는 고등학생 때부터 친구 사이였다. 카타세는 어릴 때부터 학업 성적이 우수했고 대학도 일류 사립대를 나왔다. 랭킹이 두세 단계는 더 낮은 대학을 나온 료이치와는 타고난 머리가 달랐다. 직급은 경부에 심지어 감찰계장이다. 이 정도면 출세 코스를 밟고 있다고 해도 과언이 아니다. 게다가 카타세의 아버지도 순사에서 경시까지 올라간 유능한 경찰관이었으니 명실상부한 경찰 가문이기도 했다.

료이치는 이케부쿠로역 북쪽 출구 근처에 있는 커피숍으로 들어섰다. 레트로한 분위기를 자아내는 차분한 조명이 매력적인 가게였다. 료이치는 프랜차이즈 카페보다 이런 정겨운 느낌이 나는 커피숍을 더 좋아했다.

창가 쪽 2인 좌석에 앉아 있는 카타세를 발견했다. 카타세는 료이치와 동갑이지만 여전히 상당한 미남이었다. 최근 여기저기 살이 붙고 머리카락도 빠지기 시작한 료이치와는 전혀 달랐다. 정장을 입고 있어도 탄탄한 몸이 드러나 보였다. 평소에 몸 관리를 철저히 하고 있는 것일까? 이 외모에 출세 코스를 밟는 경부라니. 질투가 날 수밖에 없었다.

그런 감정을 애써 숨긴 채 료이치는 넥타이 매듭의 위치를 확인한 뒤 카타세의 건너편 자리에 앉았다.

"나 왔어. 얼굴 좋아 보이네?"

"너는 피곤해 보인다. 수염은 좀 깎고 다녀라. 얼굴이 그게 뭐냐?"

외모 지적을 당한 것 같아 순간적으로 기분이 나빠졌다.

"어쩔 수 없었어. 며칠째 여기저기 돌아다니느라 면도할 새도 없었다고. 근데 갑자기 무슨 일이야?"

지나가는 점원을 불러 커피를 주문했다.

카타세는 주위를 한번 둘러보았다. 테이블석은 옆자리의 대화가 들리지 않을 정도로 거리가 떨어져 있었다.

료이치를 향해 다시 시선을 돌렸다. 1초도 채 되지 않는 아주 짧은 순간에 료이치의 표정에서 무언가를 읽어내려고 한 것 같은 기분이 들었다.

"너도 알다시피 내 귀에는 도쿄에서 근무하는 경찰관들의 정보가 이것저 것 들어와. 물론 너에 관한 것도 포함해서."

"나도?"

료이치는 흠칫 놀라고 말았다. 하지만 감찰의 주목을 받을 만한 위법 행 위를 저지른 기억은 없었다.

"내가 뭐 잘못했어?"

카타세는 손을 가로저었다.

"아니, 그런 거 아니야. 올해 진급 시험 다시 볼 거지?"

료이치는 자신도 모르게 얼굴을 찌푸렸다. 한 번 떨어진 적이 있어서였다. 카타세는 이미 오래전에 같은 시험에 합격했다.

"응, 한 번 떨어진 덕에 2년이나 더 공부했으니까. 올해는 꼭 패스해야지."

"문제없을 거야. 그리고 너 경부로 승진하면 본청으로 발령 날 수도 있어."

예상치 못했던 이야기에 료이치는 깜짝 놀랐다. 본청으로의 이동은 료이치가 바라고 있는 바였다.

"진짜?"

"응, 본청 근무 후보자 리스트에 네 이름이 올라가 있어. 성실한 노력파라고 좋은 평가를 받고 있는 것 같던데."

역시 보는 사람은 보고 있었다. 료이치도 스스로를 성실한 노력파라고 생각했다. 연말 인사 평가에서 상사가 높은 점수를 준 듯했다.

"너한테 대놓고 그런 말을 들으니 좀 쑥스러운데. 어쨌든 감사한 이야기네. 이번 사건에서 실적을 올리면 조금 더 확실해지겠지?"

"아무래도 그렇겠지. 실적에 따라서는 표창을 받게 될지도 모르고."

마찬가지로 경무부 인사1과에 속한 표창계에서는 경시총감상 등의 표창을 수여하는 일을 하고 있다. 수사본부가 꾸려지면 소속 기관장이 표창계에 후보를 추천한다. 표창을 받게 되면 해당 기록이 인사정보관리시스템에 등록되어 재직하는 내내 그 이력이 따라다니게 된다. 이번 사건에서 공적을 남겨 표창을 받는다면 상부의 눈에 들 수 있을 뿐 아니라 출세에도 큰 영향을 미칠 터였다.

갑자기 의욕이 샘솟기 시작했다.

카타세는 비밀 이야기를 하는 사람처럼 고개를 내밀어 가까이 다가왔다.

"실제로 수사 상황은 좀 어때? 나도 이번 사건은 좀 궁금해서."

지난 3주간 동기 몇 명에게 연락을 받았는지 모른다. 10년 넘게 소식이 없던 지인에게도 연락이 왔다. 다들 수사 상황을 알고 싶어 했다.

그때 마침 주문한 커피가 도착해 료이치는 점원이 돌아가기를 잠시 기다렸다.

"이렇다 할 뭐가 없어. 최초 피해자의 시신에서 범인의 것으로 추정되는 피부 조직이 나오기는 했는데 경찰 데이터베이스에 일치하는 게 없었어. 그 후로 성소자는 증거를 하나도 남기지 않고 있어. 목격자도 없고. 용의자 특정이 불가능한 상태야."

"오늘로 벌써 네 명째잖아. 이렇게까지 진전이 없으면 경찰에 대한 사람들의 비난이 꽤 거세지겠는데."

"우리도 노력하고 있다고…."

카타세는 가만히 료이치의 얼굴을 바라보았다. 무언가를 알아내려는 듯한 눈빛이었다.

"네 생각은 어떤데?"

아무 생각도 없다고 하면 무능해 보일지도 모른다. 료이치는 누구에게도 말하지 않았던 속마음을 털어놓았다.

"보복 범죄가 아닐까 싶어."

"그래? 왜?"

"가장 처음 살해당한 스도구미의 이토 유야는 칼에 열 번 넘게 찔려 사망했어. 단번에 살해하지 못해서 몸싸움이 벌어진 거라고 간부들은 생각하고 있는 것 같지만…. 나는 이토를 향한 범인의 분노가 느껴졌어."

"보복 범죄라…. 이런 게 형사의 감인가?"

카타세가 매끈한 턱을 매만지며 싱긋 웃었다.

그 모습에 료이치는 흥, 하고 콧방귀를 뀌었다.

"사실은 이토의 주변인 조사를 하고 싶은데 나는 블랙체리 쪽 수사를 맡게 됐어. 근데 얘네가 하필 입이 무겁단 말이지. 뭐라도 실적을 내야 하는데 쉽지가 않아."

"그렇구나….."

그대로 대화가 끊겼다. 카타세는 커피잔을 입으로 가져가며 "다른 이야긴데."라며 말을 꺼냈다.

"딸은 어떻게 지내? 발레 유학을 갔다고 하지 않았어?"

오늘 아침에 있었던 일이 떠올라 기분이 언짢아졌지만 그 일은 굳이 이야기하지 않기로 했다.

"아니, 유학은 올해 가을부터. 돈은 좀 들겠지만 미래에 투자하는 거라고 생각해야지. 본인도 무용수로 성공하고 싶어 하니까 부모로서 할 수 있는 한 열심히 지원해 주려고."

"그렇구나. 좋네, 자식이 있다는 거."

담담한 말투로 말했다. 카타세에게는 자녀가 없었다. 혹시 아이를 갖고 싶었던 것일까?

"아들은 어때?"

"어?"

또다시 기분이 언짢아졌다. 아들은 은둔형 외톨이다. 대학에 들어갈 수 있을지조차 불확실한 상황이었다.

료이치는 커피를 한 모금 들이켰다. 블랙커피가 더욱 쓰게 느껴졌다.

"아아…. 요즘 방에 틀어박혀서 뭘 하는지 전혀 알 수가 없어. 대학에는 갈 수 있을는지…."

"대학은 가는 게 좋지. 진지하게 대화를 해보면 어때?"

뻔한 조언에 짜증이 났다.

"대화도 여러 번 해 봤어. 듣지를 않으니 문제지. 이제는 딸이 아들 못까지 더 열심히 해 주기를 바랄 뿐이야."

"어쩔 수 없는 건가⋯."

카타세는 납득이 되지 않는다는 표정이었다. 아이가 없는 그가 자녀 문제로 고민하는 료이치의 마음을 이해할 수 있을 리 없었다.

커피를 다 마시고 나온 두 사람은 커피숍 앞에서 헤어졌다. 헤어질 때 카타세는 "이상한 소문 같은 거 들으면 연락 줘."라고 말했다. 감찰관의 업무 특성상 안 좋은 소문들을 신경 쓰고 있나 보다 생각했지만 몇 걸음 가지 않아 료이치는 문득 멈춰 섰다. 무슨 일로 만나자고 한 거지? 무언가를 알아내려고 하는 듯한 카타세의 시선을 다시금 떠올렸다.

4

야쿠시마루 카나는 정오가 조금 지났을 무렵 자신의 방 침대에서 벗어나 1층으로 내려갔다. 냉장고를 뒤져 어젯밤 엄마가 만들어 놓은 쇼가야키(생강이 들어간 일본식 돼지고기 양념구이-옮긴이)와 남은 밥을 전자레인지에 돌려 혼자서 조용히 점심을 먹었다.

3월 1일에 고등학교를 졸업한 이후로 카나는 자유로운 일상을 보내고 있었다. 이런 생활이 허용되는 것은 가을에 런던으로 발레 유학을 가기 전까지만이다. 지난겨울 카나는 꿈에 그리던 영국의 명문 발레학교 오디션에 합격했다. 초등학교 때부터 꿈이었던 발레리나가 되기 위한 중요한 한 걸음을 내딛게 된 것이다. 처음 카나를 발레 학원에 데려간 엄마도 설마 딸이 진짜 발레리나가 될 것이라고는 생각 못 하지 않았을까.

카나는 하루하루를 충실히 보내고 있었다. 기본적으로 매일 발레 학원에 가서 연습을 하고, 일주일에 몇 번은 패밀리 레스토랑에서 아르바이트도 했다. 그 외의 시간은 고등학교 때부터 친했던 친구와 얼마 남지 않은 일본에서의 시간을 함께 보냈다. 그리고 최근에는 아르바이트를 하며 만난 한 살 선배인 모치즈키 리카와 자주 만났다. 유명 사립대 학생인 리카는 힘들었던 수험 생활에 대한 보상 심리 때문인지 밤 문화에 빠져 방탕한 생활을 즐겼다.

리카의 제안으로 카나는 얼마 전 처음으로 클럽에 갔다. 처음 만난 수많은 남녀가 커다란 음악 소리에 맞춰 춤을 추고 있었다. 클럽에서는 술이 제공되기 때문에 대체로 연령 제한이 있지만 시부야에 있는 리카의 단골 클럽인 '무겐'은 리카와 함께라면 자유롭게 드나들 수 있었다. 리카도 아직 만 19세이기 때문에 술을 마셔서는 안 되지만 전혀 개의치 않아 했다. 그날 카나도 리카의 권유로 마지못해 술을 한 모금 마셨다. 처음 마셔본 것은 아니지만 왠지 훌쩍 어른이 된 것 같은 기분이 들었다.

카나는 순수하게 지금껏 경험해 본 적 없는 새로운 세상에 대한 동경으로 클럽에 따라갔지만 리카는 남자를 만나고 싶어 했다. 목적은 달랐지만 카나는 리카와 함께 노는 것이 즐거웠다.

점심 식사를 마친 카나는 발레 학원에 갈 준비를 시작했다. 세탁해 둔 트레이닝복과 발을 따뜻하게 해 주는 레그워머, 근육을 풀어주는 롤러 등을 가방에 챙겨 넣었다. 전철에서 읽을 영어책도 함께 넣었다. 한창 짐을 챙기던 그때 라인(스마트폰 모바일 메신저-옮긴이)으로 메시지가 왔다. 리카가 보낸 것이었다. 오늘도 무겐에 같이 가자는 내용이었다. 어제 분위기가 좋았던 잘생긴 남자를 다시 한번 만나고 싶은 듯했다.

카나는 망설여졌다. 오늘 아침에 밤을 새고 들어오다 아빠에게 들킨 것이 생각나서였다. 아빠는 요즘 이케부쿠로에서 일어나고 있는 연쇄살인 사건을 수사하느라 바빠서 어젯밤에도 집에 들어오지 않을 것이라 생각했다.

사실 이전에도 아침에 들어온 적이 몇 번 있었지만 아빠에게 들킨 것은 이번이 처음이었다. 아빠는 일 때문에 바쁘다며 밖에서 자고 오는 경우가 종종 있었다. 그런 날에만 몰래 외박을 했다. 엄마는 아마 눈치채고 있었겠지만 카나가 발레만 열심히 하면 아무 말도 하지 않았다.

리카에게 답장을 보내려던 카나의 손이 갑자기 멈추었다. 어째서인지 가슴이 두근거리기 시작했다. 뭔가 안 좋은 일이 일어날 것만 같은 예감이 들었다. 아빠는 아마 오늘은 집에 들어오지 않을 것이다. 어젯밤이 예외적인 케이스였다. 아빠가 엄마에게 말해서 엄마에게 혼이 나려나? 아니다. 아빠나 엄마에게 혼나는 정도의 일이 아니다. 무언가 더 안 좋은 일이 일어날 것 같은 기분이 들었다.

쿵쾅거리며 계단을 내려오는 발소리에 카나는 하던 생각을 멈추었다. 남동생인 쇼타가 일어난 것 같았다. 욕실 문을 난폭하게 여닫는 소리가 들렸다.

쇼타는 요즘 불규칙한 생활을 하고 있었다. 가족들과 되도록 마주치지 않기 위해 느지막이 일어나 샤워를 하러 1층으로 내려왔다. 점심은 자기 방에서 컵라면을 먹는 듯했고 저녁은 어쩔 수 없이 가족들과 함께 식사를 했지만 그 밖의 시간은 방 안에 틀어박혀 보냈다. 고등학교 2학년이지만 학교에는 거의 가지 않았다. 앞으로 어떻게 살려는 것인지 아빠도 엄마도 걱정이 많았지만 정작 본인은 신경을 쓰지 않는 눈치였다.

카나는 쇼타가 마음에 들지 않았다. 어릴 때는 사이가 좋았던 시기도 있었지만 언제부터인지 남동생이 거북하고 불편한 존재로 느껴지기 시작했다. 쇼타가 방에 틀어박혀 지내기 이전부터 그랬다. 쇼타가 먼저 카나를 피하며 대화도 거부했다. 그리고 자신이 원하는 대로 되지 않으면 상대가 누구든 소리를 질러댔다. 부모님도 상당히 애를 먹고 있었다.

쇼타는 어쩌면 완벽해 보이는 카나의 인생을 질투하고 있는지도 몰랐다. 쇼타의 인생은 본인이 원하는 것과는 거리가 멀었으니까. 카나는 그런 패배자 같은 동생이 지긋지긋했다.

쇼타와 같은 집에서 지내는 것도 앞으로 반년만 참으면 된다. 가을이면 카나는 런던에 있을 것이다.

카나는 리카에게 답장을 보냈다. 오늘도 무겐에 가기로 했다. 쇼타에게서 조금이라도 더 멀리 떨어진 곳으로 가고 싶었다.

5

료이치는 이케부쿠로역 서쪽 출구 앞 로터리에서 오다기리와 합류했다. 블랙체리 멤버들은 더 만나봤자 정보를 얻어내기 어려울 것이라고 판단해 멤버들과 얼굴 정도만 아는 사이인 사람을 찾아보기로 했다. 조직범죄대책과는 물론, 생활안전과에서 소년 사건을 담당하는 형사들에게도 물어보았지만 블랙체리의 정규 멤버들 외에는 따로 파악하고 있지 않은 듯했다.

료이치와 오다기리는 맥도날드 앞에 서서 주변을 둘러보았다. 평일 점심 시간대의 이케부쿠로역 앞은 직장인들, 외식이나 쇼핑을 하러 나온 중년 여성들,

그리고 젊은 학생들로 붐볐다.

오다기리는 거리를 오가는 사람들을 바라보며 한숨 섞인 목소리로 말했다.

"다들 참 태평하네요. 이 동네에서 연쇄살인 사건이 일어나고 있는데 말이에요."

"자기랑 상관없는 일이라고 생각하는 거겠지. 피해자들이 다 반사회 집단 구성원인 걸로 밝혀졌으니까."

그러나 기분 탓인지 몰라도 돌아다니는 사람들이 예전보다 적어진 것 같은 느낌이 들기도 했다.

"이제 어떻게 할까요? 밤까지 기다렸다가 번화가에서 탐문하는 수밖에 없을까요?"

효율은 떨어져도 발로 뛰는 것이 형사 일의 기본이니 어쩔 수 없었다.

"그때까지 시간이 있기는 한데 그렇다고 만화 카페 들어가서 잘 수는 없잖아"

"그건 좀 그렇죠."

오다기리가 새어 나오는 하품을 억누르며 말했다. 료이치도 피곤하기는 마찬가지였다.

"어떻게 할까? 블랙체리 멤버들을 알 만한 사람이…."

그때 불현듯 떠오른 생각에 료이치는 스마트폰을 꺼내 연락처를 검색하기 시작했다. 찾으려던 사람의 연락처를 발견하고 잠시 망설였지만 결국 전화를 걸었다. 상대는 모기 히로시, 〈주간 스트림〉이라는 주간지의 기자로 예전에 한 번 취재에 응한 적이 있었다. 일 잘하는 기자의 정보력은 절대 만만히 볼 수준이 아니었다.

모기는 밝은 목소리로 금방 전화를 받았다.

"고생이 많으십니다. 안 그래도 형사님께 연락을 드려볼까 고민하던 참이었어요. 성소자 건으로 취재를 좀 하고 싶은데….."

"현재로서는 말씀드릴 수 있는 게 아무것도 없어요. 아직 단서가 전혀 없거든요."

"에이, 또 그러신다."

"정말이에요. 그래서 이렇게 모기 씨 힘을 좀 빌리려고 전화한 거예요."

모기가 흥미롭다는 듯 물어왔다.

"그래요? 무슨 일이신데요?"

"블랙체리 출신 중에 혹시 아는 사람 없으세요?"

출신이라는 것이 핵심이었다. 현재 블랙체리에 소속된 자라면 입을 열지 않을 가능성이 크지만 어떠한 이유로든 이미 조직을 나간 자라면 내부 사정을 털어놓지 않을까 예상한 것이다.

"블랙체리 출신이라면 한 명 알고 있어요. 소개해 드릴까요? 그쪽에 연락해보고 다시 전화 드릴게요."

"부탁 좀 할게요. 은혜는 꼭 갚겠습니다."

얼마 지나지 않아 모기는 다시 료이치에게 전화를 걸어 그쪽에서 만남에 응했다고 전했다. 시간과 장소를 지정한 뒤 전화를 끊었다.

그로부터 두 시간 후, 료이치와 오다기리는 신주쿠역 동쪽 출구 앞에 있는 카페에서 과거에 블랙체리 멤버였던 하타케야마 타쿠미를 만났다. 키가 훤칠한 하타케야마는 검은색 라이더 재킷에 청바지 차림으로 나타났다. 패션모델처럼 보이는 잘생긴 청년이었다. 한때 한구레 조직에 소속되어 있었던 사람이라고는 믿기 어려웠다.

지금은 휴대전화 대리점에서 일하고 있다는 하타케야마는 료이치가 묻기도 전에 블랙체리를 나오게 된 이유를 설명했다. 하타케야마는 간부의 괴롭힘을 견디기 어려웠다고 했다. 조직 내에서 하타케야마가 맡았던 일은 번화가에서 여성들을 유인해 밤에 운영하는 술집이나 풍속점에서 일하게 만드는 것이었다. 목표 인원이 정해져 있었는데 그 수치를 달성하지 못하면 벌금을 내야 할 뿐만 아니라 끊임없이 괴롭힘을 당했다고 했다. 그가 했던 일은 유해 업종으로의 스카우트를 금지하는 직업안전법에 저촉될 우려가 있는 행위였다.

하타케야마의 이야기가 어느 정도 마무리되자 료이치는 본론으로 들어갔다.

"혹시 오구라 렌이라는 멤버를 아시나요?"

하타케야마는 고개를 끄덕였다.

"그럼요. 그 사람, 간부 후보였어요."

"오구라는 블랙체리에서 무슨 일을 했나요?"

"흔히 말하는 불법 사채업이요. 월 이자 10프로짜리요."

이런 것이 바로 한구레 조직의 교활한 점이다. 야쿠자처럼 열흘에 10퍼센트라는 터무니없는 이자를 요구하지 않는다. 물론 한 달에 10퍼센트도 말이 안 되는 숫자이기는 하지만 야쿠자에 비하면 양심적인 수준이었다. 대신 그만큼 이용자들을 오랫동안 착취하는 것이 가능했다.

"사무실로 쓰는 곳이 혹시 따로 있는 겁니까?"

"네, 있어요. 히가시이케부쿠로에 있는 맨션이요. 선샤인시티에서 가까워요."

그 아지트는 지금껏 알려지지 않은 곳이었다.

료이치와 오다기리는 시선을 주고받으며 고개를 끄덕였다.

하타케야마에게 감사 인사를 전하고 헤어진 뒤 두 사람은 곧바로 블랙체리의 아지트로 향했다. 수색영장이 있으면 좋았겠지만 이 사건을 수사하는 데 있어 블랙체리는 어디까지나 피해자 쪽이었다. 멋대로 판단해서 상황을 복잡하게 만들 수는 없었다.

블랙체리는 히가시이케부쿠로 2초메의 작은 맨션 3층에 있는 집을 아지트로 사용하고 있었다. 인터폰을 누르자 곧바로 남자 목소리가 들려왔다. 료이치는 경찰에서 나왔다고 밝히며 오구라 렌에 관해 이야기를 듣고 싶다고 말했다. 문이 열리고 20대 후반의 남자가 얼굴을 내밀었다. 금발 머리에 회색 정장을 입은 남자의 셔츠 사이로 은색 체인 목걸이가 눈에 띄었다. 호스트 같은 외모였다. 료이치는 제대로 찾아왔다는 생각이 들었다. 남자와는 이미 한 번 만난 적이 있었다. 블랙체리의 멤버가 운영하는 이케부쿠로역 북쪽 출구 앞에 있는 바에 탐문을 갔을 때 이야기를 나눴던 것이다. 현상금에 관한 이야기를 들었던 바로 그날이었다.

"잠깐 들어가도 될까요?"

금발의 남자는 순간 망설이는 듯했지만 이내 "네."라고 답하며 두 사람을 안으로 들였다.

짧은 복도를 걸어 들어가자 5평쯤 되는 거실이 나왔다. 거실 한가운데에 나란히 놓인 책상에 젊은 남자 세 명이 앉아 노트북으로 무언가를 하고 있었다. 그들은 당혹스러운 표정으로 료이치와 오다기리를 쳐다보았다. 그중 안면이 있는 남자를 또 한 명 발견했다. 그 역시 같은 날 바에 있었다. 밤송이처럼 머리를 짧게 깎은 스무 살쯤 되어 보이는 남자였다. 그는 료이치의 얼굴을 확인하더니 황급히 시선을 피했다.

료이치는 금발의 남자에게 경찰 신분증을 보여준 뒤 명함을 건넸다. 상대의 명함을 얻어내기 위함이었다. 남자도 명함을 꺼냈다. 회사명은 '투모로우 파이넌스', 이름은 '시마다 유키'라고 적혀 있었다. 시마다의 이름은 이미 알고 있었다. 짧은 머리의 남자는 쿠로카와였던 것으로 기억했다.

"한 번 만난 적 있죠? 이케부쿠로역 북쪽 출구 앞에 있는 '베라돈나'에서."

시마다는 고개를 갸웃하며 자신 없는 목소리로 말했다.

"글쎄요, 기억이 없는데요."

시치미를 떼는 것일 수도, 정말 기억하지 못하는 것일 수도 있었다.

"블랙체리 멤버는 맞으시고요?"

"네, 간부인데요."

"오구라 렌, 알죠?"

"네."

"불법 사채업을 했다던데?"

시마다는 노골적으로 한숨을 내쉬었다.

"그런 오해를 종종 받기는 하는데 저희는 대부업으로 등록이 되어 있어서 불법은 아닙니다."

"하지만 월 이자 10프로면 대부업법 이자율보다 높은 거 아닌가?"

"뭐, 그건 맞지만⋯."

시마다는 정곡을 찔린 듯 얼굴을 찌푸렸다.

다만 오늘은 이들을 나무라기 위해 온 것이 아니었다. 료이치는 다시 본론으로 돌아갔다.

"오구라 렌 씨가 살해당한 사건을 조사 중인데 오구라 씨도 생전에 여기서 사채업을 했던 겁니까?"

"맞아요."

"채무 변제와 관련해서 누군가와 다투거나 하지는 않았나요?"

시마다는 또다시 고개를 갸웃했다.

"글쎄요, 딱히 떠오르는 건 없는데요."

"아니면 변제를 하지 않고 도망간 채무자는요?"

"아, 그런 사람들이 가끔 있기는 한데 저희가 추심을 확실히 하니까요. 고향 집이나 회사로 찾아갈 때도 있고, 도망가더라도 전입신고를 하면 그게 단서가 되기도 하고요. 웬만하면 다 찾을 수 있어요. 뒤처리도 깔끔하게 하니까 트러블이 생길 일이 딱히 없어요."

그 과정 자체가 이미 엄연한 트러블이라고 생각했지만 아무 말도 하지 않았다.

"그렇군요. 고객 리스트 같은 게 있으면 좀 빌려 갈 수 있을까요?"

시마다가 인상을 찌푸렸다.

"그건 좀 어려운데요. 개인정보니까요."

건방진 태도로 료이치를 가르치듯 말했다.

조금 더 공격적으로 나가보기로 했다.

"그쪽에서 피해자가 나왔잖아요. 수사에 협조하지 않으면 곤란한데요. 아니면 블랙체리에서 독자적으로 수사를 하고 있어서 경찰에 협조할 수 없다는 건가?"

"아니요, 그런 건 아닌데…."

"그건 경찰을 적으로 돌리겠다는 뜻이에요. 알죠?"

시마다는 언짢은 듯 혀를 찼다.

"알겠어요."

시마다는 화가 섞인 발걸음으로 책상 쪽으로 가더니 노트북에 꽂혀 있던 작은 USB 메모리를 가져와 내밀었다.

"이 안에 들어 있어요."

료이치는 정중히 고개를 숙였다.

"협조해 주셔서 감사합니다."

현관문을 닫고 나와 계단을 내려가던 료이치와 오다기리는 동시에 주먹을 불끈 쥐며 조용히 승리의 포즈를 취했다. 오늘 두 사람은 큰 성과를 올렸다. 오구라가 생전에 무슨 일을 했는지가 드디어 밝혀진 것이다.

시마다는 아니라고 했지만 오구라는 불법 사채업을 하며 채무자와 갈등이 있었을지도 모른다. 그래서 살해당한 것이 아닐까? 료이치는 오후 수사 회의가 열리기 전까지 자신이 추측한 내용을 보고서로 정리하기로 했다.

저녁 8시에 다시 수사 회의가 시작되었다. 수사관들이 보고를 이어갔지만 오늘도 주목할 만한 내용은 하나도 없었다. 긴장한 료이치는 넥타이 매듭을 만지작대며 자신의 차례를 기다렸다.

"다음은 야쿠시마루, 보고하게."

자신의 이름이 불리자 료이치는 자리에서 일어나 보고를 시작했다. 블랙 체리의 멤버인 오구라 렌은 불법 사채업자였으며 채무자 리스트까지 확보했다고 말하자 강당 안은 순식간에 활기를 띠었다.

타케노우치 과장이 고개를 끄덕이며 날카로운 눈빛으로 료이치를 바라보았다. 감탄한 기색이었다.

"불법 사채업이라. 오구라 렌은 돈 문제로 채무자와 트러블이 있었을 가능성이 있다는 거군. 야쿠시마루, 잘했다. 그 방향으로 계속 수사를 이어나가게."

"예."

료이치는 그 순간 자신이 본청으로 스카우트되어 가리라는 것을 예감했다.

6

저녁 8시 반, 동네에 있는 발레 학원에서 레슨을 마친 카나는 세이부선을 타고 이케부쿠로를 경유해 시부야로 이동했다. 여느 때와 같이 시부야는 사람들로 붐볐다. 젊은 사람의 수가 압도적으로 많았지만 외국인 관광객들의 모습도 눈에 띄었다. 수많은 인파가 오가는 스크램블 교차로 앞 스타벅스에서 카페라떼를 마시며 모치즈키 리카가 올 때까지 시간을 때우기로 했다.

그동안 기록용으로 촬영해 놓았던 레슨 영상들을 스마트폰으로 확인했다. 반년 전보다도 확연히 실력이 좋아졌음을 알 수 있었다. 몸이 생각하는 대로 움직여주기 시작했다. 하지만 여전히 프로와의 차이는 명확했다. 남들과 비교하기 시작하면 금세 자신감이 사라졌다.

무료하게 유튜브 영상을 보고 있을 때 라인으로 리카에게 연락이 왔다. 어느덧 10시가 다 된 시간이었다. 스타벅스에 있다고 답장을 보내고 얼마 지나지 않아 리카가 나타났다. 몸의 라인을 강조한 검은색 니트 원피스 위에 회색 페이크퍼 코트를 걸치고 있었다. 원피스는 앞자락이 브이자로 깊게 파여 풍만한 가슴이 노골적으로 드러나 있었다. 치마 길이도 무릎 위로 20센티미터는 족히 올라와 보였다.

"카나, 오늘도 예쁘다."

리카의 좋은 점은 언제나 외모 칭찬을 해 준다는 것이었다. 그런 리카를 좋아하지 않을 수 없었다.

"리카도 예쁘다. 오늘도 엄청 섹시한데?"

리카가 싱긋 웃었다.

"그래? 그보다 얼른 나가자."

"응."

카나와 리카는 도겐자카 언덕 중턱에 자리 잡은 건물의 지하 1층에 있는 클럽으로 들어섰다. 무겐은 시부야에 있는 클럽 중에서는 중간 정도 되는 규모이지만 리카의 단골 클럽이었다. 클럽에서는 보통 술이 제공되기 때문에 입장할 때 신분증을 보여줘야 하지만 리카와 함께라면 신분증 없이 들어갈 수 있었다.

계단을 내려가면 나오는 클럽 입구에서 목에 타투를 한 젊은 남자에게 돈을 내고 손등에 도장을 받았다.

어둑한 클럽 안으로 들어서자 커다란 음악 소리에 귀가 먹먹해졌다. 통로 끝에는 춤을 출 수 있는 넓은 플로어가 있었다. 플로어를 에워싸듯 좌석이 마련되어 있었고 안쪽으로 디제이 부스도 보였다. 50명쯤 되는 남녀가 테크노 음악에 맞춰 춤을 추고 있었다. 안으로 들어서자마자 카나는 자신의 점수를 매기는 듯한 남자들의 시선을 느꼈다.

리카는 남자를 물색하기 위해 클럽에 다닌다고 했지만 카나는 솔직히 말해 클럽에서 괜찮을 상대를 찾을 수 있는지 의문이었다. 카나는 그저 어른들의 세상을 엿보고 싶을 뿐이었다. 클럽에서 술김에 접근해 오는 가벼운 남자를 만날 생각은 없었다.

곧장 바에 자리를 잡고 리카는 블러디메리를, 카나는 진저에일을 주문했다. 딱 한 번 술을 마신 적이 있기는 하지만 지킬 것은 지키며 노는 것이 카나의 철칙이었다. 건배를 하고 음료를 마시는 두 사람에게 남자들이 다가왔다. 리카는 겉모습만으로 남자를 판단했다. 얼굴이 자신의 취향이 아니면 손을 흔들어 쫓아버렸다. 보고 있으면 속이 다 시원했다.

얼마 지나지 않아 리카는 화장실에 다녀오겠다며 자리에서 일어났다. 그리고는 한동안 돌아오지 않았다. 카나는 알고 있었다. 리카가 MDMA에 손을 대고 있다는 것을 말이다. MDMA는 흔히 엑스터시라고 불리는 각성제와 비슷한 화학 구조를 가진 마약류의 일종으로 당연히 불법 약물이었다. 리카는 각성제는 아니니까 괜찮다며 카나에게 MDMA를 권한 적이 있었지만 법을 어기고 싶지 않다고 거절하자 그 후로 다시는 이야기를 꺼내지 않았다.

리카는 카나의 아빠가 형사라는 사실을 알고 있었다. 카나는 형사로 일하는 아빠를 자랑으로 여겼다. 아빠는 살인이나 상해 같은 비교적 큰 사건들을 담당해 왔기 때문에 아빠가 수사하는 사건이 뉴스에 나오는 일이 종종 있었다. 아빠가 지금 이케부쿠로에서 일어나고 있는 연쇄살인 사건의 수사를 하고 있다는 것도 리카에게 말했다. 리카는 MDMA에 관해 제발 비밀로 해달라며 애원했고 카나는 부모에게 친구를 팔아넘길 생각은 없으니 걱정하지 말라며 웃었다. 리카는 이케부쿠로 사건의 수사 상황을 알고 싶어 했지만 카나도 자세한 내용은 알지 못했다. 아빠는 가족들에게조차 사건 관련 내용을 이야기하지 않았다.

15분쯤 지나자 리카는 약에 취한 상태로 돌아왔다.

"나 춤추고 올게."

카나가 대답을 하기도 전에 리카는 플로어 쪽으로 가 버렸다. 춤을 추고 싶은 기분이 아니었던 카나는 혼자 남아 진저에일을 조금씩 아껴 마셨다. 마음 편히 추가 주문을 할 만큼의 돈은 없었다.

"안녕, 뭐 마셔?"

목소리가 들려온 쪽을 돌아보자 금발 머리에 정장을 입은 남자가 미소를 짓고 있었다. 넥타이를 매지 않아 가슴이 드러난 셔츠 사이로 은색 체인 목걸이가 들여다보였다. 호스트처럼 보이는 남자였다.

카나는 자신을 가만히 내버려 두기를 바랐지만 이럴 때 남자를 어떻게 대해야 하는지 잘 몰랐다.

"진저에일."

스스로도 놀랄 만큼 퉁명스러운 말투가 튀어나왔다.

"뭐야? 설마 미성년자야?"

"아니, 스무 살이야."

거짓말을 했다.

"나는 유키. 너는?"

"카나."

남자는 자신의 잔을 들고 와 카나의 옆에 놓인 스툴에 앉았다.

"카나, 내가 한 잔 살게."

유키는 카나의 대답도 듣지 않고 바텐더를 향해 손을 들었다.

"같은 걸로."

바텐더가 카나 앞에 진저에일을 놓았다. 유키가 자신의 잔을 들어 카나를 향해 내밀었다. 쭈뼛대며 잔을 들자 두 사람의 잔이 맞닿았다.

카나는 리카가 있는 쪽을 살폈다. 유키는 분명 리카가 좋아할 만한 남자였다. 리카가 어서 돌아오기를 바랐다.

이전부터 눈독을 들이고 있었다. 카나가 이 클럽에 온 것은 오늘이 세 번째였다. 매번 리카라고 하는 노출이 심한 옷을 즐겨 입은 여자와 함께였다. 리카는 적극적으로 자신을 어필했지만 전혀 관심이 가지 않았다. 하지만 카나는 어딘가 달랐다. 클럽에 올 만한 타입이 아니었다. 곱게 자란 아가씨 같은 느낌이었다. 이상형에 가까운 얼굴은 아니지만 스타일이 상당히 좋았다.

자신을 유키라고 소개한 시마다 유키는 실없는 대화를 이어가며 카나의 바디라인을 관찰했다. 그리고 이내 나체 상태의 카나가 침대에 누워 있는 모습을 상상하기 시작했다.

불쾌한 일을 겪었으니 오늘 밤만큼은 제대로 즐기고 싶었다.

블랙체리의 간부인 시마다는 불법 사채업을 운영하는 것이 주요 업무였다. 오후 무렵 형사가 느닷없이 사무실로 찾아와 얼마 전 살해당한 오구라 렌에 관해 물었다. 그 사무실은 블랙체리의 비밀 아지트로 멤버들 중 일부만 알고 있는 곳이었다. 누군가 경찰에게 정보를 넘긴 것이다. 오구라가 살해당한 것은 안타까운 일이지만 그 일로 경찰의 주목을 받게 되어 피곤해졌다. 그 사무실은 정리하고 어서 다른 곳으로 옮겨야 한다. 이따가 애들한테 말해놔야지.

남아 있던 맥주를 들이켜고 바텐더에게 한 잔을 더 주문했다.

"학생이야?"

"아니요."

"그럼 뭐 하는 사람이야? 알려주면 안 돼?"

"지금은 아무것도 안 해요. 곧 발레로 유학을 가거든요."

"발레로 유학? 뭐야, 엄청 대단한 거 아니야?"

"저 이제 곧 일본을 떠날 거라 남자친구 같은 거 필요 없어요."

남자친구? 나도 여자친구는 필요 없다. 하룻밤 즐기는 사이면 충분하다. 널리고 널린 게 여자니까.

카나는 계속해서 플로어 쪽을 살폈다. 리카가 어서 돌아오기만을 기다리는 듯했다. 시마다에게 관심이 없는 것만은 분명했다.

무시당하는 것 같은 기분이 들었다.

"같이 한 잔만 더 마시자. 형, 여기 같은 거 한 잔 더요. 스페셜한 걸로요."

바텐더가 카나 앞에 진저에일을 놓았다. 카나가 잔을 입으로 가져가는 것을 보며 시마다는 슬쩍 미소를 지었다. 그 잔은 수면유도제가 들어간 스페셜한 것이었다.

이 여자는 곧 내 것이 된다. 그런 생각이 들자 자꾸만 웃음이 새어 나왔다.

"발리 아니고 발레 맞지? 무용 말이야. 그럼 춤 잘 춰? 그렇지는 않아? 클럽에서 발레를 하면 진짜 웃길 거 같은데. 아니다, 다들 기겁하려나?"

의미 없는 이야기를 늘어놓는 사이 카나의 의식이 점차 몽롱해지기 시작했다. 더는 시마다의 이야기에 집중하지 못하는 것처럼 보였다.

몰래 스마트폰을 꺼내 아끼는 동생이자 부하인 타모츠에게 라인으로 연락을 취했다. 타모츠는 조직에 들어온 지 얼마 되지 않은 견습생으로 이런 때를 대비해 늘 가까운 곳에서 대기시켰다. 〈무겐 뒷문에 차 세워 놔.〉라고 메시지를 보냈다. 타모츠와는 이미 여러 번 손발을 맞춰 왔기 때문에 무슨 뜻인지 알고 있을 터였다.

카나가 휘청거리며 자리에서 일어나려 했다.

"왜 그래?"

"속이 좀 안 좋아서…. 화장실…."

"내가 같이 가줄게."

시마다가 어깨에 손을 올리자 카나는 그 손을 뿌리치려 했지만 힘이 전혀 실리지 않았다.

일어서려는 카나를 옆에서 부축하던 시마다는 "이쪽이야."라며 함께 걸었다. 물론 목적지는 화장실이 아닌 뒷문이었다.

카나는 시마다가 잡아주지 않으면 걷지 못할 정도였다. 어두운 통로를 지나

뒷문을 열자 차가운 밤공기가 얼굴을 스쳤다. 쌀쌀한 밤이었다.

바로 앞에 주차되어 있던 검은색 렉서스 차량의 운전석에서 타모츠가 내렸다.

"오셨습니까."

"그래."

타모츠는 여자의 얼굴을 유심히 살폈지만 고개를 푹 숙이고 있는 탓에 잘 보이지 않았다.

타모츠 옆을 스쳐 지나갈 때 시마다는 갑자기 하려던 말이 떠올랐다.

"아 참, 타케유키한테 그 사무실 바로 정리하라고 전해. 형사가 또 찾아올지도 모르니까 내일 아침에 바로 처리하라고."

"알겠습니다."

시마다는 뒷좌석 문을 열고 카나를 밀어 넣어 눕힌 다음 운전석에 올랐다.

타모츠가 밖에서 허리를 굽혀 인사했다.

백미러로 축 늘어진 카나의 모습을 보며 미소를 지은 시마다는 미나미오쓰카에 있는 자신의 아파트를 향해 액셀을 밟았다.

현재 시마다가 사는 집은 2층짜리 아파트지만 조만간 더 높은 자리로 올라가 블랙체리의 리더처럼 고급 맨션에서 살고 싶다고 생각했다.

그때 뒷좌석에서 구토하는 소리가 들려왔다. 카나가 심하게 기침을 해 댔다.

시마다는 얼굴을 찌푸리며 혀를 찼다. 차 안에 달달하고 시큼한 냄새가 퍼졌다. 시트에 얼룩이 지는 것도 걱정이었지만 음료에 탄 수면유도제의 효과가 떨어지지 않을까도 걱정이었다.

15분 정도 차를 몰아 아파트에 도착했다. 203호로 올라가는 외부 계단

바로 앞에 차를 세웠다. 카나를 집에 데려다 놓고 다시 돌아와 차를 가까운 주차장으로 옮길 생각이었다. 아파트 앞에 무단 주차를 했다가 다른 주민이 신고라도 하면 자신의 나쁜 짓이 탄로 날지도 모르니 말이다.

운전석에서 내려 뒷좌석 문을 열었다. 몸이 축 늘어진 카나를 안아 일으켜 등에 업고 아파트 외부 계단을 올랐다. 취미로 운동을 하고 있기는 하지만 잠들어 있는 여자를 옮기는 것은 쉬운 일이 아니었다. 하지만 차에서 집까지 옮기는 데 5분도 채 걸리지 않았다. 이 짓도 어느새 익숙해진 것 같았다.

우선 카나를 현관 앞 복도에 내려놓고 바지 주머니에서 열쇠를 꺼내 문을 열었다. 카나를 다시 안아 들고 집 안으로 들어가 바닥에 눕혔다. 카나는 깊이 잠들어 있었다. 카나의 신발을 벗기고 방으로 옮겼다.

방의 불을 켰다. 카나의 몸은 밝은 조명 아래에서 한층 더 요염해 보였다.

"조금만 기다려."

차를 옮겨 놓기 위해 시마다는 서둘러 현관으로 향했다.

카나는 슬며시 눈을 떴다. 문이 닫히는 소리에 정신이 돌아왔다. 밝은 조명 때문에 눈을 깜빡이며 여기가 어디인지 파악하려 했다. 그리고 이내 자신이 지금 어떤 상황에 처해 있는지 이해했다.

유키라는 남자의 집에 끌려온 것이다. 아마 아까 마신 진저에일에 약을 탔던 것이겠지.

주위를 둘러보았지만 유키의 모습은 보이지 않았다. 어디로 갔는지 알 수 없었지만 분명 얼마 지나지 않아 돌아올 터였다.

카나는 몸을 일으키려 했다. 좀처럼 팔에 힘이 들어가지 않아 상체를 일으키는 데 애를 먹었다. 일어서려 했지만 이내 휘청거리다 쓰러져 무언가에 이마를 부딪혔다. 무엇이었는지 확인해 보니 바닥에 아령이 놓여 있었다. 이마에서 무거운 통증이 전해졌다.

어쩌다 이런 일을 당하게 된 것일까? 속상하고 억울해서 눈물이 나왔다.

하지만 지금은 울고 있을 때가 아니었다. 한시라도 빨리 이곳을 빠져나가야 하는데—.

다시 상체를 일으키려 했다. 팔의 감각은 조금씩 돌아오고 있었지만 다리에는 아직 힘이 들어가지 않아 일어서려 할 때마다 휘청거렸다.

그때 현관문이 열리는 소리가 들렸다. 유키가 돌아온 것이다.

유키는 허리에 두 손을 얹은 채 우두커니 서서 카나를 내려다보았다. 카나가 깨어났다는 사실에 놀란 듯했다.

"살려주세요…!"

목소리는 문제없이 나왔다. 이번에는 더 큰 소리로 외쳤다.

"살려주세요!"

유키는 깜짝 놀란 듯 몸을 떨었다. 카나가 또다시 소리를 지르려 하자 손으로 황급히 카나의 입을 틀어막았다.

"닥쳐! 조용히 하지 않으면 죽여버린다."

이대로는 정말 죽을지도 모른다. 카나는 무아지경으로 발버둥 쳤다. 점차 몸의 힘이 돌아오는 것을 느꼈다.

"가만히 있으라고!"

카나의 입을 막는 유키의 힘은 상당했다. 핏발이 선 눈으로 카나를 노려보고 있었다.

어떻게든 이 남자의 폭주를 막을 방법이 없을까? 카나는 무의식중에 머리 위로 손을 뻗었다. 무언가 딱딱한 것이 손에 닿았다. 조금 전 이마를 부딪친 아령이었다. 바로 이거라는 생각이 들었을 때는 이미 두 손에 아령을 쥐고 있었다. 카나는 팔을 치켜들고 잔뜩 힘을 실어 유키의 머리를 내리쳤다.

"아악."

유키는 낮은 신음을 내더니 카나 옆으로 쓰러졌다. 두 손으로 머리를 부여잡은 유키의 목에서 계속해서 쉰 소리가 새어 나왔다.

유키에게서 벗어나기 위해 카나는 서둘러 상체를 일으켰다. 엉덩이를 바닥에 댄 채 뒤로 물러섰다.

"으으윽…."

유키는 머리를 잡은 채 신음했다. 하지만 얼마 지나지 않아 조용해지더니 더는 움직이지 않았다.

이 틈에 도망쳐야 해—.

카나는 몸을 일으켜 현관으로 향했다. 신발을 신고 현관 밖 복도를 달려 계단을 내려갔다. 도중에 몇 번이고 발을 헛디뎌 넘어질 뻔했지만 겨우 계단을 다 내려왔다.

카나는 비틀거리며 뛰기 시작했다. 백 미터 정도를 내달렸을 때 머릿속에서 경보음이 울리기 시작했다.

카나는 그 자리에 멈춰 섰다. 어깨를 들썩이며 숨을 크게 들이마시고 내쉬었다.

움직임을 멈춘 유키의 모습을 떠올렸다.

유키는 죽은 것일까?

자신이 유키를 죽였을지도 모른다는 생각이 들었다.

문득 두려워졌다. 카나는 그 자리에 주저앉아 울음을 터트렸다.

7

시계를 보니 밤 11시 30분을 넘긴 시각이었다. 피곤했지만 사쿠라다이 역 앞에 있는 단골 스낵바에 잠시 들르기로 했다. 세련된 바 같은 분위기의 '사오리'는 료이치와 비슷한 또래의 사오리라는 마마가 운영하는 가게다. 스낵바이지만 노래방 기계가 없어 조용히 술을 한잔하기에 제격이었다. 낮에도 영업을 하기 때문에 인기 메뉴인 오므라이스를 먹으러 올 때도 있었다. 료이치에게는 안식처 같은 곳이었다.

가게로 들어서자 카운터석에 손님이 한 명, 테이블석에 세 명이 앉아 있었다. 비어 있는 카운터석에 앉자 사오리 마마가 밝은 목소리로 맞아 주었다.

"어서 와요."

"또 왔어."

료이치는 자신의 입가에 미소가 번지는 것을 느꼈다. 사오리 마마는 젊었을 때 연극 배우로 활동했다는 이야기를 들은 적이 있었다. 이국적인 외모에 검은 중단발이 잘 어울렸다.

넥타이를 살짝 풀며 말했다.

"늘 마시던 걸로."

사오리 마마는 료이치의 말이 끝나기도 전에 하이볼을 준비하고 있었다.

"배는 안 고파요?"

"살짝 출출하긴 한데 오늘은 참으려고. 요즘 배가 너무 나와서."

"료이치 씨는 그래도 잘 유지하고 있는 편인걸요. 일하면서 많이 걸으니까요."

사오리 마마는 료이치가 형사라는 사실을 알고 있었다. 다만 어느 경찰서에서 어떤 사건을 담당하고 있는지는 말하지 않았다. 물론 그가 지금 이케부쿠로 연쇄살인 사건을 수사하고 있다는 것도 비밀이었다.

"마마는 어떻게 그렇게 항상 날씬해?"

"에이, 하나도 안 날씬해요."

"마마가 안 날씬하면 이 세상 여자들은 다 뚱뚱하게? 마마도 같이 한잔 마셔."

사오리 마마는 자신의 몫으로 하이볼을 한 잔 더 만들었다. 두 사람은 건배를 했다.

"매일 늦게까지 고생이 많네요."

"오늘은 그래도 좀 좋은 일이 있었어."

"범인이라도 잡았어요?"

"체포로 이어질 만한 정보를 얻었달까?"

"이 나라의 치안을 위해 수고해 줘서 고마워요. 요즘 특히 뒤숭숭하잖아요. 또 누가 죽었다면서요?"

"아, 이케부쿠로 사건?"

대충 얼버무리려 했지만 사오리 마마는 요즘 이 이야기만 계속했다.

"혹시 뭐 아는 거 없어요?"

"진짜 아무것도 몰라."

"그렇구나. 하긴 담당 사건이 아니라고 했었죠?"

사오리 마마의 의심 어린 시선을 애써 피하며 료이치는 잔을 입으로 가져갔다.

자정이 지날 때까지 이곳에서 술을 마시기로 했다. 12시 전에 집에 들어

가면 에리코가 깨어 있을지도 모른다. 아내를 피하는 것은 아니지만 얼굴을 봐도 딱히 할 말이 없다. 괜히 서로 어색할 뿐이다. 아, 이게 피하는 건가? 20년 넘게 같이 살다 보면 지겹게 느껴질 때도 있는 법이다. 그렇다고 해서 이혼을 하고 싶지는 않다. 지긋지긋할 때도 있지만 아내 없이 살 수는 없다.

사오리 마마와 더 이야기하고 싶지만 다른 손님들도 있었다. 새로운 손님들이 들어와 가게 안이 붐볐다. 사오리 마마를 보러 온 중년 남성이 대부분이었다. 마마가 다른 손님들과 이야기하는 동안 료이치는 조용히 혼자 술을 마시기로 했다.

오늘도 힘든 하루였지만 마음은 홀가분했다. 오구라 렌이 생전에 무슨 일을 했는지가 드러났고 고객 리스트도 확보했다. 어쩌면 오구라는 금전 문제로 고객과 갈등이 생겨 살해당한 것일지도 모른다. 다른 피해자들이 왜 살해당했는가는 여전히 미지수지만 수사상 큰 진전이 있다는 것은 사실이다. 본청에서 나온 고위 간부들에게 강렬한 인상을 남겼음이 틀림없었다.

내년 이맘때쯤에는 경부로 승진해 본청 수사1과 소속 형사로서 팀을 이끌고 있을지도 모른다. 책임은 커지겠지만 보람을 느낄 수 있을 것이다. 월급도 오르겠지. 올라봤자 에리코의 월급에는 여전히 한참 못 미치겠지만 국가를 위해 일한다는 자부심이 있다. 경부 승진만으로도 대단한 일이지만 목표는 경시정이 되는 것이다. 경부 다음이 경시이고, 그 다음이 경시정이다. 두 계급이나 더 남았지만 경시정부터는 신분이 국가공무원으로 전환된다. 료이치는 그런 미래를 꿈꾸며 홀로 미소를 지었다.

사오리 마마에게 이런 마음을 털어놓고 축하받고 싶지만 불가능한 일이었다.

료이치는 자정을 넘어 5분쯤 지나서야 자리에서 일어났다.

"슬슬 가볼게. 내일도 일찍 나가야 해서."

"벌써? 또 오세요."

계산을 마치자 사오리 마마가 문 앞까지 배웅해 주었다. 아쉬운 마음을 달래며 발걸음을 옮겼다.

주택가 골목을 지나 집에 도착하니 현관은 어둡고 고요했다. 에리코는 이미 잠자리에 든 것 같았다. 카나도 자고 있으려나? 오늘 아침에 있었던 일을 떠올렸다. 설마 이틀 연달아 외박을 하지는 않겠지. 내일 아침에 주의를 주어야겠다고 생각했다. 쇼타는 아마 깨어 있을 것이다. 밖에서 보니 쇼타의 방에만 불이 켜져 있었다. 공부를 하고 있는 것이면 좋으련만.

세면대에서 손을 씻고 주방으로 가 냉장고에서 캔맥주를 꺼냈다. 이미 평소보다 많이 마셨지만 오늘만큼은 기분을 내고 싶었다. 넥타이 매듭을 당겨 살짝 풀었다. 소파에 앉아 맥주를 한 모금 들이켰다. 행복감이 이어졌다.

그때 문득 테이블 위에 놓인 모나카 상자가 눈에 들어왔다. 낮에 장인 장모가 다녀간 듯했다. 장인 시라이 타카히사와 장모 후미코는 바로 옆집에 살고 있다. 일주일에 몇 번씩 집에 찾아와 먹을 것을 두고 갔다. 간섭이 지나치다고 느낄 때도 있기는 하지만 두 사람은 맞벌이 부부인 료이치와 에리코를 대신해 아이들을 잘 돌봐주었다. 쇼타는 료이치와 에리코에게는 마음의 문을 굳게 닫아버렸지만 다정한 조부모 앞에서는 평범하게 행동했다. 반년 전 폐암 진단을 받은 장인 타카히사는 시한부 1년을 선고받았다. 남은 시간을 딸과 사위, 그리고 손자들과 함께 보내고 싶은 마음에서인지 그때부터 간섭이 한층 더 심해진 듯했다.

상자를 열어보니 열두 개가 들어 있어야 할 모나카는 두 개만 남아 있었다. 쇼타가 먹은 모양이었다.

맥주를 마시며 남아 있던 모나카를 무심코 먹어 치웠다. 그리고 샤워를 한 다음 자러 갈 생각이었다. 내일도 아침 일찍 일어나야 했다. 수사 회의가 시작되기 한 시간 전인 7시 30분까지는 강당에 도착해야 한다.

취기가 올라 기분 좋게 쉬고 있던 찰나에 적막을 깨는 스마트폰 벨소리가 울렸다. 시간이 시간인지라 업무 연락인 줄 알았는데 예상외로 개인용 스마트폰이었다. 화면을 확인해 보니 카나에게 온 전화였다. 카나가 먼저 전화를 걸어오는 일은 매우 드물었다. 게다가 전화를 했다는 것은 카나가 지금 집에 없다는 뜻이기도 했다.

무슨 일이라도 생긴 것일까? 불길한 예감을 느끼며 료이치는 전화를 받았다.

"무슨 일이야, 카나?"

"아빠, 어떡해…. 내가…, 내가…."

카나는 흐느껴 울고 있었다.

"무슨 일 있어?"

카나가 떨리는 목소리로 말했다.

"사람을 죽인 것 같아."

료이치는 할 말을 잃었다. 방금 무슨 말을 들은 거지?

상황을 파악하기도 전에 온몸이 찬물을 뒤집어쓴 듯한 충격에 휩싸였다.

"어떡해? 나 어떡하지, 아빠…."

"카나, 침착해. 무슨 일이 있었던 건지 차분하게 말해봐."

카나는 흐느끼며 말을 이어갔다.

"클럽에 갔는데 어떤 모르는 남자가 말을 걸어서…."

"클럽…?"

카나는 도대체 지금 무슨 말을 하고 있는 것인가? 이것이 정말 실제로 일어난 일이라는 말인가?

"응, 그 남자가 음료를 사줘서 마셨는데 그다음이 기억이 안 나…. 정신을 차려보니까 그 남자 집이었는데 나를 덮치려고 했어. 그래서… 거기에 있던 아령으로 그 남자 머리를 때렸어. 있는 힘껏….."

료이치는 침을 꿀꺽 삼켰다.

"그게 정말이야?"

"응."

카나는 다시 울음을 터뜨렸다.

"… 아무래도 죽은 것 같아."

"죽었다고?"

료이치는 멍하니 카나의 말을 되뇌었다.

딸이 사람을 죽였다고? 어떻게 그런 말도 안 되는 일이….

착하고 성실한 카나가 사람을 죽이다니, 그런 일이 일어날 리가 없었다.

"확실히 죽은 거야? 확인했어?"

"확인은 못 했어. 바로 도망쳐 나왔으니까…. 그치만 죽었을 거야. 아빠, 나 어떡해…."

"진정해. 일단 진정해! 아빠가 거기로 갈게. 지금 어디야?"

"어딘지 모르겠어. 주택가인데…."

"스마트폰으로 현재 위치 확인해봐. 화면 캡처해서 아빠한테 보내."

"알겠어."

잠시 후, 라인으로 메시지가 도착했다. 지도를 캡처한 화면이었다. 위치는 미나미오쓰카였다.

"지금 갈 테니까 어디 가지 말고 있어."

대답을 듣기도 전에 료이치는 현관문을 열고 뛰쳐나갔다. 취기는 이미 가신 지 오래지만 술을 많이 마신 상태였다. 하지만 택시를 부를 수는 없었다. 망설임 없이 차고에 세워 둔 토요타 프리우스에 올라탔다.

카나는 어릴 때부터 손이 많이 가지 않는 아이였다. 부모 말을 잘 들었고 학업 성적도 우수했다. 말썽을 일으킨 적이 단 한 번도 없었다. 초등학교 1학년 때 에리코의 손에 이끌려 처음 발레 학원에 갔던 그날부터 발레리나가 되는 것을 꿈꾸며 말 그대로 피나는 노력을 해 왔다. 그리고 마침내 꿈에 그리던 런던의 명문 발레학교 오디션에 합격해 지금은 세계적인 발레리나가 되는 것을 목표로 하고 있다. 카나의 인생은 이제부터가 시작이다.

뭔가 잘못된 거야. 아닐 거야.

료이치는 차를 운전하며 계속 그렇게 되뇌었다.

마음이 급했다. 속도를 내고 싶지만 경찰의 눈에 띄는 일만큼은 피해야 했다. 제한 속도 내에서 차를 몰았다. 카나가 캡처해서 보내온 장소인 미나미오쓰카 3초메 근처에 도착했다. 큰길에서 좌측으로 살짝 꺾어 들어간 골목에서 웅크리고 앉아 있는 카나를 발견했다. 온몸을 벌벌 떨며 울고 있었다. 늦은 밤 어린 소녀가 길거리에 혼자 있는 모습은 사람들 눈에 띄기 쉬워 보였다.

료이치는 카나 옆에 차를 세웠다. 그리고 재빨리 주변을 살폈다. 주택가는 고요한 어둠에 잠겨 있었고 차량 통행도 거의 없었다.

료이치를 발견한 카나가 조수석에 올라탔다. 퉁퉁 부은 눈이 빨갛게 충혈되어 있었다.

"그 남자는 지금 어디에 있어?"

카나는 떨리는 손으로 앞쪽을 가리켰다.

"여기서 쭉 가다 보면 나오는 아파트."

료이치는 조용히 차를 몰았다. 백 미터쯤 갔을 때 카나가 왼쪽에 있는 2층짜리 아파트를 가리켰다.

"여기야."

잘 가꿔진 나무 울타리에 둘러싸인 세련된 붉은 벽돌 건물이었다.

료이치는 숨이 가빠왔다. 입 안이 바싹 말라 있었다.

"몇 호야?"

"2층이었던 것 같은데…."

두 사람은 차에서 내려 조용히 외부 계단을 올랐다. 누가 보고 있지는 않은지 고개를 돌려 주위를 살폈다. 늦은 밤의 주택가는 불이 켜진 집도 없고 고요했다.

"몇 호야?"

료이치가 다시 물었다.

카나는 고개를 저었다.

"잘 모르겠어. 근데 제일 끝에 있는 집이었던 것 같아."

복도를 따라 걸었다. 203호의 현관문이 살짝 열려 있었다. 이 집이 맞는지 료이치는 눈빛으로 카나에게 물었다.

카나가 천천히 고개를 끄덕였다. 얼굴이 새파랗게 질려 있었다.

현관에서 안쪽을 들여다보니 방 안 불빛이 복도를 비추고 있었다. 료이치는 신발을 벗고 집 안으로 들어섰다. 카나도 그 뒤를 따랐다.

거실 한가운데에 남자가 쓰러져 있었다. 금발 머리에 정장을 입은 남자였다. 료이치는 심장이 철렁 내려앉았다. 아까 만났던 시마다라는 녀석이었다. 어떻게 카나가 이런 녀석과 엮일 수 있다는 말인가.

남자의 반쯤 감긴 눈에서는 이미 빛이 사라진 뒤였다.

심장이 빠르게 뛰었다. 남자의 옆에 웅크려 앉아 경동맥을 짚었다.

눈앞이 캄캄해졌다. 료이치는 그대로 주저앉아 두 손으로 몸을 지탱했다.

카나는 결과를 직감하고 또다시 울음을 터뜨렸다.

"아빠….."

"죽었어."

카나는 소리 내어 울기 시작했다.

"어쩌다 이런 바보 같은 짓을….."

"어떡해….."

마치 말라리아에 걸린 사람처럼 온몸이 떨리기 시작했다. 끔찍한 일이 벌어지고 말았다. 이럴 때일수록 정신을 바짝 차려야 한다.

잠시 동안 아무 생각도 할 수 없었지만 이내 침착하게 상황을 정리하기 시작했다.

"어떡하긴…, 경찰에 자수해야지. 이건 정당방위였어. 이 녀석이 먼저 널 덮치려고 했다며."

"응."

"그럼 충분히 정당방위로 인정될 거야. 네가 처벌을 받을 일은 없어."

"응….."

료이치는 스마트폰을 꺼내 신고를 하려다 멈칫했다.

진급 시험은 어떻게 되는 거지? 수사1과로의 이동은? 딸은 아마 처벌을 면할 수 있을 것이다. 하지만 사람을 죽였다는 사실은 변하지 않는다. 자신의 인사에 영향을 미치지 않을 리 없었다. 료이치는 그 사실이 두려웠다.

뉴스와 신문에 보도되는 장면을 상상했다. 일반적으로 피의자는 체포되는 시점에 실명이 공개되지만 카나는 현직 경찰관의 가족이라는 이유로 이름이 공개되지 않을 가능성이 있었다. 하지만 SNS가 발달한 요즘 같은 시대에 피의자의 신상이 밝혀지는 것은 시간문제였다. 부모가 경찰이라는 사실이 알려지면 세상이 떠들썩해질 것이다.

다시 정신을 차렸다. 지금은 이런 것들을 고민할 때가 아니었다. 앞으로의 일이 어떻게 되든 이 상황을 경찰에 신고하지 않는다는 선택지는 있을 수 없었다.

번호를 찍고 통화 버튼을 눌렀다.

그때 카나가 희미한 목소리로 말했다.

"나, 발레 계속할 수 있을까?"

카나는 발레리나로서 이제 막 세계로 뻗어나가려던 참이었다. 그 꿈이 허무하게 산산조각 나고 말았다.

료이치는 이 사실이 분하고 원통했다.

"이제 발레는 못 할 수도 있어."

카나가 크게 동요했다.

"왜? 내가 잘못한 거 아니라며!"

료이치는 낮은 목소리로 꾸짖었다.

"사람을 죽였잖아. 앞으로는 사람들 눈에 띄지 않게 조용히 살아야 한다고."

"내 인생이 이렇게 끝난다고?"

그때 스마트폰 너머에서 경찰 상황실 직원의 목소리가 들려왔다.

친절하지만 단호한 말투로 말했다.

"네, 경찰입니다. 무슨 일이십니까?"

료이치는 스마트폰을 손으로 덮어 소리가 들어가지 않게 막았다.

카나가 료이치의 팔을 강하게 붙잡았다.

"나, 발레 포기 안 해. 진짜 열심히 연습해서 겨우 합격한 거란 말이야. 절대로 포기 못 해."

머리에 강한 전류가 흐르는 듯한 충격이 느껴졌다.

"여보세요? 말씀하세요."

상황실 직원의 목소리가 커졌다.

료이치는 카나를 바라보았다. 평생에 한 번 있을까 말까 한 위기에 직면한 딸이 도움을 요청하고 있다. 아버지로서 할 수 있는 일이 정말 자수를 권하는 것뿐일까?

딸의 인생이 이대로 망가지게 놔두어도 괜찮은 것일까?

료이치는 분한 마음에 바드득 이를 갈았다. 떨리는 숨을 내쉬며 스마트폰을 덮고 있던 손을 거두고 말했다.

"죄송합니다. 잘못 걸었습니다."

그리고 곧바로 전화를 끊었다.

그 순간 료이치는 자신이 무슨 짓을 하고 있는지 알 수 없었다.

놀란 듯한 카나에게 물었다.

"아령으로 때렸다고 했지? 아령 말고 다른 것도 만졌어? 문이나 손잡이 같은 거."

카나는 기억을 되새기는 듯 고개를 갸웃했다.

"아령이랑 현관문 손잡이는 만졌던 것 같아…."

료이치는 주머니에서 손수건을 꺼내 바닥에 떨어져 있던 아령을 닦았다.

"아빠, 뭐 해?"

"널 구할 거야."

그 말을 내뱉은 순간 머리가 냉정하게 돌아가기 시작했다. 료이치는 문손잡이까지 닦은 후 죽은 남자의 옷을 확인했다. 바지 주머니에서 자동차 열쇠와 지갑, 그리고 스마트폰이 나왔다. 주머니 안에는 또 다른 물건도 들어 있었다. 은색 접이식 칼이었다. 료이치는 남자의 스마트폰 전원을 끄고 칼과 함께 자신의 정장 안주머니에 넣었다. 전원을 껐으니 위치 추적을 당하는 일은 없을 것이다. 이어서 윗옷을 살피던 중 료이치가 낮에 건넸던 명함이 나왔다. 가져갈까 생각했지만 오다기리가 명함을 주고받는 장면을 보았기 때문에 그대로 두기로 했다.

자신은 범인 은닉과 증거 인멸이라는 범죄를 저지르려 하고 있다. 료이치는 그 사실을 명확히 인지하고 있었다. 그럼에도 할 수밖에 없었다. 이미 그렇게 하기로 결심을 했다.

"오늘 있었던 일은 아무한테도 말하면 안 돼. 우리 둘만의 비밀이야. 알았어?"

카나는 고개를 끄덕였다.

료이치는 느슨해져 있던 넥타이를 꽉 조여 매고는 시마다의 양팔을 잡고 들어 올려 어깨에 들쳐 멨다. 아직 사후 경직이 시작되지 않아 잠들어 있는 것처럼 보이는 시신은 무게중심이 잡히지 않아 더욱 무겁게 느껴졌다. 카나에게 손수건을 사용해 현관문을 열게 한 뒤 천천히 아파트 복도로 나왔다.

주위를 둘러보았다. 조금 전과 달라진 것은 없었다. 혹시 CCTV에 찍힌 것은 아닐까? 눈을 크게 뜨고 주변을 살폈다. 근처에 있는 단독주택에는 CCTV가 설치되어 있지 않은 듯했다.

차량 뒷좌석 문을 열고 시마다를 눕힌 뒤 운전석에 올랐다. 카나는 조수석에 앉았다.

곧바로 차를 출발시켜 그 자리를 벗어났다.

"잘 들어, 카나. 오늘 일은 잊어버려. 너를 덮치려고 했다며. 저런 쓰레기 같은 녀석은 죽어도 싸."

"응."

"아빠가 다 알아서 할 테니까 걱정하지 마."

주택가를 한 바퀴 빙 돌아 큰길로 빠져나와 카나를 내려 주었다.

"여기서 이케부쿠로 쪽으로 십 분 정도 걸어간 다음에 택시를 잡아서 집으로 가. 돈 있어?"

카나는 고개를 저었다. 료이치는 지갑에서 만 엔짜리 지폐를 꺼내 건넸다.

카나는 뒷좌석을 힐끗 쳐다보더니 머뭇거리며 물었다.

"아빠는 어떻게 할 거야?"

"저놈을 처리하고 갈게. 걱정하지 말고 너는 평소처럼 행동해. 아빠 말 이해했지?"

"이해했어."

"아니야, 제대로 이해 못 했어. 반드시 평소처럼 행동해야 해. 알겠어?"

료이치의 단호한 말투에 카나는 몸을 떨며 고개를 끄덕였다.

"응."

다시 차를 출발시켰다. 카나는 겁에 질린 표정으로 떠나가는 차를 바라보고 있었다.

료이치는 크게 한숨을 내쉬었다.

어쩌다 이런 일이 벌어진 것일까….

"젠장!"

료이치가 소리쳤다.

과연 옳은 선택을 한 것일까?

그 질문이 끊임없이 머릿속에서 맴돌았다.

지금 당장 해야 하는 일은 차를 세우고 스마트폰을 꺼내 신고하는 것이 아닐까?

아니야, 그랬다가는 일이 더 꼬일 것이다.

출세를 꿈꾸던 나의 인생은 끝나고 만다. 이건 승진하고 못 하고의 문제가 아니다. 이 사실이 알려지면 한직을 전전하다 결국에는 권고사직을 당하게 될 것이다.

사랑하는 딸에게는 이보다 더 가혹한 운명이 기다리고 있을 것이다. 발레리나의 꿈이 좌절되는 것은 물론이고, 아마 취직도 결혼도 쉽지 않을 것이다. 평범한 삶을 살아가는 것은 불가능하다. 평생을 사람들에게 손가락질 받으며 살아가는 수밖에 없다.

역시 내 선택은 틀리지 않았다. 나는 옳은 일을 하고 있는 것이다.

료이치는 그렇게 스스로를 타일렀다.

침착하게 앞으로 해야 할 일들을 생각했다.

금세 한 가지 아이디어가 떠올랐다. 하지만 완벽히 해내야만 했다.

운전대를 잡은 손이 떨렸다. 아니, 온몸이 미세하게 떨리고 있었다. 술기운은 가신 지 오래였다. 어느 때보다도 정신이 맑고 또렷했다.

이런저런 생각을 하는 사이, 목적지에 도착했다. 이케부쿠로 3초메에 있는 이름 없는 작은 공원이었다. 높이 솟은 나무들로 둘러싸인 공원에는 그네

네 개, 크고 작은 철봉 두 개, 그리고 작은 모래밭과 공중화장실밖에 없었다. 가로등도 없었다. 주변에 사람의 모습은 보이지 않았다. 도심 한복판이지만 마치 버려진 곳 같았다.

료이치는 차를 공원 옆에 바짝 붙여 세웠다. 공원 주변에는 높은 건물이 여러 채 늘어서 있었지만 주로 사무실로 쓰이고 있어서인지 이 시간대에는 아무도 없는 듯했다. CCTV도 없었다. 시간과 장소가 모두 최적이었다.

심장이 빠르게 뛰고 있었다. 료이치는 차에서 내려 뒷좌석 문을 열었다. 시마다 유키의 등 뒤에서 두 팔 사이로 손을 밀어 넣어 차 밖으로 끌어냈다. 넥타이 끝이 시마다의 얼굴에 닿았다. 거북함을 느꼈지만 기분까지 신경을 쓸 겨를이 없었다. 시신을 뒤에서 끌어안은 상태로 뒷걸음질 치며 공원 안으로 들어섰다. 시마다의 다리가 바닥에 끌렸다. 그때 료이치는 시마다가 신발을 신고 있지 않다는 사실을 깨달았다. 시신의 무게에 자꾸만 손이 미끄러졌다. 시신을 놓칠 때마다 시마다의 머리가 땅에 부딪혀 둔탁한 소리가 났다. 하지만 항의의 목소리는 어디에서도 들리지 않았다. 료이치는 그대로 공원 안쪽의 나무가 많은 곳으로 이동했다. 그리고 커다란 느티나무 밑에 시신을 눕혔다. 온몸이 땀으로 젖었다.

죽은 남자가 블랙체리의 멤버였던 것은 행운이었다.

료이치는 품 안에서 시마다의 접이식 칼을 꺼내 들었다.

남자를 내려다보았다. 반쯤 감긴 눈에는 이미 초점이 없었다. 이미 죽은 자였다.

시신의 이마에 X 표시를 새기려 했다. 물론 이 행동은 시체 훼손이라는 범죄에 해당한다. 상대는 이미 죽었으니 고통을 느끼지 않을 것이다. 그것을 알면서도 누군가에게 상처를 입히는 것은 결코 쉬운 일이 아니었다.

카나를 위한 일이다.

마음을 굳혔다. 해야만 한다. 성소자의 범행으로 위장하는 것이다. 이미 블랙체리의 멤버 한 명이 살해당했다. 두 번째 희생자가 나와도 전혀 이상할 것이 없었다.

칼날을 시신의 이마에 가져다 댔다. 피부의 감촉이 손끝에 전해졌다. 료이치는 몸서리를 쳤다.

카나를 위해서라고 되뇌이며 간신히 성소자의 표식을 새겼다. 피는 흐르지 않았다. 이미 혈액이 응고되기 시작한 상태였다.

칼을 다시 접어 손수건으로 감싼 뒤 정장 안주머니에 넣었다. 공원 바닥은 부엽토로 덮여 있어 발자국이 남을 걱정은 없어 보였다.

차로 돌아온 료이치는 다시 한번 주위를 살폈다. 아무도 없었다. 신조차도 간과할 만한 늦은 시간이었다.

차를 몰기 시작했다. 한시라도 빨리 집으로 돌아가고 싶은 마음을 억누르며 제한 속도에 맞춰 차를 운전했다.

아직도 심장이 빠르게 뛰고 있었다. 앞으로 다시는 원래의 속도로 돌아갈 수 없을 것 같았다. 그만큼 엄청난 일을 저지르고 말았다.

집 앞에 도착한 료이치는 2층을 올려다보았다. 카나의 방은 불이 꺼져 있었다. 쉽게 잠들지 못할 것이다. 어쩌면 앞으로 평생 편히 잠드는 날은 오지 않을지도 모른다.

편히 잠들지 못하는 것은 자신도 마찬가지다. 평생 죄책감에 시달리며 살아갈 것이다. 료이치는 자신의 어깨를 짓누르는 죄의 무게를 느꼈다.

차고에 차를 세운 뒤 현관에 있던 알코올 소독제를 챙겨 다시 차로 돌아갔다. 뒷좌석을 소독할 생각이었다. 시신을 차에 실어야 했던 불쾌감과 죄책감을 씻어내고 싶었다.

"료이치?"

갑자기 자신의 이름을 부르는 소리에 료이치는 몸이 뛰어오를 만큼 놀랐다.

소리가 난 쪽을 돌아보자 장인인 타카히사가 잠옷 위에 카디건을 걸친 차림으로 서 있었다. 타카히사는 걱정스러운 얼굴로 물었다.

"이렇게 늦은 시간에 뭘 하는 건가?"

"아, 그게…, 차가 좀 더러워져서 닦고 있었어요. 장인어른께서는 왜 아직 안 주무세요?"

"카나가 방금 들어왔거든. 심지어 택시를 타고. 그 소리에 잠이 깼어."

나이를 먹으면 대개 그렇듯 장인은 깊이 잠들지 못했다.

"몸은 좀 괜찮으세요?"

"약 때문인지 컨디션이 그다지 좋지는 않은데 걱정할 거 없어. 그보다 카나한테 혹시 무슨 일 있는가?"

"글쎄요, 잘 모르겠는데요. 친구들이랑 늦게까지 놀다가 막차를 놓친 거 아니었을까요?"

"지금까지 한 번도 그런 적 없지 않았나? 게다가 택시 탈 돈이 있다고?"

"그러게요, 근데 저도 카나의 주머니 사정까지는 몰라서."

타카히사는 가끔 사소한 것에 집착할 때가 있었다. 그래서 장모와 자주 다투기도 했다.

"뭐, 별일 아닐 거예요. 얼른 들어가서 쉬세요."

"그런가? 그렇다면 다행인데…."

타카히사는 그제야 수긍한 듯 집으로 들어가려다 갑자기 무언가 떠올랐는지 다시 료이치를 향해 고개를 돌렸다.

"이케부쿠로 사건은 아직 해결이 안 된 건가?"

"네, 아직이에요."

"자네가 매일 고생이 많네. 이렇게 늦은 시간까지…."

타카히사는 료이치의 프리우스 차량을 유심히 바라보았다.

장인의 머릿속에서 어떤 생각들이 오가고 있는지 료이치는 훤히 알 수 있었다.

어째서 직접 차를 운전해서 들어왔는가. 료이치는 일할 때 개인 차량을 이용하지 않는다. 경찰 업무가 아닌 다른 무언가를 위해 이렇게 늦은 밤에 차를 몰고 나갔던 것이 분명했다.

하지만 타카히사는 아무 말도 하지 않기로 결정한 듯 그대로 집으로 돌아갔다.

료이치는 한동안 그 자리에서 움직이지 못했다. 머릿속으로 자신이 저지른 일을 되새기며 놓친 부분은 없었는지 생각했다. 지금으로서는 결정적인 순간을 누군가에게 들킨 것 같지는 않았다.

거친 숨을 내쉬며 두 손을 확인했다. 여전히 부들부들 떨리고 있었다.

8

료이치는 더블 침대 위에 에리코와 사람 한 명이 누울 정도의 간격을 두고 누워 있었다.

어둠 속에서 눈을 깜빡였다. 결국 한숨도 자지 못했다. 언제 연락이 올지 모른다는 생각에 계속 긴장하고 있었지만 밤새 전화는 울리지 않았다. 아직 시신이 발견되지 않은 것이다.

머릿속으로 어젯밤의 행동을 수도 없이 되새겼다.

옳은 선택이었는가? 물론 옳았다. 이제 와서 되돌릴 수도 없다. 시마다 유키의 시신을 옮기는 모습을 누군가 목격하였는가? 아무도 목격하지 못했을 것이다. 이케부쿠로 3초메에 있는 공원에 시마다의 시신을 유기했다. 목격자가 있었는가? 분명 아무도 없었다.

시마다의 시신에서 훔친 접이식 칼과 스마트폰은 서재로 쓰는 1층 다다미 방 벽장 안에 숨겼다. 조만간 처분할 생각이었다.

문제가 될 만한 것은 아무것도 없다. 두려워할 필요도 없다. 딸을 위해 해야 할 일을 했을 뿐이다. 물론 자신을 위한 것이기도 했다.

협탁 위에 놓인 디지털 시계를 확인했다. 5시 45분이었다.

잠깐 졸았다 깨어나 보니 6시 30분이었다. 몸을 일으켜 침대를 빠져나왔다. 에리코는 아직 자고 있었다. 아내는 매일 7시 정각에 울리는 알람 소리에 눈을 떴다.

화장실에 들렀다가 간단히 씻은 뒤 거실 텔레비전을 켰다. 모든 채널에서 성소자 사건을 다루고 있었지만 새로운 시신이 발견되었다는 소식은 아직 없었다.

물을 끓이는 동안 에그 베이컨을 두 개 만들고 식빵 두 장을 토스터에 넣었다. 양파를 잘게 다진 후 캔 참치와 함께 그릇에 담아 마요네즈와 머스터드를 넣고 버무렸다. 아침 메뉴는 참치 샌드위치였다. 드립 커피도 두 잔 준비했다. 간단하게 아침을 차리는 것은 료이치의 담당이었다.

식욕은 없지만 평소대로 행동해야 했다. 카나에게도 그렇게 지시하지 않았던가. 무리해서라도 음식을 입에 넣어야 했다.

1층 다다미방으로 들어가 잠옷을 벗고 정장으로 갈아입었다. 넥타이는 짙은 갈색에 체크무늬가 있는 것으로 골랐다.

7시가 되자 잠에서 깬 에리코가 잠옷 차림으로 거실로 들어왔다.

"좋은 아침."

"응, 잘 잤어?"

료이치는 억지로 미소를 지어 보였다. 완성된 참치 샌드위치와 에그 베이컨을 식탁에 가져다 놓았다.

료이치는 마주 앉은 에리코를 물끄러미 바라보았다. 왠지 다른 사람을 보고 있는 것 같았다.

"왜 그렇게 빤히 쳐다봐?"

지나치게 의식하다 보니 오히려 어색하게 행동하고 있는지도 몰랐다.

"당신은 그대로구나 싶어서."

"뭐야, 그게."

에리코는 살짝 웃으며 식탁 위로 시선을 돌렸다.

"근데 카나 거는?"

"어?"

카나의 몫까지 준비해야 한다는 생각을 전혀 하지 못했다. 카나가 평소처럼 일어나지 못할 것이라고 생각했기 때문이었다. 설령 일어난다고 하더라도 자신과 마찬가지로 식욕이 없을 것이라고 예상했다.

"깜빡했네."

"오늘 당신 좀 이상한데?"

"그래?"

료이치는 참치 샌드위치를 입 안으로 밀어 넣었다. 아무 맛도 느껴지지 않았다.

식탁 위에 놓아둔 스마트폰을 슬쩍 확인했다. 이제 슬슬 연락이 와도 이상하지 않을 시간이었다. 그때 마침 스마트폰 벨소리가 울렸다. 몸이 움찔했다. 그 모습을 아내가 유심히 지켜보고 있었다.

"여보세요?"

전화를 받자 상사인 타케노우치 과장이 다급한 목소리로 말했다.

"야쿠시마루, 또 살인 사건이야. 현장은 이케부쿠로 3초메 인근 공원—."

"바로 가겠습니다."

기다리던 전화였지만 크게 동요했다.

하지만 마음을 다잡으며 자리에서 일어났다. 결국 에그 베이컨은 남기고 말았다.

"사건이래. 다녀올게."

"또? 다녀와요. 몸조심하고."

에리코는 우아하게 커피를 홀짝이며 한 손을 가볍게 들어 료이치를 배웅했다. 아내는 남편과 딸이 중대한 범죄를 저질렀으리라고는 꿈에도 생각하지 못할 것이다.

서둘러 역으로 향해 세이부이케부쿠로선 전철에 올라탔다. 흔들리는 열차에 몸을 맡긴 채 료이치는 앞으로 일어날 수 있는 일들을 상상하며 대비했다. 현장에 도착하자마자 체포되는 것은 아닐까? 그런 생각이 머리를 스쳤다. 자신이 눈치채지 못한 목격자가 있었을지도 모른다. 어딘가에 CCTV가 있었을 가능성도 있다. 료이치는 불안감에 휩싸였다.

무거운 발걸음으로 이케부쿠로역에서 사건 현장까지 걸어갔다. 경찰 통제선이 쳐진 공원 입구에 사복 경찰 여럿이 모여 있었다. 그들 사이에서 상사인 타케노우치의 모습을 발견했다.

심장이 빠르게 뛰었다. 첫마디를 어떻게 꺼내야 할까?

평소처럼 "고생 많으십니다."라고 인사를 건네려 했지만 입안이 바싹 말라서 말이 나오지 않았다. 대신 입을 다문 채 고개를 숙였다. 등에서 식은땀이 흘렀다.

타케노우치 과장은 심각한 표정으로 료이치를 바라보았다.

"성소자야."

료이치는 그 말에 살짝 안도의 한숨을 내쉬었다.

"아마도."

하지만 이내 덧붙여진 한마디에 료이치는 깜짝 놀라 되물었다.

"아마도요?"

"가서 한번 확인해 봐."

공원 안을 둘러보니 남색 작업복을 입은 감식반이 분주하게 증거를 채취하고 있었다.

"아, 네."

어젯밤에 본 커다란 느티나무가 시야에 들어왔다. 나무 주위에는 수사관들 여럿이 모여 있었다. 조직범죄대책과의 하마다 유마, 그리고 본청 소속인 후지이 슌스케와 오다기리 마모루의 모습도 보였다. 관할서 강력계 동료인 타니가와 에이키치와 소우마 세이치로, 요시노 사토루, 후카다 유미도 이미 도착해 있었다. 짧은 인사를 주고받은 뒤 료이치는 떨리는 마음으로 바닥에 쓰러져 있는 시신을 확인했다.

어젯밤에 봤을 때와 크게 달라진 것은 없었다. 다만 반쯤 뜬 눈의 각막이 혼탁해지기 시작한 상태였다. 이마에는 자신이 새긴 X 표시가 선명하게 남아 있었다.

무의식중에 넥타이 매듭을 만지작거렸다. 다리가 얼어붙었다. 갑자기 구역질이 올라왔지만 호흡을 가다듬으며 겨우 참아냈다.

하마다가 시신을 내려다보며 말했다.

"블랙체리 멤버야. 이름은 시마다 유키. 간부 중 한 명인데 리더가 꽤 아끼던 녀석이었던 걸로 기억해."

오다기리가 료이치를 바라보며 물었다.

"선배, 어제 만났던 사람 맞죠?"

"맞아, 시마다 유키라고 했었어. 명함도 교환했잖아."

"그런 것 같더라. 회사명이 투모로우 파이넌스? 불법 사채업이었겠지."

하마다가 비닐 지퍼백을 들어 보였다. 그 안에는 료이치가 건넨 명함이 들어 있었다. 마치 자신이 남긴 흔적을 수집 당한 것 같아 꺼림칙했다. 역시나 명함을 가져가지 않기를 잘했다는 생각이 들었다. 자신은 잘 해내고 있었다.

하지만 범인 은닉과 증거 인멸이라는 범죄를 저질렀다는 죄책감은 지울 수 없었다. 속이 메스꺼워 위 속 내용물이 목까지 차올랐다.

"배가 아프네. 잠깐 화장실 좀…."

대충 핑계를 대며 료이치는 서둘러 자리를 벗어나 공원 안에 있는 공중화장실로 들어갔다. 화장실 안에서는 평소 친분이 있던 감식반 소속의 오카모토 킷페이 순사부장이 수도꼭지에 남은 지문을 채취하고 있었다. 오카모토는 남자지만 어깨까지 오는 긴 머리를 하나로 묶고 다녔다. 예전에 머리는 따뜻한 물로만 헹구는 편이 머리카락 본연의 윤기가 나서 좋다며 열변을 토하는 모습을 본 뒤로 머리에 관한 이야기는 한 번도 꺼내지 않았다.

"오늘도 수고가 많네."

료이치는 오카모토의 인사를 무시하고 곧장 화장실 칸으로 들어가 속을 게워냈다.

"뭐야, 괜찮아? 시신 상태가 그 정도였나?"

"아니, 오늘 아침부터 속이 좀 안 좋았어. 식중독인가."

"그래? 뭘 먹었는데?"

"그게, 참치 샌드위치…. 참치가 상했었나 봐."

"캔 참치로 만든 거 아니야? 캔 참치도 상하나?"

캔 참치가 상하는지 아닌지는 관심 없었다. 대화를 이어가다가는 말실수를 할 것 같아 대충 얼버무리고 서둘러 화장실을 빠져나왔다.

다시 사건 현장으로 돌아가자 하마다가 의심이 가득한 눈초리로 료이치를 보고 있었다.

"괜찮은 거야?"

"괜찮아. 배탈이 좀 났을 뿐이야."

타니가와가 가까이 다가와 시신을 내려다보았다.

"불법 사채업자라고? 세 번째 피해자였던 오구라 렌도 같은 업종이었잖아. 그럼 불법 대출 관련 범죄인 걸 수도 있겠네."

하마다는 수긍하기 어렵다는 듯 낮게 신음했다.

"그건 모르지. 이 녀석을 죽인 게 성소자가 맞는지 아직 단정할 수 없으니까."

료이치가 깜짝 놀라 되물었다.

"그게 무슨 말이야?"

"시신을 잘 봐."

다시 시신을 살펴보았지만 특별히 눈에 띄는 것은 없었다. 없어야 했다. 성소자가 하던 대로 했으니까.

"오늘 좀 이상한데?"

료이치는 당황했다. 오늘 아침에 아내에게도 같은 말을 들었다. 그 정도로 평소와 다르다는 말인가?

"일단 첫 번째로 사인이 문제야. 이 녀석은 칼에 찔려 죽은 게 아니야."

앗, 하고 자신도 모르게 목소리가 새어 나왔다. 사인이라면 이미 알고 있었다. 아령에 맞아 죽었다. 어젯밤에는 정신이 없어 사인은 전혀 고려하지 못했다.

이제 와서 어찌할 방도가 없었다. 아니, 어젯밤에 알았어도 사인을 바꾸는 것은 불가능했다.

"그리고 신발도 안 신고 있어. 어딘가 다른 장소에서 살해당한 후에 이곳으로 옮겨진 것 같지 않아?"

료이치는 말문이 막혔다. 시마다가 신발을 신고 있지 않다는 사실은 어젯밤부터 알고 있었다. 미나미오쓰카에 있는 아파트로 돌아가 신발을 챙겨왔어야 했나? 미처 거기까지는 생각하지 못했다.

소우마가 하마다의 말에 고개를 끄덕였다.

"시신을 옮겼다는 게 이상해요. 지금까지는 길을 가다가 갑자기 공격했는데…. 게다가 그저께도 피해자가 나왔잖아요. 범행 간격이 너무 짧아요."

료이치는 남몰래 침을 꿀꺽 삼켰다. 머릿속이 새하얘졌다. 또다시 넥타이를 만지작대고 있다는 것을 깨닫고 얼른 팔을 내렸다.

오다기리가 시신의 머리 쪽을 가리켰다.

"선배, 시신의 머리를 좀 보세요. 이마 위쪽에 크게 멍이 들었어요. 이번 피해자는 둔기에 맞아 살해당한 것 같은데요."

온몸의 핏기가 가셨다. 무슨 말이라도 해야 했다.

"그러게, 지금까지와는 범행 수법이 확실히 다르기는 하네. 하지만 이마에 표식을 남기는 건 성소자의 짓이잖아."

하마다가 고개를 갸웃했다.

"그거 말인데, 함구령이 내려져 있기는 하지만 입이 가벼운 녀석들이 간혹 있잖아. 블랙체리와 사이가 안 좋은 다른 조직에 정보를 흘렸을 가능성은 얼마든지 있어."

잠자코 있던 후지이도 그 말에 동의하듯 고개를 끄덕였다.

"충분히 가능하다고 봐요. 정보가 이미 외부로 유출된 거라면 이마의 표식만 보고 성소자의 범행이라고 단정 지을 수는 없어요. 적대 관계에 있는 조직들을 조사해 볼 필요가 있을 것 같아요."

타니가와가 입을 열었다.

"블랙체리의 경쟁 조직이라면 '어그리즈'가 유력하겠네. 거기에 힘자랑하기 좋아하는 난폭한 녀석들이 많다던데."

후카다가 아연실색하며 물었다.

"저희 중에 어그리즈에 정보를 흘린 배신자가 있다는 말씀이세요?"

"부패한 인간들은 업계를 불문하고 어디든 존재하니까."

다행히도 의심은 블랙체리의 경쟁 조직으로 향하는 듯했다.

타니가와가 주변을 돌아보며 수사관들의 표정을 살폈다.

"성소자에게 기존의 방식을 바꿀 수밖에 없었던 어떤 계기가 있었던 건지, 아니면 진짜로 모방범의 소행인 건지 조사해 봐야겠네."

"모방범이라니…."

오다기리는 당혹감을 감추지 못했다.

"성소자 수사 자체도 지금 진전이 없는 상황인데 모방범까지 나타났다고 하면 진짜 손 쓸 방도가 없잖아요."

후카다가 오다기리의 말에 반론을 제기했다.

"아직 모방범이 있다고 확실히 밝혀진 건 아니잖아요. 경찰 내부에 배신자가 있다는 걸 저는 믿을 수 없어요."

하마다가 씁쓸한 듯 낮게 신음했다.

"아무래도 수사가 더 길어지겠어."

료이치는 속이 다시 안 좋아졌다. 구역질이 날 것 같았다.

어딘가 불편해 보이는 료이치의 모습을 발견한 후카다가 물었다.

"선배님, 진짜 괜찮으세요? 안색이 너무 안 좋으신데요."

"괜찮아."

하지만 아무도 그의 말을 믿는 것 같지 않았다.

9

도쿄 시내가 훤히 내려다보이는 타워맨션의 꼭대기 층에 한구레 조직 블랙체리의 리더인 카스가 료의 자택 겸 사무실이 있었다. 남쪽으로 난 커다란 창문이 있는 10평 남짓의 거실에는 고급 가죽 소파가 놓여 있었다. 카스가의 오른팔인 이이지마 켄고와 일곱 명의 간부들은 그 소파에 앉아 배달로 주문한 라지 사이즈 피자 세 판을 나눠 먹으며 콜라를 마셨다. 이들의 시중을 드는 몇몇 부하들은 눈에 띄지 않게 벽 쪽에 붙어 서 있었다. 오전 10시, 아침 회의 시간이었다.

블랙체리는 올해로 결성된 지 8년이 되었다. 당시 24세였던 카스가가 이이지마와 둘이서 조직을 만들었다. 현재는 정식 멤버만 육십 명쯤 되고, 예비 멤버까지 합하면 백 명이 훌쩍 넘었다. 한구레 조직치고는 상당히 큰 규모로 성장한 것이다. 카스가와 이이지마는 고등학교 때 만난 친구 사이로, 두 사람 모두 럭비부에서 활동했던 만큼 체격이 좋았지만 성격은 정반대였다. 카스가가 양陽이라면 이이지마는 음陰이었다. 두 사람은 서로에게 좋은 파트너였다.

카스가와 이이지마가 럭비부 출신인 만큼 블랙체리는 운동부 같은 분위기가 있었다. 상급자의 지시는 절대적이었고 하급자는 그 지시에 반드시 복종해야 했다. 보고하고, 연락하고, 상의하는 절차가 철저하게 지켜졌다. 간부들은 각자 담당하는 비즈니스가 정해져 있었는데, 그 밑에 소속된 부하들에게는 다소 과한 업무 할당량이 부과되는 편이었다. 목표치를 달성하지 못하면 벌금을 물어야 했기 때문에 멤버들은 늘 필사적으로 업무에 임했다. 자기계발도 마다하지 않는 열정을 가진 이들도 많았다. 멤버들 중에는 유명 사립대에 재학 중인 학생이나 대기업을 퇴사하고 조직에 들어온 자들도 있었다. 일에 대한 열정이 있는 한구레 조직이라는 점이 블랙체리만의 특징이었다.

F등급 대학에 다니던 카스가 료는 이런 생활을 지속해 봤자 별 볼 일 없는 인생을 살게 될 것임을 깨닫고 학교를 자퇴한 뒤 유흥업소에서 스카우터로 일하다가 블랙체리를 만들었다. 목표는 오로지 하나, 돈을 버는 것이었다. 조직의 규모를 키우기 위해서는 리더의 자질이 중요하다고 생각해 사람의 마음을 사로잡는 심리학 관련 서적을 닥치는 대로 읽었다. 카스가 역시 열정을 가진 사내였다. 럭비 훈련으로 다져진 다부진 체격과 뛰어난 화술,

그리고 타고난 카리스마 덕분에 그의 주위로 젊은이들이 모여들었고, 블랙체리는 빠른 성장을 이루어냈다.

간부 중 한 명인 시마다 유키의 모습이 보이지 않았다. 연락도 되지 않았다. 숙취 때문에 아침 회의에 늦는 경우가 종종 있었기 때문에 별다른 의심은 하지 않았다.

간부들이 한 명씩 돌아가며 지난주 매출 보고를 하던 중 카스가에게 전화가 한 통 걸려왔다. 무시하려 했지만 화면에 뜬 이름을 확인하고는 자리에서 일어나 전화를 받았다. 전화를 건 사람은 경찰 내부에 있는 정보원이었다.

"여보세요."

전화 내용을 듣고 충격을 받은 카스가는 서서히 분노가 차오르는 것을 느꼈다.

"확실한 겁니까?"

상대는 틀림없다며 장담했다. 여러 형사들이 신원을 확인했다고 덧붙였다.

전화를 끊자마자 분노를 참지 못한 카스가는 스마트폰을 바닥에 집어 던졌다. 스마트폰은 그대로 산산조각이 났다. 간부들은 그 모습을 숨죽인 채 바라보았다.

적막이 흐르는 가운데 카스가는 숨을 거칠게 몰아쉬며 말했다.

"유키가 죽었어."

남자들은 놀란 듯 웅성거렸다.

이이지마는 놀라움과 두려움이 뒤섞인 얼굴로 카스가를 바라보았다. 카스가와 키가 비슷한 이이지마는 여전히 상당한 근육량을 유지하고 있었다. 제멋대로 자란 수염 탓에 서른하나라는 실제 나이보다 한참은 더 들어 보였다. 작년에 결혼했고 올 초에 딸이 태어났다.

"성소자의 짓입니까?"

"그런 것 같아."

시마다 유키는 블랙체리 결성 초창기부터 함께해 온 멤버로, 주로 불법 사채업 쪽 업무를 담당하던 간부였다. 다소 가벼운 면도 있지만 충성심이 강하고 솔직한 녀석이었다. 카스가를 같은 남자로서 존경하고 있다는 것이 피부로 느껴졌다. 그래서 카스가도 그런 유키를 유독 아꼈다. 함께 유흥가를 누비고, 바다에 놀러 가서 고기도 구워 먹고 배낚시도 했던 추억들이 스쳐 지나갔다. 언제나 주변 사람들을 즐겁게 해 주던 유쾌한 녀석이었다.

유키가 살해당하다니….

카스가는 손가락으로 눈가를 훔쳤다. 간부들은 말을 잃은 듯했다. 카스가가 정이 많은 사람이라는 것은 모두가 아는 사실이었다.

"절대 용서 못 해…."

카스가는 집무용 책상 뒤편에 놓인 검은색 가죽 의자에 털썩 주저앉았다.

"경찰은 용의자를 아직 한 명도 특정해내지 못한 모양이야. 켄고, 우리 쪽 수사는 어떻게 되어 가고 있어?"

카스가는 블랙체리의 멤버들을 총동원해 오구라 렌을 죽인 성소자를 찾아내라고 지시한 바 있었다. 범인을 잡아 오는 사람에게는 천만 엔을 주겠다고 했다.

이이지마는 씁쓸한 표정을 지었다.

"저희 쪽도 별다른 진전은 없습니다."

"어그리즈 쪽은 어때?"

이케부쿠로에는 어그리즈라는 한구레 조직이 하나 더 있었다. 규모는 작지만 외국인 멤버도 있고 폭력적인 성향을 지닌 자들이 많았다.

이이지마는 고개를 저었다.

"그쪽은 요즘 조용합니다. 공존과 상생이 모토라던데요. 저희와 갈등을 빚을 만한 어리석은 짓은 하지 않을 겁니다."

"공존과 상생이라⋯."

거친 멤버들이 많은 어그리즈가 그런 태도를 보이는 것은 의외였다. 이는 어쩌면 현재 블랙체리가 이 주변에서 탄탄한 세력을 구축하고 있다는 방증인지도 몰랐다.

어그리즈가 성소자일 가능성은 논리적으로 생각해도 맞지 않았다. 피해자들 중에는 야쿠자도 포함되어 있었다. 어그리즈가 야쿠자를 노릴 이유는 전혀 없었다.

카스가는 멤버 중 한 명을 불렀다.

"거기, 타모츠."

벽 쪽에 서 있던 남자 하나가 깜짝 놀라더니 힘찬 목소리로 대답했다.

"네!"

쿠로카와 타모츠는 머리를 짧게 깎은 왜소한 체격의 남자였다. 싸움도 약해 보이고 머리도 나빠 보였지만 유키는 그런 타모츠를 유달리 예뻐해 데리고 다니면서 운전이나 잡일을 시켰다. 타모츠의 어머니는 홀로 아들을 키우느라 고생이 많았다고 들었다. 아니, 지금도 고생하고 있었다. 유키는 그런 타모츠의 가정환경을 안타까워했다. 카스가는 그 이야기를 듣고 유키를 대견하게 생각하고 있었다.

"네가 유키의 운전 담당이었지?"

"네!"

"어젯밤에 계속 유키랑 같이 있었어?"

"아닙니다. 시부야 클럽에서 나오신 후에 헤어졌습니다."

타모츠는 꼿꼿이 선 채로 대답했다.

"헤어질 때 유키는 혼자였어?"

"아닙니다. 여자가 한 명 같이 있었습니다."

유키는 여자를 밝히는 것으로 유명했다. 매일 밤 여자를 꼬시러 시부야의 클럽을 돌아다닌다는 소문은 익히 들어 알고 있었다. 미나미오쓰카에 있는 자신의 집으로 여자를 데려가는 듯했다. 어제도 그 여자를 집으로 데려간 것이 틀림없었다.

하지만 카스가는 의문이 들었다. 정보원의 말에 따르면 유키의 시신은 이케부쿠로에서 발견되었다. 유키는 여자와 관계를 가진 뒤 다시 이케부쿠로로 갔다는 말인가? 도대체 무슨 이유로?

"유키가 여자를 데리고 클럽을 나간 게 몇 시였지?"

"그게, 11시 조금 지나서였던 것 같습니다."

"그 여자가 누군지도 알고 있나?"

"아니요, 하지만 무겐이라는 클럽에서 몇 번 본 적이 있습니다."

"이름은?"

"이름까지는 모르겠습니다."

"그 여자가 뭔가를 알고 있을지도 모르겠군. 타모츠, 그 여자를 찾아낼 수 있겠어?"

"네, 제가 찾아보겠습니다!"

카스가는 타모츠의 결연한 태도가 마음에 들었다.

쿠로카와 타모츠는 즉시 행동에 나섰다. 동경의 대상이었던 블랙체리의 리더 카스가 료에게 직접 명령을 받아 의욕이 넘쳤던 것도 있었지만, 왠지 운이 따라주고 있다는 느낌이 들었다.

타모츠는 카스가에게 한 가지 말하지 않은 것이 있었다. 어젯밤에 유키가 데리고 간 여자를 몇 번 본적이 있는 것도 맞고, 그 여자의 이름을 모르는 것도 맞지만, 그 여자와 함께 다니는 친구가 누구인지는 알고 있었던 것이다. 리카라는 여자였다.

그 사실을 왜 카스가에게 말하지 않았는가 하면 물어보지 않았기 때문에 대답하지 않았을 뿐이었다. 하지만 솔직히 마음 한구석에서는 다른 멤버들 앞에서 그 이야기를 꺼냈다가 실적을 빼앗기지 않을까 하는 두려운 마음도 있었다.

타모츠는 싸움도 잘 못 하고, 학력도 인맥도 없고, 여자도 없었다. 남들처럼 평범하게 취직을 할 수 있을지도 의문이었다. 아르바이트조차 한 달을 넘겨본 적이 없었다. 그런 자신을 거두어 준 것이 시마다 유키였고, 또 블랙체리였다.

유키가 살해당했다는 소식은 타모츠에게 큰 충격이었다. 지금까지 유키에게 받은 은혜를 갚기 위해서라도 반드시 자신의 힘으로 범인을 잡겠다고 결심했다.

리카에 대한 기억을 떠올렸다. 늘 노출이 심한 옷을 입고 잘생긴 남자들에게만 접근하는 여자였다.

무겐의 바텐더인 다이스케라면 리카의 연락처를 알고 있을지도 몰랐다. 타모츠는 다이스케에게 전화를 걸어봤지만 역시나 받지 않았다. 아직 아침 10시 반밖에 되지 않았으니 자고 있을 수도 있지만, 전화를 건 사람이 타모츠라서 일부러 받지 않았을 가능성도 있었다. 평소 다이스케는 타모츠를 무시했다.

"왜 안 받는 거야, 급한 일인데⋯."

타모츠는 스마트폰을 손에 꽉 쥔 채 이를 악물었다.

10

료이치와 오다기리, 하마다와 그의 파트너 후지이는 경찰 차량인 토요타 크라운을 타고 시마다 유키의 운전면허증에 나와 있던 미나미오쓰가 3초메에 있는 그의 집으로 향했다. 운전은 막내인 오다기리가 맡았다.

어젯밤에 다녀간 곳이었다. 물론 아무런 내색도 하지 않았다.

시신이 나오지 않았다면 어제 확보한 불법 사채 고객 리스트에 있는 사람들을 한 명씩 만나 볼 예정이었지만 타케노우치 과장은 새로운 사건의 현장 주변 탐문을 우선시할 것을 지시했다.

시마다의 아파트에 도착해 보니 먼저 도착한 감식반이 타고 온 듯한 흰색 닛산 캐러밴이 주차되어 있었다. 이 지역 관할서인 스가모경찰서 수사관들이 이미 현장을 봉쇄하고 주변 탐문에 나선 듯했다.

가장 연장자인 하마다를 필두로 네 사람은 아파트 외부 계단을 올라갔다. 료이치는 또다시 심장이 빠르게 뛰기 시작하는 것을 느꼈다. 머릿속으로 어젯밤의 행동을 계속해서 되짚어보았다. 혹시 무언가 떨어뜨리고 간 것은 아닐까? 부디 아무 실수도 하지 않았기를⋯.

하마다, 료이치, 후지이, 오다기리 순으로 203호에 들어섰다. 하마다가 턱으로 발밑을 가리켰다. 현관 바닥에 시마다의 것으로 보이는 가죽 구두가 놓여 있었다. 물론 이것이 어젯밤에 시마다가 신었던 신발이라고 밝혀진 것은 아니었다. 현관 바로 앞에 주방과 세면실이 있고, 짧은 복도를 따라 들어가면 4평쯤 되는 방이 나오는 평범한 원룸 구조였다. 남색 작업복을 입은 몇몇 감식요원들이 증거물 채취 작업에 한창이었다.

방 안에는 감식반 소속 오카모토 킷페이도 있었다. 료이치는 이 질문을 하지 않을 수 없었다.

"뭐가 좀 나왔어?"

오카모토는 날씨에 관한 질문을 받은 것마냥 가벼운 말투로 답했다.

"글쎄, 아직 이거다 싶은 게 없네. 근데 여성의 것으로 추정되는 머리카락이 잔뜩 떨어져 있기는 했어. 뭐, 나처럼 머리가 긴 남자도 있기는 하지만. 둘 중 어느 쪽이든 나쁘지 않았던 것 같아. 부럽지, 뭐."

머리카락은 자신도 모르는 사이에 떨어진다. 카나가 이곳에 머무른 것은 고작 십여 분 남짓이었지만 카나의 머리카락이 나오지 않으리라는 보장은 없었다.

성소자조차도 첫 번째 범행에서는 피해자에게 붙잡히는 바람에 손톱 밑에 피부 조직을 남기는 실수를 저질렀다. 아무리 수사 전문가라고 해도 처음으로 범죄를 저질러 본 료이치 역시 무언가를 놓쳤을 가능성을 배제할 수 없었다.

차갑고 끈적한 땀이 계속해서 흘렀다. 어서 빨리 이곳을 벗어나고 싶었다.

바닥에 놓인 아령을 멍하니 바라보았다. 성폭행을 당할 위기에 처해 필사적으로 저항하던 카나가 그 아령으로 시마다의 머리를 내리치는 장면이 눈앞에 생생하게 그려졌다.

"아령이었을까요?"

오다기리가 료이치의 시선을 쫓았다.

"5킬로그램짜리네요. 이걸로 사람 머리를 있는 힘껏 때리면 한 방에 죽일 수도 있겠어요."

료이치는 무슨 반응이든 해야 한다고 생각했다.

"살해 현장이 여기라는 거야?"

하마다는 상체를 숙여 손이 닿지 않도록 주의하며 아령을 관찰했다.

"육안으로 봐서는 뭐가 묻어 있는 것 같지는 않은데…. 이게 흉기였을 가능성이 있기는 하지. 시마다의 시신은 다른 곳에서 옮겨온 것 같았잖아. 현관에 신발도 있었고 말이야."

"살해 당시에 신고 있었던 신발이 다른 거였을 수도 있잖아."

"뭐, 그렇긴 하지. 그냥 가능성을 말한 거야. 하지만 앞뒤가 안 맞기는 해. 만약에 성소자가 여기서 시마다를 살해한 거라면 굳이 왜 이케부쿠로에 시신을 가져다 뒀냐는 거야."

"그건 나한테 물어도 모르지."

"그냥 자문자답 하는 거야. 신경 쓰지 마."

하마다는 대수롭지 않다는 듯 손을 저으며 말했다.

좁은 방 안으로 처음 보는 수사관 두 명이 들어왔다. 주변 탐문을 마치고 돌아온 관할서 형사들인 것 같았다.

둘 중 나이가 더 많아 보이는 남자가 먼저 입을 열었다.

"스가모경찰서의 카와이입니다. 인근 주민 한 명이 어젯밤 11시 30분쯤 피해자 시마다 유키가 렉서스 차량으로 귀가하는 것을 봤다고 증언했습니다."

하마다가 물었다.

"지금 그 차량은 어디에 있습니까?"

"여기서 30미터쯤 떨어진 월정액 주차장에서 발견됐어요. 피해자는 밤마다 여자를 집으로 데려왔던 모양입니다. 그때마다 아파트 앞에 차를 잠깐씩 세워뒀다네요. 그것 때문에 주변 평판이 별로 좋지 않았어요."

시마다는 아마 불법 약물을 이용하는 상습 성범죄자였을 것이다. 약에 취한 여자를 가게에서 데리고 나와 차에 태워 이곳으로 데려온 다음, 여자를 집 안으로 옮기기 위해 일단 아파트 앞에 차를 세운다. 여자를 집에 데려다 놓은 후 신고당하는 일이 없도록 서둘러 차를 주차장으로 옮긴다. 그리고 다시 집으로 돌아가 여자를 범하는 식이었을 것이다.

카와이는 설명을 덧붙였다.

"그리고 차량 뒷좌석에서 토사물 같은 게 발견됐어요. 어젯밤에도 누군가를 차에 태웠던 것 같습니다. 과수연에 보내서 DNA 감식을 진행할 예정입니다."

료이치는 자신도 모르게 얼굴을 찌푸렸다. 아마 카나가 구토한 흔적일 것이다. 경시청 과학수사연구소(통칭 과수연)에서는 토사물에서도 DNA를 추출하는 것이 가능했다. 하지만 경찰 데이터베이스에 카나의 DNA가 등록되어 있지 않으니 어젯밤 시마다의 차에 타고 있던 사람이 카나라는 사실은 알아낼 수 없을 것이다.

문득 그런 생각이 들었다. 만약 카나가 약물을 토해내지 않았다면 그대로 잠든 채 시마다에게 성폭행을 당하고 말았을 것이다. 그리고 어딘가에 버려졌겠지. 상상만으로도 불쾌하고 역겨웠지만, 만약 그랬다면 카나가 범죄를 저지르는 일은 없었을 것이다. 차에서 토하지만 않았다면….

오다기리가 카와이에게 물었다.

"주변에 CCTV는 없었나요?"

카와이는 아쉬운 얼굴로 고개를 저었다.

"네, 이 근처에는 한 대도 없는 것 같아요."

료이치는 아무도 모르게 안도의 한숨을 내쉬었다. 운이 따르고 있었다. 카나는 약물에 취한 상태로 성폭행을 당할 뻔했다. 쓰레기 같은 성범죄자 녀석을 어쩌다 죽이기는 했지만 정당방위가 인정될 것이다. 그리고 그 시신을 연쇄살인범의 짓으로 위장한 것 또한 큰 죄가 되지는 않을 것이다. 료이치는 그렇게 되뇌며 스스로를 납득시키려 했다.

"이상해. 응, 역시 이상해."

하마다가 다시 큰 목소리로 혼잣말을 했다.

"뭐가?"

궁금함을 이기지 못하고 물었다. 타인의 말과 행동 하나하나에 지나치게 반응하는 자신이 어리석게 느껴졌다.

"아니, 이상하잖아. 차는 주차장에 있는데 시마다가 어떻게 이케부쿠로까지 갔다는 거야?"

"그건⋯ 집에서 술을 마셔서 전철을 타고 간 거 아닐까?"

하마다는 어이없다는 듯 한쪽 눈썹을 치켜올렸다.

"진심으로 하는 소리야? 그 녀석이 음주운전을 걱정하겠어? 시마다는 여기서 죽은 거야. 그러니까 차는 주차장에 그대로 있는 거지. 시마다를 죽인 범인이 시신을 이케부쿠로까지 옮긴 거야."

오다기리와 후지이가 그 말에 수긍하듯 고개를 끄덕였다.

"듣고 보니 그 추측이 맞는 것 같네요."

"네, 저도 그런 것 같아요."

반론하고 싶어도 하마다의 말은 일리가 있었다. 그리고 그 말이 사실이었다.

시마다에게 차가 있다는 사실을 인지했어야 했다. 분명 차 키가 주머니에 있었는데…. 하지만 어젯밤엔 제정신이 아니어서 생각이 거기까지 미치지 못했다. 애초에 시마다가 차를 어디에 주차했는지도 알지 못했다. 이제 와서 후회해 봤자 소용없었다.

료이치가 아무 말도 하지 않자 하마다는 후지이와 오다기리에게 말했다.

"만약 어젯밤에도 시마다가 여자를 집으로 데려왔다면 그 여자가 뭔가를 알고 있을지도 몰라. 시마다의 마지막 행적을 서둘러 파악할 필요가 있겠어."

"그렇게 하시죠."

오다기리와 후지이가 대답했다.

시마다의 동선이 밝혀지면 카나의 존재도 드러날 것이다. 수사의 손길이 카나에게까지 닿지 않기를 바랄 뿐이었다.

네 사람은 타케노우치에게 데이토대학에 들렀다 오라는 지시를 받았다. 부검의에게 부검감정서를 받아오라는 것이었다. 타살 가능성이 있는 시신의 경우, 보통 대학병원에서 부검을 통해 사인을 규명한다. 경시청에서 부검을 자주 의뢰하는 곳이 바로 데이토대학 의학부였다. 사법부검을 할 때는 경찰관이 반드시 입회해야 하는데, 부검 후 감정서를 작성하는 데에도 시간이 걸리기 때문에 네 사람이 서류를 받아오는 일을 맡게 된 것이다.

데이토대학에 도착한 지 한 시간 정도가 지나서야 지하에 있는 부검실로 들어갈 수 있었다. 소독약 냄새와 시신의 부패 냄새가 뒤섞인 방으로 들어서자 은빛으로 빛나는 부검대 옆에 흰색 가운을 걸친 키가 큰 여자가 서 있었다. 나이는 30대 초반 정도로 보였다. 부검의인 시바야마 미카였다. 겉모습을 보자마자 그녀가 왜 괴짜로 알려져 있는지 알 수 있었다. 금발로 염색한 머리는 양옆을 투블록으로 잘랐고, 양쪽 귀에는 실버 피어싱 여러 개가 반짝거리고 있었다. 흰색 가운 안에는 강렬한 붉은색 원피스 차림이었다.

부검대 위에는 전라 상태의 시마다 유키의 시신이 올라가 있었다. 머리카락은 모두 제거된 상태였고, 가슴 앞쪽에는 알파벳 Y자 형태로 절개한 흔적이 생생하게 남아 있었다.

불쾌감이 밀려와 숨을 쉬기 어려울 정도였다. 료이치는 무심결에 넥타이를 잡아 느슨하게 풀었다.

료이치와 동료들이 정중히 고개를 숙여 인사하자 시바야마는 차분히 입을 열었다.

"부검은 끝났습니다. 혹시 궁금한 부분이 있으신가요?"

하마다가 나섰다.

"몇 가지 여쭙겠습니다. 먼저 사망 추정 시각은 어떻게 되나요?"

시바야마는 시신을 내려다보며 대답했다.

"동공이 혼탁해진 정도나 직장 온도를 측정한 결과로 봤을 때 어젯밤 10시에서 새벽 1시 사이 정도로 보여요. 사인은 둔기에 의한 두부 손상이고요."

오다기리가 흥분한 듯 말했다.

"역시 둔기였군요."

시바야마가 벽에 설치된 뷰 박스를 가리켰다. 그곳에는 시마다의 두부를 촬영한 엑스레이 사진이 걸려 있었다. 그리고 다시 시신의 머리를 가리키며 말했다.

"여기를 보시면 이마 쪽이 함몰 골절된 게 보이시죠? 이게 직접적인 사망 원인이에요."

오다기리는 부검대로 다가가 시신의 머리를 자세히 살폈다.

"돌 같은 건가요?"

"글쎄요, 두피 상태를 봐서는 무게가 있고 표면이 매끄러운 물체일 가능성이 높아 보여요."

"예를 들자면 아령 같은 거요?"

하마다의 말에 시바야마는 고개를 크게 끄덕였다.

"아령이 제일 가까울 것 같네요."

"역시 살해 현장은 시마다의 자택이야."

하마다가 료이치를 보며 미소를 지었다.

"아, 그리고 한 가지 더 신경 쓰이는 부분이 있었어요."

시바야마는 시신의 이마에 새겨진 X 표시를 가리켰다.

"이 절창 말인데요, 이전 피해자들보다 얕아요. 새길 때 주저했던 것 같아요."

하마다가 흥미롭다는 반응을 보였다.

료이치는 조용히 침을 삼켰다. 등에서 땀이 불쾌하게 흐르고 있었다.

하마다는 팔짱을 낀 채 시신을 노려보았다.

"모방범일 가능성이 점점 더 커지고 있군."

"모방범이라뇨? 그런 이야기가 있었나요?"

시바야마가 놀란 목소리로 묻자 하마다가 웃으며 대답했다.

"조금 전에 나온 이야기에요. 살해 방식도 다르잖아요. 그리고 지금까지는 무차별 범죄처럼 보였는데 이번에는 피해자의 자택에서 살해한 다음 발견 장소로 시신을 옮긴 것 같아요."

"범인이 위험을 감수했네요."

"맞아요, 바로 그거예요. 성소자라면 그런 위험은 절대 감수하지 않겠죠. 그래서 모방범이 아닌가 생각하는 거예요."

료이치는 반박하고 싶은 마음을 꾹 참았다. 괜히 말을 잘못 꺼냈다가 의심받을 우려가 있었다.

시바야마가 의아한 얼굴로 물었다.

"근데 이마의 X 표시는 성소자랑 담당 수사관 분들밖에 모르지 않아요?"

오다기리가 쓴웃음을 지으며 입을 열었다.

"그래서 수사본부에서 정보가 밖으로 새어 나가고 있는 거 아니냐는 말이 나오고 있어요. 수사관들이 한둘이 아니다 보니 입이 가벼운 사람도 있을 수 있으니까요."

료이치는 이때다 싶어 대화에 끼어들었다.

"그렇다면 역시 범인은 어그리즈겠네. 블랙체리랑 사이가 별로 안 좋다며."

하마다는 고개를 저었다.

"글쎄, 내가 어그리즈 멤버라면 그렇게 뻔한 짓은 안 할 거야."

"조사도 안 해보고 어떻게 알아?"

"저도 어그리즈는 아닌 것 같아요."

오다기리도 하마다의 의견에 동의했다.

"시마다가 살해당한 장소가 자택이었다고 한다면 어그리즈가 시마다의 집 안까지 들어가서 아령으로 살해했다고 보기는 어려워요. 그렇게 번거롭게 할 필요 없이 성소자처럼 그냥 길에서 지나가다가 찔러도 됐을 테니까요."

"그럼 역시 여자네."

하마다가 범인을 단정하듯 말했다.

"시마다가 데려갔다는 여자가 수상해. 문제는 그 여자가 어떻게 성소자가 피해자들의 이마에 새기는 X 표시를 알고 있었냐는 거지. 어쨌든 어그리즈의 범행일 가능성도 포함해서 이제 판단은 상부의 몫이야. 그 판단에 따라 수사 방향도 달라질 거고."

료이치는 어그리즈 쪽으로 무게가 쏠리기를 바랐다.

데이토대학을 나오자마자 타케노우치 과장에게 전화를 걸어 들은 내용을 보고했다. 료이치와 나머지 세 사람은 그대로 미나미오쓰카의 사건 현장 주변에서 탐문 수사를 이어가기로 했다. 아무래도 오늘은 집에 들어가기 어려울 것 같았다. 료이치는 카나가 걱정되었다.

11

쿠로카와 타모츠는 센가와에 있는 집으로 돌아오자마자 텔레비전을 켜고 뉴스를 틀었다. 평소 같으면 텔레비전에는 눈길도 주지 않았겠지만, 지금은 시마다 유키가 살해당한 사건에 관한 보도를 확인하고 싶었다. 아나운서의 입에서 아는 사람의 이름이 나오자 묘한 기분이 들었다. 유키가 더는 이 세상 사람이 아니라는 사실을 다시금 실감했다. 타모츠는 슬퍼졌다. 유키는 평소 품행이 좋은 사람은 아니었지만 타모츠에게만큼은 다정한 선배였다. 아무것도 몰랐던 타모츠에게 조직 생활에 관한 것들을 많이 알려주었다. 일거리뿐 아니라 용돈까지 챙겨주었다. 유키의 마음은 연민이나 동정에 가까웠는지도 모른다. 타모츠에게서는 아무것도 취할 것이 없었기 때문이다. 그런데도 자신을 아껴주었던 유키에게 큰 은혜를 입었다고 생각했다.

뉴스에 보도된 내용에 따르면 유키의 시신이 발견된 곳은 이케부쿠로 3초메에 있는 공원이었다. 유키는 왜 이케부쿠로 쪽으로 돌아온 것일까? 아무리 생각해도 적당한 이유가 떠오르지 않았다.

타모츠는 밤늦게까지 돌아다니기 위해 일단 침대에 누워 잠을 청했다.

오후 2시가 지나서야 무겐에서 바텐더로 일하는 다이스케에게서 라인으로 메시지가 왔다.

곧바로 전화를 걸자 불쾌한 기색이 역력한 목소리가 들려왔다.

"뭐야, 아침부터."

다이스케는 타모츠보다 나이가 열 살은 더 많았다. 블랙체리의 멤버는 아니지만 유키를 비롯한 몇몇 멤버들과 가깝게 지내다 보니 예전에 가마쿠라의 바닷가에서 같이 바비큐 파티를 즐긴 적도 있었다.

"형님, 벌써 대낮이에요. 2시라고요."

"나한텐 아침이야. 그래서 무슨 일인데?"

다이스케는 평소 유키에게는 존댓말을 썼지만 타모츠에게는 당연히 반말이었다.

"물어볼 게 있어서요. 어젯밤에 유키형이 여자 한 명 데리고 나갔잖아요. 그 여자 누군지 혹시 아세요?"

"글쎄, 잘 모르겠는데. 최근에 몇 번 보기는 했어."

말투를 들어보니 다이스케는 아직 유키가 살해당한 사실을 모르는 것 같았다.

"그럼 그 여자랑 같이 다니던 여자는 아세요?"

"아, 걔는 알지. 리카 말하는 거지? 화장실에서 마약 하는 애. 아직 미성년자인데 사토루랑 친해서 몰래 술 좀 마실 수 있게 해 주고 있어. 사토루랑 잔 것 같던데."

"연락처도 아세요?"

"아니, 모르는데. 왜?"

다이스케가 의심스러운 목소리로 물었다. 타모츠는 이야기의 흐름상 솔직히 말하는 수밖에 없다고 생각했다. 어젯밤에 유키가 성소자에게 살해당한 것, 그리고 유키가 죽기 전 마지막으로 만난 여자가 무언가를 알고 있지 않을까 싶어서 찾고 있다는 것을 전부 털어놓았다.

다이스케는 유키가 죽었다는 소식에 적잖이 놀란 듯했다.

"멤버가 살해당한 게 벌써 두 번째잖아. 카스가 씨가 성소자한테 현상금을 걸었다던데, 그래서 찾는 거야?"

"맞아요. 저 천만 엔 받고 싶어요."

다이스케가 낮은 목소리로 웃음을 터뜨렸다.

"누구나 다 받고 싶겠지."

"저 진짜 효도하고 싶어요. 엄마가 저 때문에 고생을 많이 하셨어요. 엄마한테 긴자에서 초밥 사드리고 싶어요."

"천만 엔 없어도 긴자에서 초밥 정도는 사드릴 수 있잖아."

"아뇨, 매일 먹게 해드리고 싶어요. 초밥 말고도 튀김이나 철판구이 같은 것도요."

다이스케는 코웃음을 쳤다.

"진짜 웃기는 녀석이네. 아무튼 리카 연락처는 몰라. 뭐, 열심히 해봐라."

그렇게 통화는 끝났다.

효도하고 싶다는 말은 진심이었다. 제대로 일해본 적이 없는 타모츠는 지금도 여전히 어머니의 등골을 빼먹는 아들이었다. 언젠가는 그 은혜를 갚아 편하게 사실 수 있게 해드리고 싶다는 마음으로 살아가고 있었다. 그럼에도 고작 한구레 조직의 말단 멤버밖에 되지 못했다는 사실이 스스로도 한심하기는 했다.

리카가 오늘 밤에도 무겐에 올지 궁금했다. 가게가 문을 여는 시간까지 타모츠는 뉴스 속보를 보며 시간을 때우기로 했다.

오후 5시쯤 스마트폰 벨소리가 울렸다. 전화를 건 사람은 블랙체리의 간부 중 한 명인 야시로 소키였다. 타모츠는 야시로를 별로 좋아하지 않았다. 권위적인 성격의 야시로는 걸핏하면 타모츠를 바보라고 불렀다.

타모츠가 전화를 받자 거만한 목소리가 들려왔다.

"야, 뭐 좀 알아냈어?"

"아니요, 아직은 아무것도…."

거짓말은 아니었다. 어젯밤에 유키와 함께 있었던 여자의 신원은 아직 파악하지 못한 상태였다.

"진짜 쓸모가 없네."

"죄송합니다."

"네가 지금 천만 엔에 제일 가깝다는 걸 알고는 있는 거야?"

"그게 무슨 말씀이십니까?"

"너 바보냐? 진짜 모르는 거야?"

야시로는 소리를 질러댔다. 타모츠는 스마트폰을 귀에서 최대한 멀리 떼어내고 싶었지만 천만 엔에 제일 가깝다는 말이 무슨 뜻인지 궁금했다.

"잘 들어. 료 형님은 여자를 의심하고 있어."

"여자…요?"

"어젯밤에 유키랑 같이 있었다던 여자 말이야. 너 지금 그 여자 찾고 있는 거 아니야?"

"네, 맞아요. 근데 유키형을 죽인 건 성소자 아니었어요?"

"그게 말이야, 살해 방식이 달랐나 봐. 원래 성소자는 칼로 찔러 죽이는

데 유키는 둔기에 맞아 죽었대. 심지어 유키는 자기 집에서 죽은 것 같다던데. 그래서 경찰은 모방범의 소행일 가능성도 염두에 두고 수사하고 있다더라. 타모츠, 너 사망 추정 시각이 뭔지는 알지?"

"죽었을지도 모르는 시간을 말하는 거죠?"

"그게 밤 10시에서 새벽 1시 사이라더라. 너는 11시 조금 넘어서 유키를 봤다면서"

"네."

"그럼 유키가 죽은 건 11시에서 1시 사이라는 거잖아. 근데 그 시간대에 유키는 아무와도 연락하지 않았대. 잘 때 빼고는 계속 라인만 확인하는 메신저 중독자가 말이야. 그러니까 여자가 유키를 죽였을 가능성이 크다는 거지."

"그건 그렇지만…, 아마 아닐 겁니다."

"왜?"

타모츠는 잠시 망설였지만 솔직하게 대답했다.

"유키형이 약을 먹인 것 같았어요."

"강간 약물을 썼다는 거야?"

"네, 가끔씩…."

"쓰레기였네? 어쨌든 약물 효과는 사람마다 다르니까 여자가 중간에 정신을 차렸을 수도 있어."

"그러네요…."

"그 덜떨어진 머리로 생각한 건 입 밖으로 내지 좀 말라고. 나는 지금 경찰이 알아낸 정보를 바탕으로 얘기하고 있잖아."

"죄송합니다."

"어쨌든 어떻게든 여자를 찾아. 신원이 확인되면 곧바로 나한테 연락해.

알겠어?"

"네."

"너 혼자서 천만 엔 꿀꺽할 생각 절대 하지 마라. 내가 협조 안 하면 넌 한 푼도 못 받을 테니까."

"알겠습니다."

전화가 끊겼다. 야시로를 향한 분노가 치밀어 올랐다. 또 바보 취급을 당했다. 덜떨어진 머리라고도 했다.

하지만 지금은 냉정하게 판단해야 할 때다. 조금 전 야시로와 주고받은 대화를 곱씹어보던 타모츠는 등에 소름이 돋는 것을 느꼈다. 유키는 자신의 아파트에서 살해당했을 가능성이 있었다.

그렇다면 어제 본 그 여자가 유키를 살해했을 수도 있다는 뜻이 아닌가? 정말로 지금 자신이 천만 엔에 가장 가깝다는 말인가?

타모츠는 어젯밤 무겐에서 유키와 함께 나온 여자의 얼굴을 떠올리려 애썼다. 하지만 여자는 약 기운 때문에 의식이 흐릿해진 상태라 고개를 푹 숙이고 있어 얼굴이 잘 보이지 않았다. 그 여자가 유키를 죽였다는 말인가?

야시로의 말대로 약이 제대로 듣지 않았을지도 모른다. 자신은 학력도 경력도 아무것도 없는 바보가 맞다. 그러니 스스로 생각하지 않는 편이 나았다. 자신이 존경하는 리더인 카스가 료가 여자를 의심하고 있으니 그녀가 범인일 가능성이 높았다.

타모츠는 상상해 보았다. 유키의 집으로 끌려간 여자가 중간에 정신을 차리고 반격을 하다가 유키를 살해했다. 그리고 성소자가 죽인 것처럼 꾸미기 위해 이케부쿠로까지 시신을 옮겨 공원에 유기했다. 그래, 가능할지도 몰라. 타모츠는 야시로의 말을 믿기 시작했다.

저녁 8시가 되어 무겐이 문을 열자마자 타모츠는 아직 손님이 한 명도 없는 클럽 안으로 들어섰다. 최근 며칠 동안 거의 매일같이 이곳에서 리카를 봤다. 아마 오늘도 올 것이다. 과연 그 여자도 같이 올까?

바 카운터 쪽으로 다가가자 타모츠를 발견한 다이스케가 피식 웃었다.

"타모츠, 너 천만 엔 받으면 나 오메가 시계 하나 사줘라."

타모츠는 쓴웃음을 지으며 애매하게 고개를 끄덕였다. 자신이 왜 다이스케에게 그렇게 비싼 시계를 사줘야 하는지 이해가 가지 않았다. 진토닉을 주문한 뒤 초조한 마음으로 시간이 흐르기만을 기다렸다.

밤 9시가 넘어가자 손님이 조금씩 늘어나더니 클럽 안이 금세 소란스러워졌다. 하지만 리카의 모습은 아직 보이지 않았다. 리카는 어젯밤 유키가 자신의 친구를 데려갔다는 사실을 알고 있을까? 그리고 그 후에 유키가 살해당했다는 사실을 알고 있을까? 만약 알고 있다면 두려운 마음에 오늘은 클럽에 오지 않을 가능성도 있었다. 하지만 리카는 유키의 이름까지는 모를 것이라고 생각했다.

타모츠는 진토닉을 세 번이나 주문했다. 술을 잘 마시는 편이었다. 아무리 마셔도 취하지 않았는데 이것이 타모츠가 가진 유일한 장점인지도 몰랐다.

어느덧 시간은 밤 10시를 넘어섰다. 시간은 얼마든지 있었다. 타모츠는 밤새도록 리카를 기다릴 작정이었다. 그리고 10시 30분쯤 되었을 무렵, 입구 쪽에서 가슴 부분이 과하게 드러난 옷을 입은 여자가 나타났다. 여자는 곧바로 카운터석으로 와서 블러디메리를 주문했다.

리카였다. 리카는 스마트폰을 꺼내더니 빠르게 화면을 터치하기 시작했다. 기분이 좋지 않아 보였다.

타모츠는 어떻게 하면 수상하지 않게 접근할 수 있을지 고민했지만 그런 방법은 존재하지 않는다는 결론에 이르렀다. 타모츠는 지금 리카가 만나서는 안 되는 사람 중 한 명이었다.

타모츠는 리카의 옆자리로 가서 가볍게 말을 걸었다.

"오늘은 혼자 왔나 보네?"

리카는 타모츠를 힐끔 쳐다보았다. 그리고 순식간에 판단을 끝낸 듯 다시 스마트폰 화면으로 시선을 돌렸다.

"내가 지금 좀 바빠서."

냉정함과 단호함이 느껴지는 차가운 목소리였다. 평소라면 금세 꼬리를 내리고 도망쳤겠지만 오늘 타모츠에게는 확실한 목적이 있었다.

"이름이 리카 맞지?"

대답은 돌아오지 않았다.

"어젯밤에 네 친구가 어디로 갔는지 내가 알려줄까?"

리카가 빠르게 타모츠를 향해 고개를 돌렸다. 표정이 눈에 띄게 달라져 있었다. 계속하라라며 무언으로 타모츠를 재촉했다.

자신의 말에 흥미를 보이는 리카의 모습에 타모츠는 속으로 쾌재를 불렀다.

"내가 아는 형이랑 같이 나갔어."

"카나가? 말도 안 돼."

"이름이 카나구나. 몸매가 꽤 괜찮던데."

리카는 걱정스러운 듯 두 눈을 크게 떴다.

"설마 억지로 데려간 건 아니지?"

타모츠는 그 질문에 대답하지 않았다.

"카나에 관해 물어볼 게 좀 있어."

타모츠는 상체를 앞으로 기울여 리카에게 다가갔다. 리카는 여전히 굳은 표정을 하고 있었다.

"카나는 지금 어디에 있어?"

"내가 그걸 너한테 왜 말해줘야 해?"

"그냥 연락을 좀 해보고 싶어서."

리카는 타모츠의 말을 비웃었다.

"네가 누구인지는 모르지만, 카나에 대해 캐묻고 다니는 건 그만두는 게 좋을걸? 걔네 아빠 형사거든."

"형사? 경찰이라고?"

"그럼 경찰 말고 뭐가 있겠어?"

경찰이라는 말에 타모츠는 잠시 멈칫했지만 아무렇지 않은 척 대화를 이어갔다.

"됐고, 카나는 지금 어디에 있는데?"

"카나가 어디에 있든 네가 알 바가 아니라니까."

타모츠는 화가 치밀어 올랐다. 하지만 애써 감정을 추스르며 위협적인 목소리로 말했다.

"그건 내가 판단하는 거고. 너 엑스터시 하지?"

"아니거든."

옆에서 듣고 있던 다이스케까지 가세했다.

"맨날 화장실에서 몰래 하잖아."

타모츠는 더욱 목소리를 높였다.

"그거야말로 형사가 알아야겠네. 오늘도 가지고 있지? 경찰 불러줄까?"

효과는 확실했다. 리카는 눈에 띄게 당황한 기색을 보였다.

"그리고 너 아직 미성년자지?"

"아니야, 스무 살이야."

"그럼 신분증 내놔 봐."

"내가 왜…."

"경찰 부른다? 당장 내놔."

계속해서 위협하자 리카는 결국 샤넬 숄더백에서 신분증을 꺼냈다. 대학교 학생증이었다. 생년월일로 계산해 보니 아직 만으로 19세였다.

"스무 살 아니잖아."

리카는 입을 꾹 다문 채 고개를 떨구었다.

"카나한테 어젯밤 일에 대해 좀 묻고 싶은 게 있어서 그래. 연락처만 알려줘."

"연락처는 라인 아이디밖에 몰라."

리카를 통해 라인으로 카나에게 연락하는 방법도 있지만, 낯선 남자가 보낸 메시지에 카나가 순순히 답을 할 것 같지는 않았다. 직접 만나서 대화를 해볼 필요가 있었다.

"주소는?"

"네리마 쪽이라고 하기는 했는데 정확히 어딘지는 나도 몰라."

타모츠는 점점 짜증이 났다. 어젯밤에 유키와 함께 있었던 여자의 정체에 드디어 가까워졌다. 하지만 카나를 직접 만나려면 어떻게 해야 좋을지 막막했다.

"아빠가 형사라고 했지?"

"맞아, 지금 이케부쿠로에서 일어나고 있는 연쇄살인 사건을 수사하고 있다던데. 카나한테 들었어."

"성소자 사건 말하는 거야?"

"아마 맞을걸."

혹시 그 형사가 유키의 사건도 수사하고 있는 것일까? 묘한 인연이라는 생각이 들었다. 그 형사는 자신의 딸이 어젯밤에 시마다 유키와 함께 있었다는 사실을 알고 있을까?

알고 있을 리가 없다고 생각했다. 카나가 어젯밤에 남자와 함께 있었다는 것을 부모에게 말했을 리 없다. 클럽에 드나든다는 사실조차 부모에게 비밀로 하고 있을 테니 말이다.

"카나의 성은 뭐야?"

"야쿠시마루 카나."

타모츠는 다이스케에게 볼펜을 빌려 냅킨에 카나의 이름을 한자로 적게 했다. 리카는 순순히 타모츠의 요구에 따랐다.

"카나는 지금 어디에 있어?"

리카의 낯빛이 어두워졌다.

"그건 나도 알고 싶어. 어젯밤부터 연락이 안 돼. 라인 메시지는 읽지도 않고. 나도 걱정하다가 혹시 오늘 여기에 오면 만날 수 있을까 해서 온 건데…."

리카에게서는 더 이상 얻을 만한 정보가 없어 보였다.

다이스케는 하고 싶은 말이 있는 듯 타모츠를 힐끔힐끔 쳐다보았다. 자신도 옆에서 도왔으니 오메가 시계를 잊지 말라고 말하고 싶은 거겠지. 타모츠는 그런 그를 무시하고 클럽을 빠져나왔다.

타모츠는 온몸에 아드레날린이 흐르는 것을 느꼈다. 중요한 단서를 잡았다는 확신이 강하게 들었다.

타모츠는 근처 맥도날드로 들어가 햄버거 하나를 주문해 허기를 채웠다.

그리고 지금까지 얻은 정보들을 바탕으로 생각을 정리하기 시작했다.

경찰의 말에 따르면 어젯밤 시마다 유키는 밤 10시에서 새벽 1시 사이에 살해당했다. 시신은 이케부쿠로에서 발견되었다. 타모츠는 11시가 조금 지나서 유키가 클럽에서 나오는 것을 보았고, 유키는 그 후 여자를 데리고 미나미오쓰카에 있는 집으로 갔을 것이다. 따라서 유키는 어젯밤 11시 30분경에서 새벽 1시 사이에 살해되었을 가능성이 컸다.

고작 한 시간 반 사이에 도대체 무슨 일이 일어났던 것일까?

타모츠는 야시로와의 통화 내용을 다시 떠올렸다. 카스가는 여자가 유키를 죽였을지도 모른다고 의심하고 있었다. 살해 방식이 성소자와 다를 뿐만 아니라 살해 장소도 유키의 아파트로 추정되고 있어 경찰에서도 모방범의 소행일 가능성을 염두에 두고 있는 듯했다. 게다가 강간 약물은 사람마다 효과가 다르다. 강간당할 뻔한 여자가 중간에 정신을 차리고 유키를 살해한 것일지도 모른다.

생각해보니 충분히 가능한 이야기였다. 리카의 말에 따르면 카나는 지금 연락이 되지 않는 상황이다. 라인 메시지도 읽지 않고 있다고 했다. 카나에게 무슨 일이 생긴 거라고 봐도 무방했다. 과연 무슨 일이 생긴 것일까? 본인을 직접 만나 이야기를 들을 수 있으면 가장 좋겠지만 아직 연락처도 주소도 모른다. 알고 있는 정보는 카나의 아빠가 형사이고 아마 이케부쿠로경찰서에서 근무하고 있으며 현재 성소자 사건을 수사하고 있는 것 같다는 사실이다. 그리고 그 형사는 자신의 딸이 성소자의 피해자로 추정되는 사람과 어젯밤에 함께 있었다는 것을 모른다. 자신의 딸이 시마다 유키를 살해했을 가능성에 대해서는 꿈에도 생각하고 있지 않을 것이다.

타모츠는 잔머리를 굴렸다. 이건 충분히 돈이 될 만한 정보다. 카나를 만날 수 없다면 형사인 그녀의 아빠를 만나면 된다.

그리고 그를 협박해서 돈을 뜯어낼 생각이었다.

야시로에게 보고하면 천만 엔의 현상금 중 절반도 받지 못할 것이다. 카스가에게 직접 명령을 받은 일이기는 하지만 야시로가 그 돈을 가져가는 꼴은 볼 수 없다.

타모츠는 자꾸만 조급해지는 마음을 가라앉히며 스마트폰을 손에 들었다.

12

어제 밤늦게 집에 들어온 카나는 방에 틀어박힌 채 불도 켜지 않은 깜깜한 어둠 속에서 꼼짝도 하지 않고 누워서 시간을 보냈다. 이불을 뒤집어쓰고 어떻게든 자보려 했지만 결국 잠들지 못했다.

사람을 죽였다―.

그 사실이 무겁게 가슴을 짓눌렀다. 유키의 머리를 아령으로 내리쳤을 때의 감각이 아직도 두 손에 또렷이 남아 있었다.

나는 사람을 죽였다. 살인자다.

아니, 잠깐만. 유키는 나에게 약을 먹이고 강간하려 했다.

그래, 만약 그때 아령으로 내리치지 않았다면 분명 강간을 당했을 것이다. 아빠의 말대로 그건 정당방위였다. 그러니까 나에게는 죄가 없다.

이미 벌어진 일은 돌이킬 수 없다. 차라리 잘 된 거라고 생각하자. 다른 방법은 없다.

하지만 사람을 죽였다는 사실은 달라지지 않는다.

나는 살인자다―.

카나는 반복되는 생각의 굴레에 갇혀 있었다.

아침 무렵에 아빠에게 전화를 걸었지만 아빠는 바쁜지 전화를 받지 않았다. 초조한 마음으로 기다리던 중 한 시간쯤 지나서 아빠에게 전화가 걸려왔다.

카나는 다급히 전화를 받았다.

"아빠…!"

"카나, 괜찮아?"

아빠의 목소리를 듣자마자 카나는 다시 울음을 터뜨렸다.

"아빠, 나 진짜 어떡해….."

아빠는 단호한 말투로 말했다.

"어쩔 수 없어. 잊어버려. 시간이 좀 지나면 기분도 나아질 거야. 다시 예전으로 돌아갈 수 있어. 그러니까 얼른 다 잊어."

"그치만, 내가, 사람을 죽였는데….."

"정당방위였잖아!"

아빠는 카나의 입을 막으려는 듯 화를 냈다.

"너는 아무 잘못도 안 했어. 그 녀석은 죽어 마땅한 쓰레기였다고. 다시는 그런 말 입 밖으로 꺼내는 거 아니야. 알겠어?"

"알겠어….."

카나는 기분이 조금 나아졌다. 맞아, 그건 정당방위였다. 죽이지 않았으면 강간당했을 거야. 어쩌면 살해당했을지도 모르지. 그래, 그 남자는 죽어도 싸.

아빠의 목소리는 다시 평소대로 돌아왔다.

"몇 가지 물어볼 게 있어. 어젯밤에 네가 친구랑 갔던 클럽, 어디에 있는 무슨 클럽이야?"

"시부야 도겐자카에 있는 무겐."

"사람 많았어?"

"응."

"거기서 누구랑 대화했어?"

카나는 어젯밤 일을 떠올리려 애썼다.

"죽은 그 남자랑…. 아, 바텐더한테 주문도 했어."

"네 친구 말고 네 이름을 아는 사람이 또 있어?"

"없어."

"확실해?"

"응, 확실해."

"알았어. 오늘은 집에 못 들어갈지도 몰라. 아빠가 다시 연락할게."

그렇게 전화는 끊겼다.

아빠가 한 질문의 의도는 명확했다. 카나가 유키와 함께 있는 모습을 본 사람이 있는지 확인한 것이다. 경찰은 유키가 마지막으로 같이 있었던 사람이 누구인지 조사할 것이다. 카나와 유키가 클럽을 함께 나갔다는 것을 아는 사람은 없을 터였다. 가게를 나올 때의 기억이 없어 확신하기는 어렵지만 그 가게에서 카나를 아는 사람은 리카를 제외하고는 아무도 없었다. 심지어 리카조차도 카나가 유키에게 끌려갔다는 사실을 몰랐다.

정오가 지나서야 카나는 이불 밖으로 나왔다. 2층 화장실에서 볼일을 본 뒤 조심스럽게 스마트폰으로 인터넷 뉴스를 확인했다. 〈성소자의 다섯 번째 피해자〉라는 글자가 눈길을 사로잡았다. '시마다 유키'라는 피해자의 이름이 눈에 들어왔다.

자신이 정말로 사람을 죽였다는 사실에 다시금 충격을 받았다.

또다시 생각의 굴레에 빠져들고 말았다. 제발 이 끔찍한 현실을 잊고 싶었다. 카나는 엄마가 잠이 오지 않을 때 수면유도제를 먹던 것을 떠올렸다. 엄마의 방으로 가서 화장대 서랍을 열어 수면유도제를 슬쩍 챙겼다.

쇼타는 벽에서 귀를 떼며 혼잣말을 했다.

"누구랑 통화한 거지….."

무슨 말을 하고 있는지 정확히 알아들을 수 없었다.

어젯밤부터 누나의 상태가 이상하다는 것은 방에 틀어박혀 지내는 쇼타조차 눈치챌 수 있을 정도였다. 봄방학이라 학교에 가지 않아도 되는 데다 불규칙한 생활을 하고 있어서 한밤중에 가족들이 무언가를 하면 그 소리가 유독 잘 들렸다. 새벽 1시가 조금 넘어서 집에 들어온 누나는 계단을 뛰어 올라가 자신의 방으로 들어가더니 소리 내서 울기 시작했다. 평소에 잘 없는 일이라 쇼타는 깜짝 놀랐다. 무슨 일인가 싶어 한동안 벽에 귀를 대고 있었지만 알아내지 못했다. 이 집은 방마다 방음이 잘 되어 있어서 옆방에서 나는 소리가 거의 들리지 않았다. 그런데도 울음소리가 들릴 정도였으니 무슨 일이 생긴 것은 분명했다.

늘 자신만만하고 전도유망하던 누나가 우는 것은 매우 드문 일이었다. 안좋은 일이 있는 것이 분명했다. 그렇게 생각하니 자연스럽게 입가에 미소가 번졌다. 통쾌한 기분이었다.

쇼타는 누나를 달갑게 생각하지 않았다. 아니, 솔직히 말해 미워한다고해도 과언이 아니었다.

누나는 자신의 꿈을 향해 착실히 나아가고 있었다. 아빠와 엄마, 그리고 할아버지, 할머니의 총애도 받고 있었다. 아무리 어려도 알 것은 다 안다. 어른들이 누구를 더 예뻐하는지 눈치로 알고 있었다. 누나는 어려서부터 공부도 잘하고 성격도 밝았다. 누나와 같은 초등학교, 중학교에 다니는 동안에는 비교당하는 것이 일상이었다.

"너 진짜 야쿠시마루 카나 동생 맞아? 부모 중에 한쪽이 다른 거 아니야?"

"해와 달 같은 관계네. 너는 심지어 달의 뒷면이지만."

이런 비참한 말들을 들으며 자라왔다.

누나만 없었으면···. 그런 생각을 몇 번이나 했는지 모른다.

그리고 언제부터인가 누나가 먼저 쇼타를 멀리하기 시작했다. 멸시당하고 있다는 것쯤은 말로 하지 않아도 알 수 있었다. 그 후로 쇼타는 누나를 적대시하기 시작했다.

부모는 반강제적으로 쇼타를 입시학원에 보냈지만 학교 성적은 좀처럼 오르지 않았다. 애초에 의욕이 없으니 성적이 오를 리가 없었다. 그 대신 쇼타는 그림을 그리는 것에 몰두했다. 틈만 나면 인기 애니메이션 캐릭터를 그렸다. 쇼타는 자신에게 재능이 있다고 믿었지만 부모는 쇼타가 미술 쪽으로 나아가는 것을 반대했다. 누나가 발레리나가 되겠다고 했을 때는 적극적으로 지지해 주었으면서 자신의 꿈은 부정했다. 그런 아빠 엄마가 미웠다.

쇼타의 인생은 늘 좌절의 연속이었다. 고등학교 2학년 1학기부터 학교에 가지 않았다. 같은 반 학생들에게 무시를 당한 것이 계기였다. 따돌림이라고 말하고 싶지는 않다. 쇼타에게도 자존심은 있으니까. 무시당한 이유는 사실 별것도 아니었다. 가장 친했던 친구와 좋아하는 애니메이션 캐릭터를 두고 말다툼을 했는데 그 친구가 쇼타의 험담을 주위에 퍼트리고 다녔다. 그리고 다음 날부터 같은 반 학생 전원이 쇼타를 무시하기 시작했다. 쇼타가 동인지 만화를 그린다는 것을 알고 있었던 그 친구는 쇼타가 오타쿠라고 떠벌리고 다녔다. 그 후로 쇼타는 학교에 가지 않았다.

그동안 등교 거부 문제로 부모에게 꽤 많이 혼났다. 하지만 절대 안 갈 거라고 끝까지 고집을 피우자 어느 순간부터 더 이상 잔소리를 듣지 않게 되었다. 하지만 3학년이 되면 다시 잔소리가 시작될지도 모른다. 어느 정도 각오는 하고 있었다. 언제까지나 이렇게 방 안에만 틀어박혀 살 수 없다는 것은 쇼타도 잘 알고 있었다. 하지만 그림을 그리는 것 말고는 하고 싶은 것을 찾지 못했다. 그리고 인터넷으로 무엇이든 검색할 수 있는 요즘 같은 시대에 자신보다 그림을 훨씬 더 잘 그리는 사람이 수도 없이 많다는 사실도 알고 있었다.

쇼타의 인생은 절망으로 빠져들고 있었다. 그런 와중에 자신을 무시하던 누나에게 무언가 문제가 생긴 것 같았다. 누나의 불행은 쇼타의 행복이었다. 구미가 당겼다.

쇼타는 그저께도 누나가 밖에서 밤을 새고 어제 아침에 들어왔다는 사실을 알고 있었다. 쇼타가 자려고 침대에 누운 지 얼마 안 됐을 시간이었다. 그때는 분명 아무 일도 없었다. 무슨 일이 벌어진 것은 어젯밤이다. 밤늦게 혼자 돌아와 방에 틀어박혀 계속 울기만 했다.

누나에게 꽤 심각한 일이 벌어진 것 같았다. 엄마에게도 하지 못하는 이야기를 누군가에게 전화로 털어놓았다. 쇼타는 누나에게 무슨 일이 생긴 건지 궁금해서 견딜 수가 없었다.

그러다 문득 좋은 생각이 떠올랐다. 쇼타에게는 최고의 아이디어였지만 카나에게는 최악의 아이디어가 될 만한 것이었다.

13

그날 수사본부의 수사관들은 시마다 유키의 아파트 주변에서 탐문을 하며 하루를 보냈다.

료이치는 오다기리와 함께 근처 주민들을 만나러 다녔다. 목격한 것이 있는지 물어보면서도 제발 아무런 목격 정보도 나오지 않기를 간절히 기도했다. 그 기도가 통했는지 탐문에 응한 주민들에게서 유의미한 정보는 나오지 않았다.

오후 5시경, 료이치와 오다기리는 오쓰카역 근처에 있는 중식당으로 들어갔다. 늘 먹던 메뉴가 아닌 새로운 음식을 먹고 싶은 마음에 완두순 볶음, 군만두, 회과육, 볶음밥, 산라탕면을 시켜 둘이 나눠 먹었다.

면을 맛보던 오다기리가 감탄한 표정으로 말했다.

"산라탕면 처음 먹어보는데, 정말 맛있네요."

"예전에 한 번 집에서 만들어본 적이 있어. 그러고 보니 가족들이 진짜 좋아했었는데. 평소에는 한마디도 안 하는 쇼타가 맛있다면서 한 그릇 더 달라고 했을 정도였다니까."

"좋네요, 가족이라는 거. 저는 이제 아무도 없어서 부러워요."

오다기리가 진지한 말투로 말했다.

"부모님은?"

"어머니는 제가 고등학생 때 돌아가셨어요. 마음의 병이 있으셨거든요."

"그랬구나…."

자살을 의미하는 것 같았다. 료이치는 더 이상 묻지 않기로 했다.

"아버지는 제가 경찰이 된 후에 집을 나가셨어요. 그 후로는 연락이 안 돼요. 아버지는 원래 작은 회사를 경영하셨었는데 회사가 반사회 집단에 통째로 넘어가는 일이 있었어요. 지금도 용서가 안 돼요….”

오다기리는 심각해지지 않으려 애써 가벼운 말투로 이야기를 이어갔다.

“그전까지는 그래도 집이 꽤 잘살았었는데 회사가 넘어가고 나서는 정말 힘들었어요. 경찰이 안 됐으면 어떻게 됐을까요? 어쩌면 저도 반사회 집단에 들어갔을지도요?”

그렇게 말하며 웃었다. 무리하고 있다는 것이 느껴졌다. 그런 웃음이었다. 고작 서른밖에 안 된 얼굴이 그새 몇 살은 더 나이를 먹은 것처럼 보였다.

“그랬구나, 고생이 많았겠네.”

“아, 죄송해요. 어두운 얘기를 해버렸네요. 다른 사람들한테는 한 번도 말해본 적 없는데.”

료이치는 오다기리와 한결 더 가까워진 기분이 들었다. 그런 그에게 따뜻한 말을 건네고 싶어졌다.

“아니야, 괜찮아. 어느 집이든 저마다의 말 못 할 어려움이 있는 법이니까.”

“그런 걸까요? 선배님댁은 행복해 보이던데요?”

료이치는 씁쓸한 기분이 들었다.

“겉보기에만 그렇지. 알다시피 아버지는 치매 환자고, 아들은 학교도 안 가려고 하는 은둔형 외톨이인걸. 앞으로 어떻게 되는지 걱정이야.”

“그렇군요….”

그뿐만이 아니었다. 딸은 실수로 사람을 죽였고, 자신도 돌이킬 수 없는 죄를 저지르고 말았다. 이 정도로 문제가 많은 집은 흔치 않을 것이다.

대화가 끊기자 자연스럽게 수사에 관한 이야기로 넘어갔다.

“시마다 유키 사건이요, 선배님은 진짜 어그리즈의 범행이라고 생각하세요?”

“어? 글쎄.”

뭐라고 대답해야 할지 망설이는 사이 오다기리가 다시 물었다.

"아무리 봐도 모방범 같지 않아요?"

"글쎄, 아직 모방범이 있다고 확정된 건 아니니까."

"하지만 아무리 생각해도 이상해요. 살해 방법도 다르고 시신을 이케부쿠로까지 옮긴 것도 그렇고요. 성소자의 범행으로 위장하려고 한 거로밖에 안 보여요."

"그건 그렇지…."

"그리고 모방범이라 해도 어그리즈는 아닐 거예요. 시마다를 살해하는 게 목적이었으면 다른 장소에서 더 쉬운 방법으로 얼마든지 죽일 수 있었을 테니까요."

오다기리는 그렇게 단정 짓듯 말하며 료이치의 눈을 똑바로 바라보았다. 마치 속마음을 꿰뚫어 보려는 것 같았다.

"일리가 있네. 그럼 도대체 누가 그런 걸까?"

"여자죠. 시마다가 집으로 데려갔던 그 여자의 범행일 거예요. 하지만 그 여자 혼자서는 불가능했겠죠. 시신을 옮겨야 했으니까요. 시신을 업고 그 아파트 계단을 내려오는 건 평범한 여자한테는 쉽지 않았을 거예요."

"그럴 수 있겠네. 그렇다는 건…?"

"그 여자가 다른 남자한테 부탁했을 거라고 봐요. 남자친구나, 아니면 아버지일 수도 있고요."

"그, 그래…."

오다기리는 상황을 예리하게 분석했다. 그의 시선은 여전히 료이치를 향하고 있었다. 물론 료이치를 의심하고 있을 리 없지만 그래도 마음이 불편했다.

"그렇다면 그 남자친구나 아버지가 수사 관계자라는 뜻이겠네."

오다기리는 깜짝 놀라며 손으로 머리를 짚었다.

"아, 그게 그렇게 되네요. 제 상상이 너무 앞서갔나 봐요."

그렇게 말하며 이번에는 자연스럽게 웃어 보였다. 디저트를 좋아하는 오다기리는 그 후 행인두부까지 주문해 깔끔히 먹어 치웠다.

저녁 8시 30분, 오후 수사 회의에 참석하기 위해 강당으로 향했다. 회의 내용은 지금까지와 다를 바 없었다. 시마다 유키의 자택 주변 탐문 조사의 성과는 전무했다. 목격 정보도 전혀 없었다. 블랙체리의 멤버들에게서도 아무런 정보를 얻어내지 못했고, 시마다가 자주 다니던 시부야의 번화가를 탐문한 수사관들도 별다른 성과가 없었다고 보고했다.

료이치는 속으로 쾌재를 지르고 싶은 심정이었다. 모든 것이 잘 넘어가고 있었다. 시마다의 아파트 주변에서 CCTV 영상을 회수하지 못한 것이 무엇보다도 다행이었다. 카나가 말했던 시부야의 무겐이라는 클럽에 관해 알아낸 수사관은 아직 없는 듯했다. 언제가 됐든 누군가는 무겐을 찾아가 바텐더나 스태프들에게 이야기를 듣기야 하겠지만, 시마다가 여자와 함께 있었다고 증언하는 사람이 나온다 해도 그 여자가 카나라는 사실은 아무도 모를 터였다.

조금만 더 버티면 된다. 며칠만 지나면 이 악행은 영원히 드러나지 않을 것이다.

료이치의 차례가 되자 별 소득이 없었던 성과를 보고하며 시마다 유키가 불법 사채업을 운영했다는 사실을 지적했다. 이로써 오구라 렌을 포함해 불법 사채업과 관련된 피해자가 두 명으로 늘어났다. 타케노우치 과장은 그 점에 크게 관심을 보이며 돈을 갚지 못한 채무자들과 혹시 갈등이 있지는 않았는지 조사해 보라고 지시했다.

밤이 되자 수사관들은 관할서 도장에 하나둘씩 이불을 깔기 시작했다. 료이치는 카나가 걱정되어 집에 가볼까 고민했지만, 희생자가 연달아 나온 상황에 혼자만 집에 가겠다고 할 수가 없었다. 오늘은 수사관들 대부분이 관할서에서 밤을 보낼 예정이었다.

료이치는 카나에게 라인으로 메시지를 보냈다. 오늘은 못 들어가, 아무 걱정 안 해도 돼, 다 잘 될 거야, 그러니까 잊어버려, 라고 말해주었다. 곧바로 답장이 왔다. 료이치의 연락을 기다리고 있었던 것 같았다. 답장에는 〈고마워〉라고 적혀 있었다.

타니가와와 소우마가 어슬렁거리며 다가왔다.

"이틀 연속으로 경찰서에서 밤샘이네. 야쿠마루네 호화 저택이 벌써 그리워. 파스타 또 먹고 싶다."

"그 오일 파스타 진짜 맛있었어요. 요리 잘하는 남자, 멋지십니다."

두 사람 다 듣기 좋은 말을 해 주었다.

"호화 저택이라니, 그 정도는 아니잖아요. 파스타 만드는 법은 간단해. 다음에 또 오면 그때는 다른 파스타 만들어 줄게."

세수를 하기 위해 복도로 나가자 경무과 소속 경찰관이 료이치를 불러 세웠다.

"야쿠시마루 씨, 어떤 시민분이 전화를 하셨어요. 제보 전화 같아요."

그러면서 전화번호가 적힌 메모지를 건넸다.

료이치는 의아했다. 일반 시민이 경찰에 제보 전화를 하는 것은 흔한 일이었다. 하지만 왜 군이 료이치를 지명한 것일까? 명함을 건넬 때 휴대전화번호를 적어서 주는 경우도 있지만, 그렇다면 직접 휴대전화로 전화를 걸면 되지 않은가?

경찰관이 돌아가는 것을 잠시 지켜본 후 료이치는 메모지에 적힌 번호로 전화를 걸었다.

"여보세요? 형사과의 야쿠시마루입니다. 제보할 내용이 있으시다고 들었는데요."

몇 초간의 짧은 침묵이 흐른 뒤 긴장감이 묻어 있는 목소리가 들려왔다.

"네, 맞아요. 좀 아셔야 할 게 있거든요."

젊은 남자의 목소리였다. 상당히 가벼운 말투였다. 료이치는 왠지 상대가 자신을 얕보고 있는 것 같다는 느낌을 받았다.

이 사람은 평범한 제보자가 아니다. 머릿속에서 경고음이 울리기 시작했다. 신중하게 다음 말을 꺼냈다.

"제가 알아야 할 게 뭐죠?"

"지금 이케부쿠로에서 일어나고 있는 성소자 사건을 수사하고 계시죠?"

"성소자에 관한 제보인가요?"

"맞아요."

"어떤 내용입니까?"

"형사님, 딸이 있으시죠?"

전혀 예상하지 못했던 질문에 당황한 료이치는 곧바로 대답하지 못했다.

"야쿠시마루 카나라는 딸이 있으시잖아요?"

료이치는 목소리에 경계심을 담아 물었다.

"실례지만 누구시죠?"

상대는 그 질문에 대답하지 않았다.

"살해당한 시마다 유키와 형사님 따님이 어젯밤에 같이 있었던 거 혹시 알고 계세요?"

심장이 쿵, 하고 한 차례 크게 뛰었다. 이것은 제보 전화가 아니다. 평정심을 유지해야 한다. 료이치는 넥타이 매듭 안쪽으로 손가락을 밀어 넣어 살짝 느슨하게 했다.

"그 정보는 어디서 어떻게 얻으신 거죠?"

"모르셨나 보네요?"

료이치는 입을 다물었다. 지금은 상대의 의도를 파악하는 게 우선이었다.

"시마다 유키는 자택 아파트에서 살해됐어요. 이게 무슨 뜻인지는 아시죠?"

"글쎄요, 무슨 뜻인가요?"

"따님이 시마다 유키를 죽였을지도 모른다는 뜻이죠."

"말도 안 되는 소리 하지 마. 사실무근이야."

료이치는 언성을 높이고 말았다. 목소리가 떨렸다. 몸도 떨리고 있었다.

주변에 혹시 누가 있는지 서둘러 살폈다. 료이치에게 신경을 쓰고 있는 사람은 아무도 없었다. 상대는 료이치의 심리를 파악하려는 듯 잠시 동안 침묵을 이어갔다.

"이 이야기를 다른 형사님들한테 하면 어떻게 될까요?"

"아무 일도 일어나지 않겠지. 내 딸이 그런 터무니없는 짓을 했다는 증거는 어디에도 없어."

"그래요? 그럼 다 알리겠습니다."

그대로 전화가 끊겼다.

료이치는 패닉 상태에 빠졌다. 생각할 겨를도 없이 곧바로 다시 전화를 걸었다.

"여보세요? 잠깐만 기다려봐. 기다려줘⋯. 그쪽이 뭔가 오해를 하고 있는 것 같은데 만나서 이야기합시다."

"오해 아닌데요? 시마다 유키가 죽기 직전까지 따님이랑 같이 있었다는 건 사실이에요. 저는 제가 알고 있는 걸 제보하는 것뿐이고요. 형사님이 진지하게 들어주지 않으면 다른 형사님들한테 말해야죠, 뭐."

"알겠어, 딸한테 확인해 볼 테니까ー."

"천만 엔 주세요."

상대가 단호한 목소리로 말했다.

료이치는 침을 꿀꺽 삼켰다. 협박을 당하고 있다. 형사인 내가.

"그렇게 큰돈이 있을 리가 없잖아."

"내일 오후 5시까지 기다릴게요. 제 계좌로 천만 엔 송금하세요. 그럼 저도 이야기 안 할게요. 경찰에도, 블랙체리에도."

"블랙체리에도?"

"명색이 형사인데 도대체 아는 게 뭐예요? 시마다 유키를 죽인 사람한테 현상금이 걸려 있어요. 제가 이 내용을 블랙체리 간부들한테 찌르면 따님 목숨이 위험해진다고요."

마치 차가운 손으로 등을 쓰다듬는 것 같은 오싹함이 느껴졌다. 이 남자의 말이 얼마나 현실성이 있는지 생각해봤지만, 금세 충분히 일어날 수 있는 일이라는 결론이 나왔다. 순순히 받아들이는 수밖에 없었다.

"…알겠어. 어떻게 하면 되는데?"

"말했잖아요. 천만 엔 송금하라고요."

료이치는 목소리를 낮추며 분노를 담아 말했다.

"천만 엔 받고 나면 또 협박할 거잖아."

"따님을 살인범으로 만들고 싶지 않으면 저를 믿고 천만 엔을 보내는 수밖에 없지 않나요? 문자메시지로 제 계좌번호 보낼 테니까 내일 저녁 5시까지 송금하세요."

료이치는 다급히 말했다.

"잠깐만 기다려봐. 그렇게 빨리는 보낼 수가 없어. 은행 계좌에 그렇게 큰돈이 없다고. 투자 신탁에 넣어놓은 돈을 현금화해야 해. 그게 2, 3일은 걸려. 그때까지만 기다려줘."

상대는 잠시 고민하는 듯 아무 말이 없었다.

"그럼 내일모레까지 기다리죠. 모레 오후 5시까지 입금이 안 되면 경찰에 바로 연락할 겁니다."

그렇게 전화는 끊겼다.

이마에서 흐른 땀방울이 스마트폰 화면 위로 떨어졌다. 온몸에 식은땀이 흐르고 있었다.

얼마 지나지 않아 문자메시지가 도착했다. 은행 이름, 지점명, 계좌번호, 그리고 '쿠로카와 타모츠'라는 이름이 적혀 있었다.

"쿠로카와… ."

어디선가 들어본 이름이었다. 오구라 렌이 살해당한 뒤 블랙체리의 멤버들을 만나기 위해 이케부쿠로역 북쪽 출구에 있는 술집을 찾아가 시마다 유키를 처음 만났던 바로 그날, 쿠로카와의 얼굴을 본 적이 있었다. 짧게 깎은 머리에 키가 작은 남자였다. 상대는 기억이 없을지도 모르지만, 료이치가 자신을 경찰이라고 밝히자 조직에 들어간 지 얼마 되지 않은 신규 멤버였던 그가 잔뜩 겁을 먹었던 것이 떠올랐다. 그 남자의 이름이 분명 쿠로카와였다.

료이치는 비틀거리며 화장실로 향했다. 내 다리가 아닌 것 같은 느낌이 들었다. 화장실 칸으로 들어가 문을 잠그고 변기 뚜껑 위에 걸터앉았다.

카나가 시마다와 함께 클럽에서 나오는 모습을 쿠로카와가 목격한 것이다. 쿠로카와는 단순히 추측만으로 카나가 시마다를 죽였다고 주장하고 있는 것이 분명했다. 결정적인 장면을 보지는 못했을 것이다.

하지만 쿠로카와가 다른 형사들에게 어젯밤에 카나가 시마다와 함께 클럽에서 나갔다고 말하면 카나는 곧바로 살인 용의자로 의심받을 것이다. 수사관들은 이미 시마다 유키 사건은 성소자의 범행이 아닐 가능성을 염두에 두고 있었다.

상당히 곤란한 상황이 되고 말았다. 쿠로카와는 천만 엔이라는 거금을 요구했다. 한 번 요구에 응하면 그 다음에 또다시 돈을 요구해 올 것이 불을 보듯 뻔했다.

료이치는 두 손으로 머리를 감싸 쥐었다. 어떻게 해야 좋을지 막막했다.

14

잠이 오지 않았다. 도장 바닥에 대충 깔아놓은 이불 위에서 료이치는 천장을 보고 누운 채 생각에 잠겨 있었다.

천만 엔을 건네는 수밖에 없는 것일까? 요구에 응하는 순간 협박은 반복될 것이다. 그럼에도 불구하고 돈을 주는 것 말고는 다른 선택지가 없어 보였다.

아내에게조차 말하지 않았지만 사실 료이치는 투자 신탁에 3천만 엔 정도되는 자산을 가지고 있었다. 20대 때부터 조금씩 꾸준히 모아온 돈이었다. 별다른 취미도 없는 료이치에게 그 돈은 삶의 보람을 느끼게 해 주는 유일한 것이었다. 무슨 일이 생겼을 때를 대비해 모아놓은 것도 아니었다. 그저 돈이 불어나는 과정을 지켜보는 것이 즐거웠고, 또 심리적인 안정감도 얻을 수 있었기 때문에 투자를 계속해 왔을 뿐이었다.

천만 엔이라면 지불하지 못할 정도는 아니었다. 몸이 찢기는 것처럼 고통스럽기는 하겠지만 딸의 인생이 걸려 있으니 어쩔 수 없었다. 아니, 이미 자신의 인생도 걸린 일이었다.

어쩌면 가족 전체의 운명이 걸려 있는 것은 아닐까? 카나가 사람을 죽였다는 사실이 드러나고 료이치가 그 죄를 은폐했다는 것까지 밝혀지면 우리 가족은 어떻게 될까? 에리코는 직장을 잃게 될 것이다. 그 정도로 끝난다면 그나마 다행이다. 딸이 사람을 죽였다는 사실을 알게 되면 아내는 제정신을 유지하기 어려울지도 모른다. 쇼타 역시 누나가 사람을 죽였다는 사실이 주변에 알려지면 정상적인 삶을 살아갈 수 없을 것이다.

가족의 운명이 자신의 어깨를 무겁게 짓누르고 있다는 것을 료이치는 다시금 깨달았다.

천만 엔을 줘버리자. 그리고 그 정도로 만족하게 만들자. 그 이상은 줄 수 없다고 말하자.

료이치는 조심스럽게 이불에서 일어나 소리가 나지 않도록 주의하며 복도로 나갔다. 새벽 2시가 넘은 시간이었지만 망설임 없이 쿠로카와에게 전화를 걸었다.

"뭐죠?"

상대는 곧바로 전화를 받았다. 자고 있었던 것 같지는 않다. 쿠로카와도 흥분이 되어 쉽사리 잠들지 못한 모양이었다.

"늦은 시간에 미안하지만, 제발 만나서 이야기하면 안 될까?"

"이야기는 전화로도 할 수 있잖아요. 그리고 섣불리 나갔다가 제 입을 막으려고 형사님이 저를 죽이기라도 하면요?"

"나는 경찰이잖아."

료이치는 떨리는 목소리로 그렇게 말했지만, 이내 입을 다물 수밖에 없었다. 경찰 신분으로 이미 돌이킬 수 없는 죄를 저질렀기 때문이었다.

"그럼 하나만 물어볼게. 카나가 시마다 유키와 어젯밤에 같이 있었다는 사실을 아는 사람은 너 말고는 없는 거지?"

"맞아요, 저 말고는 아무도 몰라요."

"어떻게 확신할 수 있지?"

"살해당한 사람이 제가 아는 형이니까요. 형이 형사님 딸이랑 같이 클럽에서 나오는 걸 본 사람은 저밖에 없었어요."

역시 쿠로카와는 시마다와 카나가 클럽에서 나오는 모습을 목격했을 뿐, 카나가 시마다를 죽였다는 것은 어디까지나 추측에 불과했다.

료이치는 다시 한번 쿠로카와를 설득해 보려고 했다.

"우선 믿어 줘. 카나는 아무 짓도 하지 않았어. 시마다 유키를 죽인 건 성소자라고."

"경찰은 모방범의 소행일 가능성을 의심하고 있다던데요?"

"누구한테 그런 이야기를…."

"누구든 상관없잖아요. 유키형은 미나미오쓰카에 있는 아파트에서 살해당했다고 들었어요. 아령에 맞아서 죽었다면서요. 그 아령은 형네 집에 있었던 거고요. 그러니까 뻔한 거죠. 형사님 딸이 중간에 깨서 형을 아령으로 때려죽인 거라고요."

료이치는 반박할 수 없었다. 경찰의 수사 정보가 블랙체리로 새어 나가고 있었다. 하지만 지금은 그것이 중요한 것이 아니었다. 쿠로카와는 바보가 아니다. 쿠로카와를 설득하는 것은 불가능하다는 사실을 인정해야만 했다.

"알겠어, 이틀 후에 천만 엔을 입금할게. 대신 이번 한 번 만이야. 더 이상은 줄 돈도 없어."

"그건 제가 알 바가 아니고요. 내일 모레 5시까지 송금이나 하세요."

전화가 끊긴 뒤 료이치는 거친 한숨을 내쉬었다. 쿠로카와는 아마 천만
엔으로 만족하지 않을 것이다.

쿠로카와를 어떻게든 해야 하는데….

그런 생각을 하고 있는 자신에게 깜짝 놀랐다.

어떻게든 한다고? 그게 무슨 뜻이지?

쿠로카와는 입막음 당하는 것을 두려워했다. 료이치가 자신을 죽일지도
모른다고 생각하고 있었다. 입막음을 위해 쿠로카와를 죽일 마음이 자신에
게 조금이라도 있는 것인가? 무서운 생각이었다. 그런 짓을 한다면 완전히
선을 넘어버리게 된다. 아니, 어쩌면 이미 선을 넘어버렸는지도 모른다.

"어떻게 해야 하는 건데…."

소리 내어 울부짖고 싶은 심정이었다. 료이치는 주먹으로 벽을 연달아 내
리쳤다.

문득 등 뒤에서 누군가의 시선이 느껴져 뒤를 돌아보았다. 도장 입구에
누군가 서 있었던 것 같은 기분이 들었다.

어느샌가 잠이 들었다. 옆자리에서 자고 있던 수사관이 일어나는 바람에
료이치도 덩달아 눈을 떴다. 손목시계를 보니 아침 7시가 조금 넘은 시간이
었다.

세면실로 가서 세수를 하고 거울을 보니 눈 밑에 새까만 다크서클이 생겨
있었다. 낯선 얼굴이 거울에 비쳤다. 료이치는 놀라고 말았다. 강도 높은 스
트레스에 시달린 탓이었다. 겨우 하루 만에 이렇게까지 인상이 달라지다니….

료이치는 넥타이를 풀었다 다시 맸다. 마지막으로 매듭이 비뚤어지지 않았는지 확인했다.

강당으로 향하던 길에 마주친 오다기리가 료이치의 얼굴을 보고 깜짝 놀라며 물었다.

"선배님, 괜찮으세요? 안색이 너무 안 좋은데요."

료이치는 두 볼을 문질렀다.

"피로가 제법 쌓여서 그런가."

료이치는 오늘 하루 수사에 참여할 기력도 체력도 없음을 느꼈다. 쿠로카와에게 천만 엔을 송금해야 한다. 머릿속이 오로지 그 생각으로 가득했다.

"조금 쉬시는 게 좋지 않을까요? 형사는 몸이 자산이라고요. 몸이 망가지면 아무것도 할 수가 없잖아요."

"… 그러게. 사실 컨디션이 좀 안 좋은 것 같아. 아버지 일도 있고 해서 반나절만 좀 쉴까 싶네."

"반나절이 뭐예요. 그냥 오늘 하루 푹 쉬세요. 제가 이런 말 하기는 뭐하지만 아버님을 잘 모시는 게 제일 중요하죠. 저희는 그리고 고객 리스트를 확보한 덕분에 다른 형사들보다 한발 앞서 있잖아요. 하루 정도 쉬어도 큰일이 나지는 않을 거예요. 저는 탐문 조사나 돕고 있을게요."

오다기리의 다정함이 마음에 전해졌다.

결국 오전 수사 회의에는 참석하지 않기로 했다. 오다기리에게 감사 인사를 전하고 경찰서를 빠져나온 료이치는 수사 중인 다른 형사들과 마주치지 않도록 이케부쿠로역에서 세이부이케부쿠로선 전철을 타고 집에서 가장 가까운 역까지 이동했다.

처음 들어가 보는 카페에서 잠깐 시간을 때운 뒤 스낵바 사오리로 향했다.

사오리는 오전 11시부터 영업을 시작한다.

료이치는 가게 앞에서 갑자기 걸음을 멈추었다. 사오리 마마의 얼굴을 마주할 자신이 없었던 것이다. 료이치는 범죄에 손을 대고 말았다. 이제는 사오리 마마가 알고 있는 이 나라의 안전을 책임지는 경찰이 아니었다.

한참을 망설이다가 료이치는 손으로 얼굴을 문지르고 두 볼을 때린 다음, 마치 빨려 들어가듯 가게 안으로 들어섰다.

여전히 마음이 불편했지만 사오리 마마의 미소를 보는 순간 모든 걱정이 순식간에 사라져버렸다.

"어서 오세요."

카운터석 안쪽에서 사오리 마마가 얼굴을 내밀었다.

"어머, 료이치 씨?"

의아한 표정으로 확인하듯 물었다.

"누구인 줄 알았는데?"

"아니, 분위기가 좀 달라 보여서요."

"그래? 근처에 왔다가 잠깐 들렀어."

"료이치 씨라면 언제든지 환영이죠. 오므라이스 드실래요?"

"아니, 배는 안 고파. 그냥 커피나 한 잔 마시고 가려고."

카운터석 밖으로 나온 사오리 마마가 료이치를 가까이에서 바라보더니 걱정스러운 말투로 물었다.

"료이치 씨, 괜찮아요? 엄청 피곤해 보이는데?"

그 정도로 얼굴에 고뇌가 드러나 보인다는 말인가. 료이치는 당황했다.

"아버지 일 때문에 이것저것 신경 쓸 게 많았어. 그래서 좀 힘들었는데 이제 괜찮아."

"그래요. 부모님이 나이가 드시면 이런저런 일이 많죠. 저희 부모님도 언제까지 건강하실는지 모르겠어요. 지금 손님도 없으니까 여기서 좀 자고 가요."

"고마워, 그럼 편하게 좀 쉴게."

료이치는 가게 안쪽 구석 테이블에 앉았다. 이곳이라면 누구의 방해도 없이 편하게 있을 수 있다. 사오리 마마가 가져다준 커피를 한 모금 마시며 한숨을 돌렸다.

료이치는 개인용 스마트폰을 꺼내 돈을 넣어놓은 증권사 홈페이지에 접속했다. 조금씩 모아온 3천만 엔은 이자가 붙어 3천 5백만 엔이 되어 있었다. 드디어 이만큼이나 모았다.

딸을 위해, 가족을 위해, 그리고 나 자신을 위해서라고 스스로를 타이르며 천만 엔어치 투자 신탁을 매각하려 했다.

그때 업무용 스마트폰으로 전화가 걸려왔다. 처음 보는 번호였다. 쿠로카와가 다른 번호로 전화를 걸어왔나 싶었다.

료이치는 경계하며 전화를 받았다.

"여보세요?"

"나는 성소자다."

상대는 음성변조기를 사용한 듯한 낮고 섬뜩한 목소리로 말했다.

"야쿠시마루 료이치 맞지?"

지금 뭐라고 한 거지? 료이치는 상대의 말을 똑똑히 들었지만 다시 한번 물었다.

"누구라고?"

"나는 성소자다."

섬뜩한 목소리가 또다시 들려왔다.

장난 전화인가? 성소자가 왜 나한테 전화를 한 거지?

"진짜 성소자라는 증거는?"

"나는 죽인 자들의 이마에 죄인이라는 의미의 X 표시를 서바이벌 나이프로 새겨 놓았다."

"죄인이라는 의미…."

이마에 남겨진 표식의 의미에 관해서는 경찰 내부에서도 여러 가지 소문이 돌고 있었다. 실제로는 그런 의미가 담겨 있었다는 말인가. 게다가 흉기가 서바이벌 나이프라고 언급한 점도 신빙성이 높았다.

형사로서의 직감이 이 녀석은 진짜라고 말해주고 있었다.

목소리가 이어졌다.

"먼저 말해두지. 지금 내가 사용하는 건 대포폰이다. 통신사에 확인해도 소용없다는 뜻이다. 알겠나?"

대포폰이란 가짜 명의로 개통된 휴대전화를 말한다. 통신사에 이용자 정보 확인을 요청하더라도 실제 소유자에게까지 도달하는 것은 거의 불가능하다.

"알겠어."

여기서 계속 통화를 이어갈 수는 없었다. 료이치는 자리에서 일어나 가게 밖으로 나갔다.

"성소자가 나한테 무슨 볼일이지?"

"블랙체리 사무실에서 압수한 사채 고객 리스트를 당신이 가지고 있지 않나?"

료이치는 그 말에 충격을 받았다.

"그쪽이 그걸 어떻게 알고 있는 거지?"

성소자는 대답하지 않았다. 블랙체리의 쿠로카와도 경찰 내부의 수사 정보를 알고 있었다. 아무래도 가까운 곳에 내부 정보를 흘리는 자가 있는 듯했다.

"그 리스트의 데이터를 전부 삭제해라."

료이치는 자신의 귀를 의심했다. 도대체 무슨 말을 하는 것인가?

"나를 뭐로 보고 그런 소리를 하는 거야? 나는 경찰이라고."

낮고 흐릿한 웃음소리가 들려왔다.

"지금 당신의 처지가 어떤지 전혀 모르고 있군."

"그게 무슨 뜻이야?"

"당신 딸이 시마다 유키를 죽였다."

단죄하는 듯한 말투였다. 료이치는 오장육부가 떨리고 목이 턱 막혀 목소리가 나오지 않았다.

"내 요구를 들어준다면 조용히 넘어가 주지."

상대가 쿠로카와일지도 모른다는 생각이 들었다. 하지만 그럴 리가 없었다. 그에게는 이런 장난을 칠 이유가 없다. 쿠로카와 이외에 카나가 시마다와 함께 클럽에서 나오는 장면을 목격한 사람이 또 있다는 뜻이다.

진짜 성소자가 보고 있었던 것이다.

료이치는 자신이 처한 상황을 정확히 이해했다.

이제 다 끝났다.

"듣고 있나? 어서 대답해."

몸의 떨림을 멈출 수 없었다. 떨리는 목소리를 들키지 않도록 조심하며 대답했다.

"… 경찰이 이미 확보한 증거를 삭제하라니, 가능할 리가 없잖아."

"하라면 해. 당신에게 남아 있는 길은 그것뿐이다. 시키는 대로 하지 않으면 당신이 시마다의 시신을 옮기는 장면이 찍힌 동영상을 공개하겠다."

말 그대로 눈앞이 캄캄해졌다. 진짜 그런 동영상이 존재하는 것일까? 만약 그 동영상이 공개된다면 료이치와 가족들은 모든 것을 잃게 될 것이다.

"삭제가 완료되면 이 번호로 문자메시지를 보내라."

전화가 끊길 것 같아 료이치는 다급히 입을 열었다. 머릿속이 정신없이 빠르게 돌아가고 있었다.

"잠깐만 기다려."

"또 뭐지?"

"그쪽의 요구에 따를게. 어떻게든 해볼게. 근데 지금 내가 상황이 좀 안 좋아."

"나와는 상관없는 일이다."

"아니야, 상관이 있어. 나한테 무슨 일이 생기면 그쪽 요구를 들어줄 수가 없다고."

"말해."

"곤란한 일이 하나 있어. 딸의 범행을 본 사람이 또 있어."

상대는 아무 말이 없었다. 꽤 오랜 시간이 흘렀다. 그대로 전화가 끊긴 것은 아닌지 걱정이 될 정도였다.

"그자를 어떻게든 해야 해. 그쪽이 시키는 건 뭐든지 할게. 그러니까 부탁이야. 제발 도와줘."

"지금 나한테 그자를 처리해달라는 말을 하는 건가?"

료이치는 심장에 못이 박힌 듯한 충격을 받았다.

"그, 그건….."

"맞잖아."

료이치는 침을 꿀꺽 삼켰다.

자신은 도대체 무슨 거래를 제안하고 있는 것인가. 경찰관으로서 아니,

인간으로서의 윤리 의식을 완전히 잃었다고밖에 생각할 수 없었다.

어떻게든 반론하려 했지만 차마 부정할 수 없었다. 상대의 말은 틀리지 않았다.

료이치는 넥타이 끝부분을 만지작거렸다. 아무 대답도 하지 않자 상대는 섬뜩한 목소리로 비웃듯 말했다.

"… 경찰이 갈 데까지 갔군. 그자가 누구지?"

료이치는 그제야 입을 열었다.

"블랙체리의 멤버이고, 이름은 쿠로카와 타모츠. 이케부쿠로역 북쪽 출구에 있는 베라돈나라는 바에 있는 걸 본 적이 있어. 짧은 머리에 키가 작아."

말이 흘러넘치는 듯 술술 나왔다.

"좋아. 우리 둘이 꽤 좋은 파트너가 될 것 같군."

성소자는 낮게 웃으며 전화를 끊었다.

하늘을 올려다보았다. 구름 한 점 없이 맑은 하늘이었다. 나는 이렇게 괴로운데, 세상은 무엇 하나 달라지지 않았다는 사실에 왠지 모르게 슬퍼졌다.

조금 전 나눈 대화를 다시 떠올렸다.

성소자와 악마의 계약을 맺고 말았다. 성소자는 무슨 이유에서인지 블랙체리의 사무실에서 입수한 사채 고객 리스트의 데이터가 사라지기를 바랐다.

과연 료이치의 바람도 성소자에게 잘 전달된 것일까?

15

깜빡 잠이 든 모양이었다. 심신의 피로가 극에 달한 듯했다. 얼마나 오래

잠들어 있었던 것일까? 어느새 가게 안에는 손님이 제법 있었다. 료이치는 손목시계를 확인했다. 오후 3시가 조금 지난 시각이었다. 한 시간 정도 의식이 없었던 셈이었다. 어느 정도 피로가 풀린 것 같았다.

성소자와의 약속이 떠올랐다.

고객 리스트의 데이터를 삭제해야 한다. 그럼 성소자가 쿠로카와를 처리해 줄지도 모른다.

정말 이대로 괜찮은 것일까?

그런 마음의 소리가 들려왔다. 이성이 강하게 호소하고 있었다.

하지만 료이치는 어쩔 수 없는 일이라고 마음속으로 외쳤다. 쿠로카와는 상당히 위험한 존재다. 자신의 손으로는 쿠로카와를 처리하지 못하니 성소자에게 맡기는 수밖에 없다. 최악이지만 동시에 최선의 선택이었다.

료이치는 업무용 스마트폰을 확인했다. 아무에게도 연락이 오지 않았다. 오다기리는 이케부쿠로의 번화가에서 탐문을 다니고 있으려나? 지금은 대부분의 수사관들이 현장에 나가 있을 시간이다. 고객 리스트가 들어 있는 USB의 데이터를 삭제하려면 기회는 지금뿐이다.

료이치는 사오리 마마를 불러 계산을 했다.

"얼굴이 훨씬 좋아졌네요."

사오리 마마가 미소를 지으며 말했다. 보는 사람의 마음을 따뜻하게 해 주는 미소였다.

"덕분에 기운이 좀 나네. 그럼 또 올게."

"그래요, 조심히 가요."

사오리 마마의 배웅을 받으며 가게를 나선 료이치는 발걸음을 재촉해 역으로 향했다. 다시 세이부이케부쿠로선 전철을 타고 이케부쿠로로 돌아갔다.

USB는 료이치의 책상 서랍에 그대로 보관되어 있었다. 데이터를 출력한 후 증거 보관 창고에 맡길 생각이었다. 당연한 말이지만 증거품은 범죄를 입증하는 데 필요한 중요 자료이기 때문에 분실, 훼손, 변형되지 않도록, 또는 다른 물품과 섞이거나 누락되는 일이 없도록 엄중하게 관리해야 한다. 개인이 보관하는 것도 금지되어 있으며 반드시 보관 창고에 맡기는 것이 규칙이다. 다만 USB는 아직 보관 창고에 맡기기 전이었다.

USB의 데이터를 삭제하려면 어떻게 해야 할까? 고객 리스트를 열어볼 때는 오다기리가 옆에 있을 것이다. USB를 잃어버렸다는 핑계도 통하지 않을 것이다. 안에 들어 있는 데이터를 몰래 삭제하는 것은 불가능하다. 그럼 다른 리스트로 바꿔치기하는 방법은? 이 방법은 가능할지도 모르지만 적당한 리스트를 구한다 해도 고객들을 탐문하기 시작하면 리스트가 가짜라는 것이 금세 드러날 것이다. 그렇다면 도대체 어떻게 해야 한다는 말인가.

USB 메모리 내부의 기판을 파손시키면 된다. 료이치는 즉시 좋은 방법을 떠올렸다. 물리적으로 손상을 가하면 들킬 위험이 크기 때문에 전자레인지를 써서 고주파로 내부만 손상시킬 생각이었다. 그렇게 하면 처음부터 고장이 나 있었다고 주장할 수 있다.

이케부쿠로에서 전철을 내리자마자 서둘러 경찰서로 향했다. 형사과 사무실이 있는 층에 탕비실이 있다. 간단한 주방 시설이 갖춰져 있기 때문에 당연히 전자레인지도 있다. 사무실을 슬쩍 들여다보니 수사관들은 대부분 현장에 나가 있는 상태였다.

료이치는 자신의 책상으로 가서 USB를 꺼내 바지 주머니에 넣었다. 자신이 무슨 짓을 하고 있는지 명확히 알고 있었다. 증거 은폐를 시도하고 있었다. 경찰관으로서 절대 해서는 안 되는 행위이며, 인간으로서도 윤리를 저버리는 행위였다. 그럼에도 불구하고 해야만 하는 일이었다.

복도를 살피며 아무도 없는 것을 확인한 뒤, 료이치는 탕비실로 들어가 USB를 전자레인지에 넣었다. 시간을 2분으로 설정하고 작동 버튼을 눌렀다. 몇 초 만에 커넥터에서 불꽃이 튀었고, 몇 초가 더 지나자 본체에서 녹색 빛이 번쩍였다. 내부의 기판이 타버린 것이 분명했다. 전자레인지 문을 열자 이상한 냄새가 코를 찔렀다.

료이치는 USB를 꺼내 아무렇지 않은 얼굴로 사무실로 돌아가 책상 서랍에 다시 넣어두었다. 자신을 보고 있는 사람은 아무도 없었다. 그제야 안도의 한숨을 내쉬었다.

성소자와의 약속을 이행했다. 이제는 그의 차례다. 그러다 문득 이것을 약속이라고 할 수 있을지 의문이 들었다. 이것은 명령이었다. 성소자에게는 료이치의 부탁을 들어줄 의무가 없었다.

료이치는 고개를 저었다. 성소자는 어떻게든 블랙체리가 운영하는 불법 사채업의 고객 리스트를 인멸하고 싶어 했다. 그러기 위해서는 료이치가 필요했다.

료이치는 아까 통화한 번호로 〈삭제했어.〉라고 문자메시지를 보냈다. 이제 상대의 반응을 기다리기만 하면 된다.

"선배님, 다시 나오셨네요?"

갑자기 들려온 목소리에 료이치는 하마터면 비명을 지를 뻔했다.

뒤를 돌아보니 오다기리가 서 있었다. 료이치가 놀라는 것을 보고 눈이 커졌다. 오다기리의 손에는 편의점에서 산 것으로 보이는 슈크림 빵이 들려 있었다. 료이치는 황급히 스마트폰을 주머니에 넣었다.

오다기리는 태연하게 슈크림 빵을 입 안에 밀어 넣으며 물었다.

"괜찮으세요? 컨디션은 좀 어떠세요?"

료이치는 호흡을 고르며 대답했다.

"아, 많이 좋아졌어. 걱정하게 해서 미안해. 그보다 탐문 조사는 어땠어?"

오다기리는 어깨를 으쓱하며 말했다.

"전혀 소득이 없었어요. 번화가에서 블랙체리 멤버들의 모습이 싹 사라졌더라고요. 낮이라 그런 걸 수도 있지만, 어쨌든 멤버를 둘이나 잃었으니까요. 그렇다고 겁을 먹고 숨은 것 같지는 않아요. 성소자한테 현상금을 천만 엔이나 걸었을 정도니까요. 아마 지금쯤 멤버들을 총동원해서 성소자에 관한 정보를 모으고 있지 않을까요?"

경찰조차 이렇다 할 정보를 찾지 못한 상황이었다. 한구레 조직이 과연 무엇을 할 수 있다는 말인가. 하지만 마냥 무시할 수도 없었다. 경찰 내부에 그들에게 수사 정보를 흘리는 자가 있는 것은 분명했다.

오다기리가 무언가 기억난 듯 손뼉을 치며 말했다.

"저희 그럼 사채 리스트에 있는 고객들을 조사해 볼까요? 그중에 상환 문제로 트러블이 있었던 사람이 있을 수도 있잖아요."

"그, 그럴까⋯."

료이치는 조금 전 닫았던 서랍을 다시 열었다. 손이 살짝 떨리고 있었다. 들키지 않도록 주의하며 USB를 꺼내 책상 위에 있던 노트북에 연결했다. 제발 확실히 망가졌기를⋯.

그 순간 화면에 파일이 손상되어 열 수 없다는 메시지가 떴다.

"어? 이거 왜 이러죠?"

오다기리가 당황한 목소리로 물었다.

"뭐지? 이상하네."

그렇게 말하며 료이치는 USB를 뺐다가 다시 연결했다. 결과는 마찬가지였다.

"안 되네. 망가졌나 봐."

오다기리는 어리둥절한 표정으로 한동안 말을 잇지 못했다.

"이거 심각한 문제잖아요…."

"젠장, 처음부터 망가진 걸 준 거야. 틀림없어."

"감히 우리를 우습게 보고…. 처음부터 고객 데이터를 넘길 생각이 없었던 거예요. 지금 당장 아지트로 가서 따져야겠어요."

오다기리의 기세에 떠밀려 두 사람은 선샤인시티 근처의 아지트로 출발했다. 료이치는 수사 차량의 조수석에 앉아 말없이 생각에 잠겼다.

성소자는 고객 정보가 드러나는 것을 원치 않았다. 그 자료 안에 문제가 될 만한 무언가가 있었던 것이다. 만약 데이터를 다시 입수하게 되면 USB를 또 망가뜨리기는 쉽지 않을 것이다. 만약 실패한다면 성소자는 료이치가 자신의 명령을 어겼다고 생각할 것이고, 그렇게 되면 료이치가 시마다의 시신을 옮기던 장면을 촬영한 동영상이 세상에 공개될 위험이 있다. 료이치는 이 상황을 어떻게 헤쳐나가야 할지 고민했지만 마땅한 해결책이 떠오르지 않았다.

방법이 없을 것이라고 생각했지만 그것은 기우에 불과했다. 이틀 전에 왔었던 블랙체리의 사무실은 이미 텅 비어 있었다.

오다기리는 마치 귀신에 홀린 것 같은 표정을 지었다.

"이게 어떻게 된 거예요…?"

"여긴 비밀 아지트였잖아. 우리한테 들켰으니 다른 데로 옮긴 거겠지."

료이치는 그렇게 대답하면서도 내심 안도했다.

물론 오다기리는 기분이 매우 나빠 보였다. 고객 리스트를 확보한 덕에 고위직 간부들에게 인정을 받고 있었으니 당연했다.

오다기리는 분한 듯 말했다.

"제대로 당했네요. 성소자를 잡을 수 유일한 단서가 사라져 버렸어요."

"그러게."

오다기리가 의아한 얼굴로 료이치를 쳐다보았다. 아무렇지도 않은 듯한 료이치의 담담한 반응에 위화감을 느낀 것 같았다.

원래라면 료이치도 확보한 리스트를 바탕으로 성과를 올려 본청 수사1과로 스카우트되어 가고자 했을 것이다. 하지만 이번 사건에서는 절대 성과를 내서는 안 된다. 성소자가 잡히면 료이치도 무사하지 못할 테니 말이다.

그럼에도 료이치는 아직 꿈을 포기하지 않았다. 다음 달에 있을 진급 시험에 반드시 합격할 생각이었다. 그리고 언젠가는 본청 수사1과로 가게 될 날이 반드시 올 것이다. 그렇게 되기를 바라고 있었다. 그런 미래를 위해 료이치는 위험을 감수했던 것이다.

나는 옳은 길을 가고 있다—.

불현듯 가슴 속 깊은 곳에서 통증 같기도 한 어떤 감정이 느껴졌다. 내가 지금 제정신인가 싶은 생각이 들었다. 물론 제정신이었다. 그 어느 때보다도 머리가 맑았다.

성과를 놓친 오다기리는 의기소침해 있었다.

"선배님, 저녁때까지 조금만 쉬면 안 될까요?"

생각해보니 료이치는 아버지의 병문안이나 컨디션 난조 등을 핑계로 종종 쉬었지만, 오다기리는 그동안 하루도 쉬지 않고 일했다. 휴게실에서 두세 시간 정도만 자겠다고 하기에 그러라고 했다.

해가 저물기 시작하자 날이 쌀쌀해졌다. 초봄이라고 해도 아침저녁으로는 아직 추웠다. 오후 5시가 지나자 햇볕이 약해지고 거리에 네온사인이 하나둘 켜지기 시작했다.

혼자 해야만 하는 일이 하나 있었다. 15일 밤, 카나가 갔던 시부야의 무겐이라는 클럽에 가봐야 했다. JR야마노테선을 타고 시부야역으로 갔다. 도겐자카 언덕에 위치한 건물의 지하 1층으로 들어갔다. 계단을 내려가자 입구 앞에 서 있던 목에 타투를 한 남자가 료이치를 의아한 눈빛으로 쳐다보았다.

료이치는 경찰 신분증을 내밀었다.

"경찰입니다. 최근 며칠 사이에 경찰이 이곳을 방문한 적이 있습니까?"

남자는 뚱한 얼굴을 한 채 "없는데요."라고 대답했다.

경찰은 아직 시마다가 자주 다니던 클럽을 특정하지 못한 것 같았다.

"시마다 유키라는 남자를 아십니까?"

"몰라요."

"가게 안에서도 몇 가지 확인할 게 있어서 좀 들어가겠습니다."

료이치는 어둑한 가게 안으로 들어갔다. 아직 손님은 없지만 음악이 큰 소리로 흘러나오고 있었다. 좁은 통로를 지나자 커다란 홀이 나왔고, 오른쪽에 바 카운터가 있었다. 카나는 전화로 말했었다. 바텐더에게 음료를 주문했었다고. 바텐더는 카나의 얼굴을 봤을 확률이 높았다.

카운터석으로 다가갔다. 서른 살쯤 되어 보이는 바텐더가 의아한 표정으로 료이치를 바라보았다.

료이치는 경찰 신분증을 꺼내 보여주며 음악 소리에 묻히지 않을 만큼 큰 목소리로 물었다.

"경찰입니다. 시마다 유키를 아시죠?"

"네?"

분명 들렸을 것이다. 료이치는 다시 한번 물었다.

"시마다 유키라고, 블랙체리 멤버요."

"모르는데요."

탐탁치 않은 답변이었지만 이상하게 화가 나지 않았다. 이 남자는 입이 무겁다. 만약 카나를 봤다 하더라도 경찰에게는 절대 입을 열지 않을 것이다. 적어도 경찰에게는.

"그저께 밤에 시마다가 이 자리에서 여자랑 대화를 했던 걸로 아는데, 못 봤어요?"

"글쎄요, 모르겠네요. 시마다라는 사람을 모르니까요."

"여자의 얼굴도 못 봤고요?"

"네, 저는 잘 모르겠어요."

이 남자가 블랙체리 쪽 사람의 질문에는 뭐라고 대답할지 걱정이 되었지만 지금으로서는 알 방법이 없었다. 하지만 괜찮을 것 같았다.

이제 가장 골치 아픈 문제만 남아 있었다. 카나를 클럽에 데려왔던 친구의 입을 막아야 했다. 그 여자의 입에서 카나의 이름이 나오는 순간 일이 커진다.

클럽에서 나온 료이치는 카나에게 전화를 걸었다. 역시나 카나는 바로 전화를 받았다.

"아빠⋯."

"카나, 너를 클럽에 데려갔던 친구가 누구야?"

"같이 아르바이트 하는 선배야. 이름은 모치즈키 리카."

"평소에는 뭐 하는 애야?"

"대학생이야."

듣자 하니 명문 사립대 학생이었다. 똑똑한 아이가 카나를 이런 말도 안 되는 세계로 끌어들였다니….

"그 친구가 그저께 밤에 네가 무겐에 있었다는 사실을 누군가한테 말하면 문제가 될 거야. 이 사건을 조사하고 있는 건 경찰뿐만이 아니야. 동료를 잃은 블랙체리라는 한구레 조직에서도 범인을 쫓고 있어. 무슨 말인지 알겠지? 너는 그날 밤에 무겐에 없었던 걸로 해야 해."

카나는 절박한 목소리로 답했다.

"응, 이해했어."

"그러니까 일단 그 친구의 입을 막아야 해. 혹시 그 애의 약점 같은 거 알고 있어?"

"약점… ."

카나는 곧바로 무언가 떠오른 듯했다.

"리카는 마약을 해. 엑스터시라는 거. 항상 지갑에 넣고 다녀."

"좋아, 그거면 되겠다."

그래도 아직까지는 운이 따르고 있었다.

"그 친구를 지금 당장 만나야 해. 라인으로 연락해서 시부야에 있는 하치코 동상 앞으로 불러낼 수 있겠어?"

"내가 나가는 것처럼 하고 아빠가 만난다는 거야?"

"맞아. 얼굴을 알아야 하니까 라인으로 사진도 보내줘."

"알겠어."

"의심받지 않게 잘 해야 돼. 지금 바로 연락해."

1분도 채 지나지 않아 모치즈키 리카의 사진이 도착했다. 약간 통통한

편이지만 성숙한 이목구비에 가슴 부분이 깊게 파인 브이넥 니트를 입고 있었다. 이런 외모라면 다른 사람과 착각할 일은 없을 것 같았다.

그로부터 30분이 지났다. 카나는 중요하게 할 이야기가 있으니 지금 바로 만나자고 리카에게 메시지를 보냈다고 했다. 썩 좋은 방법은 아니었지만 리카는 흔쾌히 그 제안을 받아들인 듯했다.

하치코 동상 앞 인파에 섞여 리카를 기다리던 료이치는 리카로 보이는 여자를 발견했다. 여자는 스마트폰을 꺼내 무언가를 입력하고 있었다. 아마도 카나에게 도착했다는 메시지를 보내려는 것 같았다.

료이치는 리카에게 다가가 환하게 미소를 지어 보였다. 반면 리카는 수상한 사람을 보는 듯 경계하며 겁먹은 얼굴을 했다.

"모치즈키 리카 씨, 맞죠?"

"네, 그런데요."

"저는 카나 아빠예요. 딸이랑 친하게 지내줘서 고마워요."

리카는 괜히 겁을 먹었다는 듯 한숨을 내쉬었다.

"아니에요, 저야말로…. 근데 카나는요?"

"카나는 안 와요. 제가 그쪽에 볼일이 있어서 부른 겁니다. 잠깐 저쪽으로 가죠."

료이치는 인파에서 벗어나 한적한 곳으로 리카를 데려갔다. 그리고 리카의 두 눈을 똑바로 바라보며 물었다.

"엑스터시에 손을 댔지?"

리카는 충격을 받은 듯했다.

"아니에요, 그런 적 없어요."

"소지품 검사 한번 해볼까? 아니면 경찰서로 같이 가?"

"안 돼요, 그건 곤란해요."

"곤란한 건 나도 마찬가지야. 자, 어서 가방 열어봐. 거부하면 영장을 받아서 집까지 수색할 거야."

"아, 알겠어요."

리카는 체념한 듯 순순히 가방을 열어 내밀었다. 료이치는 지갑을 꺼내 내용물을 확인했다. 지갑 안에서 작은 비닐에 담긴 분홍색 알약이 나왔다.

"이게 뭘까? 네 입으로 말해봐."

리카는 주저하며 말했다.

"엑스터시예요."

"이거 불법 약물인 건 알고 있지? 네가 이러는 거 부모님도 알고 계셔?"

"아니요, 몰라요. 제발 부모님한테는 비밀로 해주세요."

"그건 안 되지. 학교에도 알릴 거야."

"저 큰일 나요. 죄송해요! 진짜 다시는 안 할게요. 제발 말하지 말아 주세요! 학교에서 알면 저 퇴학당해요."

리카는 일그러진 얼굴로 눈물을 흘리기 시작했다.

료이치는 카나를 이런 말도 안 되는 상황으로 끌어들인 리카에게 화가 났다.

"비밀로 해 줄 수도 있어. 하지만 조건이 있어."

그 말에 리카가 고개를 들었다.

"그저께 밤에 카나랑 같이 무겐에 갔었지? 그 사실을 아무한테도 말하지 말아 줘. 그날 밤에 카나는 무겐에 가지 않았던 걸로 해야 해. 누가 물어보면 카나는 그날 거기에 없었다고 대답하는 거야. 할 수 있겠어?"

리카의 얼굴에 당혹스러움이 번졌다.

"그게…, 이미 말했는데요."

"말했다고?"

"딱 한 명이에요. 진짜 딱 한 명…. "

"그게 누군데?"

"이름은 모르지만 블랙체리 쪽 사람이에요. 키가 작고 머리를 짧게 자른 남자였어요."

"아, 그 녀석…. "

쿠로카와 타모츠는 리카에게서 카나의 이야기를 듣고 료이치에게 연락을 해 왔던 것이었다.

"그 녀석은 신경 안 써도 돼. 이제 앞으로는 아무한테도 말하지 않겠다고 약속하는 거야."

리카는 다급히 고개를 끄덕였다.

"알겠어요. 그렇게 할게요."

"그리고 두 번 다시 무겐에도 가지 말고."

"네, 다시는 안 갈게요."

"좋아, 그럼 됐어. 아저씨랑 약속한 거야. 약속을 어기면 네가 불법 약물을 했다는 사실을 너희 부모님이랑 학교에 알릴 거야. 알겠어?"

료이치는 리카의 어깨를 토닥여 주었다.

쿠로카와 타모츠ㅡ. 그자가 역시나 골칫거리였다.

오다기리에게서는 아무런 연락이 없었다. 아직까지 자고 있을 리는 없으니 단독으로 수사 중인지도 몰랐다. 어느새 시간은 밤 9시가 지나 있었다. 료이치는 수사 회의에 참석하지 않고 블랙체리의 멤버들을 찾아보기로 했다. 오다기리보다 먼저 불법 사채업과 관련된 멤버들을 만나 고객 데이터를 삭제해야 한다. 하지만 별다른 성과 없이 시간만 흘러갔다.

밤 10시가 넘었다. 수사 회의는 이미 끝났을 시간이었다. 오늘도 경찰서에서 자야겠다는 생각에 발길을 돌리려던 참이었다. 업무용 스마트폰으로 전화가 걸려 왔다. 타케노우치 과장이었다. 심박수가 빠르게 올라갔다.

"야쿠시마루, 사망자가 또 나왔어."

심장이 철렁했다. 설마 하는 마음 반, 기대하는 마음 반으로 물었다.

"피해자가 누구입니까?"

"블랙체리의 쿠로카와 타모츠."

"쿠로카와….."

그 이름을 무심코 되뇌었다.

성소자가 료이치의 부탁을 들어준 것이다.

몸에 힘이 풀리는 것을 느꼈다. 그 감정이 안도감이라는 사실에 죄책감이 들었다.

료이치는 아무 말 없이 스마트폰을 꽉 쥐었다.

"왜 그래? 아는 녀석이야?"

"아니요….. 전에 한 번 탐문할 때 만났던 적이 있어서요."

"그래? 아직 조직에 들어간 지 반년도 안 된 말단 멤버였어. 사건 현장은 이케부쿠로 2초메의 도키와 거리 근처야. 자세한 위치는 지도로 보낼 테니까 지금 바로 현장으로 가서 주변 탐문부터 시작해."

이케부쿠로 2초메의 도키와 거리…. 그 근처에 블랙체리의 멤버가 운영하는 벨라돈나가 있다. 성소자는 벨라돈나에서 나오는 쿠로카와를 노렸던 것이다.

전화를 끊은 료이치는 현장으로 가지 않고 발길이 닿는 대로 마냥 걸었다.

혼자 있고 싶었다.

누군가의 죽음을 바라는 것은 비열한 짓임을 잘 알고 있다. 그럼에도 료이치는 마음이 한결 가벼워졌다. 쿠로카와는 카나가 시마다 유키를 죽인 것을 알고 있다며 료이치를 협박해 온 위험한 사람이었다. 그가 사라지는 것 말고는 달리 방법이 없었다.

료이치는 거리를 걸으며 몇 번이고 안도의 한숨을 내쉬었다. 20분쯤 혼자 시간을 보낸 뒤 택시를 타고 사건 현장으로 이동했다. 긴장이 완전히 풀려 버렸다. 이번 사건에서 료이치가 실적을 낼 일은 없다. 아니, 실적을 내서는 안 된다. 성소자를 궁지로 몰아넣어서는 안 된다. 성소자를 체포하게 된다면 그는 분명 료이치와의 '계약'에 관해 털어놓을 것이다. 이제는 적당히 수사에 참여하다가 사건이 미궁에 빠지기만을 기다리는 수밖에 없다.

현장에 도착해 보니 인도 가장자리의 화단 옆에 한 남자가 하늘을 보고 쓰러져 있었다. 이미 타니가와, 소우마, 요시노와 후카다도 현장에 도착해 있었다. 그들은 료이치를 발견하고는 안도한 표정을 지었다.

"기다리고 있었어. 얼른 시신을 치워야 해서."

타니가와가 대표로 말했다.

"죄송해요. 갑자기 시설에서 전화가 와서 간호사랑 이야기를 좀 하느라 늦었어요."

거짓말이 입에서 술술 나왔다. 스스로도 놀랄 정도였다.

"아버지는 괜찮으셔?"

"글쎄요…, 뭐라고 말을 하기가 어렵네요."

"그래, 남 일 같지가 않네. 나도 해봐서 알지."

타니가와가 료이치의 상황을 동정하듯 눈썹을 찌푸렸다.

료이치는 시신에 가까이 다가갔다. 블랙체리의 신입 멤버였던 쿠로카와 타모츠는 이렇게 다시 보니 놀라울 정도로 어린 티가 났다. 카나와 나이 차이가 얼마 나지 않을 것 같았다.

자신이 이 남자를 죽여 달라고 성소자에게 부탁했다―.

료이치는 자신도 모르게 쿠로카와의 얼굴에서 시선을 돌렸다. 안절부절 못하고 넥타이를 또 만지작거렸다.

타니가와가 몸을 숙여 시신의 목덜미를 손으로 만졌다.

"아직 따뜻해. 살해당한 지 얼마 안 됐어."

료이치는 불현듯 떠오른 질문을 던졌다.

"소지품은요?"

"아무것도 없어. 스마트폰도 없었어. 범인이 가져갔겠지."

"그렇군요…."

료이치는 내심 안도했다. 스마트폰에는 쿠로카와가 료이치에게 보낸 문제메시지가 남아 있었을 터였다.

소우마가 료이치를 향해 말했다.

"기수대가 주변을 돌고 있어요. 멀리 도망가지는 못했을 거예요. 근데 번화가라서 사람들 사이에 섞여들면 찾기가 쉽지는 않을 것 같아요."

기동수사대(통칭 기수대)는 초동수사 단계에서 현장 주변 탐문에 집중한다.

타니가와가 몸을 일으키며 주위를 살폈다.

"CCTV가 있으면 좋을 텐데."

아마 CCTV는 없을 것이다. 이전 범행들처럼 쿠로카와를 미행할 시간은 없었겠지만 CCTV만큼은 미리 확인했을 것이다. 성소자는 실수할 사람이 아니었다. 료이치는 서둘러 이곳을 벗어나고 싶었다. 쿠로카와의 시신으로부터, 자신이 살해를 의뢰한 시신으로부터 멀어지고 싶었다.

그때 후카다가 의아한 표정으로 질문을 던졌다.

"근데 이거 성소자의 범행일까요?"

타니가와가 후카다를 바라보았다.

"성소자가 아니면? 또 모방범이야?"

"또요?"

료이치는 동요했다. 시마다 유키 사건이 모방범의 소행이라고 확정된 것은 아니었다. 수사본부는 여전히 성소자의 범행이라고 보고 있었다. 그런데 어째서 현장의 수사관들은 모방범이 존재한다고 믿기 시작한 것일까?

후카다는 시신을 뚫어지게 쳐다보며 말했다.

"조금 전까지 조직범죄대책과의 하마다 선배님이 계셨는데, 선배님은 이번 피해자가 블랙체리의 말단 조직원이라고 하셨어요. 성소자가 지금까지 노린 건 현재 반사회 집단에 소속돼 있거나 아니면 과거에 반사회 집단에서 활동했던 사람들이었는데, 쿠로카와는 반사회 집단구성원이라고 보기에는 조직에 몸담았던 기간이 너무 짧은 것 같아서요."

"그래, 그렇게 볼 수도 있겠네."

후카다는 곤란한 듯 눈썹을 찌푸리며 이어갔다.

"저도 믿고 싶지는 않지만, 수사 정보가 유출되고 있을 가능성을 진지하게 고려해봐야 할 것 같아요."

료이치는 쿠로카와가 수사 정보를 알고 있었다는 사실을 떠올렸다. 성소자마저도 수사 정보를 자세히 알고 있었다. 후카다의 말대로 함구령을 어긴 배신자가 경찰 내부에 존재하는 것은 확실했다.

"어그리즈 쪽 수사는 어떻게 되어가고 있어?"

다들 모방범의 존재를 믿는다고 한다면 최대한 어그리즈 쪽으로 몰아갈 생각이었다.

소우마가 대답했다.

"오늘 오후 수사 회의에서 보고가 있었는데, 어그리즈 쪽에 그런 움직임은 없다더라고요. 적어도 조직범죄대책과에서는 그런 사실을 파악하지 못했다고 했어요."

"그래…."

료이치는 오다기리가 이 자리에 없다는 것을 다행스럽게 여겼다. 오다기리는 시마다를 죽인 것은 여자고, 그 여자가 자신의 연인이나 가족에게 사건 수습을 부탁했을 것이라고 보고 있었다.

"그나저나 시마다랑 오구라는 둘 다 불법 사채업에 관련돼 있지 않았어요? 그쪽으로 금전 문제나 원한 관계가 있었을 수도 있잖아요. 선배님이 수사 담당이시죠? 어떤 것 같으세요?"

"지금 조사 중이야. 딱히 나온 건 아직 없어."

료이치는 대충 얼버무렸다. 고객 리스트는 자신이 직접 삭제했다. 죄책감이 가슴을 찌르는 듯했다.

대화를 적당히 마무리한 뒤 수사관들은 밤 11시가 지나도록 현장 주변에서 탐문을 이어갔다. 오늘 밤은 철수해도 좋다는 타케노우치 과장의 전화가 걸려 올 때까지 수사는 계속되었다.

경찰서로 돌아온 료이치는 샤워를 했다. 몸에 묻은 때는 씻어낼 수 있어도 죄책감은 평생 지워지지 않을 것이다. 샤워를 마친 뒤 도장에 마련된 잠자리에 누운 료이치는 금세 진흙에 빠진 것처럼 깊은 잠에 빠져들었다.

다음 날 아침, 6시 30분에 눈이 떠졌다. 위기는 분명 지나갔는데 마음은 개운하지가 않았다. 어쩌면 쿠로카와 타모츠의 시신을 직접 확인했기 때문인지도 몰랐다.

료이치는 타케노우치 과장과 오다기리에게 아버지의 병세가 악화되어 임종이 가까워졌다는 거짓말을 섞어가며 잠시 뵙고 올 수 있도록 반나절만 시간을 달라고 요청했다. 타케노우치 과장은 못마땅한 표정이었지만 별말 없이 허락해 주었다.

오다기리는 다정하게 이런 말을 했다.

"경찰 일을 하다 보면 부모님의 임종을 지켜보기 어렵다는 이야기를 자주 듣는데, 이제 더는 사생활을 희생해 가면서 일을 우선시하는 시대가 아니잖아요. 선배님, 꼭 아버님 곁에 있어 주세요. 저는 그러고 싶어도 아버지가 안 계시잖아요."

세이부이케부쿠로선 전철을 타고 샤쿠지이코엔역으로 이동했다. 노인요양시설 히마와리에 도착한 료이치는 접수처에서 출입증을 받아 3층에 있는 아버지의 병실로 향했다. 조금 전 아침 식사를 마친 카즈오의 옆에서 여성 간병인이 뒷정리를 하고 있었다. 아버지는 컨디션이 좋아 보였다. 하지만 간병인의 말에는 아무런 반응이 없었다.

료이치는 간병인에게 감사 인사를 한 뒤 아버지를 휠체어에 태웠다. 정원으로 간다는 것을 알아챈 아버지는 기쁜 듯 미소를 지었다.

초봄의 차가운 바람이 불고 있었다. 만개한 꽃들이 전부 모노톤으로 보였다. 마음이 죽어버린 것 같았다.

주변에 아무도 없다는 것을 확인한 뒤 료이치는 벤치에 앉아 아버지를 멍하니 바라보았다.

"아버지, 제 이야기 좀 들어줘요."

료이치는 사흘 전 밤부터 시작된 일련의 사건들을 하나씩 차례대로 털어놓았다. 딸이 저지른 범죄, 그 범죄를 덮기 위해 자신이 저지른 범죄, 그리고 성소자와 나눈 약속까지 빠짐없이 고백했다.

"카나를 위해 제가 옳은 일을 한 걸까요?"

료이치는 아버지의 얼굴을 똑바로 바라보며 물었다.

"앞으로 저는 어떻게 해야 할까요?"

카즈오는 아무런 대답도 하지 않았다. 료이치의 얼굴을 바라보며 여전히 미소를 짓고 있을 뿐이었다.

봄바람이 아버지의 흰 머리카락을 부드럽게 매만졌다. 헝클어진 머리카락을 정리해 주는데도 아버지는 아무 말 없이 그저 가만히 있었다. 료이치를 알아보는지조차 의심스러웠다.

눈가가 뜨거워지며 눈물이 뺨을 타고 흘러내렸다.

"아버지, 이제 어떻게 해야 좋을지 모르겠어요."

료이치는 아버지 앞에 무릎을 꿇고 앉아 조용히 눈물을 흘렸다.

제 **2** 장

1

삼한사온의 영향인지 어제와는 전혀 다른 쌀쌀한 아침이었다.

강당 안은 환기를 위해 창문을 열어놓은 탓에 꽤 추웠다. 강당 뒤편의 늘 앉던 자리에 앉은 야쿠시마루 료이치는 앞쪽 단상을 살폈다. 백 명이 넘는 수사관들을 앞에 두고 야나기사와 토시오 수사1과장은 어두운 표정을 짓고 있었다. 잠을 제대로 못 자는지 눈 밑에 다크서클이 짙게 드리워 있었다. 최근 며칠 사이에 연달아 희생자가 나왔음에도 여전히 수사에는 진전이 없었다. 다른 간부들의 안색도 어둡기는 마찬가지였다. 다들 말수도 줄어든 것 같았다.

화이트보드로 시선을 돌리자 피해자는 어느덧 여섯 명으로 늘어나 있었다.

2/21 이토 유야 (56) 스도구미

3/2　토다 신스케 (57) 미야모토구미 출신

3/10 오구라 렌 (28) 블랙체리

3/14 키시타니 쇼고 (53) 아마미야흥업

3/15 시마다 유키 (28) 블랙체리

3/17 쿠로카와 타모츠 (20) 블랙체리

성소자는 교활한 인물이었다. 첫 범행에서는 다소 애를 먹은 듯했지만 두 번째 범행부터는 단칼에 상대를 제압했다. 목격자도 없었고 CCTV에도 찍히지 않았다. 치밀한 사전 조사를 통해 CCTV 사각지대를 파악하고 있었다.

언론에서는 경찰의 무능함을 일제히 비난했지만 성소자가 한 수 위였다. 각종 SNS에는 성소자를 찬양하는 게시글이 잇달아 올라오며 언제든 모방범 죄가 일어나도 이상하지 않은 분위기가 조성되고 있었다. 일부 수사관들 사이에서는 이미 모방범이 나타났다고 보는 견해도 있었다. 블랙체리의 멤버인 시마다 유키의 살인 사건과 관련해서는 살해 방식에 차이가 있다는 점에서 모방범의 소행일 가능성이 제기되었다. 료이치에게는 불리한 견해였다.

회의에 참석한 수사관들의 표정 또한 간부들과 마찬가지로 어두웠다. 이미 수사가 난항을 겪고 있는 마당에 모방범에 의한 사건까지 더해진다면 수사본부는 대혼란에 빠질 수밖에 없었다.

야나기사와 수사1과장이 직접 입을 열었다.

"2월 21일 이후, 이케부쿠로 관내에서 반사회 집단 관계자 6인이 사망했지만 안타깝게도 현재까지 이렇다 할 성과를 거두지 못했다. 6인 중 3인이 블랙체리의 멤버라는 점을 고려했을 때, 해당 조직과 적대 관계에 있는 또다른 한구레 조직 어그리즈의 범행일 가능성도 검토 중이나 현재로서는 어그리즈의 범행임을 시사하는 증거가 없다. 그렇다 하더라도 어그리즈의 동향은 계속해서 추적하도록 한다. 수사가 장기화될 우려가 있는 상황인 만큼 이케부쿠로경찰서뿐만 아니라 인근 관할서에도 지원을 요청해 수사 인력을 확보하고, 이곳에 있는 수사관들은 적극적으로 휴식을 취하기를 바란다. 이상."

강당 안이 술렁였다. 그 이유는 짐작해볼 수 있었다. 야나기사와 수사1과장의 입에서 모방범에 관한 이야기가 나오지 않았기 때문이다.

조직범죄대책과의 하마다 유마 경부보가 다른 수사관들의 생각을 대변하듯 물었다.

"다섯 번째 피해자인 시마다 유키와 관련해 모방범죄일 가능성은 전혀 검토하지 않는 겁니까? 범행 수법도 다르고 살해 현장도 피해자의 자택 아파트로 추정됩니다. 다른 다섯 명의 피해자와는 명백히 다르지 않습니까?"

야나기사와 수사1과장은 미간을 살짝 찌푸리며 답했다.

"현 단계에서는 모방범죄의 가능성은 고려하지 않는다. 피해자의 이마에 새겨진 표식과 관련해서는 함구령이 내려져 있어서 수사 관계자 이외에는 알 수 없는 상황이다."

야나기사와 수사1과장은 그렇게 단언한 뒤, 더는 할 말이 없다는 듯 의자 등받이에 몸을 기댔다. 수사본부에서 정보가 새어 나가는 일은 절대 있을 수 없다는 듯한 그의 태도는 아마도 수사 현장에 혼란이 발생하는 것을 막기 위한 배려였을 것이다.

료이치는 조용히 안도의 한숨을 내쉬었다. 모방범의 존재를 인정하는 쪽으로 수사 방침이 바뀌지는 않을까 사실 걱정하고 있었다. 야나기사와 수사 1과장의 말처럼 피해자의 이마에 새겨진 표식을 아는 사람은 수사 관계자 이외에는 있어서는 안 된다. 모방범이 있다고 한다면 수사 관계자가 외부의 누군가에게 정보를 유출했고, 그 누군가가 범행을 저질렀을 가능성을 생각해야 한다. 혹은 그 수사 관계자가 직접 범행을 저질렀을 가능성도ㅡ. 어느 쪽이든 경찰 내부에서 배신자 색출이 시작될 것이다. 료이치는 그것이 가장 두려웠다.

오늘은 아침부터 좀처럼 몸에 힘이 들어가지 않았다. 기력이 다한 것 같았다.

딸이 저지른 범죄를 은폐하고 성소자의 범행으로 위장한 것, 사건의 진상을 눈치챈 쿠로카와 타모츠를 처리해 달라고 성소자에게 의뢰한 것…. 자신이 저지른 죄는 깊고 무거웠다.

시마다 유키의 시신을 유기하고 성소자의 범행으로 위장한 것까지는 그래도 괜찮았다. 딸을 위해서 한 일이었다. 딸을 위해, 가족을 위해, 그리고 나자신을 위해 그렇게 할 수밖에 없었다.

하지만 거기에서 멈추지 않고 성소자에게 쿠로카와 타모츠를 없애 달라고 부탁했다. 살해당한 쿠로카와의 시신의 모습이 아직도 눈에 선했다. 앳된얼굴이었다. 카나와 나이 차이도 얼마 나지 않아 보였다.

죄책감에 잠식당하듯 료이치는 활력을 잃어가고 있었다. 위로받고 싶은마음에 아버지를 찾아갔지만 늘 그렇듯 의식이 흐릿한 아버지와는 대화가되지 않았다. 슬픔과 괴로움만 더해졌다.

수사관들의 보고가 이어졌다. 주목할 만한 내용 없이 보고가 계속되던 중같은 팀 후배인 후카다 유미 순사의 차례가 되었다. 수사관들의 시선이 그녀에게 집중되었다.

"3월 15일 밤 10시경, 시마다 유키가 시부야구 도겐자카 2초메에 있는무겐이라는 클럽에 있었다는 목격자 증언을 확보했습니다. 카운터석에 여성과 함께 앉아 있었다는 내용도 있었습니다. 다만 시마다가 몇 시에 클럽에서나갔는지, 그리고 그 이후의 행적에 관해서는 아직 확인되지 않았습니다."

순간 몸이 얼어붙었다. 방심하던 차에 불시의 일격을 당한 듯했다. 언젠가 수사의 방향이 무겐으로 향하게 될 것은 어느 정도 각오하고 있었다. 하지만 수사는 거기까지다. 이미 카나의 친구인 모치즈키 리카의 입은 막아놓은 상태다. 쿠로카와도 사망했으니 시마다와 함께 있었던 여성이 카나라는사실은 아무도 알아낼 수 없을 것이다. 심장이 빠르게 뛰었다.

회의 진행을 맡은 타케노우치 요시노리 과장이 질문을 던졌다. 타케노우치는 오늘도 어김없이 간부의 위엄이라고는 느껴지지 않는 구겨진 정장 차림이었다.

"클럽에서 함께 있었던 여성의 신원은?"

후카다가 지친 얼굴로 말했다.

"클럽의 스태프나 바텐더는 시마다와 아는 사이라서 이것저것 목격했을 것으로 보입니다. 하지만 경찰에게는 입을 열지 않고 있습니다. 아무래도 블랙체리 쪽 눈치를 보는 것 같습니다. 그쪽에서도 독자적으로 수사를 하고 있으니까요."

"그 입을 열게 하는 게 형사의 실력 아니겠어?"

한 수사관이 그렇게 외쳤다.

"입을 안 여는데 어떻게 합니까? 고문이라도 하라는 말씀이십니까?"

후카다가 기운 빠진 목소리로 맞받아쳤다.

뒤이어 요시노 사토루 순사가 자리에서 일어섰다. 많은 사람들 앞에서 발표하는 것이 부담스러운 듯 살짝 떨고 있는 것처럼 보였다. 요시노는 쿠로카와 타모츠에 관한 탐문 수사를 맡고 있었다.

"쿠로카와 타모츠는 시마다 유키의 운전 담당이었던 것 같습니다. 시마다와 마찬가지로 무겐에 자주 드나들었다는 목격자 증언이 있었습니다. 사망 전 마지막 행적은 아직 확인되지 않았습니다."

타케노우치의 얼굴이 굳어졌다.

"살해당한 오구라 렌, 시마다 유키, 쿠로카와 타모츠는 모두 블랙체리 내에서 불법 사채업에 관여했던 그룹이었군. 그렇다면 블랙체리 쪽은 채무 관련으로 범인과 갈등을 빚었을 가능성이 있어 보이는데 어떤가?"

요시노는 그 말에 일리가 있다는 듯 고개를 끄덕였다.

"네, 제가 보기에도 그런 것 같습니다."

타케노우치가 료이치를 향해 고개를 돌렸다.

"야쿠시마루, 사채업에 관련된 인물들은 조사해 봤나?"

료이치는 넥타이 매듭의 위치를 바로잡으며 어색하게 자리에서 일어났다. 기대를 받고 있었던 만큼 되도록이면 이 보고는 하고 싶지 않았다. 하지만 보고하지 않을 수는 없었다.

"아직 못했습니다. 그게 사실은…, 며칠 전 블랙체리의 아지트에서 확보한 USB에 문제가 있어서 고객 리스트를 확인할 수 없었습니다. 그래서 관련 수사도 지체되고 있는 상황입니다."

단상 위 간부들의 눈빛이 날카로워졌다. 무언의 비난이 느껴졌다.

타케노우치가 짜증 섞인 목소리로 말했다.

"그럼 다시 아지트에 가서 받아왔어야지."

"그게, 그 아지트는 이미 정리된 상태였습니다. 현재 블랙체리에서 사채업에 관여했던 멤버를 다시 찾고 있습니다."

"뭐? 확보하자마자 확인 안 하고 뭐 했어?"

타케노우치의 질책이 날아왔다.

"죄송합니다. 바로 확인했어야 했는데, USB를 확보한 직후에 시마다의 시신이 발견되어서 그쪽 수사에 신경을 쓰느라…."

강당 안에 실망감이 담긴 한숨이 번졌다. 료이치는 고개를 떨구었다. 단상 쪽을 쳐다볼 수 없었다.

타케노우치의 분노는 좀처럼 가라앉지 않았다.

"채무 관련 범행일 가능성도 충분히 생각해볼 수 있으니까 무슨 일이 있어도 고객 리스트를 다시 찾아와. 알겠어?"

"예, 알겠습니다."

료이치는 식은땀을 흘리며 자리에 앉았다.

알겠다고 대답은 했지만 그럴 수 없는 상황이었다. 성소자에게 고객 리스트를 인멸하라는 지시를 받았기 때문이다. 다시 리스트를 손에 넣는 일은 없을 것이다. 설령 손에 넣더라도 다시 없애야 한다.

수사관들의 보고가 끝난 뒤 타케노우치는 야나기사와 수사1과장의 눈치를 살폈다. 야나기사와는 깊은 생각에 잠긴 듯했다. 그 침묵에 빨려 들어가듯 수사관들은 일제히 야나기사와의 다음 말에 귀를 기울이고 있었다.

야나기사와가 입을 열었다.

"이케부쿠로 관내는 이제 더 이상 안전하다고 볼 수 없다. 시민들의 불안은 날이 갈수록 커지고 있다. 순찰을 도는 제복 경찰 인원을 늘리도록 한다. 그리고 앞으로의 수사는 위험을 수반할 가능성이 있으므로 모든 수사관들에게 권총 휴대를 허가한다. 이상."

수사 회의가 끝나자 백 명이 넘는 수사관들이 우르르 강당을 빠져나갔다.

옆에 있던 타니가와가 앓는 소리를 내며 무거운 몸을 일으켰다.

"권총을 갖고 다니면서 수사할 날이 올 줄이야. 말세구먼, 말세여."

소우마는 몹시 흥분한 모습이었다. 오늘도 소프트 리젠트 헤어스타일이 잘 어울렸다.

"피가 끓는 기분인데요. 근데 진짜 위험한 상황이 아닌 이상, 일본 경찰은 총을 쏘면 뒷일을 수습하는 게 힘들지 않아요?"

경찰의 권총 휴대 및 사용과 관련해서는 법으로 엄격하게 규정되어 있으며, 사법경찰관으로서 통제가 불가능하다고 판단되는 범죄 행위에 한해서만 사용이 허가된다. 발포가 불가피한 상황이 아니었던 것으로 밝혀지면 재판에

회부될 수도 있다.

오다기리가 료이치에게 다가왔다.

"선배님, 권총 받으실 거죠?"

"그래야지."

성소자는 자신과 일종의 계약을 맺은 료이치를 공격하지는 않을 것이다. 반드시 권총을 소지해야 하는 것은 아니었지만 대부분의 수사관들이 야나기사와의 지시에 따르는 듯하니 료이치도 따를 수밖에 없었다.

경무과로 가서 담당자에게 권총을 건네받았다. 시그사우어라고 하는 자동 권총으로 열두 발의 탄환이 장전되어 있었다. 숄더스트랩을 매고 권총을 겨드랑이 밑에 넣었다. 겉옷을 입으면 권총이 보일 일은 없었다.

"왠지 몸이 좀 긴장되네요. 쏠 일이 없어야 할 텐데요."

그렇게 말하며 오다기리가 웃었다.

료이치는 그저 쓴웃음을 지을 수밖에 없었다.

엘리베이터를 기다리는데 뒤에서 누군가가 말을 걸어왔다.

"잠깐만!"

타케노우치 과장이었다. 여전히 정장은 구겨져 있고 넥타이는 비뚤어져 있었다. 셔츠도 며칠째 갈아입지 않은 것 같았다. 하치오지시에 있는 집에서 이케부쿠로경찰서까지 왕복 3시간 가까이 걸린다고 불평했던 적이 있었다. 그러니 아마 한 번도 집에 가지 않고 경찰서 도장에서 지내고 있을 터였다. 제대로 씻기라도 하면 좋으련만. 조금 전 회의에 이어서 계속 혼이 나려나 싶었는데, 다행히 그런 것은 아니었다.

"야쿠시마루, 쿠로카와 타모츠의 부검소견서 좀 받아와 줄 수 있어? 어제 다들 바빠서 아무도 못 갔거든."

"네, 그럼요. 다녀오겠습니다."

쿠로카와 타모츠의 시신을 다시 마주해야 한다는 사실은 마음이 아팠지만, 그것은 자신을 향한 벌이기도 했다. 새로운 피해자의 부검 결과가 나와 봤자 무엇 하나 기대할 것이 없다고 생각하면서도 료이치는 오다기리와 함께 데이토대학으로 향했다.

부검실에서 료이치와 오다기리를 맞이한 시바야마 미카는 오늘도 도무지 의사로는 보이지 않는 화려한 노란색 꽃무늬 원피스 위에 흰색 가운을 걸치고 있었다.

시바야마가 쿠로카와의 시신이 놓인 트레이를 꺼냈다. 시신 전용 커버의 지퍼를 열자 창백해진 쿠로카와가 모습을 드러냈다. 가슴 부분을 절개한 흔적이 선명했다. 왼쪽 옆구리에 남은 검붉은 자창이 보였다.

료이치는 시선을 돌렸다. 인사도 생략하고 바로 본론으로 들어갔다.

"선생님, 새롭게 발견된 게 있었나요?"

시바야마는 두 손을 가운 주머니에 꽂아 넣은 채 시신을 내려다보았다. 안타깝다는 듯 어깨를 으쓱였다.

"이번 피해자는 딱히 특별한 점은 없었어요. 근데 지금에 와서 다시 생각해보니까 조금 신경 쓰이는 점이 하나 있기는 해요."

그렇게 말하며 쿠로카와의 복부에 난 상처를 가리켰다.

"이 피해자의 자창도 보시면 상처 깊이가 대략 15센티미터 정도예요. 서바이벌 나이프 같은 걸로 있는 힘껏 끝까지 찔러 넣었던 것 같아요. 그러니까 범인이 사용한 칼의 길이가 15센티미터라는 거죠. 그런데 첫 번째 피해자인 이토 유야의 경우에는 상처 깊이가 7에서 8센티미터 정도였어요. 부검소견서에도 그렇게 기록했었고요."

료이치가 보기에는 딱히 신경이 쓰일 만한 점은 없어 보였다.

"그게 어디가 이상하다는 건가요?"

"첫 번째 사건의 범인은 그렇게 힘이 세지 않은 사람이었을 수도 있겠다는 생각이 들었어요. 다시 말해 첫 번째 사건과 그 이후 사건들의 범인이 다른 사람이지 않겠냐는 거예요."

머리가 혼란스러웠다.

"잠깐만요. 성소자가 두 명이라는 말씀을 하시는 거예요?"

시바야마도 당혹스럽기는 마찬가지인 듯했다.

"네, 첫 번째 피해자만 여러 차례 찔렸었잖아요. 한 번에 찔러 죽일 만한 힘이 없어서 그랬던 게 아닐까 싶더라고요."

"싶더라고요, 라는 건 선생님의 개인적인 감상이신 거죠? 과학적인 근거는 없는 거잖아요?"

"과학적인 근거는 없지만 부검이라는 게 원래 추측하는 일이니까요."

시바야마는 태연하게 말했다.

료이치와 오다기리는 서로의 얼굴을 마주 보았다. 오다기리는 어떻게 판단해야 좋을지 모르겠다는 듯 애매한 표정을 짓고 있었다.

"확인차 여쭙습니다만 범행에 사용된 흉기는 모든 피해자들이 동일했던 거죠?"

"네, 상처 형태로 봐서는 흉기는 동일한 것으로 보여요. 물론 이것도 추측이지만요."

오다기리가 무언가 떠오른 듯 질문을 던졌다.

"그러고 보니 선생님께서 전에 시마다 유키의 시신 이마에 새겨진 X 표시도 이전과 다르다고 하시지 않았었나요? 그럼 시마다를 살해한 범인도 다른 사람인 걸까요?"

시바야마는 고개를 갸웃했다.

"그건 잘 모르겠어요. 확실히 주저한 것처럼 보이기는 했었죠."

시마다의 이마에 상처를 낸 것은 료이치 자신이었다. 당연히 주저했었다.

"선생님, 성소자가 세 명이라는 말씀은 제발 하지 말아주세요."

료이치는 억지로 웃어보려 했지만 마음대로 되지 않았다. 그런 그의 표정을 알아차리지 못한 채 시바야마는 어깨를 으쓱이며 대답했다.

"저는 그저 부검 소견을 말씀드렸을 뿐이에요."

모방범은 틀림없이 존재한다. 료이치가 바로 그 모방범이었다. 하지만 성소자가 두 명이라는 말인가? 성소자와는 전화 통화를 한 적이 있었지만 또 다른 한 명이 있는지까지는 알 수 없었다.

친구인 카타세 카즈나리에게 이야기했던 자신의 추리를 떠올렸다. 첫 번째 피해자만 여러 차례 칼에 찔려 사망했다는 점에서 원한에 의한 살인일 가능성을 의심했었다. 하지만 두 번째 사건부터는 살해 방식에 석연치 않은 점이 있었다. 너무 간결하고 깔끔했던 것이다. 만약 성소자가 두 명이라면 어느 정도 납득이 가는 부분이었다.

"선생님 말씀은 이해했습니다. 안 그래도 첫 번째 사건의 범인과 그 이후 사건들의 범인의 성향이 조금 다른 것 같다고 느끼기는 했었어요. 일단 상부에 보고하겠습니다."

시바야마에게 감사 인사를 건네고 부검실을 나섰다. 의대 건물에서 나와 바깥의 맑은 공기를 쐰 료이치는 자신도 모르게 심호흡을 했다.

"골치 아파졌네. 보고는 하겠지만 위에서 싫어하겠지?"

오다기리도 난감한 얼굴을 하고 있었다.

"그렇겠죠. 성소자가 두 명일지도 모른다느니 모방범이 있을지도 모른다느니 하면 수사본부에 대혼란이 일어날 거예요."

"그러니까 말이야."

두 사람은 일단 이케부쿠로로 다시 돌아가기로 했다.

2

블랙체리의 리더 카스가 료는 분노에 떨고 있었다. 지금은 슬픔에 잠겨 있을 때가 아니었다.

간부 후보였던 오구라 렌, 간부였던 시마다 유키에 이어 신입 멤버였던 쿠로카와 타모츠까지 살해되었다. 동료를 셋이나 잃은 것이다. 이는 블랙체리에 대한 선전포고로 봐도 무방했다.

문제는 누가 이런 짓을 저질렀는가 하는 것이다.

당초 카스가는 자신들과 적대 관계에 있는 한구레 조직인 어그리즈의 소행이 아닐까 의심했지만 피해자들 중에는 야쿠자도 포함되어 있었다. 어그리즈가 야쿠자까지 건드릴 이유는 없어 보였다. 경찰은 어그리즈 관련 수사에 착수했다고 하지만 현재로서는 어그리즈의 범행이라고 의심할 만한 증거는 나오지 않은 듯했다.

또한 경찰 내부에서는 오구라 렌과 쿠로카와 타모츠를 살해한 것은 성소자지만 시마다 유키의 경우에는 모방범의 소행이 아닐까 하는 견해가 있다고 했다. 유키는 칼이 아닌 둔기에 맞아 살해되었고 살해 장소도 자택 아파트일 가능성이 컸다. 유키의 렉서스 차량이 아파트 근처 주차장에 주차되어 있었지만 유키의 시신은 이케부쿠로에서 발견되었다. 이는 범인이 살해 후 시신을 옮겼다는 뜻이 된다. 반사회 집단에 소속된 자들을 대상으로 한 무차별 범죄가 아니었던 것이다. 카스가도 이것이 일리가 있는 견해라고 생각했다.

타모츠의 증언을 통해 유키가 시부야의 무겐이라는 클럽에서 여자와 함께 나갔던 것이 확인되었다. 카스가는 그 여자, 또는 그 여자를 이용한 누군가가 유키를 살해했다고 보고 있었다. 어느 쪽이든 그 여자가 사건의 핵심 인물이라는 것은 틀림없었다.

블랙체리에서는 멤버들을 총동원하여 그 여자의 행방을 쫓고 있었다. 무겐의 바텐더의 증언에 따르면 리카라는 여자가 그 여자를 클럽에 데려왔고, 16일 밤에 타모츠가 리카를 협박해 여자의 정체를 알아낸 듯했다. 하지만 그 직후 타모츠는 살해당했다. 범인과 접촉한 것이 분명했다. 그 과정에서 무언가 실수를 했던 것이다. 그날 밤 이후로 리카도 무겐에 오지 않고 있다고 했다. 그렇게 블랙체리의 수사는 교착 상태에 빠지고 말았다.

한 가지 의문이 있었다. 유키를 살해한 범인은 성소자가 피해자들의 몸에 새겨놓는 특정 표식을 유키의 몸에도 새겼다. 그 표식은 경찰 관계자들만 아는 정보였다. 경찰 내부에 있는 카스가의 정보원도 표식에 관해서는 자세히 말해주지 않았다. 그만큼 철저한 함구령이 내려져 있는 것이다.

모방범은 어떻게 그 표식을 알고 있었던 것일까? 답은 하나뿐이다. 경찰 관계자가 알려준 것이다. 모방범도 카스가와 마찬가지로 경찰 내부에 정보원을 심어놓았다. 아니, 정보원을 존재를 고려할 필요가 없을지도 모른다. 모방범이 경찰 관계자일 가능성도 있다. 불가능한 이야기는 아니었다.

다만 문제는 성소자든 모방범이든 어째서 블랙체리를 노렸는가 하는 점이다.

살해당한 유키와 렌에게는 공통점이 있었다. 두 사람 모두 불법 사채업을 운영하고 있었다. 유키는 간부, 렌은 간부 후보의 자리에 있었지만 두 사람 모두 현장에 직접 나가 돈을 회수하는 일도 했다.

두 사람이 살해당한 것이 어쩌면 우연이 아니었던 것일까?

그렇다면 성소자와 모방범은 한 팀이라는 말인가?

모방범의 진상에 가까이 다가간 쿠로카와 타모츠를 살해한 것은 성소자로 보였다. 어째서 성소자가 모방범의 뒤처리를 했을까? 그들이 연결되어 있다는 뜻인가?

심한 비약일까? 유키와 렌이 살해당한 이유는 불법 사채업과 관련되어 있을지도 모른다. 만약 그렇다면 성소자나 모방범은 사채 고객들 중 한 명일 것이다. 돈을 갚는 문제로 두 사람과 갈등을 빚었을 가능성이 크다.

타워맨션 꼭대기 층에 있는 카스가의 자택 겸 사무실의 거실에는 카스가와 그의 오른팔인 이이지마 켄고 두 사람뿐이었다. 다른 간부들은 각각 다른 장소에서 온라인 회의용 애플리케이션을 통해 접속해 있었다. 모니터 화면에 그들의 얼굴이 나란히 비쳤다. 최근 경찰이 블랙체리를 상대로 한 탐문 수사를 강화한 탓에 멤버들에게 자택에서 대기하도록 지시했다.

카스가는 일곱 명의 간부들에게 자신이 추측한 내용을 설명했다. 간부들은 감탄한 듯 고개를 끄덕였다.

이이지마 켄고가 입을 열었다.

"성소자와 모방범이 한 팀으로 움직이고 있다는 가설이 흥미롭네요. 도대체 어떤 녀석들일까요?"

"예를 들면 형제일 수도 있지. 동생이 돈을 빌렸는데 그걸 못 갚아서 문제가 생기니까 형한테 하소연을 한 거야. 아니면 친한 친구 사이일 가능성도 있고."

"와, 역시 똑똑하십니다."

야시로 소키가 노골적으로 아첨을 떨었다. 화면 너머로는 알 수 없지만 야시로는 건장한 체격의 카스가보다도 키가 훨씬 더 컸다. 190센티미터는 되는 것 같았다. 다만 깡마른 체형으로 운동에는 영 소질이 없었다. 아랫사람에게는 엄격하지만 윗사람에게는 굽신거리는 타입이었다.

야시로의 말을 무시하고 카스가는 간부들에게 물었다.

"유키랑 같이 무겐에서 나간 여자에 대한 단서는 아직도 못 찾았나?"

야시로가 나서서 말했다.

"그 여자랑 같이 다니던 리카라는 여자가 모습을 감췄습니다. 타모츠는 리카한테서 여자의 정체를 알아냈던 것 같은데 이제는 이 세상에 없으니까요. 그 녀석이 잘못했죠. 천만 엔이 탐나서 저한테 보고도 안 했지 않습니까. 그런 녀석은 죽어도 싸다니까요."

자신의 부하를 욕되게 하는 야시로의 태도에 카스가는 화가 났다.

"죽어도 싼 사람이 어딨어? 타모츠도 우리 동료였어. 혼자서 자기를 키우느라 고생한 어머니한테 효도하고 싶다는 말을 입버릇처럼 했다면서? 그래서 유키도 타모츠를 아꼈던 거고. 함부로 말하지 마라."

"죄송합니다…."

호통을 치자 야시로는 어색하게 머리를 긁적였다.

"리카가 무겐이 아닌 다른 클럽에 다니고 있을 가능성은 확인해봤어? 놀고 마시기 좋아하는 성향이 어디 가지는 않을 텐데."

야시로는 금세 아무렇지 않은 듯 대답했다.

"시부야 주변 클럽은 전부 확인했습니다. 리카라는 이름의 여자를 안다는 직원이 있는 클럽이 두 군데 있었지만, 15일 무렵을 기점으로 나타나지 않았다고 합니다. 그리고 사실 리카라는 이름이 본명인지 아닌지도 모르니까요. 그 이름 하나로 정체를 알아내기는 거의 불가능합니다."

카스가는 낮게 신음했다. 야시로의 말도 일리가 있었다.

"계속해서 그 여자의 정체를 추적하도록 해. 그리고 사채 고객들 중에 상환 문제로 트러블이 있었던 사람이 있는지도 알아봐. 타케유키, 지금 고객 리스트가 누구한테 있지?"

시미즈 타케유키는 평범한 체격에 귀, 눈썹, 코, 입술 등 온갖 곳에 피어싱을 한 남자였다. 타케유키는 불법 사채업을 운영하는 팀에 소속되어 있었다.

"제가 가지고 있습니다."

"그럼 네가 확인해. 그리고 혹시 모르니까 나한테도 파일 사본 보내주고."

"네, 알겠습니다."

카스가는 고개를 끄덕이며 간부들의 얼굴을 둘러봤다.

"너희 다 렌과 유키, 그리고 타모츠의 죽음을 헛되게 하지 마라."

"네!"

힘찬 대답이 터져 나왔다. 이내 간부들의 얼굴이 화면에서 하나둘 사라졌다.

3

블랙체리 내에서 불법 사채업에 개입한 자들을 수사하라는 지시를 받았지만 멤버들이 전부 종적을 감춰 버렸다. 밤이 되어 그들이 거리로 나오는 것을 기다리는 수밖에 없었다. 아니, 밤이 되어도 모습을 드러내지 않을 가능성이 있었다. 무언가 새로운 작전이 필요했다.

낮에는 블랙체리 쪽 수사가 어렵다고 판단한 료이치와 오다기리는 쿠로카와 타모츠의 시신이 발견된 현장 주변 탐문을 지원하게 되었다. 지도상에서 이케부쿠로 2초메의 도키와 거리를 몇 개의 구역으로 나눈 뒤, 그중 한 구역을 두 사람이 맡기로 했다. 오피스 건물이나 가게들을 일일이 돌아다니며 탐문하는 단순하고 지루한 작업이었다.

"오늘따라 왠지 더 긴장되는 것 같아요. 지역경찰이었을 때는 항상 가지고 다녔었는데 역시 무겁기는 하네요."

오다기리는 편의점에서 산 쿠페빵을 한 입 베어 물며 권총 이야기를 꺼냈다. 한가로운 녀석이라고 생각하면서도 료이치는 적당히 맞장구를 쳤다.

"안 쓰고 넘어가기를 바라야지."

오다기리는 금세 진지한 얼굴을 하고는 거리를 둘러보았다.

"효율적으로 진행하시죠. 이 구역 탐문은 혼자서도 가능하잖아요. 일반 시민들이니까 위험할 일도 없을 거고요."

"그렇지. 그럼 나눠서 돌아볼까?"

오다기리와 헤어져 혼자가 된 료이치는 묘한 안도감을 느꼈다. 거리에 늘어선 가게와 건물 내부를 한 곳씩 방문하며 탐문을 이어갔다. 하지만 머릿속으로는 다른 생각을 하고 있었다. 성소자는 카나가 시마다를 죽였다는 것을 어떻게 알았을까? 료이치가 시마다의 시신을 옮기는 장면을 어떻게 촬영할 수 있었을까?

그리고 이내 료이치는 한 가지 결론에 도달했다. 성소자는 시마다 유키를 다음 타깃으로 정하고 감시하고 있었던 것이 아닐까? 그 과정에서 카나가 시마다와 함께 무겐에서 나와 미나미오쓰카의 아파트로 가는 장면을, 그리고 료이치가 시마다의 시신을 들고나와 이케부쿠로에 있는 공원에 유기하는 장면을 목격하게 된 것이 아닐까?

이게 무슨 운명의 장난이란 말인가. 카나가 어쩌다 실수로 죽인 남자가 블랙체리의 멤버였을 뿐 아니라 성소자의 다음 타깃이었던 것이다.

범행 동기가 금전 문제였을 것이라는 가설은 점점 더 신빙성을 더해갔다. 성소자는 료이치가 확보한 고객 리스트를 없애라고 지시했다. 이 지시는 고객 리스트 안에 절대 밝혀져서는 안 되는 무언가가 있다는 것을 의미했다. 아마 그 리스트에는 성소자 본인의 이름이 포함되어 있을 가능성이 컸다. 성소자는 블랙체리에서 돈을 빌렸고, 그 돈을 갚지 못해 갈등이 생기자 오구라 렌을 죽이고 시마다 유키까지 죽이려 했던 것일지도 모른다. 한편 피해자들 중에는 야쿠자도 있었다. 그들과는 또 다른 문제가 있었던 것일까? 아직 밝혀지지 않은 공통점이 있는 것일까?

점심 식사도 거른 채 탐문을 이어갔다. 쿠로카와 타모츠의 사진을 보여주며 이 사람을 본 적이 있는지, 수상한 사람을 목격하지는 않았는지 물었다. 하지만 쿠로카와를 아는 사람은 나타나지 않았고, 수상한 사람을 봤다는 이도 없었다.

오후 2시경, 낯선 번호로 전화가 걸려왔다. 긴장감이 밀려왔다.

"여보세요?"

"나다."

성소자였다. 음성변조기를 사용한 낮은 목소리가 들려왔다.

"고객 리스트는 제대로 없앤 것 같더군."

"일단 압수한 데이터는 처리했어. 하지만 블랙체리에는 아직 고객 데이터가 남아있을 거야."

"그것도 없애. 전부 다."

소리를 지르고 싶은 마음을 애써 가라앉혔다.

"그렇게 쉽게 말할 일이 아니야. 데이터는 얼마든지 복사할 수 있다고. 압수수색을 해서 전부 다 털어서 가지고 나오지 않는 한 불가능한 일이야."

"전부 다 없애. 너한테 남아있는 선택지는 그것뿐이다."

"나도 알아. 내 손에 들어오면 처리할 거야. 어떻게든 해볼 생각이라고. 그리고 쿠로카와 타모츠 건은… 덕분에 살았어."

낮은 웃음소리가 들려왔다.

"우리는 이미 같은 배를 탔다는 사실을 잊지 마라."

그렇게 통화는 마무리되었다.

몇 분 남짓한 대화였지만 식은땀이 흘렀다.

같은 배를 탔다고? 부디 그 배가 난파선이 아니기를 바랄 뿐이었다.

성소자가 쿠로카와 타모츠를 죽인 것은 료이치를 돕기 위해서가 아니었다. 그런 감상적인 이유일 리 없었다. 료이치에게 아직 효용 가치가 있어서였다. 또다시 연락이 올 것을 각오해야 했다.

탐문 수사를 재개했다. 크지 않은 한 맨션의 출입구 안쪽 천장에 돔형 CCTV가 설치되어 있는 것을 발견했다. 료이치는 혀를 찼다. 위치가 좋지 않았다. 만약 성소자가 도키와 거리를 걸어서 지나갔다면 이 카메라에 찍혔을 가능성이 컸다. 오다기리가 옆에 없어서 다행이었다. CCTV 영상 데이터를 회수해서 감식반에 넘기지 않고 파기하면 된다.

맨션으로 들어가 관리실 안쪽을 들여다보니 70대로 보이는 남자가 소파에 앉아 느긋하게 쉬고 있었다. 료이치는 자신이 경찰임을 밝히며 근처에서 살인 사건이 발생해 CCTV 영상을 확인하고 싶다고 말했다.

그러자 관리인은 의아한 표정을 지어 보였다.

"CCTV 영상이라면 그저께 밤에 왔던 경찰한테 이미 넘겼는데요?"

초동수사를 맡았던 기수대였을지도 모른다. 그대로 나가려던 료이치는 문득 그 경찰의 정체가 궁금해져 다시 질문을 던졌다.

"그 경찰이 혹시 완장을 차고 있었나요?"

"아니요, 근데 검은 정장을 입고 있기는 했어요. 경찰 신분증을 보여주기는 했는데….."

"몇 시쯤이었나요?"

"그게 아마 10시 30분쯤이었던 것 같아요."

그 시간은 타케노우치 과장이 쿠로카와 타모츠의 시신이 발견되었다고 알려준 직후였다.

"그럼 혹시 그 경찰이 CCTV 영상을 회수하러 왔을 때의 영상은 남아있나요?"

그러자 관리인은 난처한 표정으로 말했다.

"아, 그게…, 그분이 수사 정보가 유출될 수 있다면서 CCTV 영상을 전부 다 삭제하고 갔어요. 그래서 지금은 영상이 하나도 안 남아있어요."

"그렇군요. 협조해 주셔서 감사합니다."

료이치는 고개를 숙인 뒤 맨션을 빠져나왔다. 가슴이 두근거렸다.

CCTV 영상을 삭제하고 간 사람이 혹시 성소자가 아니었을까 하는 의심이 고개를 들었다. 경찰로 위장한 성소자가 탐문 수사를 하는 척하며 자신의 모습이 찍혔을 가능성이 있는 영상 데이터를 회수한 것일지도 모른다. 어쩌면 이전 사건들도 같은 방법으로 증거를 인멸했을 가능성이 있었다.

관리인에게 그 경찰의 인상착의를 물어봤어야 하는 것은 아닐까? 경찰이라면 응당 그랬어야 한다. 하지만 료이치에게 이번 사건은 해결되면 안 되는 상황이다. 수사를 하기는 하지만 절대 성과를 내서는 안 된다.

그렇다고 해서 출세를 포기한 것은 결코 아니었다. 친구인 카타세 카츠나리는 말했었다. 료이치의 이름이 본청 근무 후보자 리스트에 올라가 있다고 말이다. 4월 말에는 진급 시험이 예정되어 있다. 시험에 합격해 경부로 진급해서 본청 수사1과로 이동하는 꿈을 아직 버린 것은 아니었다.

이후에도 탐문은 계속되었지만 소득은 없었다. 저녁 8시가 다 되어서야 경찰서 근처에서 오다기리와 합류했다. 오다기리는 지친 기색이 역력했다. 이번 사건을 수사하고 있는 다른 수사관들도 모두 마찬가지겠지만 료이치의 얼굴은 그들보다 훨씬 더 지쳐 보일 터였다. 료이치는 그들과 차원이 다른 문제를 짊어지고 있었다.

"아무것도 안 나오네요. 오늘도 허탕이에요."

오다기리가 한숨을 내쉬며 말했다.

"나도 마찬가지야."

"한 가지 신경 쓰이는 부분이 있기는 했어요. 현장에서 조금 떨어진 곳에 있는 편의점에 갔더니 누가 이미 CCTV 영상을 회수해 갔다고 하더라고요. 기수대에서 가져간 걸까요?"

료이치는 자신이 추측한 내용을 말해도 될지 망설였지만 결국 솔직하게 털어놓기로 했다.

"사실 내가 갔던 맨션에서도 비슷한 일이 있었어. 이야기를 들어보니까 기수대는 아닌 것 같더라고."

"정말요? 그럼 도대체 누가…."

잠시 침묵하던 오다기리는 이내 무언가를 깨달은 듯 말을 이어갔다.

"성소자였을까요?"

"그럴 가능성도 있겠지. 아무리 성소자라도 모든 CCTV를 피해서 범행을 저지를 수는 없었을 거야."

"그럼 몽타주를 작성하는 게 좋겠네요."

료이치는 자신의 선택이 후회되었지만 내색하지 않고 오다기리의 말에 동의를 표했다.

"그래, 네가 몽타주 전문 수사관한테 이야기 좀 해볼래?"

"네, 그럴게요. 선배님이 다녀오신 맨션이 어디인지 알려주시면 그쪽으로 몽타주 그리는 분을 보내는 걸로 할게요."

료이치가 맨션 주소를 알려주자 오다기리가 수첩에 받아 적었다.

그때 개인용 스마트폰으로 라인 메시지가 도착했다. 누가 보냈는지 확인해 보니 카타세 카츠나리였다.

료이치는 한숨을 내쉬었다.

"또 감찰계장이야."

"선배님, 진짜 뭐 나쁜 짓 하신 거 아니에요?"

오다기리가 농담을 던졌지만 료이치는 차마 웃을 수 없었다. 나쁜 짓이라면 이미 여러 번 저질렀다.

"금방 끝날 테니까 너도 같이 카페로 가서 다른 자리에서 기다리면 어때?"

"네, 좋아요."

이케부쿠로역 북쪽 출구로 나와보니 평소보다 유동 인구가 적은 듯한 기분이 들었다. 제복을 입은 경찰관들의 모습도 눈에 띄었다. 어느새 이케부쿠로는 위험한 지역이라는 인식이 생긴 듯했다.

먼저 도착한 카타세가 지난번과 같은 커피숍에서 료이치를 기다리고 있었다. 카타세는 언제나처럼 깔끔하게 정장을 갖춰 입고 있었다. 넘치는 자신감이 겉모습에서도 느껴졌다. 만날 때마다 점점 더 젊어지는 것 같았다.

질투의 감정이 올라오는 것을 느꼈다. 이 녀석에게 고민 따위는 없겠지. 출세 코스를 그대로 따라가다 보면 밝은 미래가 기다리고 있을 테니까. 자식도 없으니 자식이 저지른 범죄로 고민할 일도 없을 것이다.

료이치는 자신도 모르게 커피숍 한가운데에 멍하니 서 있었다. 함께 들어온 오다기리는 이미 입구 바로 앞에 있는 2인용 테이블에 자리를 잡고 앉아 있었다.

고개를 든 카타세가 료이치를 발견했다.

"왔어? 바쁜데 미안해."

료이치는 넥타이의 위치를 바로잡으며 카타세의 맞은편 자리에 앉았다.

"너 진짜 나를 조사하고 있는 건 아니지?"

감정을 되도록 감추려 했지만 불쾌감이 고스란히 담긴 말투가 튀어나왔다.

"아니야, 그런 거 아니니까 안심해. 너는 성실함 하나로 먹고사는 사람이잖아."

"뭐야, 그게."

"칭찬이야."

"전혀 칭찬으로 안 들리는 건 왜일까?"

블렌드 커피를 주문했다. 점원이 돌아가자 카타세의 표정이 심각해졌다.

"그보다 상황이 너무 안 좋은 거 아니야? 벌써 피해자가 여섯이나 나왔잖아. 방법이 없는 거야?"

자연스럽게 미간이 찌푸려졌다.

"수사 중이야."

그 이야기는 하고 싶지 않았다. 당장이라도 이 자리를 벗어나고 싶었다. 애초에 만나고 싶지도 않았다. 오지 말았어야 했다.

"그야 그렇겠지. 하지만 이미 사건이 너무 커졌잖아."

그때 문득 카타세의 왼쪽 겨드랑이 쪽이 불룩 튀어나와 있는 것이 눈에 들어왔다.

"뭐야, 총 가지고 다녀?"

료이치가 놀라서 묻자 카타세는 진지한 얼굴로 고개를 끄덕였다.

"조금 위험한 건을 맡게 됐거든. 오늘 만나자고 한 것도 그것 때문이야."

그제야 모든 퍼즐이 맞춰졌다.

"설마 너 이케부쿠로경찰서 소속 수사관을 조사 중인 거야?"

그랬다. 지난번에 만났을 때 느꼈던 무언가를 알아내려는 듯한 눈빛은 혹시 료이치가 숨기고 있는 것은 없는지 확인하려던 것이었다.

카타세는 잔을 들어 커피를 한 모금 마셨다.

"사실은 2주 전에 익명의 제보가 하나 들어왔어. 성소자 사건의 수사 정보가 반사회 집단에 유출되고 있는 것 같다고. 블랙체리가 성소자의 목에 현상금을 걸었다는 건 나도 들었어. 직접 성소자를 잡아서 사적 제재를 가하려는 거겠지. 그리고 그걸 돕고 있는 자가 경찰 내부에 있다는 거야."

"너는 계장이잖아. 현장 수사도 직접 하는 거야?"

"물론 나 혼자 움직이는 건 아니야. 요즘 내가 시간이 많기도 하고 이 사건에 관심이 있기도 하고."

카타세는 진지한 표정으로 말을 이어갔다.

"나는 조직범죄대책과의 누군가일 가능성이 높다고 보고 있어."

"그쪽이라면 아무래도 야쿠자나 한구레 조직이랑 속 깊은 대화를 나눠야 할 때도 있기는 하니까."

형사들 중 일부는 거리를 좁히다 못해 상대에게 매수당하는 경우도 종종 있었다.

"예전에는 흔한 일이었지만 요즘은 시대가 달라졌어. 수사 정보 유출은 지방공무원법의 비밀 유지 의무 위반으로 엄격하게 처벌을 받게 되어 있어."

료이치는 몰래 침을 꿀꺽 삼켰다. 친구가 아닌 경찰관으로서의 카타세의 진지한 면모를 목도한 기분이었다. 카타세는 성실함에 있어서도 료이치를 능가했다. 그의 아버지도 우수한 경찰이었다. 경찰의 피를 타고났다고 해도 과언이 아니었다.

내가 저지른 죄를 카타세가 알게 된다면 뭐라고 생각할까? 동정 따위는 느끼지 않을 것이다. 놀라는 것도 잠시고 결국 나를 경멸하겠지. 고등학교 때부터 가깝게 지내 왔다고 해도 카타세는 일에 사적인 감정을 끼워 넣을 사람이 아니었다.

"짐작 가는 사람 없어?"

료이치는 황급히 고개를 저었다.

"없어."

설령 있다고 해도 없다고 대답했을 것이다. 동료를 배신할 수는 없다. 경찰의 입장에서 보면 감찰 쪽 사람들은 적이나 다름없었다.

카타세는 살짝 아쉬운 표정을 지었다. 두 사람 사이에 보이지 않는 벽이 있다는 것을 느꼈는지도 몰랐다.

"그래. 그리고 또 하나 신경 쓰이는 게 있어. 모방범의 존재 말이야. 시마다 유키는 모방범에게 살해당한 것 같다는 이야기가 있던데?"

료이치는 진절머리가 날 지경이었다.

"또 그 이야기네. 아직 모방범이 있다고 확정된 건—."

"아니, 모방범은 있어."

카타세는 평소답지 않게 확신에 찬 말투로 단언했다. '

"뭐라고…?"

"나는 그 모방범도 수사 관계자가 아닐까 싶어. 모든 피해자의 시신에 특정한 표식이 남아있었다며. 나도 그 표식이 뭔지는 듣지 못했어. 그걸 아는 건 수사 관계자들뿐이야."

"수사 관계자가 외부에 정보를 흘렸을 수도 있잖아. 그렇게 생각하는 수사관들도 많아. 블랙체리와 사이가 좋지 않은 어그리즈 쪽 범행일 가능성도 있고."

"수사했는데 어그리즈에 그런 움직임은 없었던 걸로 밝혀지지 않았어?"

"지금으로서는 그렇지…."

카타세는 이번 사건의 수사본부에 소속되어 있지 않다. 전부 다 멋대로 추리한 내용일 뿐이지만 더 들어봐야 할 것 같았다.

"수사 관계자가 사람을 죽일 이유가 뭐가 있겠어?"

"그건 시마다 유키한테 개인적인 원한이 있었다고밖에 볼 수 없겠지. 시마다랑 같이 클럽에서 나간 여자가 뭔가를 알고 있을 가능성이 커 보여. 수사 관계자가 그 여자를 이용했을지도 몰라. 그게 아니면 그 여자가 어떤 이유로든 시마다를 죽이고 수사 관계자에게 도움을 요청해서 결과적으로는 성소자의 범행처럼 꾸며진 걸 수도 있어."

료이치는 온몸에서 식은땀이 뿜어져 나오는 것을 느꼈다. 괜히 우수한 인재로 평가받는 것이 아니었다. 무서울 정도의 추리력이었다.

"둘 다 증거 없는 추측일 뿐이잖아."

겨우 그렇게 받아치자 카타세는 머쓱한 듯 머리를 긁적였다.

"뭐, 그렇긴 하지….."

"네 말대로라면 지금 우리 수사본부에는 한구레 조직에 정보를 흘리는 자도 있고 모방범도 있다는 거잖아. 그야말로 엉망진창이네. 그 정도면 야나기사와 수사1과장 목도 날아가겠어."

실제로 엉망진창이라는 것은 료이치가 누구보다 잘 알고 있었다.

"그 정도면 그나마 다행일걸."

카타세는 한층 더 심각해진 얼굴로 말했다.

"누가 정보를 흘리고 있는지 짐작 가는 사람이 생기면 알려줘."

"아니, 없다니까."

"앞으로 상황이 달라질 수도 있잖아. 그땐 부탁할게."

"… 알았어."

료이치는 말뿐이었지만 그렇게 대답했다.

4

카타세는 자신이 말을 너무 많이 한 것 같아 후회됐다. 자신은 이 사건의 전담 수사관이 아니다. 야쿠시마루가 속으로 자신을 비웃고 있었을지도 모른다. 아무것도 모르는 외부인의 어설픈 추리라고 말이다.

일본 전역이 이 사건의 동향을 주목하고 있었다. 경찰관이라면 더더욱 이 사건에 관심이 갈 수밖에 없는 상황이었다. 카타세는 같은 경찰로서 더디기만 한 수사 진행이 답답하게 느껴졌다. 그래서 나름대로 추리를 해봤던 것이다.

시마다 유키의 살인이 모방범의 소행이라고 생각한 이유는 사망 원인이 둔기에 의한 두부 외상이었던 점과 시신을 옮긴 흔적이 있었던 점 때문이었다. 시신에는 성소자의 범행임을 나타내는 표식이 남아있었다고 하지만 이 사건을 수사하고 있는 수사관의 수가 상당히 많았다. 그들 중 누군가가 모방범에게 정보를 유출했거나, 혹은 그 누군가가 모방범이라고 한다면 설명이 가능하다.

야나기사와 토시오 수사1과장이 어떤 수사 방침을 내세울지 주시해 왔지만, 피해자들 사이에 뚜렷한 공통점이 없고 무차별적인 범행으로 보인다는 점에서 피해자들의 주변인을 조사하기보다는 사건 현장 주변 탐문을 중점적으로 진행한다는 방침은 변하지 않은 듯했다.

카타세는 모방범죄의 가능성에 대해 더 이상 깊게 생각하지 않기로 했다. 그것 말고도 신경 써야 할 일들이 많았다.

수사본부 안에 블랙체리에 정보를 흘리는 자가 있다. 2주 전 본청 경무부 인사과로 공중전화를 사용한 익명의 제보가 들어왔다. 이케부쿠로에서 일어나고 있는 사건과 관련해서 블랙체리에 수사 정보가 유출되고 있으며, 블랙체리는 그 정보를 바탕으로 독자적인 수사를 진행해 성소자를 잡으려 한다는 내용이었다. 감찰 업무를 담당하는 인사1과로 직접 제보한 것을 보면 제보자도 경찰 관계자일 확률이 높았다. 아마 수사본부에 소속된 수사관일 것이다. 다만 제보자는 누가 정보를 유출하고 있는지까지는 파악하지 못한 듯했다.

카타세는 이케부쿠로경찰서 조직범죄대책과 소속 형사가 아닐까 의심하고 있었다. 본청에서 파견한 수사관들보다는 관할서 경찰들이 아무래도 지역 사회와 훨씬 밀접하게 연결되어 있다. 그들 중 한 명이 반사회 집단에 돈으로 매수당해 정보원이 되었을 가능성이 있다고 판단했다.

수사본부에 차출된 관할서 조직범죄대책과 형사들은 두 팀으로 나눠져 있으며, 인원은 과장을 포함해 총 열여섯 명이다. 카타세는 그들 중 한 명일 것이라고 생각했다.

카타세의 손에는 열여섯 명 전원의 신상을 조사한 자료가 있었다. 그 자료를 바탕으로 야쿠자나 한구레 조직과 가깝게 지내는 것으로 알려진 세 명을 추려 냈다. 일단 그 세 명의 동태를 감시하고 있지만 좀처럼 꼬리가 밟히지 않았다. 정보 거래는 휴대전화로 한다고 해도 금전 거래는 은행을 이용하면 기록이 남기 때문에 직접 만나서 하고 있을 터였다.

사실 야쿠시마루에게 더 많은 것을 물어보고 싶었다. 관할서 내부에 떠도는 소문들이 분명 있을 것이다. 어쩌면 블랙체리에 수사 정보를 유출한 인물이 누구인지 짐작하고 있을지도 모른다. 하지만 경찰들은 동료를 배신할 수 없다며 감찰에 좀처럼 입을 열지 않는다. 고등학교 때부터 친구로 지내 온 야쿠시마루조차 감찰에 대한 적대심을 보였다. 안타까운 일이었다.

카타세는 씁쓸함이 담긴 한숨을 내뱉었다.

문득 조금 전 만났던 야쿠시마루의 얼굴을 떠올렸다. 나흘 전에 만났을 때와는 어딘가 달라진 느낌이었다. 첫눈에 보자마자 무슨 일이 생긴 것 같다는 생각이 들었다.

카타세는 그동안 위법 행위를 저지른 경찰관들을 여러 명 만나 왔다. 야쿠시마루에게서 그들과 비슷한 위화감이 느껴졌다.

그저 형사의 감일 뿐이었다. 그리고 물론 그 감이 틀릴 때도 있다.

말도 안 된다고 생각하며 고개를 저었다. 야쿠시마루만큼은 절대 그럴 리가 없었다. 그는 성실함이 유일한 장점인 사람이다. 그의 아내는 상사에 근무하는 커리어우먼으로 남편보다 연봉도 훨씬 높았다. 야쿠시마루가 돈으로 매수당할 일은 없었다.

카타세는 그쯤에서 생각을 멈추기로 했다. 아무리 의심하는 것이 직업이라지만 친구까지 의심할 필요는 없었다.

일을 마치고 퇴근한 뒤 요쓰야 3초메에 있는 단골 비어바로 들어간 카타세는 테이블에 앉아 인기 메뉴인 스코틀랜드 맥주를 주문했다. 흔치 않게 영국 요리를 파는 이 가게의 메뉴들 중 카타세는 다진 고기와 으깬 감자가 들어간 파이를 가장 좋아했다.

카운터석에는 두 커플이, 다섯 개의 테이블 중 세 자리에는 직장인으로 보이는 남자 손님 한 팀과 젊은 여자 손님 두 팀이 앉아 있었다. 약속 시간이 15분쯤 지났을 때 기다리던 사람이 가게로 들어왔다.

카타세 아야카—. 여동생이었다. 경시청 수사1과 소속 경찰관이기도 했다. 올해 32세인 아야카는 카타세와 나이 차이가 제법 났다.

아야카는 긴 머리를 깔끔하게 하나로 올려 묶고, 네이비색 바지 정장에 베이지색 트렌치코트를 시크하게 매치했다.

아야카는 짙은 자주색 머플러를 풀며 맞은편에 앉아 카타세와 같은 맥주를 주문했다.

오랜만에 만난 동생의 얼굴을 바라보며 물었다.

"남자친구랑은 잘 지내?"

"만나자마자 첫마디가 그거야?"

아야카가 어이없어하며 말했다. 카타세는 동생이 동료 경찰관과 1년 넘게 교제하고 있다는 것을 알고 있었다. 이름은 스기모토 이츠키, 나이는 아야카와 동갑이며 경시청 생활안전부의 사이버범죄대책과에서 근무하고 있다. 다만 아직 만나본 적은 없었다.

"너도 이제 슬슬 결혼해야 하는 나이잖아."

"오빠, 그거 성희롱이야."

"남매 사이에 성희롱이 어딨어?"

"있어."

"꽤 괜찮은 녀석 같던데."

"설마 직권 남용해서 조사하거나 그런 거 아니지?"

"당연히 아니지. 그냥 소문으로 들은 거야, 소문으로."

"믿어도 되는 건지…."

이런저런 대화를 나누고 있을 때 아야카의 맥주가 도착했다. 두 사람은 건배를 했다.

아야카는 맥주를 한 모금 마시며 크게 웃었다.

"오빠랑 술 마시는 거 진짜 오랜만이다. 내가 경찰학교 졸업했을 때 축하할 겸 같이 마셨던 거 이후로 처음 아니야?"

"그랬나? 근데 너 요즘 많이 바빠?"

카타세가 자신의 말을 받아주지 않고 화제를 돌려버리자 아야카는 기분이 상한 듯한 표정을 지었다.

"요즘은 중요한 사건 현장에 투입된 건 아니라 그렇게 바쁘지는 않아. 서류 작업이 쌓여 있기는 하지만."

"이케부쿠로에서 일어나고 있는 사건과 관련해서 너한테 부탁하고 싶은 게 있어. 너한테밖에 부탁할 수 없는 일이야."

카타세는 사건에 대한 자신의 견해를 설명했다.

성소자의 다섯 번째 피해자로 추정되는 시마다 유키는 다른 피해자들과 달리 둔기에 맞아 사망했고, 시신도 그의 아파트에서 이케부쿠로의 공원으로 옮겨진 흔적이 있는 것으로 보아 모방범에 의한 범행일 가능성이 있다는 내용이었다.

아야카는 흥미를 느낀 듯 카타세의 말을 주의 깊게 들었다.

"현장 수사관들 사이에서도 시마다 유키의 사건은 모방범의 소행일 가능성이 크다는 의견이 주류라고 들었어. 15일 밤에 시마다는 시부야에 있는 무겐이라는 클럽에서 어떤 여자랑 함께 있는 모습이 목격됐어. 그 여자랑 같이 클럽에서 나간 뒤에 시마다는 살해당한 채로 발견된 거야."

"그 여자의 신원은 밝혀졌어?"

"아니, 아직이야. 시마다는 살해당하기 직전까지 그 여자랑 같이 있었던 것 같아."

"그럼 그 여자가 시마다를 죽였다는 거야?"

"그럴 가능성이 있다는 거지. 근데 나도 자세히는 모르지만 성소자는 피해자들의 몸에 특정한 표식을 남겼다는데, 시마다의 시신에서도 그 표식이 발견됐어. 중요한 건 그 표식에 관해 알고 있는 사람은 수사 관계자들뿐이라는 거지."

카타세는 목소리를 낮추며 다음 말을 이어갔다.

"시마다를 죽인 건 수사 관계자일지도 몰라."

맥주를 마시던 아야카는 놀라서 기침을 했다.

"잠깐만, 진심으로 하는 말이야?"

"응, 진심이야. 수사 관계자가 여자를 이용해서 시마다를 죽였거나, 아니면 그 여자가 실수로 시마다를 죽여서 수사 관계자가 성소자의 범행으로 위장했거나 둘 중 하나일 거야. 어느 쪽이든 시마다의 죽음에 경찰이 연루되었을 가능성이 커 보여.”

카타세는 동생의 얼굴을 똑바로 바라보며 말했다.

“너한테 수사를 부탁하고 싶어.”

“수사라니, 무슨 수사?”

“모방범을 잡는 거야.”

“뭐? 그걸 내가 왜 해?”

“부하들한테 개인적인 부탁을 할 수는 없잖아.”

카타세는 정장 안쪽 주머니에서 봉투를 꺼내 내밀었다. 봉투 안을 확인한 아야카의 눈빛이 반짝거렸다. 10만 엔이 들어 있었다.

“수사 경비야. 네 마음대로 써. 그냥 네가 시간이 될 때 알아봐 주면 돼. 물론 위험한 일은 하지 말고. 뭐라도 나오면 연락해 줘.”

아야카는 카타세를 보며 싱긋 웃어 보였다.

“좋아, 흥미로운 사건이네. 한번 해볼게. 혹시 수사 경비가 부족하면 말해도 되지?”

“그래, 알겠어.”

카타세는 쓴웃음을 지으며 남아있던 맥주를 들이켰다.

“그럼 바로 움직여줄 수 있어? 오늘 밤부터.”

손목시계를 확인했다. 밤 10시가 조금 넘은 시간이었다.

“지금부터가 딱 좋은 시간대네.”

이 시간에 시부야에 온 것은 꽤 오랜만이었다. 아야카는 수많은 사람들이 오가는 스크램블 교차로 앞에 서 있었다. 역시 젊은이들의 거리라고 불릴 만했다. 10대나 20대로 보이는 사람들이 눈에 띄게 많았다.

클럽이라면 학생 때 몇 번 가본 것이 다였다. 춤을 추고 싶어서도, 남자를 만나고 싶어서도 아니었다. 그저 사회 경험을 쌓기 위함이었다. 경찰이 되기 위해서는 유흥의 세계도 알아둘 필요가 있었다. 아야카는 진지하게 그렇게 생각했다.

수사 관계자들 중에 모방범이 있다는 오빠의 말이 어느 정도 일리가 있는 것일까?

오빠의 말을 전부 믿는 것은 아니지만, 안 그래도 이 사건에 관심을 갖고 있었다. 이렇게 변칙적인 방식으로나마 이 사건의 수사에 관여할 수 있게 되어 기뻤다. 힘이 닿는 데까지 수사해 보고 싶다는 생각이 들었다.

도겐자카 언덕 중턱에서 무겐이 입점해 있는 건물을 발견했다. 지하 1층으로 내려가 입구에서 입장료를 내고 클럽 안으로 들어선 아야카는 귀를 때리는 커다란 음악 소리에 압도되었다. 담배와 향수가 섞인 듯한 냄새가 코끝을 스쳤다. 자신도 아직 젊다고 생각했지만 이곳에 온 손님들은 모두 20대인 것 같았다. 그 젊음을 부러워하며 더욱 안쪽으로 들어가 바 카운터로 향했다.

30대로 보이는 바텐더에게 맥주를 주문했다. 바텐더가 잔을 내밀었을 때 아야카는 목소리를 높여 물었다.

"경찰입니다. 혹시 전에도 경찰이랑 이야기하셨나요?"

바텐더는 씁쓸한 표정을 지었다.

"여러 번 했죠. 솔직히 이제 더는 할 말도 없어요."

"죄송하지만, 시마다 유키라는 분 아시죠?"

바텐더는 제발 그만 좀 하라는 얼굴로 대답했다.

"아니요, 저는 모른다니까요."

"15일 밤에 시마다 유키가 이곳에 왔었다고 들었습니다. 그때 같이 있었던 여성이 누군지 혹시 아시나요?"

"아니, 거짓말이 아니라 진짜로 모른다니까요."

"사례비를 드리겠습니다. 3만 엔에 어떠신가요?"

바텐더는 경찰이 사례비를 언급했다는 사실에 조금 놀란 듯했다.

그리고 이내 그의 표정이 심각해졌다. 무슨 뜻인지 금세 알 수 있었다. 금액이 적다는 뜻이었다. 이 남자는 적당한 금액을 제시하면 입을 열 것 같았다.

주머니에서 오빠가 준 봉투를 꺼내 테이블 위에 올려놓았다.

"알겠습니다. 그럼 10만 엔 드릴게요."

바텐더는 봉투를 뚫어지게 바라보았다. 마음이 흔들리는 듯했다.

하지만 몇 초 뒤, 그는 아쉬운 표정으로 고개를 저으며 다시 진지한 말투로 말했다.

"아니…, 저는 정말로 몰라요."

이 남자가 얼마나 솔직한 사람인지 시험해 보기로 했다. 아야카는 사람들이 춤을 추고 있는 플로어 쪽을 주시했다.

"여기 미성년자도 들여보내고 있으시죠?"

"네? 무슨 그런 말도 안 되는 소리를 하십니까?"

"그럼 한 명씩 신분증 확인을 해봐도 될까요?"

봉투를 집어 들며 자리에서 일어나자 당황한 바텐더가 아야카의 팔을 붙잡았다.

"아니, 잠깐만요. 지금 제정신이에요?"

"네, 제정신인데요. 불심 검문은 경찰관직무집행법에 의해 보장되는 행위니까요."

"진짜 이상한 사람이네…. 유키 씨랑 같이 있었던 여자가 누군지 모른다는 건 정말이에요."

"유키 씨…. 시마다 유키를 알고 계셨네요."

"네, 알아요."

바텐더는 마지못해 인정했다.

"시마다 유키와 함께 있었던 여자는 정말 모르시는 거고요?"

"정말 몰라요. 하지만 그 여자랑 같이 다니던 여자의 이름은 알고 있어요."

"이름이 뭐죠?"

"10만 엔 주시는 거예요?"

아야카는 봉투를 건넸다. 바텐더는 내용물을 확인하지도 않고 봉투를 그대로 반으로 접어 바지 주머니에 쑤셔 넣었다.

"리카예요, 리카. 올 때마다 화장실에서 엑스터시를 했어요. 우리 가게 단골이었는데 16일 밤 이후로는 한 번도 안 왔어요. 제가 아는 건 그게 다예요."

"고맙습니다."

아야카는 스툴에서 일어났다.

바텐더가 다급하게 말을 덧붙였다.

"다음에 한번 놀러 와요. 음료 공짜로 드릴 테니까."

바텐더의 제안을 무시하고 클럽을 빠져나온 아야카는 깊게 숨을 들이마셨다. 역시 클럽은 자신의 취향이 아니었다. 그 특유의 냄새는 도무지 익숙해지지가 않았다.

시마다와 함께 있었던 여자에게 리카라는 일행이 있었다는 사실은 알게 되었지만 그것이 본명인지조차 확실하지 않았다. 그럼에도 유일하게 실마리가 될 만한 정보였다. 평소 클럽을 자주 다녔다면 주변의 다른 곳에도 드나들었을 가능성이 있었다.

아야카는 리카의 흔적을 찾아 시부야 거리를 돌아다니며 일곱 곳의 다른 클럽을 방문했다. 그중 한 곳에서 리카를 안다는 보안요원을 만났지만 더 이상의 정보는 알아내지 못했다.

5

일요일인 오늘, 야쿠시마루 에리코는 오전 중에 청소와 빨래를 끝마쳤다. 오후에는 매주 다니는 도자기 수업에 갈까 고민했지만 결국 가지 않기로 했다.

도예를 배우기 시작한 지 벌써 3년째다. 전기 물레를 어느 정도 다룰 수 있게 되었지만 여전히 원하는 대로 형태를 잡는 것은 어려웠다. 선생님의 말로는 숙련자가 되려면 매일 연습해도 10년은 걸린다고 했다. 불가능한 것은 아니지만 그 정도 수준에 이르지 못하더라도 에리코는 도자기를 만드는 과정 자체를 즐기고 있었다. 완성된 그릇은 집에서 사용하기도 하고 친구들에게 선물하기도 했다. 무언가를 배우는 것을 즐기는 편이었다. 쇼타가 대학에 무사히 합격하면 취미를 하나 더 늘려볼 생각이었다. 그 정도의 경제적 여유는 있었다. 하지만 쇼타가 대학에 붙을 수 있을지 없을지는커녕 대학에 진학할 생각이 있는지조차 불투명한 상황이었다. 고등학교 2학년이 된 후로 등교를 거부하기 시작한 쇼타는 자기 방에 틀어박혀 무엇을 하고 있는지 알 수 없었다. 에리코의 큰 고민거리 중 하나였다.

에리코는 유명 종합상사에 다니고 있다. 영업부 과장으로 연봉도 꽤 높았다. 관리직이 되면서부터 조금 나아지기는 했지만, 영업부는 연중무휴로 전 세계 이곳저곳을 바쁘게 누비는 부서이다. '라면부터 로켓까지'라는 말이 있을 정도로 외국에서 구매한 온갖 상품과 서비스를 일본에서 판매하는 것이 주된 업무였다.

관리직이 된 이후로는 출장 빈도가 줄기도 했고 재택근무도 늘어난 덕에 최근에는 비교적 여유롭게 시간을 보낼 수 있게 되었다.

오늘 에리코가 매주 빠지지 않고 가던 도자기 수업에 가지 않은 이유는 딸 카나가 걱정되어서였다. 생각이 많으면 작품을 만드는 데 집중하기 어려웠다.

요 며칠 카나의 상태가 어딘가 이상했다. 식사도 제대로 하지 않고 방에만 틀어박혀 지냈다. 발레 레슨도 쉬고 있는 것 같았다. 그토록 원하던 런던의 명문 발레학교에 합격해 놓고 갑자기 왜 이러는지 영문을 알 수 없었다. 사춘기 고민은 끝이 없다고들 하지만 발레 연습까지 빼먹는 것은 간과할 수 없었다.

어제 저녁 메뉴는 카나가 좋아하는 만두였다. 쉬는 날이라 속 재료부터 준비해 직접 하나하나 빚어서 만들었다. 그런데도 카나는 두세 개 집어먹더니 금세 젓가락을 내려놓았다.

더는 가만히 지켜만 볼 수가 없었다.

"카나, 무슨 일 있어? 요새 밥도 잘 못 먹는 것 같은데. 고민이 있으면 엄마한테 말해 봐."

"아무 일도 없어. 걱정하지 마. 나는 괜찮아."

카나는 그 말만 남기고 2층으로 올라가 버렸다.

아무 일도 없을 리가 없었다. 18년을 키워온 딸이다. 엄마의 감일 뿐이지만 친구들과 안 좋은 일이 있었던 것이 분명했다. 상당히 심각한 일인 것 같았다.

카나가 밤늦게까지 놀러 다닌다는 것은 예전부터 알고 있었다. 에리코는 종종 퇴근이 늦어질 때마다 카나에게 라인으로 그 사실을 알렸다. 카나는 그때마다 밤에 몰래 놀러 나가는 것 같았다. 에리코가 밤늦게 들어왔을 때 현관에 카나의 신발이 없었던 적이 몇 번 있었다. 아침에 들어온 적도 두 번이나 있었다. 한창 놀고 싶을 때니까 어쩔 수 없다고 생각해 딱히 나무라지는 않았다.

문제가 많은 쇼타와 달리 카나는 반항기조차 없었을 만큼 손이 많이 가지 않는 아이였다. 발레리나가 되기 위해 피나는 노력을 거듭하며 이제 막 중요한 한 걸음을 내디뎠다. 약간의 일탈이라면 눈감아 줄 생각이었다. 그것이 정말 약간의 일탈이라면….

오후 3시쯤 옆집에 사는 부모님이 찾아왔다. 역 앞 상점가에서 산 타이야키(일본식 붕어빵-옮긴이)를 나눠주러 온 것이었다. 부모님은 주말마다 다과나 음식을 가져다주었다. 특히 아버지는 손주들을 만나는 것을 무척이나 즐거워했다. 남아있는 시간이 그리 길지 않기 때문이었다. 반년 전 아버지는 폐암 진단을 받았다. 정밀 검사를 통해 다른 장기에 전이된 것도 확인되었다. 의사는 1년의 시한부 선고를 내렸다. 이미 서양의학으로는 치료가 불가능한 상태였다. 아버지는 조금이라도 나아지기를 바라는 마음에 민간요법에 의존하며 과학적 근거가 불확실한 고가의 시판약도 복용하고 있었다. 그런 아버지의 유일한 즐거움이 손주들을 만나는 것이었다.

할아버지 할머니를 잘 따르는 쇼타는 1층으로 내려와 몇 마디 인사를 나누고는 타이야키를 들고 자신의 방으로 돌아갔다. 하지만 카나는 얼굴을 비추지 않았다. 문 너머로 말을 걸어봐도 아무도 만나고 싶지 않다는 말만 반복할 뿐이었다. 부모님은 실망하며 카나에게 무슨 일이 생긴 것은 아닌지 걱정했다.

부모님이 돌아간 뒤 오늘은 무슨 일이 있어도 카나와 대화를 나눠야겠다고 생각한 에리코는 카나의 방으로 향했다. 노크를 하며 "들어갈게."라고 말한 뒤 방문을 열었다. 카나는 침대에 누워 있었다. 일어날 생각이 없어 보였다.

"무슨 일 있어? 할아버지랑 할머니가 걱정하셨어. 발레 레슨까지 쉰 적은 없었잖아. 엄마한테 말해 봐. 엄마가 들어줄게."

"아무 일도 없다고 했잖아. 나가라고!"

카나가 울먹이며 소리쳤다.

"아무 일도 없는데 대체 왜 이러는 거냐고!"

에리코도 참지 못하고 목소리를 높였다.

한참을 문 앞에 서서 카나를 지켜보았다. 하지만 카나는 결국 이불 속에 몸을 숨긴 채 아무 말도 하지 않았다. 에리코는 물러날 수밖에 없었다.

거실로 돌아온 에리코는 소파에 앉아 긴 한숨을 내쉬었다. 오늘 밤에는 남편이 집에 들어오려나. 에리코는 라인으로 〈오늘 들어올 거야?〉라고 메시지를 보냈다. 시급히 이야기를 나눌 필요가 있었다.

아무도 만나고 싶지 않았다. 식욕도 전혀 없었다.

카나는 방 안에 틀어박힌 채 아빠를 제외하고는 누구와도 연락을 하지 않았다. 리카에게 몇 번인가 라인 메시지가 왔지만 확인조차 하지 않았다. 한시라도 빨리 아빠를 만나고 싶었다. 괜찮다는 말을 듣고 싶었다. 걱정할 필요 없다고 말해주기를 바랐다.

그 남자의 머리를 아령으로 내리치던 순간의 감각이 두 손에 여전히 남아있었다. 아빠는 시간이 지나면 괜찮아질 거라고 했지만 도저히 잊히지 않았다. 사람을 죽였다는 죄책감과 자신의 범죄가 드러나 잡혀갈지도 모른다는 공포감에 짓눌려버릴 것만 같았다.

평소처럼 행동할 수 있을 리가 없었다. 발레 학원에도 갈 수 없었다. 그러다 결국 무슨 일이 생겼다는 것을 엄마에게 들키고 말았다.

그날 밤 이후, 엄마의 수면유도제의 도움을 받아 방에서 계속 잠만 잤다. 깨어 있는 동안에는 방에 있는 텔레비전과 컴퓨터로 성소자에 관한 뉴스를 확인했다. 사실 카나는 뉴스를 보고 싶지도 않았고 그냥 전부 다 잊어버리고 싶었지만 자꾸만 신경이 쓰였다. 보도에 따르면 성소자 사건은 아직 용의자를 한 명도 특정해내지 못한 것 같았다.

시마다 유키에 관한 내용도 자세히 보도되고 있었다. 시마다는 한구레 조직 블랙체리의 간부였다고 했다. 시마다의 지인이라는 사람이 모자이크 처리된 얼굴로 인터뷰에 응했다. 그가 어떤 일을 했는지는 잘 모르지만 매일 밤 술집을 전전하던 밤문화의 달인이라고 말했다.

뉴스에서는 시마다 유키의 경우 다른 피해자들과 달리 둔기에 맞아 사망했으며 살해 장소도 시마다의 자택 아파트인 것 같다고 전했다. 이는 사실 그대로였다. 카나는 순간 겁이 났지만 그럼에도 시마다의 사건 역시 성소자의 범행으로 간주하고 수사를 계속하고 있다는 보도가 이어졌다.

잘 처리했으니 괜찮다고, 걱정할 것 없다고, 아빠가 그렇게 말하지 않았던가.

긴장한 채 뉴스를 보다가 경찰이 자신을 쫓고 있지 않다는 확신이 들자 안도의 한숨이 나왔다. 하지만 사람을 죽였다는 죄책감만은 어찌할 방법이 없었다.

아빠의 말대로 시간이 지나면 잊을 수 있을까? 지금은 그 말이 도무지 믿기지 않았다.

다시 발레를 할 수 있는 날이 올까? 불안감은 커져만 갔다.

그날 밤 이후로 카나와 만나지 못했다. 오늘은 드디어 집에 갈 수 있다. 료이치는 집으로 향하는 발걸음을 재촉했다. 어서 빨리 카나와 대화를 나눠야만 했다.

직업 특성상 여태껏 수많은 범죄자들을 봐 왔기에 알 수 있었다. 저지른 죄가 크면 클수록 당연히 죄책감도 커진다. 맨정신으로는 견디기 어려울 정도로 말이다. 타고나기를 극악무도한 인간이 아닌 이상, 사람을 죽이고도 아무렇지 않을 수는 없다. 죄책감에 괴로워하다 스스로 목숨을 끊는 경우도 있다.

딸에게 그런 일이 생겨서는 안 된다. 료이치는 딸을 구하기 위해 말도 안 되는 희생을 치러야만 했다. 그러니 카나는 발레리나로 성공하겠다는 꿈을 반드시 이뤄내야만 한다.

사람을 죽였다는 죄책감은 평생 따라다닐지도 모른다. 설령 인생에서 큰 성공을 거둔다 해도 괴로움에서 벗어나지 못할 수도 있다. 하지만 시간이 지나면 죄책감도 조금씩 줄어들 것이다. 살아 있기만 한다면 좋은 일도 생기고 행복한 때도 있을 거라고 믿으며 살아가 주기를 바랐다.

현관에서 신발을 벗고 있는데 에리코가 다가왔다. 완전히 지쳐버린 듯한 얼굴이었다.

"카나가 요새 좀 이상해. 아무래도 무슨 일이 있는 것 같아."

"그래? 무슨 일?"

아무것도 모르는 척 물었다.

"그걸 모르겠으니까 걱정하는 거지. 며칠째 발레 레슨도 안 가고 방에만 틀어박혀 있어. 무슨 일이냐고 물어봐도 아무 일 없다고만 하고."

"진짜 아무 일도 없나 보지."

에리코는 목소리를 낮춘 채 화를 냈다.

"무슨 일이 있으니까 저러지! 아무 일도 없으면 발레를 왜 안 가겠냐고!"

"그건 그렇기는 한데….."

"당신이 좀 물어보면 안 돼?"

아내의 말은 거역하지 않는 편이 나았다.

"알겠어. 물어볼게."

어쩔 수 없이 현관에서 곧바로 계단을 올라갔다. 2층에서 아래를 내려다
보니 에리코가 밑에서 지켜보고 있었다. 괜찮다는 의미로 고개를 끄덕이자
아내는 뒷일은 맡기겠다는 듯 거실로 들어갔다.

카나의 방문 앞에 섰다. 문을 가볍게 두드렸다. "나야."라고 말하자 안에
서 "아빠?"라는 목소리가 들려왔다.

문을 열고 방으로 들어가자 침대에 누워 있던 카나가 몸을 벌떡 일으켰다.

"카나, 괜찮아?"

카나는 침대 모서리에 걸터앉아 울음을 터뜨렸다. 그동안 쌓이고 또 쌓였
던 괴로움을 한꺼번에 쏟아내듯 목소리를 높여 울어댔다.

딸의 어깨를 끌어안고 머리를 쓰다듬었다. 카나가 어느 정도 큰 이후로는
한 번도 해본 적 없는 행동이었다.

"괜찮아. 다 괜찮아."

카나의 울음이 그치기를 기다렸다가 팔을 풀었다.

"아무 문제 없으니까 하나도 걱정 안 해도 돼. 알겠지?"

"진짜? 나 안 잡혀가?"

카나가 훌쩍이며 물었다.

"네가 왜 잡혀가. 아빠가 잘 처리했으니까 절대 잡혀갈 일 없어. 아빠 경찰이잖아. 어떻게 해야 하는지 누구보다 잘 알고 있어."

"나 너무 힘들어. 죽을 만큼 힘들어…."

"아빠가 말했잖아. 그런 녀석은 죽어도 싸다고. 그러니까 너는 죄책감 느낄 필요 없어."

"그치만, 내가, 사람을 죽였잖아…."

카나는 다시 울음을 터뜨렸다.

"다시는 그런 말 하지 마. 집에서도 하면 안 돼. 알겠어?"

"알겠어…."

"아무튼 당분간은 집에서 푹 쉬어. 발레는 안 가도 괜찮으니까. 시간이 좀 지나면 기분도 나아질 거야."

료이치는 딸의 어깨에 다정하게 손을 올렸다.

"근데 문제는 네 엄마가 의심하고 있어. 뭔가 그럴듯한 이야기를 만들어 내야 하는데…. 그래, 친구랑 싸웠다고 하자. 이유는… 그 친구가 네 남자친구를 뺏은 거야. 어때?"

"아, 알겠어…. 근데 엄마가 믿을까?"

"모르지. 근데 지금은 더 좋은 생각이 안 나니까 일단 그런 걸로 하자."

카나는 기분이 조금은 나아진 것 같았다. 료이치는 걱정할 필요 없다는 듯 억지로 미소를 지어 보였다. 앞으로도 계속 카나를 격려해줘야 할 것이다. 그것이 료이치의 역할이었다.

카나의 방에서 나온 료이치는 쇼타의 방을 살폈다. 2층은 조용했다. 분명 깨어 있을 테지만 아무런 기척도 느껴지지 않았다.

료이치는 딱히 신경 쓰지 않고 계단을 내려와 거실로 들어갔다.

소파에 앉아 있던 에리코가 벌떡 일어났다.

"어땠어?"

"그냥, 뭐….'

"엄청 우는 것 같던데."

에리코는 거실로 들어가는 척하더니 실제로는 계단 밑에서 몰래 듣고 있었던 것 같았다. 하지만 대화 내용까지는 들리지 않았을 것이다.

"친구랑 싸웠다고 하더라고."

"친구랑 싸웠다고…?"

에리코는 의심스러운 목소리로 되물었다.

"믿었던 친구한테 남자친구를 뺏겼대."

아내에게 거짓말을 하는 것에 대한 죄책감은 없었다. 앞으로는 거짓말을 아무리 많이 해도 아무런 감정도 느끼지 못할 것이다. 이미 훨씬 더 무서운 죄를 저질렀기 때문이다.

에리코의 미간에 깊은 주름이 잡혔다.

"남자친구가 있었다고? 나한테는 그런 말 한 적 없는데….'

"그래?"

"왜 당신한테만 얘기했대?"

"나도 그냥 눈치로 안 거야. 남자친구한테 차였냐고 떠봤더니 솔직하게 털어놓더라고."

"그래…. 그런 일이 있었구나. 난 훨씬 더 심각한 문제일 줄 알았어. 너무 우울해 보여서."

"너무 깊게 생각하지 마. 카나는 괜찮을 거야."

료이치는 억지로 웃어 보였다.

"그럼 다행이긴 한데….."

에리코는 료이치를 지그시 쳐다보았다. 그의 말이 사실인지 확인하려는 것 같았다.

료이치는 견디지 못하고 시선을 피했다.

"당신, 많이 피곤한 거 아니야?"

에리코가 손을 뻗어 료이치의 뺨을 어루만졌다.

"왠지 다른 사람 같아 보여….."

"며칠 동안 계속 여기저기 돌아다녀서 그런지 피곤하긴 하네. 이제 나이도 있고. 씻고 올게."

료이치는 도망치듯 거실을 빠져나갔다.

누나의 방이 조용해지자 쇼타는 귀를 대고 있던 벽에서 멀어졌다. 갑자기 들려 온 울음소리에 무슨 일인가 궁금해져 몰래 엿들으려고 했다.

아빠가 누나의 방에 들어가서 무언가 대화를 나눈 것 같았지만, 대화 내용까지는 알 수 없었다.

다만 딱 한 마디, 누나가 "나 안 잡혀가?"라고 묻는 것이 얼핏 들렸다.

무슨 뜻이었을까? 체포되지 않는다는 의미였을까?

아무래도 누나가 무슨 문제를 일으킨 것 같았다. 하지만 이해가 가지 않는 지점은 어째서 누나가 엄마에게는 그 일을 비밀로 하면서 아빠에게는 말했냐는 것이다. 언제부터 아빠와 누나의 사이가 그렇게 좋았던 것일까? 딸은 어느 정도 나이가 들면 아버지와 미묘하게 거리를 두기 시작한다는 말을 어디선가 들어본 적이 있었다.

체포되지 않는다는 의미였다면 아빠에게만 이야기한 것도 납득이 간다.

아빠는 경찰이니까 그 분야의 전문가인 아빠에게 도움을 요청한 것일지도 모른다.

분명히 무언가가 있다. 수상하다. 누나가 저질렀을지도 모르는 어떤 문제에 쇼타는 흥미를 느꼈다.

며칠 전 떠올린 아이디어를 실행에 옮길 때가 온 것 같았다. 온라인으로 구매해 오늘 도착한 물건을 박스에서 꺼냈다. 카드형 도청기였다. 손바닥에 올려놓을 수 있을 정도의 작은 사이즈로 두께는 6밀리미터였다. 배터리로 작동하며 사용 지속 시간은 48시간 정도였다. 배터리가 다 닳기 전에 수시로 교체를 해줘야 했다. 지출이 꽤 컸지만 누나의 비밀을 알아내고 싶다는 욕구가 더욱 앞섰다.

누나가 씻으러 가기를 기다렸다. 그날 밤은 누나가 좀처럼 방에서 나오지 않아 답답했지만 자정 무렵이 되었을 때 드디어 누나의 방문이 열렸다. 화장실에 간 것일지도 모르니 잠시 상황을 지켜보기로 했다. 5분이 지나도 돌아오지 않자 욕실에서 씻고 있는 것으로 판단한 쇼타는 누나의 방으로 몰래 들어갔다.

몇 년 만에 들어온 누나의 방은 예전에 들어와 봤을 때와는 많이 달라져 있었다. 이 집의 인테리어는 전부 엄마가 결정했는데 누나의 방도 흰색으로 통일되어 있었다. 책상, 책꽂이, 서랍장, 침대, 커튼까지 모든 가구가 탈색된 것처럼 전부 흰색이었다. 소형 텔레비전만 검은색이라 유독 도드라져 보였다.

쇼타는 서둘러 방 안을 둘러보았다. 스마트폰만한 크기라서 눈에 띄는 곳에 두면 쉽게 들킬 것이 뻔했다.

책꽂이에 있는 책들 사이에 끼워두는 방법도 생각했지만 누나가 우연히 그 책을 읽으려고 할 가능성이 있었다. 절대로 눈에 띄지 않을 만한 장소를 찾아야 했다. 만약 누나가 발견한다면 부모님에게 이르는 것은 물론이고 최악의 경우에는 집에서 쫓겨날 수도 있다. 아빠와 엄마가 자신보다 누나를 더 아낀다는 사실을 쇼타는 잘 알고 있었다. 누나는 부모의 사랑을 받을 만한 실적을 쌓아 왔지만 자신은 그렇지 못했기 때문이다.

서랍장 뒤쪽은 어떨까? 나쁘지 않은 생각인 것 같았다. 쇼타는 테이프를 가져와 서랍장 뒷면에 도청기를 붙여 고정시켰다.

방으로 돌아와 수신기의 전원을 켰다. 지금은 아무 소리도 들리지 않지만 제대로 작동하고 있을 것이다. 이제 누나가 누군가와 대화를 나누기만을 기다리면 된다. 쇼타는 그 순간이 너무나도 기다려졌다.

6

평소처럼 6시 30분에 잠에서 깬 료이치는 양치와 세수를 마치고 아침 식사 준비를 시작했다. 세 사람이 먹을 에그 베이컨을 만들고 식빵을 구웠다. 그리고 소시지와 양상추, 토마토를 잘라 토마토케첩과 머스터드를 뿌려 샌드위치를 만들었다. 석 잔 분량의 커피를 내릴 즈음에는 7시가 되어 있었다. 마침 일어나서 1층으로 내려온 에리코가 아침 인사를 건넸다. 아내의 시선이 느껴졌다. 며칠 사이에 인상이 그렇게 많이 변해버린 것일까? 2층으로 올라가 카나의 방문을 두드렸다. 대답이 들려왔고 잠시 후 카나가 1층으로 내려왔다.

오랜만에 세 사람이 식탁에 둘러앉아 함께 아침을 먹었다. 에리코는 딸의 눈치를 살폈지만 카나는 모르는 척했다. 오늘 아침에는 그래도 식욕이 있는지 묵묵히 식사를 했다.

카나에게는 지지가 필요했다. 카나가 혼자 감당할 수 있는 짐이 아니었다. 료이치는 자신이 곁에서 버팀목이 되어 주겠다고 다시 한번 다짐했다.

침묵을 메우듯 텔레비전에서 성소자 관련 뉴스가 흘러나왔다. 채널을 바꾸고 싶었지만 모든 방송사에서 같은 내용을 다루고 있었다. 카나는 서둘러 식사를 마치고 "잘 먹었습니다."라고 말하며 2층으로 올라갔다.

에리코는 무언가 할 말이 없냐는 듯한 시선을 보내왔다. 료이치는 아무 문제 없다고 고개를 끄덕였다. 식사를 마친 뒤 곧바로 집을 나섰다. 어색하고 답답한 시간이었다. 예전 같은 분위기로 돌아가려면 많은 시간이 걸리겠지만 언젠가 반드시 그날이 올 것이라고 믿는 수밖에 없었다.

역에 도착한 료이치는 흔들리는 전철에 몸을 맡겼다. 생각해야 할 것이 너무 많아서 오히려 아무 생각도 할 수 없는 지경이었다. 창밖으로 스쳐 지나가는 풍경을 바라보았다. 햇살을 받아 모든 풍경이 반짝여 보였다. 그때 갑자기 불안감이 엄습해 왔다. 사람들이 밀집해 있는 만원 전철 안에 가만히 서 있는 것이 견딜 수 없을 만큼 괴로워졌다. 숨이 막혀 헐떡거렸다. 현기증이 났다. 료이치는 겨우 마음을 진정시키고 호흡을 가다듬었다. 몇십 초가 지나서야 겨우 원래 상태로 돌아왔다. 아무래도 스트레스로 몸에 이상이 생긴 것 같았다.

7시 30분쯤 이케부쿠로경찰서에 도착했다. 아침 수사 회의가 시작되기 전 강당에 얼굴을 비추자 타니가와와 소우마, 요시노, 후카다 등 동료 수사관들이 료이치의 주변으로 모여들었다.

타니가와가 벼르고 있었다는 듯 입을 열었다.

"야쿠마루, 타케노우치 과장님한테 들었어. 성소자가 두 명일지도 모른다고 부검의가 말했다며?"

료이치는 애써 침착한 척 대답했다.

"시바야마 선생님의 추측일 뿐이기는 한데—."

시바야마가 말했던 첫 번째 피해자의 상처가 깊지 않았던 것으로 봤을 때 가해자의 힘이 약했을 가능성에 대해 설명해 주었다.

소우마가 일리가 있다는 듯 고개를 끄덕였다.

"첫 번째 피해자만 범행에 애를 먹은 것처럼 여러 번 찔렸고, 그 이후부터는 간결하게 한 번만 찔러 살해했던 걸 보면 다른 사람의 범행이라는 가설도 그럴듯해 보이네요."

타니가와는 팔짱을 낀 채 고개를 갸웃했다. 납득하기 어렵다는 표정이었다.

"그렇지만 말이야, 부정할 수 없는 사실은 첫 번째 사건도 그렇고 두 번째 사건 이후에도 피해자들의 이마에는 전부 X 표시가 새겨져 있었다는 거야. 두 번째 사건부터 또 모방범이었다는 말은 제발 하지 말자고. 시마다 사건도 모방범의 소행이라고 본다면 모방범이 두 명이나 있다는 이야기가 되잖아."

그때 후카다가 의외의 말을 꺼냈다.

"성소자가 두 명이 한 팀이라는 가설은 어때요?"

"무슨 말이야, 그게?"

"첫 번째 사건은 아마추어의 범행이었고, 두 번째 사건 이후부터는 전문 훈련을 받은 프로의 범행이었던 거예요. 그 아마추어와 프로는 친구 사이일 수도 있고, 아무튼 강한 유대감이 있는 사이인 거죠. 어쩌면 부모 자식 관계일지도 모르고요. 첫 번째 범행에서 어려움을 느낀 아마추어가 프로에게 다음 살인을 부탁했을 거예요. 2인조에 의한 범행이었던 거죠."

타니가와가 낮게 신음하는 듯한 소리를 냈다.

"후카다의 추측대로라면 원한 범죄일 가능성이 있겠네. 아마추어가 살해하고 싶어 했던 대상을 프로가 대신 살해했다는 거잖아. 반사회 집단에서 아무나 골라 살해한 게 아니라."

"저는 처음부터 이 사건은 원한에 의한 범죄라고 생각하고 있었어요."

"어째서?"

"그야 성소자는 첫 번째 피해자인 이토 유야만 흉기로 여러 번 찔러서 살해했잖아요."

"그건 이토 유야가 저항해서 그런 거겠지. 한 번에 죽이지 못해서 말이야."

"그것뿐만이 아니에요. 이토 유야의 이마에 남아있던 X 표시만 뼈가 드러날 만큼 깊게 새겨져 있었잖아요. 피해자가 어느 정도 저항을 했기 때문에 범인은 당장이라도 그 현장에서 도망치고 싶었을 텐데 그 상황에서도 그만큼 힘을 줘서 이마에 표식을 새겼다는 건 상당한 원한이 있었다는 뜻이겠죠."

타니가와는 진심으로 감탄한 듯했다.

"후카다, 꽤 그럴듯한 추리인데? 놀랐어."

타니가와는 료이치를 향해 고개를 돌렸다.

"이 내용으로 위에 보고해 볼까? 과장님도 마음에 들어 할 것 같은데."

언제부터인가 무리에 끼어 있던 오다기리가 말을 보탰다.

"잠깐만요. 성소자 두 명에 모방범까지 있다는 거예요? 그렇게 되면 수사본부는 또 혼란에 빠질 거예요."

"뭐, 그건 그렇겠지."

소우마가 입을 열었다.

"아니, 성소자가 두 명인지 모방범이 있는지 아직 아무것도 확실하게 밝혀진 건 없잖아요. 후카다한테는 미안하지만 나는 원한 범죄라는 가설에는 동의하지 않아."

"동의하지 않으셔도 상관없어요."

료이치는 요시노를 향해 물었다.

"너는 어떻게 생각해?"

요시노는 잠시 생각을 정리하는 듯 고개를 갸웃하더니 잠시 후 입을 열었다.

"저는…, 부검의 선생님의 말씀이랑 지금까지 밝혀진 사실들을 종합해 봤을 때, 성소자는 두 명이고 모방범도 존재한다고 생각해요. 그리고 저는 원한 범죄라는 가설도 지지합니다."

소우마는 요시노를 노려보았다.

"뭐야, 요시노. 너 언제부터 후카다 말에 꼼짝도 못 하게 된 거야?"

"그런 거 아니에요…."

"너네 둘이 뭐 있는 거 아니야?"

"정말 그런 거 아니에요…."

"그거 성희롱 발언이에요."

부하들 사이에 언쟁이 계속되었다.

료이치는 어느 순간부터 동료들의 대화가 귀에 들어오지 않았다. 성소자가 2인조라는 가능성에 신뢰가 가기 시작했다.

이어진 수사 회의에서 간부들은 성소자가 두 명일 가능성에 대해 언급하지 않았다. 부검의의 지적은 어디까지나 추측에 불과했고, 오히려 수사에 혼선을 줄 수 있다는 판단이 내려진 듯했다. 물론 모방범에 관한 언급도 없었다.

수사 방침에는 변화가 없었다. 피해자들의 주변인 조사를 이어감과 동시에 현장 주변 탐문에 더 많은 인력을 배치하기로 했다. 블랙체리의 멤버들이 연달아 희생되었지만 야쿠자 쪽 피해자도 있는 만큼 수사본부에서는 여전히 피해자들 사이에 뚜렷한 공통점이 없다고 보고 있었다. 따라서 수사는 여전히 무차별 범죄일 가능성에 초점이 맞춰져 있었다.

료이치와 오다기리는 블랙체리에서 불법 사채업을 운영하던 멤버를 다시 조사하라는 지시를 받았다. 5일 전, 두 사람은 피해자 오구라 렌이 불법 사채업에 관여했던 사실을 알아냈고 고객 리스트도 확보했다. 오구라가 상환 문제로 갈등을 빚었던 채무자에게 살해당했을 가능성이 대두되며 수사본부에서는 그 리스트에 큰 기대를 걸고 있었다. 하지만 어렵게 입수한 USB는 이미 손상된 상태였다. 실제로는 료이치가 훼손한 것이었다. 간부들은 다시 한번 고객 리스트를 확보해 채무 상환 문제로 인한 갈등이 없었는지 조사하라고 지시했다.

료이치와 오다기리는 낮 시간 동안 이케부쿠로 관내에 있는 블랙체리의 아지트를 돌아다녔지만 어디에서도 반응이 없었다. 이미 아지트를 정리했거나, 안에 있으면서도 없는 척하는 것 같았다. 리더인 카스가 료가 거주하고 있는 카나메초의 타워맨션에도 최근에는 간부들이 드나들지 않는 듯했다. 자택 대기 지시를 내렸다는 소문이 돌았다. 거리에도 멤버들이 지나다닌 흔적은 없었다.

또 다른 비밀 아지트가 있을 가능성이 컸지만 찾아낼 방법이 없었다. 수사는 난항을 겪을 것으로 보였다.

오후 3시, 늦은 점심을 먹기 위해 이케부쿠로역 동쪽 출구 앞에 있는 식당으로 들어갔다. 료이치는 라멘과 만두 세트를, 오다기리는 라멘과 볶음밥과 만두 세트를 주문했다.

낮부터 맥주를 마시는 손님도 있었다. 오다기리는 곁눈질로 그쪽을 쳐다보았다.

"다들 태평해 보이네요. 이번 사건이 빨리 해결돼서 저도 마음 편히 맛있는 술 한잔하고 싶어요."

"동감이야."

료이치는 넥타이를 살짝 느슨하게 풀었다.

맛있는 술을 마실 날은 오지 않을 것이다. 맛있는 술도, 맛있는 음식도, 즐거운 추억도 앞으로는 무엇 하나 제대로 누릴 수 없을지도 모른다. 그래도 살아가야 한다. 죽을 때까지 살아가야 한다. 죄책감에 짓눌린 인생일지라도 밝은 미래를 내다보며 살아갈 수 있지 않을까?

"다음에 또 선배님댁에서 한잔하고 싶어요."

"다음에는 산라탕면을 만들어볼까?"

"정말요? 기대할게요."

그런 날은 오지 않는다. 이 사건은 미궁에 빠질 것이다. 그럼에도 료이치는 오다기리와 타니가와, 소우마를 다시 집으로 초대해 함께 술을 마시고 싶었다. 이번에는 제대로 된 요리를 대접하고 싶다고 진심으로 생각했다.

오다기리가 깊은 한숨을 내쉬었다.

"벌써 첫 사건이 일어난 지 한 달이 다 되어 가네요. 다른 사건들 같았으면 이미 수사본부의 규모가 축소됐을 시기예요."

일반적으로 수사본부는 '1기'라고 불리는 30일이 지나면 조금씩 규모가 축소되는 경향이 있었다. 매일 새롭게 발생하는 다른 사건들에도 대응해야 하기 때문이다.

"그러게."

"그동안 휴일도 없이 일해서 너무 피곤해요."

오다기리의 얼굴이 수척해 보였다.

"나는 그래도 아버지 병문안 때문에 몇 번 쉬었지만, 너는 진짜 한 번도 안 쉬었잖아."

"저도 이제 서른이라, 젊다고 무리해서 일할 나이가 아닌데 말이에요."

"아니야, 서른이면 아직 충분히 젊지. 근데 정말 쉬어도 돼. 어차피 밤이 되기 전까지는 블랙체리 녀석들도 밖으로 안 나올 테니까."

"꼭 바퀴벌레들 같네요. 그럼 만화카페에서 눈 좀 붙이고 와도 될까요?"

"그래, 그렇게 해. 나는 하타케야마를 다시 만나볼까 해."

과거에 블랙체리의 멤버였던 하타케야마 타쿠미는 오구라 렌이 불법 사채업에 종사했다는 사실과 비밀 아지트의 위치를 알려준 적이 있었다.

하타케야마에게 연락을 해보니 오후 5시 이후라면 시간을 낼 수 있다고 했다. 신주쿠역 동쪽 출구 앞에 있는 카페에서 만나기로 했다. 오다기리와 헤어진 료이치는 약속 시간보다 일찍 카페에 도착했다. 인터넷 뉴스를 읽으며 시간을 보냈다. 온라인 게시판은 여전히 혼란스러웠다. 이케부쿠로 거리가 깨끗해지고 있다며 성소자를 숭배하는 자들이 여전히 과격한 내용의 게시글을 올리고 있었다. 성소자처럼 정의감 넘치는 용자가 더 많이 나타나면 일본이 정화될 것이라고 진심으로 믿고 있는 듯했다. 정작 자신들은 아무것도 하지 않으면서 남들을 부추기기 바빴다. 게시판에서는 범죄자 프로파일링도 경쟁적으로 이루어지고 있었다. 여전히 성소자는 비정상적인 정의감을 가진 사이코패스 연쇄살인마일 것이라는 주장이 대세였다. 세간에서는 성소자가 사이코패스일 것이라는 의견이 다수를 점하고 있는 듯했다.

료이치는 음성변조기를 사용한 성소자의 목소리를 들어본 적이 있지만, 그 목소리나 말투만으로는 그가 사이코패스인지 아닌지 판단할 수 없었다. 정신 이상자 같은 느낌도 받지 못했다.

그때 하타케야마가 카페로 들어섰다. 료이치는 카페의 추천 메뉴인 나폴리탄 스파게티를 사주며 블랙체리에 관한 정보가 더 없는지 물었다. 불법 사채업을 운영하는 팀은 총 일곱 명으로 구성되어 있었는데 리더였던 시마다 유키와 서브리더였던 오구라 렌이 사망한 지금, 누가 새롭게 팀을 이끌고 있을지 모르겠다고 했다. 그리고 선샤인시티 근처에 있던 아지트 이외의 다른 장소도 모른다고 했다. 하타케야마에게서는 더 이상 얻어낼 정보가 없었다. 대부분의 수사는 헛수고로 끝나기 마련이었다.

하타케야마에게 감사 인사를 하고 헤어지자 어느덧 해가 저물어 있었다. 시계를 보니 6시가 넘은 시각이었다. 아직 움직이기에는 이른 시간이지만 그렇다고 아무것도 안 하고 가만히 있을 수도 없었다. 오다기리에게 연락했지만 아직 자고 있는지 전화를 받지 않았다.

료이치는 야마노테선을 타고 다시 이케부쿠로로 돌아왔다. 벨라돈나에 가볼까 생각했다. 블랙체리의 멤버가 북쪽 출구 근처에서 운영하는 바였다. 가게 앞에서 잠복해봐도 좋을 것 같았다. 가게에 드나드는 손님들을 일일이 조사하다 보면 유용한 정보를 얻을 수 있을지도 모른다. 하지만 잠복을 하기에도 아직 시간이 일렀다.

카페에서 시간을 조금 더 때워야겠다는 생각에 동쪽 출구로 나가려는데 갑자기 전화가 왔다. 저장되어 있지 않은 번호였다. 주변을 살피며 조심스럽게 전화를 받았다.

상대는 아무 말도 하지 않았다. 귀를 기울이자 거친 숨소리가 들려왔다.

잠시 후 상대는 변조된 목소리로 말했다.

"곧 시신이 발견될 거야. 위치는 미나미이케부쿠로에 있는 히가시 거리다. 문자메시지로 주소 보낼 테니까 가장 먼저 '현착'해서 증거를 없애."

료이치는 크게 당황했다.

"히가시 거리라니? 잠깐만, 거기는 메지로경찰서 관할일 수도 있어."

"그건 내가 알 바가 아니다. 당장 출발해."

"증거라는 게 구체적으로 뭔데?"

"몸싸움이 있었다. 손에 피부 조직이나 머리카락이 남았을 거야. 어떻게든 그 증거를 인멸해."

료이치는 할 말을 잃었다. 성소자의 혼란스러운 감정에 전염된 듯 료이치도 패닉 상태에 빠졌다.

"알겠어?"

"아, 알겠어….'

그렇게 대답할 수밖에 없었다. 성소자의 명령은 절대적이었다.

"그리고 목격자가 나올지도 모른다."

료이치는 더 이상 참지 못하고 목소리를 높였다.

"목격자를 어떻게 하라는 거야!"

"증언을 조작해라."

"그런 게 가능할 리가—."

전화가 끊겼다.

"젠장!"

욕이 튀어나왔다.

미나미이케부쿠로의 히가시 거리까지는 걸어서 10분도 채 걸리지 않는다. 료이치는 빠른 걸음으로 성소자가 알려준 곳으로 향했다. 그런데 마음에 걸리는 것이 있었다. 조금 전 성소자와 나눈 대화 내용에 몇 가지 이상한 점들이 있었다.

먼저 성소자는 '현착'이라는 단어를 사용했다. 현착이란 '현장 도착'을 의미하는 경찰 은어로 일반인이 사용하는 경우는 흔치 않았다.

그리고 또 한 가지, 이제 와서 피부 조직이나 머리카락을 없애봤자 아무런 의미가 없지 않은가. 최초 피해자인 이토 유야의 손톱 밑에서 이미 성소자의 피부 조직이 발견되어 DNA 감식까지 끝난 상황이었다. 경찰 데이터베이스에 조회했을 때 일치하는 인물이 나오지 않았으니 DNA 증거가 새로 나온다 해도 마찬가지일 것이다.

왜 성소자는 이토 유야 사건의 증거 기록을 지우라고 하지 않은 것일까? 애초에 그것은 불가능한 일이었다. DNA 감식은 과학수사연구소에서 진행하며, 증거물도 수사본부가 아닌 과수연에 보관되어 있기 때문에 감정 결과를 조작하는 것은 불가능하다. 경찰이라면 누구나 알고 있는 사실이었다. 그래서 성소자는 최초 피해자의 시신에서 나온 증거를 인멸하라는 요구는 하지 않았던 것일까?

성소자는 경찰 내부의 사정을 잘 아는 인물… 즉, 경찰 관계자 아닐까?

성소자는 료이치가 블랙체리에서 사채 고객 리스트를 입수한 사실을 알고 있었다. 수사 상황을 실시간으로 파악하고 있었던 것이다. 누가 정보를 흘린 것이 아니라 성소자가 이 사건에 관여하고 있는 수사관일지도 모른다.

심장이 무섭게 뛰기 시작했다. 빠른 걸음 때문이 아니었다. 두려움 때문이었다. 수사본부에 소속되어 있는 백 명 남짓한 수사관들 중에 정말 성소자가 있다는 말인가. 매일 얼굴을 마주하고 인사를 나누는 동료들 중에 연쇄살인마가 있다고? 그자는 료이치를 알고 있다. 료이치의 일거수일투족을 지켜보고 있다.

성소자는 본인이 직접 나서지 않고 료이치에게 증거 인멸을 지시하고 있다. 만에 하나 료이치가 실수를 하더라도 성소자가 위험해질 일은 없다.

냉정하게 판단해야 해, 료이치는 그렇게 스스로를 타일렀다. 수사본부 내에 성소자가 있다고 아직 밝혀진 것은 아니었다. 자신의 추측이 틀렸을 수도 있다.

료이치는 메이지 거리에서 히가시 거리 쪽으로 방향을 틀어 한참을 달리다가 왼쪽 골목으로 들어섰다.

길바닥에 검은 정장을 입은 남자가 하늘을 보고 쓰러져 있었다. 주변에는 핏자국이 흥건했다. 근처에 있던 다섯 명의 행인들 중 한 명이 어디론가 전화를 걸고 있었다. 멍하니 서 있던 나머지 네 명 중에 두 명이 스마트폰으로 현장을 촬영하기 시작했다.

료이치는 경찰 신분증을 내밀며 외쳤다.

"경찰입니다. 촬영하지 마세요!"

그리고는 쓰러져 있는 남자에게 다가가 목의 맥박을 확인했다. 이미 사망한 상태였다.

뒤를 돌아보니 여전히 한 명이 촬영을 계속하고 있었다.

"찍지 마시라고요! 구경거리가 아닙니다."

료이치는 그가 촬영을 멈추는 것을 확인한 뒤 피해자의 양손을 살폈다. 손톱 사이사이를 전부 확인했지만 피부 조직이나 머리카락은 보이지 않았다.

"젠장…"

성소자는 몸싸움이 있었다고 말했다. 추측컨대 성소자는 몸싸움 도중 피해자에게 머리채를 잡힌 것 같았다. 그 과정에서 자신의 머리카락이 현장에 떨어졌을지도 모른다고 예상한 것이다.

피해자 주변을 둘러보았다. 아스팔트 위에 떨어져 있는 머리카락은 육안으로 확인이 어려웠다. 게다가 바닥에는 이미 피가 고여 있었다.

"젠장, 이제 어떡하지…."

무심결에 넥타이 끝자락을 만지작거렸다.

행인들이 서 있는 쪽을 슬쩍 바라보았다. 어느새 일곱 명으로 늘어나 있었다. 다들 스마트폰을 들고 무언가를 입력하고 있었다. SNS에 올릴 생각인 것 같았다.

방법을 생각해…. 내 머리카락을 뽑아서 시신의 손에 끼워둘까? 다행히 행인들은 스마트폰만 들여다보고 있었다. 설령 이 주변에 실제 성소자의 머리카락이 떨어져 있다고 하더라도 감식반은 시신의 손에 남아있는 머리카락을 성소자의 것으로 판단할 것이다. 하지만 너무 노골적이지 않은가? 고민할 시간이 없었다. 지금 당장 머리카락을 뽑아서—.

"지나가겠습니다."

목소리가 들려온 쪽을 돌아보니 타니가와와 소우마가 다가오고 있었다.

"야쿠마루, 빨리 왔네. 우리도 마침 근처에 있었어."

머리로 향하던 손을 천천히 내렸다. 생각이 너무 많았다. 도착하자마자 곧바로 자신의 머리카락을 뽑아서 시신의 손에 끼워놓았어야 했다.

5분도 지나지 않아 순찰차 사이렌 소리가 울려 퍼지며 제복을 입은 경찰관들이 현장에 도착했다.

멍하니 서 있는 료이치의 옆에서 타니가와가 경찰 신분증을 들어 보이며 큰 소리로 외쳤다.

"이케부쿠로경찰서의 타니가와 순사부장입니다. 현장 보존을 서둘러 주십시오."

경찰들이 통제선을 치기 위해 주변으로 흩어졌다.

잠시 후 정신을 차린 료이치는 행인들에게 다가갔다.

"범인의 얼굴을 보신 분 혹시 계십니까?"

회사원으로 보이는 정장 차림의 남자가 고개를 끄덕였다.

료이치는 가슴이 철렁했다.

"특징을 말씀해 주시겠습니까?"

남자는 갑자기 횡설수설하기 시작했다.

"아, 보기는 했는데, 옆모습만 살짝 봤어요."

"성별은요?"

"남자였어요."

"몇 살 정도로 보였나요?"

"으음, 잘은 모르겠지만 20대 같기도 하고…. 아니면 30대일 수도 있어요."

"키는요?"

"글쎄요. 175센티미터 정도 됐던 것 같은데…."

"옷차림 같은 다른 특징은요?"

"위아래 다 검은 옷을 입고 있었어요. 아, 정장 위에 검은색 재킷을 입고 있었던 것 같아요. 그리고 검은색 모자도 쓰고 있었어요. 중간에 벗겨지기는 했지만요."

"중간에 벗겨졌다…. 언제부터 보고 계셨던 겁니까?"

"제가 여기를 지나가고 있는데 저기에 쓰러져 있는 사람이랑 도망간 남자가 몸싸움을 하고 있었어요. 그러다가 도망간 남자의 모자가 벗겨졌고, 저 사람이 남자의 머리채를 잡았어요. 하지만 도망간 남자가 칼 같은 걸로 저 사람 배를 몇 번 찔렀고, 저 사람이 결국 쓰러졌어요."

"알겠습니다. 협조해 주셔서 감사합니다. 중요한 목격자이시니 성함과 연락처를 좀 알려주시겠어요?"

남자에게 명함을 건네받았다. 회사원인 것 같았다. 나머지 사람들은 모두 돌려보냈다.

십여 분이 지나자 경찰 차량들과 감식반 캐러밴이 속속 도착했다. 감식요원들 중에는 머리를 하나로 묶은 오카모토 킷페이 순사부장의 모습도 보였다.

료이치는 오카모토에게 다가갔다.

"오카모토, 목격자의 말로는 피해자가 용의자의 머리채를 잡았었다네. 주변에 용의자의 머리카락이 떨어져 있을지도 몰라."

"그래? 알겠어. 신중하게 채취할게."

"언제쯤 과수연으로 넘길 거야?"

료이치가 다급하게 묻자 오카모토는 그것을 왜 물어보냐는 듯한 의아한 표정으로 대답했다.

"으음, 오늘은 이미 늦었으니까 내일 아침 일찍 보낼 것 같은데."

"그래? 그럼 잘 부탁해."

료이치는 내심 안도했다. 오늘 중으로 과수연으로 넘어간다면 증거물을 회수할 방법이 없다. 하지만 관할서에서 보관하는 동안에는 잠깐의 틈을 노려볼 수 있을 것 같았다.

조직범죄대책과의 하마다가 후지이를 데리고 나타났다. 급하게 왔는지 두 사람 모두 숨을 헐떡이고 있었다. 뒤이어 오다기리도 숨을 고르며 허겁지겁 도착했다.

하마다가 시신을 보자마자 날카로운 말투로 말했다.

"아마미야흥업에 소속된 자야."

이전 피해자와의 공통점이 금세 드러났다.

"네 번째 피해자였던 키시타니 쇼고도 아마미야흥업 소속이었잖아요."

하마다는 무릎을 꿇고 앉아 시신의 옷을 살폈다. 정장 안주머니에서 지갑을 꺼내 운전면허증에 적힌 이름을 확인했다.

"이름은 바바 유타카, 나이는 56세…. 뭐야? 방탄조끼를 입고 있는데?"

셔츠 자락을 걷어 올리자 검은색 조끼가 드러났다.

"경계하고 있었던 모양이야."

하마다가 무슨 말을 하려는 것인지 알 수 있었다.

"아마미야흥업은 자신들이 성소자의 타깃이라는 걸 알고 있었나 본데요?"

하마다가 바지에 묻은 먼지를 털어내며 몸을 일으켰다.

"오랜만에 아마미야를 만나봐야겠네."

아마미야흥업의 사무실은 이케부쿠로 2초메에 있는 도키와 거리보다 한 골목 안쪽에 위치해 있었다. 3층짜리 낡은 건물의 흰색 외벽 곳곳에 갈라진 균열과 빗물이 흘러내려 생긴 검은 자국들이 눈에 띄었다. 평범한 외관이지만 정면의 출입구 위쪽에 CCTV가 설치되어 있었다. 하마다의 말에 따르면 이 건물 전체가 아마미야흥업의 사무실로 사용되고 있는 듯했다.

오다기리가 걸음을 멈추고 눈앞의 건물을 유심히 바라보았다. 평소보다 더 진지한 표정이었다.

"왜? 와본 적 있어?"

료이치의 물음에 오다기리는 고개를 저었다.

"아니요. 야쿠자 사무실에 처음 들어가 보는 거라서요."

"나도야."

료이치는 넥타이 매듭의 위치를 바로잡았다.

건물 출입문 옆의 인터폰을 누르자 "네."라는 남자의 낮은 목소리가 흘러

나왔다.

하마다가 입을 열었다.

"이케부쿠로경찰서 조직범죄대책과에서 나왔습니다. 잠시 이야기 좀 나누시죠."

얼마 후 문이 열렸다. 건장한 체격에 삭발을 한 30대 남자가 나오더니 "이쪽입니다."라며 건물 안으로 안내했다. 계단을 따라 2층으로 올라갔다. 남자가 복도 끝에 있는 사무실 문을 두드리자 안쪽에서 들어오라는 목소리가 들려왔다. 남자는 문을 열고 하마다 일행을 사무실 안으로 들여보냈다.

8평쯤 되는 크기의 사무실 안에는 창가 쪽에 중후한 느낌의 집무용 책상이 있었고, 중앙에는 새것으로 보이는 손님용 소파가 놓여 있었다. 오른편에는 바 카운터까지 마련되어 있었다. 허름한 외관과는 달리 내부는 돈을 많이 들여 고친 듯 보였다. 이는 아마미야흥업의 벌이가 상당히 좋다는 증거였다. 사무실 안에는 조직을 상징하는 문양이나 신단 같은 것은 보이지 않았다. 반사회 조직을 연상케 하는 것은 아무것도 없었다.

커다란 집무용 책상 안쪽의 가죽 의자에 앉아 있는 남자가 아마미야흥업의 구미초(야쿠자 두목을 일컫는 말-옮긴이), 아마미야 고로였다. 60대 초반의 그는 까무잡잡한 얼굴에 여우처럼 치켜 올라간 눈매, 그리고 살집이 있는 체형이었다. 인상이 좋다고는 차마 빈말로도 하기 어려웠다. 과거에 저지른 악행들이 고스란히 쌓여 만들어진 듯한 얼굴이었다. 사무실 가운데에 놓인 소파에 앉아 있던 남자가 일어나 다가왔다. 짙은 남색 정장을 입고 있었지만, 아마미야와 마찬가지로 평범한 직장인처럼 보이지는 않았다. 나이는 50대 후반으로 큰 키는 아니지만 다부진 체격을 갖고 있었다. 그가 아마미야흥업의 와카가시라(야쿠자 부두목을 일컫는 말-옮긴이)인 것 같았다.

하마다는 그 남자와 이미 아는 사이인 듯 "이쪽은 형사과 소속 야쿠시마루 경부보예요."라며 료이치를 소개했다. 남자는 명함을 꺼내 료이치에게 건넸다. 명함에는 '아마미야흥업 부사장'이라는 직함과 함께 '사에키 토시미츠'라는 이름이 적혀 있었다.

"사에키라고 합니다. 저희 사장님께서 다리가 불편하셔서 제가 대신 인사 드리겠습니다."

사에키는 세련되고 공손한 말투로 자신을 소개하며 아마미야의 명함도 함께 건넸다. 전통 종이로 만든 명함에는 '아마미야흥업 사장'이라는 직함과 '아마미야 고로'라는 이름만 간결하게 새겨져 있었다.

"오늘은 무슨 일로 오셨습니까?"

영업용 미소를 지으며 묻는 사에키에게 하마다는 진지한 표정으로 대답했다.

"조금 전에 바바 유타카 씨가 이케부쿠로 거리에서 흉기에 찔려 사망한 것이 확인됐어요."

사에키는 미소가 사라진 얼굴로 아마미야가 있는 쪽을 돌아보았다. 아마미야는 놀라움과 두려움이 뒤섞인 표정을 하고 있었다. 사무실 안에 무거운 침묵이 흘렀다. 잠시 후 아마미야가 천천히 입을 열었다.

"범인은 성소자입니까?"

"아마 그런 것 같습니다."

료이치가 대답했다.

"아마미야흥업에서는 얼마 전에 키시타니 쇼고 씨가 살해당하지 않았습니까. 그리고 이번에는 바바 씨까지 희생되었어요. 뭔가 짚이는 부분이 없으십니까?"

아마미야는 차분함을 되찾은 듯 진지한 표정으로 돌아와 있었다.

"네, 전혀 없습니다."

"이토 유야 아니면 토다 신스케에 대해 혹시 아십니까?"

"아니요, 그게 누굽니까?"

"바바 씨는 조끼를 입고 있었어요."

하마다가 의심하는 말투로 말했다.

"방탄조끼요. 공격을 당할지도 모른다고 예상했던 거겠죠. 꺼림칙한 부분이 있는 거 아닙니까?"

아마미야는 유감스럽다는 듯 눈을 가늘게 떴다.

"하마다 씨, 요즘 이케부쿠로가 워낙 뒤숭숭하지 않습니까. 바바는 그래서 조끼를 착용했을 겁니다."

"공격당할 이유가 전혀 없었다는 건가요?"

"네, 없습니다. 저희는 정직하게 회사를 운영하고 있습니다."

"프론트 기업이라는 소문이 있던데요?"

"아니요, 절대 그렇지 않습니다. 그쪽 일은 진작에 그만뒀어요."

옆에서 듣고 있던 료이치가 물었다.

"그만두기 전에 누군가에게 원한을 살 만한 일이 있었던 건 아닙니까?"

아마미야는 의자에 기대며 어깨를 으쓱했다.

"옛날 일은 다 잊었습니다. 목숨을 빼앗길 만큼 나쁜 짓은 하지도 않았고요. 범인은 언론에 나오는 것처럼 무차별적으로 공격하는 것 아닙니까? 얼른 범인을 잡아주세요. 저희는 피해자입니다."

"두 분도 방탄조끼를 챙겨 입고 다니시는 게 좋겠네요. 효과가 있을지는 모르겠지만."

하마다가 비아냥대며 말했다. 아마미야와 사에키는 아무 말 없이 하마다를 노려보았다.

"그럼 우리는 이만."

하마다가 몸을 돌리자 삭발한 남자가 황급히 문을 열었다. 그는 조용히 입을 다문 채 하마다 일행을 건물 출입구까지 안내했다. 네 사람이 밖으로 나오자마자 뒤에서 문이 닫히고 열쇠를 잠그는 소리가 들렸다.

"야쿠자 주제에 떳떳한 척하기는. 열받네, 진짜. 돈도 엄청나게 벌어들이고 있는 것 같지 않아?"

하마다가 짜증스러운 말투로 말했다.

료이치는 새삼 작은 요새처럼 보이는 3층짜리 건물을 돌아보았다.

"이토 유야와 토다 신스케의 과거를 한번 알아보는 게 좋겠네요."

"그래, 당연히 그래야지. 예전 이케부쿠로 사정을 잘 아는 형사한테 물어봐야겠어."

하마다는 넷이서 함께 저녁을 먹지 않겠냐고 물었지만 료이치는 완곡하게 거절했다. 성소자가 시킨 일이 계속 마음에 걸렸기 때문이었다.

7

형사들이 떠나자 아마미야 고로의 표정이 한층 더 험악해졌다. 매서운 눈빛에 꽉 깨문 어금니까지, 사에키 토시미츠는 과거에 야쿠자로 활동했던 시절의 아마미야를 보고 있는 듯한 기분이었다. 15년 전까지만 해도 아마미야 흥업은 '아마미야구미'라는 이름의 정통 야쿠자 조직이었다. 지정폭력단 고쿠텐카이 계열의 3차 단체로 유흥업과 금융업으로 수익을 냈다. 유흥업 쪽에서는 조직적인 성매매 알선이 주요 업무였고, 나머지는 금융회사의 채권 회수를 주로 맡았다.

아마미야는 두툼한 손으로 주먹을 꽉 쥐더니 마호가니 원목으로 만든 책상을 강하게 내리쳤다.

"성소자는 아마미야구미 출신을 모조리 없애려는 모양이군."

성소자의 첫 번째 피해자인 이토 유야와 두 번째 피해자인 토다 신스케는 과거에 아마미야구미의 조직원이었다. 15년 전, 아마미야구미가 표면상으로 나마 손을 씻고 아마미야흥업으로 이름을 바꾼 후 이토와 토다는 각각 같은 고쿠텐카이 계열의 스도구미와 미야모토구미에 합류했다. 하지만 토다는 얼마 지나지 않아 평소 행실이 좋지 못하다는 이유로 조직에서 쫓겨났다. 이 모든 것이 10년도 더 된 과거의 일이었기 때문에 현재 이케부쿠로경찰서의 조직범죄대책과 소속 형사들 중에는 당시 사정을 아는 사람이 아무도 없었다. 조직범죄대책과에서는 관할 구역 내에서 활동하는 폭력단 구성원들의 데이터를 정리하고 있지만, 대부분의 경우 형사들이 직접 조직원들과 만나 대화하고 때로는 싸우기도 하면서 정보를 축적했다. 15년 전에 해산한 아마미야구미의 구성원에 대한 정보는 남아있지 않을 확률이 높았다.

이토가 살해당했다는 소식을 들었을 때는 그저 오래된 기억 속 이름이라고만 생각했다. 하지만 토다가 뒤이어 살해당했다는 것을 알게 된 아마미야는 이것이 아마미야구미 출신을 노린 복수일지도 모른다고 생각했다. 세 번째 피해자는 블랙체리의 멤버였는데, 왜 그가 살해당했는지는 알 수 없었다. 그리고 네 번째로 키시타니 쇼고가 살해되었을 때 의심은 확신으로 바뀌었다. 이것은 아마미야구미에 대한 복수가 분명했다.

한때 야쿠자로 활동했던 만큼 적지 않은 사람들에게 원한을 샀다. 하지만 성소자가 누구인지 전혀 짐작이 가지 않았다. 아마미야는 이 상황이 답답했다.

"지금 경찰 수사는 어디까지 진행된 거야?"

아마미야의 질문에 사에키는 고개를 저었다.

"안타깝지만 아직 자세히는 모르겠습니다. 아는 형사 몇 명에게 연락해 봤지만 다들 이번 사건에 대해서는 좀처럼 입을 열지 않았습니다. 지금으로서는 용의자로 지목된 사람이 아직 한 명도 없는 것 같기는 합니다."

그리고 덧붙이듯 말했다.

"한구레 조직인 블랙체리가 독자적으로 수사를 하고 있는 것 같습니다. 블랙체리에서 피해자가 셋이나 나왔다 보니 그쪽도 필사적입니다. 경찰 내부에 있는 정보원에게 수사 정보를 얻고 있는 모양이기는 한데 아직 블랙체리도 성소자의 정체에 접근하지는 못했고요."

"그 애송이들이 더 앞서 있다는 거야? 우리도 이제는 진짜 일반 기업이나 다름이 없어졌네."

아마미야는 긴 한숨을 내뱉으며 비애에 젖은 눈빛으로 말했다.

"사에키, 이대로라면 우리도 당할 거다. 손가락만 빨고 있다가 당할 수는 없잖아?"

"네, 맞습니다."

"공격이야말로 최선의 방어 수단이다. 우리도 본격적으로 움직이는 수밖에 없어. 돈이라면 얼마든지 써도 좋다. 살아있어야 돈도 쓸 거 아니야. 사에키, 성소자를 반드시 찾아내라."

"찾는 과정에서 희생자가 나올 수도 있습니다."

사에키는 아마미야의 반응을 살폈다.

"우리는 경찰이 아니야. 야쿠자 출신만이 할 수 있는 방식이 있잖아. 네가 무엇을 하든 상관하지 않을 테니 어떤 희생을 치르더라도 반드시 성소자를 찾아내서 처리해."

사에키는 고개를 숙인 뒤 사무실을 나섰다.

피가 끓어오르는 듯한 흥분을 느꼈다. 아마미야가 예전의 구미초로 돌아온 듯한 기분이 들었다.

야쿠자의 세계는 단순히 돈만 벌면 되는 세계가 아니다. 요즘은 돈을 버는 자들이 두각을 나타내고 있지만 예전에는 그렇지 않았다. 1980년대 후반의 버블 경제 시기부터 모든 가치관이 돈을 중심으로 돌아가기 시작했다. 야쿠자들도 그 흐름에 휩쓸리고 말았다. 야쿠자에게는 수익을 내는 활동보다 더 중요한 것이 있다. 바로 조직의 명예를 지키는 것이다. 젊은 조직원들을 먹여 살리고, 위에는 돈을 벌어다 바치며, 문제가 생기면 목숨을 걸고 지킨다. 인간으로서의 그릇의 크기, 그리고 의리를 중시하는 사내야말로 야쿠자의 세계에서 진정한 남자로 인정받는다. 젊은 시절, 사에키는 아마미야라는 남자에게 반했다. 그의 밑에서 일하고 싶었다. 그로부터 30년 가까운 세월 동안 두 사람은 함께였다. 구미초의 말은 절대적이다. 사에키는 구미초를 남자로서 존경했기에 어떤 명령이든 따를 수 있었다. 어떤 불법적인 명령이라도 말이다. 아마미야도 이제 나이가 들어 예전의 모습은 남아있지 않지만, 사장과 부사장의 관계 이상의 구미초와 와카가시라의 관계가 지속되고 있었다.

사에키는 곧바로 행동에 나섰다. 얼마 전 지인에게 블랙체리의 간부 한 명을 소개받았다. 사에키는 그와 몇 차례 술자리를 가졌는데, 계산은 늘 사에키가 했다. 그 남자는 돈과 여자에 약해 다루기가 쉬웠다.

전화를 걸었지만 받지 않았다. 하지만 잠시 후 남자에게서 다시 전화가 걸려왔다. 두 사람은 30분 후에 아카사카에 있는 단골 한국식 고깃집에서 만나기로 했다. 사에키가 여자들도 부르겠다고 하자 상대는 기뻐하며 금방 가겠다고 말했다. 사에키는 택시를 타고 이동했다. 약속 시간보다 일찍 가게에 도착했다. 고급스러운 가게였다. 사에키는 다다미가 깔린 룸에서 남자를 기다렸다. 여자들은 일부러 늦게 도착하도록 지시해 두었다.

막걸리를 마시며 기다리던 중 남자가 약속 시간보다 조금 일찍 나타났다. 블랙체리의 간부, 야시로 소키였다.

큰 키에 비해 초라한 행색이었지만 헤어스타일 만큼은 왁스로 신경 써서 만진 것 같았다. 사에키가 혼자 앉아 있는 것을 보더니 실망한 듯한 표정을 지었다.

"일찍 오셨네요. 여자들은요?"

"금방 올 거야. 일단 앉아."

사에키는 상석의 맞은편 자리를 가리켰다. 야시로는 군말 없이 그 자리에 앉았다.

"오늘은 부탁하고 싶은 게 있어서 불렀어."

"갑자기요? 뭔데요?"

"막걸리 괜찮아?"

"네, 막걸리 좋죠. 칼피스 소다 같아서 맛있더라구요."

사에키는 직접 술을 따라주었다. 잔을 부딪쳐 건배를 한 뒤 야시로는 두 모금 만에 잔을 비웠다. 이번에는 직접 잔을 채웠다.

"그래서 부탁하실 게 뭔데요?"

"너희 쪽은 경찰한테 정보를 얻고 있다며. 성소자에 대해서 어디까지 알고 있는지 나한테도 알려줬으면 해서."

야시로는 사에키의 표정을 살피며 물었다.

"왜 수사 정보를 알고 싶으신 건데요?"

"어차피 조만간 뉴스에 나올 테니까 미리 말해주자면 우리 쪽 직원이 또 성소자한테 당했어. 사장님이 걱정이 많으셔."

야시로는 목덜미를 긁적였다.

"그러셨군요. 근데 저도 떠벌리고 다니면 혼날 텐데요."

"너한테 들었다고 절대 말하지 않을게. 물론 사례금도 넉넉히 줄 거고."

"진심이세요?"

"일단 오십만 엔으로 어때?"

야시로는 얼굴빛 하나 바뀌지 않았다.

"알겠어. 백만 엔 줄게."

야시로는 깜짝 놀란 듯 손을 내저었다.

"잠깐만요. 저희도 알아보고는 있는데, 아직 성소자가 누구인지는 몰라요."

"알고 있는 데까지만 말해주면 돼."

사에키는 그 자리에서 클러치백을 열어 백만 엔짜리 현금다발을 꺼내더니 테이블 위에 툭 던지듯 올려놓았다. 야시로는 그것을 서둘러 챙겨 정장 안주머니에 꽂아 넣었다. 입가에 비열한 미소가 번졌다.

"백만 엔을 현금으로 만져보기는 처음이네요."

"블랙체리 간부 정도면 제법 벌이가 쏠쏠하지 않아?"

"요즘은 현금을 갖고 다닐 일이 잘 없으니까요. 대세는 온라인 거래죠, 온라인."

"시대가 변하기는 했네. 그래서? 경찰 수사는 어디까지 진행된 거야?"

야시로는 술을 마시며 조심스럽게 하나씩 이야기를 털어놓았다. 성소자
는 시신에 독특한 표식을 남긴다는 것, 시마다 유키의 시신에도 표식이 남아
있었지만 성소자가 아닌 모방범의 범행일 가능성이 크다는 것, 시마다는 살
해당하기 직전까지 시부야의 무겐이라는 클럽에서 어떤 여자와 함께 있었던
것, 시마다는 자택 아파트에서 살해당했을지도 모른다는 것, 따라서 여자가
모방범일 수도 있다는 것, 아니면 그 여자가 모방범과 한패일 가능성이 있다
는 것, 그리고 살해당한 오구라 렌과 시마다 유키 두 사람은 불법 사채업을
했었기 때문에 리더인 카스가 료는 채무 문제로 갈등이 없었는지 알아보고
있다는 것까지….

"모방범이라…. 상황이 꽤 복잡하네."

"그러니까요."

"그럼 블랙체리 쪽에서는 상환 문제로 갈등이 있었을 거라고 보고 있다는
거지?"

"네, 살해당한 두 명이 그쪽 비즈니스를 담당하고 있었으니까요. 또 한
명의 피해자인 쿠로카와 타모츠라는 녀석은 시마다가 데리고 다니던 애였는
데, 쿠로카와는 아마 시마다와 함께 있었던 여자의 정체를 어느 정도 파악했
던 것 같아요. 그래서 살해당한 게 아닐까 싶어요."

"그렇다면 쿠로카와를 죽인 것도 모방범이라는 얘기가 되겠네?"

"근데 쿠로카와의 경우에는 살해 수법을 보면 성소자가 맞다고 하더라고
요. 경찰도 그렇게 보고 수사 중인 것 같고요."

"흠…."

사에키는 생각에 잠겼다. 야시로는 그런 사에키의 모습을 묵묵히 지켜보
며 술을 마셨다.

블랙체리는 경찰보다 훨씬 더 성소자의 정체에 가까이 다가간 듯했다. 야시로의 이야기를 종합해 보니 한 가지 결론이 서서히 떠올랐다.

성소자와 모방범이 한패일지도 모른다는 결론이었다. 즉 성소자에게 조력자가 있다는 뜻이다. 하지만 조력자는 실력이 형편없었다. 시마다 유키의 경우도 성소자가 손쉽게 끝낼 수 있었지만 조력자에게 일을 맡기는 바람에 모방범의 존재가 드러나고 말았다. 그리고 그것을 수습하기 위해 성소자는 사건의 진상을 눈치챈 쿠로카와 타모츠를 살해한 것이다.

"시마다와 함께 있었던 여자의 신원은 알아냈어?"

야시로는 고개를 저었다.

"아직이에요. 하지만 그 여자의 일행에 관한 정보는 있어요. 무겐의 바텐더는 그 일행의 이름이 리카였다고 하더라고요. 엑스터시에 손을 댔다고도 하고요. 무겐의 바텐더한테 리카가 나타나면 연락 달라고 했는데 그 후로 클럽에 안 가는 거 같아요."

"엑스터시라⋯. 이 근방에서는 어디서 구할 수 있는지 알아?"

"시부야면 아마 이란 사람이 아닐까 싶어요."

"여러모로 고맙다."

그때 마침 여자들이 룸으로 들어왔다. 야시로의 얼굴이 금세 환해졌다. 뒷일은 여자들에게 맡기고 사에키는 가게를 빠져나갔다.

8

타워맨션의 베란다로 나간 카스가 료는 라탄 의자에 앉아 시가를 꺼내 불을 붙였다. 이 건물의 가장 높은 30층에서 도심의 야경을 바라보며 시가를 피우고 있으면 마치 왕이 된 것 같은 기분이 들었다.

최근에 일반 담배를 끊고 시가를 피우기 시작했다. 좋아하는 할리우드 영화의 주인공에게 영향을 받았다. 가장 좋아하는 것은 엄지손가락 정도 되는 굵기의 코히바 시가였다. 달달한 머스크 향이 났다. 케이스에서 시가를 하나 꺼내 입에 댈 곳을 커팅하고 성냥으로 불을 붙이는 일련의 행위가 무척이나 마음에 들었다. 시가를 피울 때는 반드시 베란다로 나갔다. 실내에서 피우면 연기가 잘 빠지지 않고 벽지도 누렇게 변색될 우려가 있기 때문이었다.

조금 전 경찰 내부에 있는 정보원에게서 연락이 왔다. 성소자에게 살해당한 피해자가 또 한 명 발견되었다고 했다. 블랙체리의 멤버인 오구라 렌, 시마다 유키, 쿠로카와 타모츠를 포함해 피해자는 총 일곱 명이 되었다. 이번 희생자는 아마미야흥업의 직원이었다. 아마미야흥업은 겉으로 보기에는 일반 기업과 비슷한 형식을 취하고 있지만 고쿠텐카이 계열의 프론트 기업이라는 소문이 있었다. 블랙체리 멤버들을 제외한 네 명의 피해자들 중 두 명이 아마미야흥업의 직원이었고, 경찰은 나머지 두 명의 과거를 조사 중인 듯했다.

성소자는 아마미야흥업과 관련이 있는 인물일지도 모른다. 만약 그렇다면 오구라 렌과 시마다 유키, 쿠로카와 타모츠가 살해된 이유는 무엇일까? 이 세 명을 죽인 것은 성소자가 아닌 것일까? 설마 모방범의 짓이었을까? 시마다 유키의 경우에는 살해 방식도 달랐다. 경찰 내부에서도 그 사건만큼은 모방범의 소행으로 봐야 한다는 견해가 있었다.

카스가는 성소자와 모방범이 한패일 가능성을 염두에 두고 있었다. 그들은 블랙체리의 멤버들 중에서도 불법 사채업을 운영하던 오구라 렌과 시마다 유키를 살해했다. 시마다 유키를 살해한 것은 모방범이었지만, 시마다와 클럽에서 함께 나간 여자에게 접촉을 시도했던 쿠로카와 타모츠를 살해한 것은 성소자로 보인다는 점에서도 두 사람이 한패일 가능성이 상당히 컸다. 그리고 모방범은 경찰 관계자일지도 몰랐다. 성소자가 시신에 남긴 표식에 대해 알고 있는 것은 수사 담당자들뿐이었다.

살인자와 경찰이 한패라니―. 흥미로운 일이었다.

성소자든 모방범이든 상관없었다. 반드시 대가를 치르게 할 생각이었다.

블랙체리의 멤버인 시미즈 타케유키에게서 보고가 올라왔다. 시미즈는 사채 고객 리스트를 확인해 상환 문제로 갈등이 있었던 사람들을 조사하고 있었다. 최근 돈을 갚지 않고 도망친 사람이 두 명 있었고 현재 그들의 행방을 쫓는 중이라고 했다. 성소자라면 그렇게 눈에 띄는 행동을 할 리는 없을 것 같았지만 혹시 모르니 그 두 사람을 계속해서 쫓으라고 지시했다. 시미즈는 시마다와 오구라가 사망한 이후로 추심이 늦어지고 있다고도 보고했지만 그것은 나중에 천천히 해결하면 될 일이었다.

이이지마 켄고가 베란다로 나와 옆에 놓인 의자에 앉았다. 이이지마는 담배도 시가도 피우지 않았다. 술만 조금 즐기는 편이었다. 결혼 후 아이가 생기면서 건강에 신경을 쓰기 시작한 모양이었다.

찬 바람이 불자 이이지마는 의자에 앉은 채 몸을 살짝 떨었다.

"여기 나와 계시는 걸 좋아하시네요?"

"응, 우리가 쌓아 올린 부와 권력의 상징이니까."

"그러네요."

"십 년 전만 해도 우리한테는 아무것도 없었잖아."

"없었죠. 월세 5만 엔짜리 아파트에 살면서 편의점 주먹밥이랑 컵라면만 먹었잖아요."

"그 시절이 그립네. 다시 돌아가고 싶지는 않지만."

"맞아요…. 오늘은 달이 참 예쁘네요."

이이지마는 그렇게 말하며 스마트폰을 꺼내 달 사진을 찍었다.

"다음은 어디로 가실 거예요?"

"다음?"

사실 카스가는 얼마 전부터 생각하고 있는 것이 있었다. 남들 눈에는 터무니없어 보일 만한 꿈이었다.

"나는 한구레 조직으로 끝내고 싶지는 않아. 더 큰 일을 벌여서 일본을 뒤집어엎어 버리고 싶어. 물론 테러 같은 거 말고, 좋은 의미로 말이야. 뭔가 엄청난 일을 해보고 싶어."

이이지마는 재미있다는 듯 눈을 가늘게 뜨며 말했다.

"좋은데요? 평생 따라가겠습니다."

"고맙다, 켄고. 우리가 얼마나 더 큰 일을 해낼 수 있는지 세상에 보여주자고."

카스가는 스마트폰을 들어 별생각 없이 인스타그램을 확인했다. 시마다 유키가 올린 사진들을 살펴보았다. 클럽에서 찍은 것으로 보이는 한 장의 사진에는 유키와 다른 멤버 두 명이 나란히 포즈를 취하고 있었다. 유키는 동생 같은 존재였다. 종종 말썽을 피우기는 했지만 충성스러운 부하였다. 사진 속에서 활짝 웃고 있는 모습을 보니 눈시울이 뜨거워졌다.

이틀 전에 있었던 유키의 장례식을 떠올렸다. 유키의 부모는 카스가와 눈을 마주치려 하지 않았다. 아들이 한구레 조직에 소속되어 있었다는 것을 알고 있는 듯했다. 카스가는 부의금 봉투에 백만 엔을 넣었지만 그들은 전혀 고마워하지 않았다. 그 순간 카스가는 자신의 믿음이 흔들리는 것을 느꼈다. 지금껏 쌓아 올린 부와 권력이 과연 의미가 있는 것인지 의문이 들었다. 아마 그래서 한 구레 조직으로 끝내고 싶지 않다는 생각을 더 하게 된 것인지도 몰랐다.

불쾌한 기억을 떨쳐내며 다른 사진도 살펴보았다. 유키는 인스타그램 활동을 좋아했던 것 같았다. 다양한 장소에서 찍은 사진들이 잔뜩 올라와 있었다. 세련된 카페나 클럽, 그리고 유흥업소에서 찍은 사진도 있었다. 화려하게 꾸민 두 명의 여성 종업원들 사이에서 유키가 활짝 웃고 있었다.

그러다 문득 한 가지 사실을 깨달았다. 아까 확인했던 멤버들과 함께 찍힌 사진을 방금 본 사진과 비교해 보았다. 두 장의 사진 모두 중앙에 유키가 찍혀 있었지만, 그의 뒤쪽으로 모자를 쓰고 안경에 마스크까지 낀 남자가 보였다.

"이거 같은 사람 아니야?"

카스가는 이이지마에게 사진을 보여주었다.

"… 맞는 것 같은데요. 변장을 하고 있기는 한데, 같은 사람이네요."

이이지마의 표정이 굳어졌다. 카스가가 하고 싶은 말이 무엇인지 바로 이해한 듯했다.

"이 남자가 성소자일 수도 있겠네요. 아니면 모방범이거나요. 둘 중 누구든 피해자를 살해하기 전에 미행하면서 감시했을 테니까요."

카스가는 사진을 저장한 다음 최대한 확대해 보았다. 변장 때문에 얼굴이 제대로 보이지 않았다.

"드디어 단서를 잡았어. 이 남자가 유키를 살해한 범인이야. 누구인지 당장 찾아내라고 해!"

이이지마는 시마다의 인스타그램 사진을 라인으로 간부들에게 전송했다. 〈유키가 어떤 술집에서 찍은 사진이야. 유키 뒤에 모자를 쓰고 마스크랑 안경을 낀 남자 보이지? 이 남자를 본 적 있는 사람 혹시 없어?〉라는 메시지를 덧붙였다.

간부들에게서 연이어 답장이 왔지만 전부 다 모르겠다는 내용이었다.

― 저 유키랑 같이 이 사진에 찍힌 가게에 갔던 적이 있어요.

이렇게 답장을 보낸 사람이 한 명 있었다. 야시로 소키였다.

카스가는 곧바로 야시로에게 전화를 걸어 다급하게 물었다.

"어느 가게야?"

"이케부쿠로에 있는 가게였는데, 이름까지는 잘 모르겠는데요."

왠지 발음이 새는 것 같았다. 뒤에서 노랫소리도 들렸다. 어디선가 술을 마시며 놀고 있는 듯했다.

"그 남자가 유키를 살해한 범인이다. 멤버 전원에게 그 사진 뿌리고 당장 이케부쿠로 번화가로 나가! 어떻게든 그 남자를 찾아내!"

"네, 알겠습니다!"

야시로는 갑자기 술이 깬 듯 힘찬 목소리로 대답했다.

9

료이치는 보고서를 작성하는 척 자리에 앉아 타이밍을 엿보고 있었다. 저녁 수사 회의가 시작되었을 시간이라 사무실 안은 텅 비어 있었다. 드디어 기회가 왔다. 감식반이 현장에서 채취한 성소자의 머리카락을 자신의 머리카락으로 바꿔놓아야 했다. 감식반의 오카모토는 내일 아침 일찍 과수연으로 보낼 예정이라고 했으니 증거품은 아직 감식과 사무실에 있을 것이다. 서두를 필요는 없다. 하지만 타이밍이 중요하다. 수사 회의로 모두가 자리를 비운 이 짧은 틈을 노려야 한다.

형사 사무실을 나와 화장실 칸 안으로 들어간 료이치는 손으로 자신의 머리카락을 힘주어 빗어 내렸다. 작은 지퍼백에 머리카락을 몇 가닥 넣은 다음 정장 주머니에 넣어 감식과 사무실로 향했다. 조심스레 안을 들여다보니 아무도 없었다. 전원이 수사 회의에 들어간 듯했다. 벽 쪽에 놓인 책상 위에 증거품 봉투들이 어지럽게 놓여 있었다. 봉투 안에는 증거품을 넣는 비닐 지퍼백이 들어 있었다.

료이치는 안도의 한숨을 내쉬었다. 아무리 생각해도 운이 좋았다. 모든 증거를 없앨 수 있는 것은 아니다. 만약 사건이 조금이라도 일찍 발생했다면 증거물은 오늘 중으로 과수연에 보내졌을 것이다. 관할서 형사가 경찰청에 있는 과수연까지 직접 가서 증거물을 바꿔치기하는 것은 불가능한 일이다.

책상으로 다가가려던 순간, 뒤에서 누군가의 목소리가 들려왔다.

"어? 무슨 일이야?"

돌아보니 오카모토 킷페이가 서 있었다. 손수건을 손을 닦고 있는 것을 보니 화장실에 다녀온 듯했다.

"아, 그게…."

말문이 막혔다. 자신도 모르게 넥타이로 향하려던 손을 멈췄다. 잠깐의 침묵 뒤 료이치는 간신히 말을 지어냈다.

"현장에 떨어져 있었던 머리카락을 전해준다는 걸 깜빡했어. 늦어서 미안. 현장에 먼저 도착했을 때 시신에 붙어 있던 거야."

오카모토는 표정의 변화 없이 말했다.

"그래? 그럼 거기 책상 위에 놔줄 수 있어?"

"알겠어."

료이치는 오카모토가 뒤에 가만히 서서 지켜보고 있는 것을 느꼈다. 이래서는 성소자의 머리카락을 바꿔치기할 수 없다. 책상 위의 증거품 봉투를 집어 들며 아무렇지 않은 척 하나하나 확인하기 시작했다.

"증거품이 꽤 많이 나왔네. 성소자에 대한 확실한 단서가 나와야 할 텐데."

"그러게 말이야. 하지만 성소자의 DNA는 경찰 데이터베이스에 일치하는 게 없었잖아, 안타깝게도."

"맞아, 그랬었지…."

"아, 그리고 보니 성소자가 두 명일지도 모른다며? 이야기 들었어. 첫 사건과 나머지 사건의 범인이 다를 수도 있다던데. 그 추측이 맞다면 첫 번째 사건 때 발견된 DNA랑 이번 사건의 DNA를 비교하면 다른 사람이라는 게 확실해질지도 몰라."

그런 거였구나. 료이치는 그제야 성소자가 왜 그런 지시를 했는지 이해했다. 성소자는 실제로 두 명이었던 것이다. DNA를 조사하면 그 사실이 드러나고 만다. 그래서 성소자는 바바 유타카의 살해 현장에 남아있던 증거를 인멸하라고 지시한 것이다.

오카모토는 희귀 동물을 보는 듯한 눈으로 한참 동안 료이치를 바라보더니 대화가 그대로 마무리되었다고 판단했는지 자신의 자리로 돌아가기 위해 걸음을 옮겼다.

료이치는 내심 안도했다. 찾고 있던 물건은 금방 눈에 들어왔다. 오카모토 킷페이의 서명이 적힌 봉투 중 하나에 머리카락이 든 비닐 지퍼백이 있었다.

"그럼 이 안에 넣어놓을게."

료이치는 자신의 주머니에서 재빠르게 지퍼백을 꺼내 손으로 가리며 봉투 안에 넣은 다음 성소자의 머리카락이 든 지퍼백을 꺼내 주머니에 넣었다.

"바쁜데 방해해서 미안."

"아니야, 수고해."

료이치는 오카모토의 얼굴을 차마 보지 못하고 손을 들어 대답했다. 그리고 서둘러 감식과 사무실을 빠져나와 수사 회의가 열리고 있는 강당으로 향했다.

긴장한 탓인지 료이치는 줄곧 넥타이를 만지작대고 있었다. 고치고 싶은 버릇이지만 무의식중에 자꾸만 손이 넥타이로 향했다.

30분 정도 늦게 들어간 수사 회의는 분위기가 심상치 않았다. 료이치는 강당 뒤편의 늘 앉던 자리로 가서 앉았다. 옆자리에 앉아 있던 타니가와가 고개를 돌렸다.

"딱 좋은 타이밍에 들어왔네."

"무슨 일 있었어요?"

앞쪽을 보니 보고를 마친 하마다가 자리에 앉으려는 참이었다. 수사관이 화이트보드에 무언가를 써 내려가고 있었다. 새로운 정보가 나온 듯했다.

타니가와가 설명해 주었다.

"하마다가 한 건 제대로 했어. 10년 전에 이케부쿠로경찰서에서 근무했던 형사들에게 알아봤더니 피해자인 이토 유야와 토다 신스케 두 사람이 과거에 아마미야구미 소속이었대. 이걸로 성소자에게 살해당한 야쿠자들은 네명이 다 아마미야구미 출신이었다는 게 밝혀진 거지. 복수극이었던 거야. 후카다의 감이 맞았어."

"하지만 피해자들 중에는 블랙체리 멤버들도 있잖아요."

타니가와는 가까이 다가와 작게 속삭였다.

"그러니까 블랙체리 쪽은 전부 모방범의 소행이라는 거야. 부검의 선생이 말했던 성소자가 두 명일지도 모른다는 이야기는 틀렸다고 봐. 성소자는 첫 번째 사건을 계기로 실력이 좋아졌을 뿐이야."

료이치는 반론하지 못한 채 타니가와의 말을 가만히 듣고 있었다. 이 사건은 복잡하다. 모방범은 실제로 존재하며, 성소자가 두 명일 확률도 매우 높았다.

오구라 렌을 살해한 범인은 성소자였을 것이고, 성소자가 시마다 유키를 지켜보고 있었다는 정황도 있다. 성소자는 시마다를 미행하던 중에 료이치가 시마다의 아파트에서 시신을 들고나오는 장면을 목격했다. 시마다는 언제가 되었든 성소자에게 살해당할 운명이었다.

성소자는 블랙체리가 갖고 있던 불법 사채업 고객 리스트를 인멸하라고 지시했다. 이는 성소자가 아마미야구미뿐만 아니라 블랙체리와도 일종의 원한 관계가 있다는 뜻이었다.

타니가와의 목소리에 생각의 흐름이 끊겼다.

"뭐, 어쨌든 진전이 있기는 하네. 무차별 범죄라고 생각했었는데 아니라는 게 밝혀진 거니까. 이제 수사는 아마미야구미 주변 인물들을 중심으로 진행하면 되겠어."

등에 식은땀이 흘렀다. 수사가 점점 사건의 진상에 접근하고 있었다.

성소자와 료이치는 이미 운명 공동체나 다름없었다. 성소자가 체포된 이후에 료이치와의 비밀을 끝까지 지켜줄 것이라고 기대하는 것은 어리석은 짓이었다. 성소자가 잡히면 료이치도 모든 것을 잃게 된다. 더 이상 수사에 진전이 있어서는 안 된다.

성소자는 아마미야구미와 블랙체리에 복수를 하고 있다. 하지만 성소자가 누구인지 밝혀내지 못하면 체포는 불가능하다.

아직은 괜찮다. 경찰은 결정적인 증거를 발견하지 못했다. 성소자가 어서 복수를 끝내주기만 한다면….

"아마미야구미 출신은 이제 몇 명 남은 거예요?"

"구미초였던 아마미야와 와카가시라였던 사에키, 두 사람뿐인 것 같아."

이제 앞으로 두 명…. 하지만 문제는 아마미야와 사에키가 이미 자신들이 성소자의 타깃이라는 사실을 알고 있다는 것이다. 바바는 방탄조끼까지 입고 있었다. 두 사람은 그보다 더 철저하게 방어 태세를 갖출 것이 분명했다.

료이치가 그런 걱정을 하는 사이, 야나기사와 수사1과장의 입에서 상황을 더욱 어렵게 만드는 지시가 튀어나왔다.

"내일부터 일주일간 아마미야흥업의 아마미야 고로와 사에키 토시미츠를 경찰의 감시하에 두겠다. 상시 두 명의 수사관이 따라붙어 아마미야와 사에키의 동태를 살피도록 한다."

타케노우치 과장이 그 자리에서 수사관들을 배정하기 시작했다. 료이치와 오다기리는 아마미야 고로를 미행하는 쪽에 배정되었다.

상황이 곤란해졌다. 경찰이 아마미야의 움직임을 쫓게 되면 성소자는 복수에 성공하기는커녕 아무것도 모르고 섣불리 아마미야에게 접근했다가 체포당할 우려가 있었다.

수사 회의가 끝난 후 료이치는 화장실의 개인 칸으로 들어가 성소자의 번호로 문자메시지를 보냈다. 하지만 메시지는 전송되지 않았다. 만일의 상황을 대비해 대포폰을 처분한 것 같았다. 새 번호로 연락이 오기 전까지는 상황을 알릴 방법이 없었다.

10

카타세 아야카는 손목시계를 확인했다. 밤 10시가 넘은 시간이었다. 도겐자카 거리가 이제 조금은 한산해졌으려나.

15일 밤, 시마다 유키와 함께 있었던 여자의 일행이 리카라는 이름으로 불렸던 것까지는 파악했다. 어젯밤에는 시부야 거리를 돌아다니며 클럽을 일곱 곳이나 방문했지만 리카를 안다는 사람은 겨우 한 명뿐이었고, 그마저도 리카의 실제 이름이나 연락처까지 아는 것은 아니었다. 오늘 밤에도 시부야의 클럽을 돌아볼 예정이었지만 아무래도 비효율적이라는 생각이 들었다. 발로 뛰는 것이 형사의 기본이라지만 요즘 시대에는 더 나은 방법이 있지 않을까 싶었다. 그런 생각을 하며 걷던 중 좋은 아이디어가 떠올랐다.

아야카는 무겐이 있는 건물 앞에 도착했다. 새벽 5시까지 운영하는 클럽이라 그런지 이 시간에도 출입하는 사람들이 많았다. 아마 앞으로 몇 시간이 가장 북적이는 시간대일 것이다. 아야카는 입구에서 조금 떨어진 가로등 밑에 서서 가게로 전화를 걸어 바텐더를 불러냈다.

"어제 만났던 경찰인데, 잠깐 가게 밖에서 이야기 좀 할 수 있을까요?"

일하는 중이었을 텐데도 바텐더는 흔쾌히 승낙했다. 3분 후, 클럽에서 나와 아야카를 발견한 바텐더는 데이트 신청을 받았다고 착각이라도 한 듯 들뜬 표정으로 한껏 친한 척을 하며 다가왔다.

"나는 다이스케야. 자기는 이름이 뭐야?"

아야카는 명함을 건넸다. 경찰에서 지금 받은 명함에는 직함과 이름, 그리고 소속 부서인 경시청 수사1과의 전화번호만 들어가 있을 뿐 개인 휴대전화 번호나 이메일 주소는 적혀 있지 않았다. 다이스케는 입을 비쭉 내밀며 시큰둥한 표정을 지었다.

아야카는 개의치 않고 스마트폰으로 인스타그램을 켜서 〈시부야〉, 〈클럽〉, 〈무겐〉이라는 키워드로 검색했다.

"지금부터 사진을 보여줄 테니까 그 안에 리카가 있으면 알려줘."

"뭐야, 수사 협조였어?"

"그럼 뭐라고 생각했는데?"

"아니, 그냥 뭐….."

"10만 엔이나 줬잖아. 조금만 더 협조해."

"예예, 알겠습니다요."

검색 결과, 수많은 게시물이 화면에 표시되었다. 다이스케는 아야카의 스마트폰을 옆에서 들여다보며 눈을 가늘게 뜨고 집중했다. 계속해서 사진을 넘겼다. 이제는 운이 따르기를 바라는 수밖에 없었다.

다이스케가 스마트폰을 받아 들고 직접 사진을 확인하기 시작했다. 잠시 후 무언가를 발견한 듯 "아!" 하고 목소리를 냈다.

"유키 씨야."

다이스케가 눈길을 멈춘 사진에는 시마다 유키가 찍혀 있었다. 무겐의 플로어 쪽에서 찍힌 사진인 듯했다. 게시자를 확인해 보니 시마다 유키 본인이었다.

"이야, 추억이네. 유키 씨가 죽었다니. 여자 문제가 좀 복잡하기는 했지만 꽤 괜찮은 녀석이었는데."

"그래, 알겠으니까 리카를 찾아주겠어?"

"아, 죄송."

다이스케는 다시 사진에 집중했다. 잠시 후, 다시 무언가를 찾아냈는지 아야카에게 스마트폰을 내밀었다.

"얘가 리카야. 여기 있는 애."

무겐 입구에서 찍힌 사진이었다. 사진 속 세 명의 여자들 중 제일 오른쪽이 리카라고 했다. 리카는 가슴 부분이 깊게 파인 검은색 원피스를 입고 있었다. 스타일은 제법 성숙해 보였지만 아직 어린 티가 났다.

그 사진을 올린 것은 〈sora〉라는 계정이었다. 아야카는 프로필 화면으로 들어가 다른 게시물을 살펴봤지만 리카의 계정은 아닌 것 같았다. 그 후에도 다이스케는 리카가 나온 사진을 세 장 더 찾아냈다. 세 장 모두 리카 본인이 올린 사진은 아니었지만, 게시자 중 한 명인 〈미소노〉의 계정을 확인해 보니 리카와 함께 찍은 사진들이 여러 장 올라와 있었다. 미소노와 리카는 실제로 친구 사이일 가능성이 커 보였다.

"고마워. 큰 도움이 됐어."

"다음에는 수사 말고 그냥 놀러 와. 음료 공짜로 줄게."

"미안, 나 만나는 사람 있어."

"그렇구나…."

진심으로 아쉬워하는 다이스케를 본체만체하며 아야카는 가볍게 고개를 숙인 뒤 자리를 떴다. 내일 인스타그램을 운영하는 회사에 〈미소노〉라는 사용자의 개인정보를 요청할 생각이었다. 그 정보로 직접 미소노에게 연락을 취하면 리카의 정체를 알아낼 수 있을 것이다. 그렇게 아야카는 시마다 유키와 함께 무겐에서 나간 여자의 실체에 조금씩 다가가고 있었다.

11

시부야의 번화가는 세 개의 폭력 조직이 세력권을 나누어 관리하고 있는데, 그중 하나가 고쿠텐카이 계열의 3차 단체인 '후지노카이'였다. 외국 국적의 마약 판매상들은 후지노카이에 자릿세를 내는 것이 관례였다.

사에키는 이케부쿠로에 있는 백화점에서 간단한 선물을 구매한 뒤, 시부야구 마루야마초에 있는 후지노카이의 조직 사무실을 찾아갔다. 사무실은 퇴폐적인 분위기가 감도는 모텔촌 인근에 위치한 맨션 10층에 있었다. 회장인 후지노 고와는 오래전부터 알고 지내던 사이로, 예전에 몇 번 술자리를 같이 한 적이 있었다.

오랜만에 만나는 후지노는 머리가 하얗게 셌지만 피부는 윤기가 나고 팽팽해 보였다. 선물을 담아 온 종이봉투에 백만 엔을 넣어 건네자 후지노는 만족한 듯 미소를 지었다. 두 사람은 협소하지만 고급스러운 장식품들로 꾸며진 세련된 응접실에 놓여 있는 가죽 소파에 마주 앉았다.

"오랜만이네. 몇 년 만이지?"

"10년은 더 됐죠."

"벌써 그렇게 됐나? 세월이 참 빠르네. 요즘 이케부쿠로 쪽이 꽤 시끄럽던데?"

"네, 사실 그것 때문에 왔어요."

후지노는 하얀 전자담배 연기를 내뿜으며 사에키의 속내를 꿰뚫어 보려는 듯 눈을 가늘게 떴다.

"뭔가 부탁할 게 있나 보네. 내가 할 수 있는 일이면 좋으련만."

사에키는 곧바로 본론으로 들어갔다.

"마약을 판매하는 이란인 딜러를 좀 소개받고 싶어서요. 엑스터시를 거래하는 쪽이요."

"아, 한 명 있어. '아란'이라는 녀석인데."

"거기 고객 중에 리카라는 여자가 있다는데, 저희 쪽에서 지금 급하게 그 여자를 찾고 있어요. 도움을 받을 수 있을까요?"

"그래, 아란에게 한 번 물어보지. 잠깐 기다려봐."

후지노는 그 자리에서 전화를 걸었다. 아란은 리카를 알고 있는 듯했다. 후지노는 아란에게 30분 후에 근처 편의점 앞에서 사에키와 만나라고 지시했다.

사에키는 후지노에게 감사 인사를 하고 사무실을 나오자마자 부하인 이와이에게 전화를 걸었다. 지금 당장 시부야로 차를 가지고 오라고 명령했다.

사에키는 마루야마초 거리를 혼자 걸었다. 각양각색의 외관을 자랑하는 건물들이 줄지어 늘어서 있었다. 대부분이 모텔이었지만 간혹 라이브 하우스나 음식점, 바 같은 가게들도 눈에 띄었다. 시부야역 바로 앞의 메인 거리와는 분위기가 사뭇 달랐다. 한때 이곳은 화류계 거리로 유명했지만 이제는 몇 안 되는 전통 요리점만 남아있을 뿐이었다.

약속 장소인 편의점 앞에 도착하자 중동계 얼굴에 평범한 체격의 남자가 서 있었다. 그는 회사원처럼 정장을 입고 넥타이를 매고 있었다. 콧수염을 기르지 않아 깔끔한 모습이었다.

"아란?"

사에키가 이름을 부르자 남자는 말 없이 고개를 끄덕였다. 가까이 다가가자 달고 진한 향수 냄새가 코를 찔렀다.

"고객 중에 리카라는 여자가 있다고 들었는데?"

아란은 특유의 억양이 섞인 일본어로 대답했다.

"리카, 있어요. 스무 살쯤 됐어요. 매번 엑스터시를 달라고 해요."

"리카를 찾는 중이야. 불러낼 수 없을까?"

아란은 어깨를 으쓱했다.

"다음 주쯤에 아마 연락이 올 거예요."

"아니, 지금 당장 만나야 해.

사에키가 클러치백에서 백만 엔짜리 현금다발을 꺼내 건네자 아란의 두 눈이 휘둥그레졌다.

"알겠어요. 프로모션 중이라 싸게 준다고 하면서 불러내 볼게요."

아란은 스마트폰을 꺼내 리카에게 라인으로 메시지를 보냈다.

"이제 기다리기만 하면 돼요. 연락이 오면 알려줄게요."

휴대전화 번호를 교환한 후 아란은 모텔 골목으로 사라졌다.

사에키는 근처 카페에서 시간을 때우기로 했다. 20분쯤 지나자 이와이에게서 근처에 도착했다는 연락이 왔다. 사에키는 사람들 눈에 띄지 않게 골목에서 조용히 대기하라고 지시했다.

그리고 잠시 후 아란에게 전화가 걸려왔다. 리카에게 답장이 왔다고 했다. 사에키는 다시 편의점 앞에서 아란을 만나 모텔 골목으로 함께 이동했다. 모텔촌 특성상 주변에 CCTV가 없어 마약을 거래하기에 최적의 장소라고 했다.

이와이가 타고 온 닛산 엘그란드 미니밴이 골목으로 들어왔다. 차에 올라탄 사에키는 아란과 수십 미터 떨어진 곳에서 대기했다.

아란은 눈에 잘 띄는 모텔 간판 앞에 서 있었다. 잠시 후 가슴 부분이 깊게 파인 스웨터를 입은 젊은 여자가 아란에게 다가갔다.

아란이 사에키가 있는 쪽을 향해 고개를 끄덕였다.

리카였다.

사에키는 이와이에게 명령했다.

"조용히 따라붙어."

차량은 소리 없이 전진했다. 리카는 아란과 대화를 나누느라 전혀 눈치채지 못한 듯했다. 천천히 다가가 리카의 바로 뒤에 차를 세운 뒤 사에키와 이와이가 동시에 차에서 내렸다. 차 문이 열리는 소리에 놀란 리카가 뒤를 돌아본 순간, 사에키가 손수건으로 리카의 입을 강하게 틀어막았다. 그리고 옆에 있던 이와이는 리카의 허리를 감싸 안아 그대로 들어 올려 차 뒷좌석에 던져 넣었다.

사에키는 곧바로 옆에 올라타 발리송 나이프를 꺼내 능숙한 손놀림으로 칼날을 펼쳐 들이밀었다.

"조용히 해. 시끄럽게 하면 죽여버린다."

리카는 공포에 질린 얼굴로 고개를 끄덕였다.

사에키는 리카의 손과 발을 박스테이프로 거칠게 감아 움직이지 못 하게 했다. 입에도 박스테이프를 붙였다. 리카가 들고 있던 숄더백을 뒤져 스마트폰을 꺼내 전원을 껐다. 이것으로 위치 추적은 불가능해졌다. 스마트폰은 이동하는 도중에 편의점 쓰레기통에 버릴 계획이었다.

"출발해."

이와이는 조용히 차를 출발시켰다. 리카를 납치하는 데 걸린 시간은 1분도 채 되지 않았다.

12

에리코는 거실 소파에 앉아 생각에 잠겼다. 조용하고 넓은 공간에 혼자 있으니 머리가 맑아지는 기분이었다.

카나에게 무슨 일이 있었던 것일까?

퇴근길에 카스텔라를 사 왔다. 카나와 쇼타가 모두 좋아하는 간식이었다. 저녁 식사 시간에 거실로 내려온 카나는 카스텔라를 조금 집어 먹었지만 밥에는 거의 손을 대지 않고 다시 2층으로 올라가 버렸다. 식사 중에는 아무 대화도 없이 텔레비전 소리만 공허하게 울려 퍼졌다. 어젯밤보다는 나아진 듯했지만 카나는 여전히 어딘가 이상해 보였다.

믿었던 친구한테 남자친구를 뺏겼어―. 카나는 남편에게 그렇게 말했다고 했다. 그래서 속상하다고 말이다.

물론 그것도 충격을 받을 만한 일이기는 하다. 하지만 뭔가 와닿지 않았다. 그렇다고 하기에는 슬퍼하는 것 같지도, 화가 난 것 같지도 않아 보였다. 에리코의 눈에는 딸이 깊은 후회에 사로잡혀 있는 것처럼 보였다. 죄책감에 시달리고 있는 것 같았다.

카나가 혹시 어떤 잘못을 저지른 것은 아닐까? 예를 들자면 범죄 같은 것을…. 그래서 경찰인 남편에게만 솔직하게 털어놓은 것은 아닐까 하는 생각이 들었다.

거기까지 생각이 미친 순간, 에리코는 과한 걱정이라고 애써 부정했다. 하지만 그 생각을 쉽게 떨쳐낼 수 없었다. 가슴 속 깊은 곳에서 자꾸만 짙은 의심이 차올랐다.

카나가 정말 범죄를 저지른 것은 아닐까?

텔레비전에서는 예능 프로그램이 나오고 있었지만 에리코의 눈과 귀에는 아무것도 들어오지 않았다. 역시 엄마로서 직접 확인해 봐야겠다는 생각이 들었다. 카나가 쉽게 입을 열 것 같지는 않지만, 이번에는 조금 더 끈질기게 물어볼 생각이었다.

거실을 나와 계단을 올라갔더니 카나의 방문이 반쯤 열려 있었다. 방 안을 살짝 들여다보니 쇼타가 서랍장 뒤로 손을 밀어 넣고 있었다.

에리코는 깜짝 놀라 무심코 소리쳤다.

"뭐 하는 거야?"

쇼타는 흠칫 놀라 몸을 떨었다. 그 순간 손에 들고 있던 것이 바닥에 떨어졌다.

"앗⋯."

쇼타는 다급히 몸을 숙여 떨어진 물건을 주워 손안에 감췄다. 그리고는 에리코와 눈을 마주치지 않은 채 옆을 지나쳐 자신의 방으로 돌아가려고 했다.

"잠깐 기다려."

에리코는 쇼타의 팔을 붙잡아 자신과 마주 보게 했다.

"너 손에 감춘 거 뭐야? 누나 방에서 뭘 하고 있었던 건지 어서 말해."

쇼타는 자포자기한 듯 그제야 에리코와 시선을 맞췄다. 그 눈에는 불길한 기운이 서려 있었다.

"뭐 했냐니까?"

"아빠랑 누나의 비밀을 알고 싶지 않아?"

쇼타가 손을 펼쳐 내밀었다. 검은 카드 같은 것이 놓여 있었다. 그것이 무엇인지 알 수 없어 가만히 보고만 있자 쇼타의 입에서 충격적인 말이 튀어

나왔다.

"도청기야."

큰 충격에 아무 말도 나오지 않았다. 동생이 누나 방을 도청하고 있었다니…. 쇼타의 한심한 행동에 화가 치밀어 올랐다.

"왜 이런 말도 안 되는 짓을 한 거야!"

하지만 쇼타는 반성하는 기색이 전혀 없어 보였다. 오히려 차가운 미소를 짓고 있었다.

"둘이 엄청난 비밀을 숨기고 있었어."

"둘이…?"

"누나랑 아빠 말이야."

귀를 의심했다. 마음속에 차오르던 분노가 순식간에 가라앉았다.

요즘 카나의 상태는 누가 봐도 이상했다. 그리고 남편도 평소 같지 않았다.

쇼타도 같은 생각을 하고 있었던 것이다. 그래서 도청기를 설치해 비밀을 알아내려고 했다. 잘못된 방법이기는 했지만, 에리코도 쇼타만큼이나 그 비밀을 알고 싶었다.

그때 1층에서 문을 여닫는 소리가 들렸다. 카나가 씻고 나온 듯했다.

에리코는 재빨리 쇼타의 팔을 잡아끌어 옆방으로 들어가 문을 닫았다. 그리고 목소리를 낮춰 따져 묻기 시작했다.

"뭔가 알아낸 거야?"

심장이 빠르게 뛰고 있었다. 질문을 하면서도 대답을 듣는 것이 두려웠다.

"엄마도 알고 있었잖아. 요즘 아빠랑 누나가 이상하다는 거."

아들을 매섭게 노려보았다.

"두 사람이 뭘 숨기고 있다는 거야?"

"분명 엄청난 무언가가 있어. 그게 뭔지는 아직 나도 몰라. 그러니까 도청을 했지."

"바보 같은 짓은 당장 그만둬."

그렇게 말하면서도 에리코는 료이치와 카나가 숨기고 있는 것이 무엇인지 너무나도 알고 싶었다. 설령 도청이라는 비열한 수단을 써야 한다고 해도 말이다.

"카나는 믿었던 친구한테 남자친구를 빼앗겼다고 했어. 그래서—."

"그런 거 아니야. 무슨 짓을 저지른 거라니까. 범죄 같은 거."

"왜 그렇게 생각하는데?"

쇼타가 눈을 반짝이며 말했다.

"어젯밤에 누나 방에서 둘이 대화하는 소리가 살짝 들렸는데, 누나가 아빠한테 자기 안 잡혀가냐고 물어봤어. 딱 봐도 체포될까 봐 걱정하는 거잖아. 누나가 뭔가 잘못한 거라니까."

심장이 터질 듯 빠르게 뛰었다. 몸이 작게 떨리고 있었다.

그때 카나가 방으로 들어가는 소리가 들렸다.

에리코는 아들을 마주 보며 말했다.

"이번 일은 누나한테 비밀로 할 테니까 이런 바보 같은 짓은 당장 그만둬. 알았어?"

"아빠랑 누나를 그냥 놔둘 거야?"

에리코는 아무 말 없이 방을 나왔다. 발소리를 죽이며 계단을 내려가 거실로 돌아간 에리코는 남편의 귀가를 기다리기로 했다.

집 앞에 도착한 료이치는 잠시 멈춰 섰다. 오늘도 성소자를 위해 증거를 인멸했다. 육체적으로도 정신적으로도 한계에 다다르고 있었다.

거짓말을 한 번 하기 시작하면 그것을 들키지 않기 위해 계속해서 다른 거짓말을 하게 된다는 말처럼 료이치는 어쩌다 한 번 저지른 죄를 덮기 위해 계속해서 새로운 죄를 저지르고 있었다.

이 짓을 언제까지 해야 하는 걸까? 성소자가 목적을 이루면 이 모든 게 끝나는 걸까?

아마미야구미에 대한 복수가 끝나면 나도 더는 죄를 짓지 않아도 되는 걸까?

어서 끝나기를 바랐다. 빨리 성소자가 아마미야 고로를 죽여 줬으면….

이렇게까지 보복을 당할 정도라면 아마미야구미가 과거에 저지른 짓이 보통 일은 아니었을 것이다. 그렇다면 응당 그 대가를 치러야 하지 않을까 하는 생각이 들었다.

현관에서 신발을 벗고 있는데 에리코가 소리 없이 나타났다. 심각한 표정을 하고 있었다. 료이치는 아내와 카나 사이에 또 무슨 일이 있었음을 직감했다.

"잠깐 얘기 좀 해."

료이치는 속으로 한숨을 쉬며 조용히 고개를 끄덕였다. 계단 위를 슬쩍 올려다보았다. 집 안은 고요했다. 거실로 들어서자마자 에리코는 앉지도 않고 입을 열었다.

"쇼타가 카나 방을 도청하고 있었어."

"뭐?"

언성을 높이고 말았다. 온몸에서 피가 빠져나가는 듯한 기분이었다. 머릿속에서 지난 며칠간 카나와 나눈 대화 내용이 빠르게 스쳐 지나갔다. 카나와 무슨 이야기를 나눴던가? 자신이 저지른 죄를 구체적으로 말했던가? 아니다, 구체적인 내용은 이야기하지 않았다. 하지만 사람을 죽였다는 말은 무심결에 했을지도 모른다.

"대체 왜 그런 짓을…."

"쇼타도 카나가 요즘 이상하다는 걸 눈치채고 있었어."

에리코의 시선이 따가웠다. 그 눈에는 짙은 의심이 담겨 있었다.

료이치는 본능적으로 시선을 피했다.

"그래도 그렇지 누나 방을 도청하는 게 말이 돼?"

"당신, 솔직하게 말해. 카나한테 도대체 무슨 일이 있는 거야?"

"말했잖아. 친구한테 남자친구를 뺏겨서 우울해하는 거라고."

"거짓말."

에리코가 단호한 말투로 추궁했다.

"당신이 카나랑 무슨 이야기를 했는지 쇼타가 다 들었대. 그러니까 솔직하게 말해."

에리코는 료이치의 눈을 똑바로 바라보며 재촉했다. 료이치는 이것이 함정이라는 것을 깨달았다. 쇼타도 에리코도 구체적인 내용을 모른다. 만약 알게 되었다면 에리코가 이렇게 침착함을 유지할 수 있을 리가 없었다.

"그러니까 솔직하게 다 말했잖아. 카나는 친구한테 남자친구를 뺏겨서 힘들어하고 있다고. 당신도 쇼타도 어떻게 된 거 아니야?"

료이치는 소파에 털썩 주저앉았다. 넥타이 매듭을 힘주어 당겨 느슨하게 했다. 단단히 화가 난 척을 하며 말을 이어갔다.

"안 그래도 며칠째 쉬지도 못하고 돌아다녀서 피곤한데…. 자꾸만 무슨 소리를 하는 거야? 걱정할 필요 없다고 말했잖아."

에리코는 료이치 앞에 우뚝 서서 무서운 얼굴로 내려다보았다.

"쇼타가 그러더라. 카나가 당신한테 안 잡혀가냐고 물었다고. 경찰에 체포당할까 봐 걱정하는 거잖아."

"그런 말 한 적 없어."

"거짓말하지 마!"

에리코가 소리쳤다. 두 손을 꽉 움켜쥐고 있었다. 이렇게까지 이성을 잃은 아내의 모습을 보는 것은 처음이었다.

료이치는 몸속 깊이 서늘함이 스며드는 것을 느꼈다. 만약 에리코가 진실을 알게 된다면 큰일이 벌어질 것이다. 아내는 그 진실의 무게를 견디지 못할 것이다. 모든 사실을 알게 된 순간 아내가 어떤 행동을 할지 짐작이 가지 않았다.

에리코가 격앙된 말투로 소리쳤다.

"거짓말하지 말라고 했잖아! 사실대로 말하라고!"

료이치는 소파에서 일어나 에리코의 얼굴을 똑바로 바라보았다. 최대한 침착한 목소리로 대답했다.

"거짓말 아니야. 카나는 아무 잘못도 하지 않았어. 정말이야."

에리코의 의심 어린 시선을 고스란히 받아들였다. 피하면 안 될 것 같았다.

몇 초가 마치 몇 분처럼 길게 느껴졌다. 이내 에리코는 체념한 듯 다시 차분해진 목소리로 물었다.

"정말이지?"

료이치는 배우가 된 기분으로 미소를 지어 보였다.

"정말이야."

"카나는 정말로 경찰에 잡혀갈 만한 행동을 안 했다는 거지?"

"당신이 요즘 생각이 너무 많아서 그래. 카나가 그런 행동을 할 리가 없잖아. 걱정하지 말고 얼른 들어가서 쉬어."

에리코는 여전히 할 말이 많아 보였지만 결국 거실을 나가 방으로 향했다.

료이치는 다시 소파에 앉으며 긴 한숨을 내쉬었다. 괜히 형사가 아니었다. 상대가 어떤 감정을 숨기고 있는지 금세 알 수 있었다.

에리코는 료이치의 말을 전혀 믿고 있지 않았다.

13

사무실 바로 앞에 있는 차고에 미니밴을 주차한 뒤 사에키는 차에서 내려 셔터를 내렸다. 습한 차고 안에서 곰팡이 냄새가 났다. 뒷좌석 문을 열자 박스테이프로 손발이 묶인 리카가 누워 있었다. 지린내가 코를 찔렀다. 공포감에 못 이겨 실수를 한 것 같았다.

사에키가 발리송 나이프를 펼치자 좁은 뒷좌석에서 리카가 비명을 지르며 몸부림쳤다.

"가만히 있어."

사에키는 리카의 다리를 잡아 움직이지 못하게 하더니 들고 있던 나이프로 박스테이프를 끊어냈다. 그리고는 두 손이 여전히 묶여 있는 리카의 목덜미를 잡아 차 밖으로 끌어냈다. 사에키와 이와이가 양옆에서 리카를 붙잡고 차고와 연결된 문을 통해 건물 안으로 들어가 계단을 올라갔다. 아마미야와 그를 지키는 조직원 한 명이 사무실에 있을 터였다. 하지만 고요한 건물 안에는 세 사람의 발소리와 리카의 가빠진 숨소리만 가득했다.

2층에 있는 빈 회의실로 들어갔다. 구석에 놓인 접이식 의자에 리카를 앉혔다. 리카는 흐느껴 울고 있었다.

"제발 살려주세요⋯."

사에키는 차분히 리카를 내려다보았다.

"미안해. 나도 이런 짓까지는 하고 싶지 않았어."

"뭐든 다 할게요. 제발 살려주세요⋯."

"내 질문에 대답해. 할 수 있지?"

리카는 겁먹은 표정으로 고개를 끄덕였다.

"이름?"

"모치즈키 리카예요."

"시마다 유키, 알아?"

"아니요, 몰라요."

"15일 밤에 친구랑 무겐에 갔었지? 시마다 유키는 그 친구랑 같이 나갔고. 그 친구가 누군지 말해."

리카는 곧바로 대답하지 못하고 머뭇거렸다.

"그 여자 이름이 뭐냐고."

"⋯ 야쿠시마루 카나예요."

"지금 어디에 있어?"

"몰라요. 주소는 진짜 몰라요."

"연락처는?"

"라인으로만 연락해요."

사에키는 한숨을 내쉬었다. 리카의 스마트폰은 오는 길에 편의점 쓰레기통에 이미 버렸다.

"카나에 대해 뭐 더 아는 거 없어?"

"걔네 아빠가 이케부쿠로경찰서 형사예요."

"뭐라고?"

등에 얼음을 끼얹은 듯한 싸늘한 기운이 느껴졌다.

"야쿠시마루라고 했지….''

사에키는 기억을 더듬었다. 사무실에 찾아왔던 관할서 형사의 이름이 분명 야쿠시마루였다. 기가 막힌 인연이었다. 그 형사는 자신의 딸이 성소자가 죽인 피해자와 죽기 직전까지 함께 있었다는 사실을 과연 알고 있을까?

또 한 가지 기억이 떠올랐다. 블랙체리의 야시로는 그런 말을 했었다. 블랙체리에서 나온 세 번째 피해자인 쿠로카와는 시마다가 죽기 전 함께 있었던 여자의 정체를 알아냈기 때문에 살해당한 것 같다고 말이다.

"블랙체리의 멤버한테 시마다와 같이 있었던 여자가 야쿠시마루 카나라는 걸 말한 적 있어?"

"네, 말했어요."

"아빠가 형사라는 것도?"

"네, 말했어요."

야시로의 말이 맞았다. 쿠로카와는 여자의 정체가 야쿠시마루 카나라는 것, 그리고 그녀의 아버지가 이케부쿠로경찰서의 형사라는 것까지 알아냈다. 그리고 그 직후에 성소자에게 살해당했다.

이것이 의미하는 바는 무엇인가…. 사에키가 추측하기로는 성소자에게 조력자가 있는 듯했다. 그 조력자가 지금 모방범으로 의심받고 있는 인물이다. 성소자와 조력자는 한 팀이고, 시마다를 죽인 것은 조력자였다. 하지만 살해 방식이 달라 꼬리를 밟히고 말았다. 그러다 쿠로카와가 사건의 진상을 알아채자 성소자가 그의 입을 막았다―.

조력자가 이케부쿠로경찰서 소속 형사라면 모든 퍼즐이 맞아떨어진다. 쿠로카와는 아마 그 형사에게 직접 연락해 협박을 했을 것이다. 그리고 그 형사는 성소자에게 쿠로카와를 처리해달라고 의뢰했다….

사에키는 웃음이 새어 나왔다.

"재밌네."

"네?"

사에키는 이와이를 향해 고개를 돌렸다.

"너는 이제 그만 들어가 봐. 나머지는 내가 알아서 처리할 테니까."

이와이가 회의실에서 나가자 사에키는 넥타이를 풀었다.

잔뜩 겁을 먹은 리카가 몸부림치기 시작했다.

"살려주세요. 뭐든 할게요…. 제발요!"

사에키는 넥타이 양 끝을 손에 꽉 쥐었다. 사람을 죽이는 것은 처음은 아니었다. 하지만 아주 오래전의 일이었다.

"미안하게 됐다."

사에키는 리카의 뒤로 가 그녀의 가느다란 목에 넥타이를 감았다. 자신에게 무슨 일이 일어날지 직감한 리카는 비명을 지르며 다리를 버둥거렸다. 사에키는 힘을 주어 넥타이를 잡아당겼다. 의자가 통째로 들리며 허공에 뜬 리카의 다리가 허우적거렸다.

얼마 가지 않아 리카의 움직임이 잠잠해졌다. 목에 감겨 있던 넥타이를 풀자 리카의 몸이 바닥으로 떨어졌다.

사에키는 숨을 헐떡이며 리카의 시신을 내려다보았다. 안타깝지만 자신의 얼굴을 본 이상 살려둘 수는 없었다. 시신의 겨드랑이 사이로 팔을 넣어 질질 끌고 회의실에서 나왔다. 계단을 내려와 미니밴 뒷좌석에 리카를 다시 던져 넣은 후 운전석에 올라탔다. 유기할 장소는 정해져 있었다. 모방범이 시마다 유키의 시신을 유기했던 바로 그 공원으로 갈 것이다. 지금까지 그곳에서 모방범을 봤다는 목격자가 한 명도 나오지 않은 것을 보면 충분히 안전하다는 뜻이었다.

사에키는 리카의 시신을 싣고 짙은 어둠 속을 달렸다.

14

다시 아침이 밝았다. 악몽을 꿨다. 동료들이 "네가 성소자야!"라며 자신을 몰아세우는 꿈이었다. "아니야! 내가 아니야!"라고 간절하게 외치는 자신의 목소리에 잠에서 깼다. 옆을 보니 에리코는 깊이 잠들어 있었다. 다행히 실제로 목소리를 내지는 않은 듯했다.

꿈속도 악몽이었지만 잠에서 깬 현실도 악몽이었다. 딸은 사람을 죽였고 자신은 그 죄를 은폐했다. 증거물을 두 번이나 인멸했고 살인자에게 또 다른 살인을 부탁했다. 시마다 유키는 죽어 마땅한 인간이었다. 하지만 쿠로카와 타모츠는 그리 큰 죄를 저지른 것도 아니었다. 죄라고 해봐야 자신을 협박했을 뿐이었다.

죄의 무게에 마음이 비명을 질러댔다. 살아 있는 것 자체가 고통이었다. 그럼에도 살아가야 한다. 죄를 덮고 고통을 감내하며 살아가야만 한다. 자신을 위해서도, 그리고 가족을 위해서도 그래야만 한다.

몸과 마음을 다잡으며 침대에서 일어난 료이치는 간단히 아침 식사를 준비한 뒤, 정장으로 갈아입고 조용히 집을 나왔다. 어젯밤 자신의 머리카락과 바꿔치기한 증거품 봉투는 서재의 벽장 안에 숨겨 두었다. 그것이 살해 현장에 실제로 떨어져 있었던 머리카락이다.

성소자는 두 명이다. 최초 피해자를 살해한 자와 두 번째 이후의 피해자를 살해한 자가 다르다. 그 머리카락의 DNA를 감식하면 첫 번째 피해자의 손톱 밑에서 발견된 피부 조직의 DNA와 다르다는 것이 밝혀질 것이다. 과거에 저지른 범죄로 이미 DNA가 경찰 데이터베이스에 등록되어 있는 자라면 바로 조회되어 신원이 밝혀질지도 모른다. 그렇지 않더라도 범죄자들은 자신의 DNA가 경찰 데이터베이스에 남는 것을 원하지 않는다.

료이치는 심장 박동이 점점 빨라지는 것을 느꼈다. 성소자가 남긴 증거가 이제는 료이치의 손에 있다.

성소자와 료이치는 같은 편인 듯했지만 결코 동등한 위치에 서 있는 것은 아니었다. 성소자는 료이치가 시마다 유키의 시신을 옮기는 장면을 찍은 동영상을 가지고 있기 때문이다. 하지만 성소자의 머리카락이 손에 들어온 지금, 료이치는 성소자와 대등한 입장으로 올라설 수 있는 무기를 얻게 된 셈이었다.

그 머리카락을 과수연으로 보내 DNA 감식을 할 수만 있다면, 그리고 그것을 경찰 데이터베이스에 조회해 볼 수만 있다면….

하지만 전부 다 불가능한 일이었다. 경찰청이 관리하는 DNA 기록 검색 시스템은 일개 수사관이 임의로 사용할 수 있는 것이 아니었다. 접속할 수 있는 단말기도 제한되어 있고, 접속 권한을 가진 사람도 극소수에 불과했다. 그리고 설령 조회해본다고 해도 자신이 할 수 있는 일은 아무것도 없었다.

그 머리카락은 양날의 검이다. 성소자를 무너뜨릴 수도 있지만 료이치의 인생 또한 무너뜨리게 된다. 결국 성소자와 료이치는 한배를 탄 운명이었다.

시간이 흐르기만을 기다리는 수밖에 없었다. 성소자가 목적을 달성하고 수사가 이대로 아무런 진전 없이 미궁에 빠지기만을 기다리는 것이다. 그리고 죄책감이 조금이라도 옅어질 때가 오기를….

정신을 차려 보니 이미 경찰서 앞에 도착해 있었다. 무거운 마음으로 강당으로 들어서자 수사관들의 분위기가 심상치 않았다. 또 사건이 발생한 듯했다.

료이치를 발견한 타니가와와 소우마가 다가왔다.

타니가와가 다급하게 말했다.

"야쿠마루, 표정을 보니까 아직 소식을 못 들었나 보네?"

"무슨 소식이요?"

"또 살인 사건이야. 피해자는 여대생이고, 시신이 발견된 장소는 시마다 유키의 시신이 유기됐던 이케부쿠로 3초메에 있는 공원. 다른 곳에서 목이 졸려 살해당한 후에 공원으로 옮겨진 것 같아. 연일 시신이 발견되다니, 이케부쿠로가 어쩌다 이렇게 됐나 몰라."

료이치는 심장이 쿵 내려앉는 듯했다.

"그 여대생 이름이 뭐래요?"

"모치즈키 리카."

료이치는 할 말을 잃었다. 리카가 살해당했다고? 대체 누구에게?

성소자였을까? 가장 먼저 그 가능성을 생각했지만 곧바로 아닐 것이라고 결론지었다. 성소자의 타깃은 아마미야구미와 블랙체리다. 리카는 평범한 시민이었다. 그렇다면 누가 리카를 살해한 것일까? 금세 짐작이 갔다. 15일 밤에 시마다 유키와 함께 있었던 여자가 누구인지 알고 싶어 하는 자들이 있다. 그들이 그 여자의 일행인 리카에게서 정보를 얻어내려 했을 것이다. 그것을 우려한 료이치는 리카의 입을 미리 막아 두었다.

범인은 블랙체리일지도 모른다. 블랙체리는 성소자를 찾아내기 위해 독자적으로 수사를 하고 있었다. 아니면 아마미야구미 쪽 사람일 가능성도 있다.

리카가 말했을까? 아마 쉽게 입을 열었을 것이다. 리카를 살해한 자는 15일 밤에 시마다 유키와 함께 클럽에서 나간 여자가 야쿠시마루 카나였다는 사실을 알아냈을 것이다. 그리고 그자도 쿠로카와와 마찬가지로 야쿠시마루 카나의 아버지가 이케부쿠로경찰서의 형사라는 사실까지 파악했을 가능성이 컸다.

온몸의 모공에서 식은땀이 쏟아졌다. 잔혹한 운명에 분노가 치밀었다.

범인의 다음 스텝은 무엇일까? 일단 범인은 시마다 유키 사건에 카나와 료이치가 연루되어 있다고 의심할 것이다. 경찰 내부에서 제기된 모방범 설을 알고 있다면 료이치가 바로 그 모방범이라고 생각할 것이다. 그리고 더 나아가 료이치와 성소자가 연결되어 있다는 것까지 눈치챌지도 모른다. 그렇다. 리카의 입을 여는 데 성공했다면 쿠로카와와 타모츠가 리카에게 접근했었다는 것도 알게 되었을 것이다. 쿠로카와를 죽인 것이 성소자라고 한다면 성소자와 료이치가 연결되어 있다고 추측해도 이상하지 않았다.

그리고 범인은 료이치 앞에 나타날 것이다. 반드시 그럴 것이다.

"야쿠마루? 괜찮아?"

"아, 괜찮습니다. 아무것도 아니에요."

료이치는 간신히 그렇게 대답했다.

"혹시 피해자랑 아는 사이야?"

"아니요, 몰라요. 이름이 비슷해서 순간 아는 사람인가 싶었어요."

"그래….

"성소자랑 관련됐다고 보는 거예요?"

타니가와가 고개를 저었다.

"아니, 시신에 표식은 없었다고 하더라고. 하지만 하필 이 시기에 그 장소에서 발견된 거라 아주 무관하다고 단정 짓기는 어려워 보여. 앞으로 조사해 보면 알겠지. 이쪽은 지금 성소자 사건만으로도 벅찬 상태라 새로 사건팀이 꾸려지지 않을까? 사람을 어디서 구해오려나 몰라. 상황이 쉽지 않네."

료이치가 또다시 질문을 던졌다.

"스마트폰은요?"

"없었어. 범인이 가져간 거겠지."

모치즈키 리카는 카나와 함께 아르바이트를 하던 선배였다. 교우관계를 조사하면 금세 야쿠시마루 카나의 존재가 드러날 것이다.

문제는 15일 밤에 리카와 카나가 함께 무겐에 갔다는 사실까지 경찰이 알아낼지 여부다. 경찰은 시마다와 함께 클럽에서 나간 여자가 카나라는 사실까지 파악해낼 수 있을까?

천천히 생각해보자. 리카의 스마트폰이 없으면 경찰은 두 사람이 15일 밤에 무겐에 갔다는 사실을 알아내지 못할 것이다. 카나와 리카의 연락 수단은 라인뿐이었다. 라인으로 주고받는 대화는 암호화되어 있어서 라인을 운영하는 회사의 직원들조차 내용을 알 수 없다. 경찰이 운영사에 정보 공개를 요청한다 해도 소용없을 것이다.

만에 하나 리카의 친구들의 증언으로 두 사람이 무겐에 갔다는 사실이 밝혀진다 해도 시마다와 함께 클럽에서 나간 여자가 카나라는 사실을 아는 사람은 없다. 유일한 목격자였던 쿠로카와 타모츠는 이미 이 세상 사람이 아니다.

신은 아직 나를 버리지 않았다. 료이치는 그렇게 믿고 싶었다.

그날 오전 수사 회의가 진행되는 동안 료이치는 줄곧 멍한 상태였다. 이케부쿠로경찰서에서는 모치즈키 리카의 사건을 수사하기 위해 새로운 수사팀을 꾸리기로 했다. 그쪽은 문제가 되지 않았다. 료이치가 대처해야 할 일도 없었다.

그보다 더 두려운 것은 누군가 카나의 이름을 알아냈고, 리카를 살해했고, 이제는 료이치에게 접근해 오는 것이 시간문제라는 점이었다. 미리 대비할 방법이 없을지 고민해 봤지만 상대가 어떻게 나올지 기다리는 수밖에 없어 보였다.

리카가 입을 열었다면 상대는 반드시 료이치 앞에 나타날 것이다. 그리고 그때 상대가 어떤 행동을 할지 전혀 짐작이 가지 않았다.

살해당할지도 모른다─.

이것은 벌이다. 료이치는 그 벌을 받을 만한 죄를 저질렀다.

몸이 서서히 식어갔다. 두려움 때문일지도 몰랐다. 하지만 마음 한구석에서는 이미 죽음을 각오하고 있었다. 목숨을 내놓는 한이 있더라도 카나는, 가족은 반드시 지켜야 한다.

카타세 아야카는 그 뉴스를 보고 큰 충격을 받았다. 평소보다 조금 일찍 본청 사무실에 도착해 자리에서 스마트폰을 확인하던 중이었다. 이케부쿠로에서 새로운 시신이 발견되었다고 하기에 또 성소자의 범행이겠거니 생각하며 기사 제목을 눌렀더니 피해자인 모치즈키 리카의 사진이 튀어나왔다. 본 적이 있는 얼굴이었다. 어젯밤 인스타그램에서 봤던 얼굴이었다. 피해자인 모치즈키 리카가 바로 아야카가 그토록 찾아 헤맸던 리카였다.

오늘 중으로 인스타그램 운영사에 연락해 리카와 함께 찍은 사진을 올린 〈미소노〉라는 계정의 개인정보를 요청할 계획이었다. 미소노와 리카는 친구 사이로 보였다. 미소노에게 리카의 연락처를 물어봐서 리카를 직접 만날 수만 있다면 15일 밤에 리카가 누구와 함께 무겐에 갔는지 알아낼 수 있을 것이라고 생각했다.

이제 거의 다 왔다고 생각했는데…. 시마다 유키와 함께 클럽에서 나간 여자의 정체로 이어지는 중요한 단서가 사라져 버렸다. 안타까운 일이었다. 아야카는 이를 악물었다.

리카를 살해한 범인을 추리하는 것은 어렵지 않았다. 블랙체리가 성소자에게 복수하기 위해 독자적으로 수사를 진행하고 있다고 했다. 다이스케라는 바텐더의 얼굴이 떠올랐다. 블랙체리는 당연히 다이스케를 통해 리카의 이름을 알아냈을 것이다. 그리고 어떤 방법으로든 모치즈키 리카를 찾아냈을 것이다. 아니면 블랙체리와 마찬가지로 성소자의 손에 동료들을 잃은 아마미야흥업 쪽에서 벌인 일인지도 몰랐다.

사무실을 벗어나 복도로 나온 아야카는 오빠 카츠나리에게 전화를 걸었다. 카츠나리는 오늘 아침에 여대생의 시신이 발견되었다는 사실을 이미 알고 있었다. 피해자인 모치즈키 리카가 15일 밤에 시마다 유키와 함께 클럽에서 나간 여자의 일행이었다는 사실을 말해주자 카츠나리는 놀란 기색을 감추지 못했다. 그리고 아야카가 리카의 존재를 알아낸 과정에 감탄했다.

"인스타로 단서를 찾아낼 생각을 했다니 제법이네. 수사본부에서는 아직 모치즈키 리카와 성소자 사건의 관련성을 눈치채지 못했을 거야."

아야카는 마음속에만 품고 있었던 생각을 털어놓기로 했다.

"오빠, 혹시 나를 성소자 사건 수사본부에 넣어줄 수 있어? 이 정보를 가져가면 분명 다들 좋아할 것 같은데."

"그래, 윗선에 이야기해 볼게."

"고마워."

카츠나리가 다급하게 한마디를 덧붙였다.

"아야카, 몸조심해. 위험한 사건이야. 수사본부에서 모든 수사관들에게 권총을 휴대하도록 지시했을 정도니까."

"알겠어. 조심할게."

아야카는 이 사건의 위험성을 충분히 인지하고 있었다. 이렇게 많은 사망자가 나오는 사건은 흔치 않다. 리카를 제외한 모든 피해자들이 반사회 집단 소속이었던 만큼 각 조직에서도 성소자를 찾기 위해 살인까지도 서슴지 않으며 수사를 벌이고 있는 상황이었다. 무섭기는 하지만 누군가는 이 사건을 해결해야 한다. 그러기 위해 경찰이 되었다. 아야카는 자신이야말로 이 사건을 해결하는 데 가장 적합한 인물이라고 믿어 의심치 않았다.

15

아침부터 기분이 엉망이었다. 카나는 침대를 벗어나지 못하고 이불 속에 가만히 머물렀다. 그대로 영원히 잠들어 있고 싶었다.

30분 정도 꾸물거리다 겨우 몸을 일으켜 벽에 걸린 시계를 보니 벌써 10시 가까이 되어 있었다. 텔레비전을 켰다. 성소자 관련 뉴스에 중독된 사람처럼 계속 뉴스를 봤다. 자신에게 불리한 정보가 나오지는 않을까 걱정하면서도 신경이 쓰여 멈출 수가 없었다.

뉴스를 진행하는 아나운서가 심각한 표정으로 소식을 전하고 있었다. 이케부쿠로에서 또 시신이 발견되었다는 내용이었다. 피해자는 여대생이었다.

여대생? 카나는 화면에 시선을 고정했다.

모치즈키 리카―.

온몸에서 피가 빠져나가는 듯한 기분이었다.

리카가 살해당했다. 머릿속이 혼란스러워 무슨 일이 일어난 것인지 제대로 이해할 수 없었다. 한동안 아무 생각도 하지 못한 채 텔레비전 화면만 바라보았다.

리카는 끈 같은 것으로 목이 졸려 살해당했다. 어딘가 다른 곳에서 살해당한 후 이케부쿠로 3초메에 있는 공원에 유기되었다고 했다. 범인은 아직 잡히지 않았다.

누가 리카를 죽였다는 말인가? 성소자의 짓인지 아닌지도 확실하지 않았다.

조금씩 상황이 이해되기 시작했다. 머리가 빠르게 돌아갔다. 아빠는 리카를 만나 입을 막았다. 15일 밤에 리카가 카나와 함께 무겐에 갔던 사실을 다른 사람에게 말하지 않도록 말이다. 리카는 카나가 시마다 유키와 함께 무겐에서 나갔던 것을 몰랐지만 바텐더는 카나가 시마다와 함께 있는 모습을 보았다. 카나의 음료에 약을 탄 것도 바텐더였을 것이다. 경찰은 시마다가 죽기 직전까지 함께 있었던 여자를 쫓고 있었다. 동료를 잃은 블랙체리도 마찬가지였다.

블랙체리가 리카의 입을 열려고 했던 것이다. 그 과정에서 리카가 살해당한 것이라면 자신이 리카를 죽인 것이나 다름없었다.

"리카….."

눈물이 왈칵 쏟아졌다.

"미안해. 나 때문에….."

눈물이 멈추지 않았다. 시마다 유키를 죽이고, 아빠에게 죄를 은폐하게 하고, 리카마저 죽게 만들었다.

더는 살아갈 자격이 없다고 생각했다.

스마트폰을 집어 아빠에게 전화를 걸었다. 아빠는 곧바로 전화를 받았다. 옆에 누가 있는지 아빠는 작은 목소리로 속삭였다.

"여보세요?"

울음을 꾹 참으며 말했다.

"리카가 죽었어….”

"… 잠깐만 기다려봐. 밖으로 나가서 받을게.”

잠시 후 아빠의 목소리가 다시 들려왔다.

"아빠도 소식 들었어. 무슨 일이 있었던 건지 모르겠지만 네 잘못이 아니야. 아무 걱정도 하지 말고 집에 가만히 있어. 알겠지?”

"내가 리카를 죽인 거야!”

"그건 아니야. 네가 잘못한 건 아무것도 없어. 죽인 사람이 나쁜 거야.”

"전부 다 내 잘못이야. 내가 시마다 유키를 죽이는 바람에 이렇게 된 거라고. 내가 그 남자를 죽이지만 않았어도 리카가 죽을 일은 없었어. 아빠도 죄를 짓지 않아도 됐을 텐데….”

"카나, 진정해! 네 잘못이 아니야.”

아빠는 거의 소리를 지르고 있었다.

전화를 끊어버렸다. 가만히 있을 수가 없었다. 카나는 스마트폰을 손에 쥔 채 방에서 나가 계단을 내려간 뒤 슬리퍼를 신고 집 밖으로 뛰쳐나갔다. 잠옷 차림으로 무작정 걸었다.

커다란 이명이 지속되어 머리가 울렸다. 아무 생각도 할 수 없었다. 주택가 골목을 발길이 닿는 대로 걸었다.

공포감으로 만들어진 거대한 덩어리에 쫓기는 기분이었다. 아무리 도망쳐도 계속 따라왔다. 이 기분에서 평생 벗어날 수 없다는 것을 카나는 이미 알고 있었다.

어릴 적 엄마 손을 잡고 처음 발레 학원에 갔던 날의 기억이 떠올랐다. 새 하얀 레오타드를 입은 낯선 아이들이 큰 거울 앞에 서서 팔다리를 움직이고 있었다. 선생님의 엄격한 지도에 팽팽한 긴장감이 흘렀다. 카나는 두려움을 느끼면서도 발레복이 너무나도 예뻐 보였다. 그런 단순한 이유로 카나는 발레 학원에 다니기로 했다. 처음에는 발레 레슨이 견딜 수 없을 만큼 싫었다. 발레와 관련된 일에만 유독 엄격했던 엄마는 카나가 무슨 핑계를 대도 학원에는 반드시 보냈다. 꾸준히 레슨을 받은 덕분인지 아니면 원래 재능이 있었는지 모르지만 실력은 빠르게 늘었고 조금씩 재미도 느끼기 시작했다. 더 잘하고 싶다는 의지에 불이 붙었다. 그리고 어느 순간부터 발레리나가 되고 싶다는 꿈을 품게 되었다. 그랬는데….

정신을 차려 보니 카나는 육교 한가운데에 서 있었다. 커다란 트럭이 굉음을 내며 육교 밑을 지나갔다.

강한 바람이 얼굴을 스쳤다.

카나는 마치 바람에 이끌리듯 난간에 몸을 기댔다.

전화벨 소리가 계속 울리고 있었다. 스마트폰은 여전히 손에 꼭 쥐고 있었다.

받을까 말까 망설이다가 결국 전화를 받았다. 아빠였다.

"카나, 전화를 몇 번이나 했는 줄 알아? 괜찮은 거야?"

아빠의 숨소리가 거칠었다.

"아빠…."

카나는 작은 목소리로 말했다.

"미안해. 지금까지 고마웠어."

스마트폰이 손에서 미끄러져 떨어졌다.

카나는 망설임 없이 육교 난간을 뛰어넘었다.

커튼을 닫은 방 안 책상에 앉아 있던 쇼타는 수신기에서 흘러나온 음성을 듣고 깜짝 놀라 고개를 들었다. 배터리를 교체한 도청기는 어젯밤 누나가 화장실에 간 사이 원래 자리에 가져다 놓았다.

녹음 데이터를 다급히 앞으로 되감았다.

누나가 방금 뭐라고 한 거지?

—— 내가 리카를 죽인 거야.

—— 전부 다 내 잘못이야. 내가 시마다 유키를 죽이는 바람에 이렇게 된 거라고. 내가 그 남자를 죽이지만 않았어도 리카가 죽을 일은 없었어. 아빠도 죄를 짓지 않아도 됐을 텐데….

같은 부분을 몇 번이고 반복해서 들었다. 어떻게 들어도 누나가 시마다 유키라는 남자를 죽였다는 말로밖에 해석되지 않았다. 그리고 아빠도 죄를 지었다는 의미로 들렸다.

누나는 사람을 죽였고 아빠는 그 죄를 덮으려 했던 것일까?

최근 며칠 동안의 두 사람의 절박한 대화 분위기로 봤을 때 충분히 일어났을 법한 이야기였다.

만약 이것이 사실이라면 엄청난 일이었다.

몸이 떨리고 있었다. 누나가 저지른 죄가 무서워서일까? 아니, 그것 때문만은 아니었다. 스스로도 이해할 수 없는 감정이 가슴 속에서 불꽃처럼 이리저리 튀고 있었다.

놀랍게도 그 감정은 기쁨에 가까운 흥분이었다. 꿈을 향해 첫걸음을 내디던 누나가, 인생을 순탄하게만 살아갈 것 같았던 누나가 최악을 실수를 저지르고 말았다. 그것도 두 번 다시 되돌릴 수 없는 실수를. 아빠 외에는 아직 아무도 이 사실을 모른다. 쇼타는 누나의 가장 큰 비밀을 손에 넣은 것이었다.

조금 더 자세히 알고 싶었다. 누나에게 무슨 일이 일어난 것은 분명 15일 밤이었다. 그날 도대체 무슨 일이 있었던 것일까?

쇼타는 스마트폰으로 〈시마다 유키 살인〉이라고 검색했다.

검색 결과가 떴다. 셀 수 없이 많은 양이었다.

쇼타는 화면 상단에 뜬 기사를 읽기 시작했다. 내용은 이랬다. 블랙체리의 멤버인 시마다 유키의 시신이 이케부쿠로 3초메에 있는 공원에서 발견되었다. 범인은 성소자인 것으로 보인다.

이거다. 몸의 떨림이 더욱 심해졌다.

이 기사는 잘못되었다. 시마다 유키를 살해한 범인은 누나다. 그리고 아빠가 누나의 죄를 성소자에게 뒤집어씌웠다.

엄청난 사실을 알아내고 말았다. 문제는 이 사실을 어떻게 할 것인가다.

쇼타는 의자 등받이에 몸을 기댄 채 스마트폰 화면을 가만히 바라보았다.

계속 전화를 걸었지만 아무런 응답이 없었다.

제발 무사하기를—.

료이치는 큰길로 나와 급히 택시를 잡았다. 다시 전화를 걸어봤지만 여전히 들려오는 것은 통화 연결음뿐이었다.

뒷좌석에 앉아 머리를 감싸 쥐었다. 카나에게 무슨 일이 생기면 나는 살수가 없다—.

지난 며칠간 얼마나 많은 위험을 감수해 왔던가. 얼마나 많은 죄를 저질러

왔던가. 이 모든 것은 카나를 위해서였다. 카나의 미래를 위해, 카나가 발레리나의 꿈을 이룰 수 있게 해주기 위해서였다. 카나에게 무슨 일이 생긴 것이라면 그동안 자신이 해 온 모든 일이 수포로 돌아가고 만다.

집 앞에 도착한 료이치는 택시에서 내려 현관문을 열었다. 집 안에는 적막이 감돌고 있었다.

"카나!"

큰 소리로 불러봤지만 대답이 없었다.

거실을 먼저 살펴본 후 계단을 뛰어 올라가 카나의 방문을 열었다. 방에도 없었다. 쇼타의 방문을 두드렸다. "네."라는 대답을 듣고 문을 열어보니 쇼타는 스마트폰을 손에 든 채 앉아 있었다.

"카나 혹시 어디에 있는지 알아?"

쇼타는 돌아보지도 않고 대답했다.

"아니, 모르는데."

"없어졌어. 무슨 일이 생긴 것 같은데."

"아, 그래."

쇼타의 무심한 대답에 그대로 방에서 나와 계단을 내려갔다. 거실로 들어가 카나에게 다시 한번 전화를 걸었다.

"어떻게 된 거야, 제발 전화 좀 받아…."

이번에도 역시나 응답은 없었다.

료이치는 거실 소파에 털썩 주저앉았다. 아무 생각도 할 수 없었다. 어떻게 해야 좋을지 몰랐다.

카나가 전화를 끊기 직전에 했던 불길한 말이 귓가에 계속 맴돌았다.

— 미안해. 지금까지 고마웠어.

문득 경찰에 신고해야 하는 것이 아닌가 싶은 생각이 들었다. 고민하던 찰나에 스마트폰 벨소리가 울렸다. 모르는 번호였지만 유선 전화였다.

자신도 모르게 넥타이 끝부분으로 손이 갔다. 경계하며 전화를 받았다.

"여보세요?"

"네리마경찰서입니다."

여자가 깍듯한 말투로 물었다.

"야쿠시마루 카나 씨의 가족분 되십니까?"

"아버지인데요."

왜 하필 지금 경찰서에서 전화가 걸려 온 것일까? 입 안이 바싹 말랐다.

"카나 씨의 휴대전화 통화 기록을 보고 연락드렸습니다. 카나 씨가 육교에서 추락해서 지금 사쿠라다이종합병원에서 치료를 받고 계세요. 머리를 심하게 부딪쳐서 의식이 없는 상태입니다. 지금 바로 병원 응급실로 와주실 수 있나요?"

"알겠습니다."

간신히 그렇게 대답한 뒤 곧바로 아내에게 연락했다. 료이치의 설명을 들은 아내는 울음을 터뜨렸다. 곧장 병원으로 가겠다고 했다. 료이치는 현관을 뛰쳐나와 차고에 세워 둔 프리우스에 올라탔다. 액셀을 밟아 제한 속도에 가깝게 차를 몰았다.

카나가 육교에서 추락했다고 했다. 자살 시도를 한 것이다.

눈물이 왈칵 쏟아져 나왔다.

도대체 왜 그런 짓을 한 거야. 제발 무사하기만 해 줘….

아무리 닦고 또 닦아도 눈물이 멈추지 않았다.

료이치는 10분 만에 사쿠라다이종합병원에 도착했다. 주차장에 차를 세우고 눈물을 닦으며 차에서 내렸다. 응급실 입구로 향하자 회색 정장을 입은 여자가 다가왔다.

"야쿠시마루 씨 되십니까?"

"네, 맞습니다."

"네리마경찰서에서 나왔습니다. 시모츠카라고 합니다. 이쪽은 카나 씨의 응급 처치를 담당하신 아키바 선생님이십니다."

옆에 서 있던 30대 중반의 남자 의사가 고개를 숙였다.

"카나 씨는 아직 의식이 돌아오지 않았지만 생명에는 지장이 없을 것으로 보입니다."

온몸의 힘이 풀렸다. 료이치는 누가 보든 말든 그 자리에서 다시 울음을 터트리고 말았다. 눈물을 닦으며 물었다.

"카나는…, 카나는 정말 무사한 건가요?"

"네, 생명에는 지장이 없습니다. 하지만 양쪽 다리와 왼쪽 팔, 그리고 갈비뼈가 부러졌어요. 기적적으로 두부 골절은 피했지만 가벼운 뇌진탕도 있는 것 같고요. 현재 집중 치료 중입니다."

"의식은 언제쯤 돌아올까요?"

그 질문에 아키바는 난처한 표정을 지었다.

"언제라고 정확히 말씀드리기는 어렵지만 머리 쪽은 부상 정도가 심하지 않으니 금방 돌아올 겁니다. 다만 후유증이 남을 가능성은 있습니다."

"저기, 발레는 계속할 수 있을까요?"

"발레…요?"

"저희 딸이 발레리나가 꿈이라서요. 가을에 런던으로 유학을 갈 예정이었어요."

아키바는 잠시 말문이 막힌 듯했지만 어렵게 말을 꺼냈다.

"… 그건 알 수가 없습니다. 양쪽 대퇴골이 모두 골절된 상태라서요. 일단은 치료에만 전념하시는 게 중요할 것 같습니다."

"혹시 지금 딸을 볼 수 있을까요?"

"지금은 어렵습니다. 경과를 지켜보면서 의식이 돌아오면 저희가 다시 연락드리겠습니다."

료이치는 멍하니 서 있었다. 아키바가 고개를 숙여 인사하고 돌아서는 모습을 가만히 바라보았다. 시모츠카가 "괜찮으세요?"라며 말을 걸어왔다. 료이치는 겨우 "네." 하고 대답했다. 그대로 의식을 잃어버릴 것 같았다. 시모츠카는 괜찮다는 료이치의 말을 믿지 못한 듯 그의 팔을 잡고 대기실로 데려가 천천히 의자에 앉혔다. 시모츠카는 정중히 고개를 숙이고는 자리를 떠났다.

료이치는 수많은 환자들 사이에 혼자 앉아 있었다. 의사와 나눈 대화를 되새겼다.

카나는 이제 더 이상 발레를 할 수 없을지도 모른다—.

그런 생각이 머리를 스쳤다. 카나가 세계적인 발레리나가 되겠다는 꿈을 이룰 수 있게 해주겠다는 일념으로 료이치는 수많은 죄를 저질러 왔다. 일이 이렇게 될 줄 알았다면 처음부터 카나에게 자수를 권했을 것이다.

내 선택이 잘못된 것이었나?

어깨가 축 처졌다. 일어설 기운조차 없었다. 20분쯤 지나자 에리코가 당황한 얼굴로 나타났다. 급하게 택시를 타고 온 듯했다.

"카나는?"

"생명에는 지장이 없대. 하지만 양쪽 다리랑 왼쪽 팔이랑 갈비뼈가 부러졌고, 가벼운 뇌진탕도 왔고…."

에리코는 옆에 앉아 두 손으로 얼굴을 감싼 채 울기 시작했다. 료이치는 아내의 어깨를 끌어안고 등을 부드럽게 쓰다듬어 주었다.

잠시 후 고개를 든 에리코가 료이치를 노려보며 물었다.

"카나가 도대체 왜 육교에서 뛰어내린 거야?"

조금의 거짓말도 용납하지 않겠다는 듯한 단호한 표정이었다.

하지만 한번 시작한 거짓말은 끝까지 밀고 나가는 수밖에 없었다.

"친구가 사건에 휘말려서 죽은 모양이야. 오늘 아침에 이케부쿠로에서 여대생 시신이 발견됐다는 뉴스 봤지? 그 사건이야."

"그 여대생이 당신이 말했던 카나의 남자친구를 뺏었다는 애야?"

"마, 맞아."

깊이 생각하지 않고 대답해 버렸다.

"남자친구 문제로 그 친구랑 계속 싸웠다잖아. 그 애가 죽은 게 자기 때문이라고 생각한 걸지도 모르지. 그래서 육교에서—."

"그렇구나….

에리코는 그 한마디를 끝으로 아무 말도 하지 않았다. 눈을 마주치려고도 하지 않았다. 료이치의 말을 전혀 믿지 않는 눈치였다. 하지만 더 이상 물어보지 않는 것은 다행이었다. 거짓말은 이제 그만하고 싶었다.

잠시 후 장인 타카히사와 장모 후미코도 병원에 도착했다. 에리코에게 연락을 받고 온 모양이었다. 두 사람 모두 얼굴이 새파랗게 질려 있었다.

타카히사는 금방이라도 쓰러지지 않을까 걱정될 정도로 초조해 보였다.

"카나는? 카나는 괜찮아?"

"진정하세요. 생명에는 지장이 없대요. 의사 선생님도 괜찮을 거라고 하셨어요."

"카나는 보고 왔어?"

"아니요, 아직 못 봤어요. 집중 치료를 받고 있대요."

"세상에, 이게 도대체 무슨 일이야⋯."

후미코는 목소리가 떨리기 시작하더니 결국 눈물을 흘렸다. 에리코가 어머니의 어깨를 감싸 안았다.

타카히사는 그 자리에 가만히 서서 꼼짝도 하지 못했다.

"어쩌다 이렇게 된 거야?"

"친구 문제로 고민이 많았던 것 같아요. 저한테 몇 번 이야기를 했었어요."

"그래도 그렇지 어떻게 육교에서 뛰어내려⋯."

타카히사는 더 자세한 이유를 알고 싶다는 듯 료이치를 바라봤지만, 료이치는 자신도 모른다고 고개를 저었다.

"지금은 카나가 얼른 회복하기만을 바라는 수밖에 없을 것 같아요."

"그래. 무사한 것만으로도 감사한 일이지."

의식이 돌아올 때까지 곁에 있어 주고 싶었지만 아무것도 할 수 있는 것이 없었다. 입원에 필요한 여벌의 옷과 속옷을 챙겨오라는 간호사의 말에 일단은 다 같이 집으로 돌아가기로 했다.

집에 돌아오자마자 료이치는 쇼타의 방으로 향했다. 아들은 여전히 책상 앞에 앉아 스마트폰을 들여다보고 있었다.

"쇼타, 말해줘야 할 게 있어."

"뭔데?"

쇼타는 돌아보지도 않고 대답했다.

"정말 중요한 이야기야."

그제야 료이치가 있는 쪽을 돌아보았다.

"카나가 육교에서 떨어져서 크게 다쳤어."

쇼타의 눈이 커졌다. 충격을 받은 듯했다. 료이치는 병원에서 의사에게 들은 내용을 전달했다.

"누나가 자살하려고 했다는 거야?"

"그런 걸지도 몰라. 잘 들어, 이건 우리 가족들만의 비밀이야. 아무한테 도 말하면 안 돼."

"알았어."

아들의 방에서 나와 1층으로 내려갔다. 거실로 들어가자 에리코가 소파에 앉아 또 울고 있었다.

아내의 옆으로 가서 앉았다.

"카나가 더는 발레를 못 하게 되면 어떡하지."

위로의 말을 건네려던 마음과 달리 약한 소리가 튀어나왔다.

"지금은 카나가 무사히 깨어나기를 기도하자."

"그래, 그러자."

에리코가 흐느껴 울었다. 아내는 료이치보다 훨씬 더 카나의 발레 레슨에 마음을 쓰며 시간과 돈을 아낌없이 투자해 왔던 만큼 이번 사건이 큰 충격으로 다가왔을 터였다.

아내의 어깨에 손을 올리려다 멈추었다. 아내는 아무 말도 하지 않았지만 료이치의 말을 믿지 않는 것 같았다. 하지만 그보다 더 신경이 쓰이는 것은 쇼타였다. 쇼타는 카나의 방에 도청기를 설치했다. 아내가 화를 내며 다시는 그러지 말라고 했다지만 과연 쇼타가 정말 도청을 그만두었을지 의문이었다.

이것으로 더욱 확실해졌다. 누나는 사람을 죽였다.

자신이 저지른 죄의 무게를 견디지 못하고 스스로 목숨을 끊으려고 한 것이다.

15일 밤에 도대체 무슨 일이 있었던 것일까? 누나는 고등학교를 졸업한 후 패밀리 레스토랑에서 아르바이트를 하게 되면서 새로운 친구들과 어울리기 시작했는지 밤늦게까지 놀다 들어오는 일이 잦아졌다. 아침에 들어온 적도 몇 번 있었다.

— 내가 시마다 유키를 죽이는 바람에 이렇게 된 거라고. 내가 그 남자를 죽이지만 않았어도 리카가 죽을 일은 없었어. 아빠도 죄를 짓지 않아도 됐을 텐데….

누나는 아빠와 통화하며 그렇게 말했다. 리카는 오늘 아침에 이케부쿠로에 있는 공원에서 시신으로 발견된 모치즈키 리카를 말하는 것 같았다. 누나는 밤늦게 돌아다니다 시마다 유키라는 남자를 만났고, 이유는 알 수 없지만 그 남자를 죽이고 말았다. 그것이 원인이 되어 리카 역시 살해당했다.

아빠는 누나의 죄를 숨기기 위해 은폐를 시도한 듯했다. 누나가 한 짓을 성소자의 범행으로 위장한 것일지도 몰랐다. 아마 그랬을 것이다.

누나가 저지른 죄를 다 알아버렸다. 쇼타는 흥분되었다.

어릴 적부터 발레에 재능을 보였던 누나는 세계적인 발레리나가 되고 싶어 했다. 그리고 얼마 전, 런던에 있는 명문 발레학교에 합격하며 말 그대로 장밋빛 인생이 눈 앞에 펼쳐진 상황이었다.

반면 쇼타는 누나와는 정반대의 인생을 살고 있었다. 누나가 빛이라면 자신은 늘 그림자였다.

하지만 운명의 장난처럼 이제는 상황이 뒤바뀌었다. 아니, 자신은 여전히 그림자지만 살인자가 되어버린 누나보다는 나았다.

누나의 인생이 앞으로 어떻게 될까 생각해보던 중 쇼타는 문득 깨달았다. 누나가 저지른 범죄가 드러나지 않는 한 누나의 인생은 조금도 달라지지 않을 것이다.

누나는 두려움에 떨고 있는 것 같기는 하지만 아빠와 자신을 제외하면 아무도 누나의 비밀을 모른다. 아빠는 엄마에게조차 이 사실을 알리지 않았다.

누나의 인생을 손에 쥐고 있는 듯한 기분이었다. 자신이 어떻게 하느냐에 따라 누나의 미래가 결정된다.

자, 이제 어떻게 할까?

모두에게 알리고 싶었다. 누나는 사람들이 생각하는 것처럼 좋은 사람도 아니고, 훌륭한 사람도 아니고, 세계적인 발레리나가 될 자격도 없는 사람이라고 떠벌리고 싶었다. 그런 마음은 굴뚝 같았지만 사실 이 폭로는 쇼타 자신에게도 위험한 일이었다. 생판 남이라면 모를까, 친누나가 살인자라는 사실이 알려지면 주변 사람들이 어떻게 생각할까? 자신은 살인자의 동생이 되어버리고 말 것이다.

쇼타는 이 상황이 답답했다. 알리고 싶은데 알릴 수가 없었다. 하지만 사람을 죽인 누나가 아무렇지 않게 행복한 인생을 살아가는 것도 용납할 수 없었다. 이 딜레마를 해소할 방법은 없어 보였다.

그러던 중 쇼타는 조금이나마 위안이 될 만한 방법을 떠올렸다. 온라인에 익명으로 글을 올려보면 어떨까? 나쁘지 않은 생각 같았다.

쇼타는 엑스에 새 계정을 만들어 짧은 글을 올렸다.

〈엄청난 비밀 하나 알게 됨. 우리 친누나 사람 죽인 듯.〉

자, 이제 이걸 본 사람들은 어떤 반응을 보일까? 쇼타는 스마트폰 화면을 바라보며 만족스러운 미소를 지었다.

16

아내에게 아무 말도 하지 않고 료이치는 혼자 집을 나섰다. 전철에 몸을 싣고 당연하다는 듯 샤쿠지이코엔역에서 내렸다.

이해해주지 않아도 괜찮다. 그냥 아버지를 만나고 싶었다.

그저 자신의 이야기를 들어주기를 바랐다. 혼자 짊어지기에는 이 현실의 무게가 너무나도 무거웠다.

평소처럼 접수처를 지나 3층에 있는 병실로 들어서자 휠체어를 탄 아버지가 창가에 앉아 있었다. 평소와는 분위기가 어딘가 달랐다. 등이 꼿꼿하게 펴져 있고 눈빛도 맑았다.

"아버지."

뒤에서 부르자 아버지가 고개를 돌렸다.

"오, 료이치 왔구나."

오랜만에 정신이 또렷해 보였다.

"오늘은 컨디션이 좋아 보이시네요?"

"나는 항상 좋지."

아버지가 환한 미소를 지어 보였다. 오랜만에 보는 웃는 얼굴이었다.

가슴 속 깊은 곳에서부터 뭉클한 감정이 차오르더니 참아왔던 눈물이 왈칵 쏟아졌다.

"무슨 일이야? 갑자기 울기는 왜 울어."

"다시는 저를 못 알아보실 줄 알았어요."

료이치는 한참을 흐느껴 울고 난 후에야 눈물을 닦았다. 의자에 앉아 아버지의 얼굴을 정면으로 바라보았다. 아버지는 온화한 눈빛으로 료이치를 보고 있었다.

"사실 아버지한테 하고 싶은 말이 있어요."

료이치의 마음을 헤아린 듯 아버지의 표정이 진지해졌다.

아버지의 정신이 맑을 때 진실을 털어놓는 것이 두렵기는 했지만 들어줬으면 하는 마음이 더 컸다. 아버지라면 믿을 수 있었다. 어디에도 말하지 않을 것이다.

료이치는 그동안 아무에게도 말하지 못했던 비밀을 털어놓기 시작했다. 15일 밤, 클럽에서 만난 남자에게 성폭행을 당할 위기에 처한 카나가 저항하다가 그 남자를 때려죽인 것, 카나의 연락을 받고 간 자신은 카나의 미래를 생각해 카나의 범행을 은폐하기로 결심했던 것, 반사회 집단만 노리는 연쇄 살인범인 성소자의 범행으로 위장한 것, 그러나 성소자에게 결정적인 장면을 들키는 바람에 증거를 인멸하라는 성소자의 지시에 따를 수밖에 없었던 것, 사건의 진상을 알아챈 한구레 조직의 멤버를 없애달라고 성소자에게 부탁한 것, 그리고 오늘 아침에 누군가가 카나의 정체를 알아내기 위해 카나의 친구를 살해했고 그 사실을 알게 된 카나가 괴로움을 견디지 못하고 스스로 목숨을 끊으려 했던 것까지…. 일련의 사건들을 시간순으로 전부 솔직하게 이야기했다.

아버지는 미동도 없이 입을 꾹 다문 채 료이치의 이야기를 들었다. 굳어진 표정이 마음에 걸렸지만 그동안의 일들을 충분히 이해한 것 같았다. 료이치와 마찬가지로 옳은 선택이었는지 갈등하고 있는 것이 분명했다. 같은 심적 고통을 느끼고 있는 것이 틀림없었다….

료이치는 솔직한 심정을 토로했다.

"어떻게 해야 할지 모르겠어요. 앞으로 어떻게 하는 게 좋을지…"

물론 아버지는 자신을 구원해주지 못한다. 료이치도 알고 있었다. 하지만 위로의 말을 듣고 싶었다.

아버지가 입을 열기만을 기다렸다. 이야기를 마친 후로 시간이 한참 흘렀다. 료이치는 손으로 얼굴을 몇 번이고 닦아냈다.

"료이치."

엄한 목소리였다.

"너는 길을 잘못 들었어. 카나의 인생을 아니, 가족들의 인생을 네가 다 망가뜨린 거다."

료이치는 멍하니 아버지를 바라보았다. 아버지가 아직 제정신인지 확인하고 싶었다.

아버지의 냉철한 눈빛은 정확히 료이치를 향해 있었다.

"지금이라도 늦지 않았어. 경찰에 가서 사실대로 말해라. 숨김없이 전부다 밝혀야 해. 료이치, 내 말 알겠지?"

역으로 가는 길에 있는 공원으로 들어선 료이치는 벤치에 털썩 주저앉았다. 주변에는 아무도 없었다. 사람들의 발길이 끊긴 듯한 공원이었다.

료이치는 버림받은 것 같은 기분이 들었다.

내가 정말 길을 잘못 들어선 것일까?

아버지는 말했다. 지금이라도 늦지 않았다고. 경찰에 가서 사실대로 말하라고.

옳지 않은 길이었다는 것은 분명했다. 하지만 카나를 위해, 가족들을 위해,

그리고 료이치 자신을 위해서였다. 다른 선택지는 없었다. 만약 솔직하게 경찰에 자수했더라면 카나의 인생은 그대로 끝나버렸을 것이다. 그동안 힘들게 노력해서 런던의 명문 발레학교에 합격한 것도 무의미해진다. 발레리나가 되겠다는 꿈도 포기해야 한다. 그뿐만이 아니다. 정당방위였다 하더라도 사람을 죽였다는 사실은 평생 지워지지 않는다. 그 이후의 삶에는 꿈도 희망도 존재하지 않는다. 제대로 취직도 할 수 없다. 결혼도 못 할 것이다. 단 한 번의 실수, 그것도 성범죄자를 정당방위로 죽였다는 이유로 인생을 통째로 날려버리게 둘 수는 없었다.

카나가 사람을 죽였다는 사실이 알려지면 가족들도 무사하지 못했을 것이다. 에리코는 회사를 그만둬야 했을 것이고, 쇼타의 인생에도 거대한 그림자가 드리웠을 것이다. 살인자를 키워낸 가족이라고 평생을 손가락질받으며 살아가게 될 것이 틀림없었다.

료이치의 미래도 망가졌을 것이다. 조만간 경부로 진급해 본청 수사1과로 이동하고, 더 나아가서는 경시정까지 진급하는 것을 목표로 하고 있었다. 그 꿈도 사라지고 만다.

카나의 인생을, 가족들의 인생을, 자신의 인생을 희생하면서까지 경찰에 진실을 말하라고?

화가 치밀어 올랐다. 간만에 정신이 돌아왔나 싶더니 아무것도 모르면서 자신을 탓하기만 했다.

이 세상에 믿고 의지할 사람이 아무도 없다는 사실을 다시금 깨달았다. 앞으로도 스스로의 힘으로 어떻게든 해결해 나가는 수밖에 없었다. 어깨에 짊어진 현실의 무게가 이전보다 더 무거워진 기분이었다.

지금까지 해온 것처럼 하면 된다. 아내와 아들에게는 말하지 않고 카나와 둘만의 비밀로 간직한 채 살아가는 것이다. 카나도 시간이 지나면 분명 괜찮아질 것이다. 천천히 시간을 두고 자신의 죄를 직면하며 스스로를 용서해 나가면 된다. 자신은 절대로 틀리지 않았다고 믿으면서 말이다.

그래, 나는 옳은 선택을 했다. 길을 잘못 들었다니, 말도 안 되는 소리였다.

공원에는 아무도 없었다. 몸을 일으킨 료이치는 분을 이기지 못하고 울부짖었다. 광기 어린 절규였다. 소리를 질러대며 옆에 있던 벚나무 기둥을 주먹으로 내리쳤다. 왼손 오른손을 번갈아 가며 수도 없이 내리쳤다. 손등이 찢어져 피가 흘렀지만 통증을 느끼지 못했다. 목소리가 다 쉬어버린 후에야 료이치의 내면을 집어삼킬 것만 같았던 분노가 겨우 사그라들었다.

거칠게 숨을 몰아쉬었다. 이제 슬슬 경찰서로 돌아가야 했다. 저녁에 있을 수사 회의에 얼굴을 비춰야 했다.

성소자에게서는 일곱 번째 피해자의 시신에서 나온 증거를 인멸하라는 지시를 받은 이후로 연락이 없었다. 어제 저녁에 열린 수사 회의에서는 성소자가 아마미야구미 출신들을 노리고 있다고 보고 아마미야 고로와 사에키 토시미츠를 감시하라는 명령이 떨어졌다. 성소자는 사용하던 대포폰을 처분한 것 같았다. 그에게 연락을 취할 방법이 없었다. 지금 성소자가 아마미야나 사에키에게 접근한다면 두 사람을 감시 중이던 수사관들에게 곧바로 체포되고 말 것이다. 료이치에게도 좋지 않은 상황이었다.

헛기침을 했다. 목이 상한 것 같았다. 공원 입구에 있는 자판기 앞에서 지갑에 든 돈을 꺼내 캔 커피를 뽑으려 했다. 바로 그때 등 뒤에서 발소리가 들리더니 목덜미에서 날카로운 고통이 전해졌다. 뒤를 돌아보자 사에키가 서 있었다. 그의 손에는 주사기가 들려 있었다. 손을 들어 목덜미를 확인하려 했지만 팔에 힘이 들어가지 않았다. 료이치는 그대로 쓰러졌다. 사에키는 몸을 가누지 못하는 료이치를 질질 끌고 가서 차량 뒷좌석에 밀어 넣었다.

"얌전히 있어. 설치면 죽는다."

사에키가 핏발 선 눈으로 료이치를 협박해 왔다. 손에는 발리송 나이프를 들고 있었다. 그 표정을 보니 사에키는 주저 없이 사람을 찌르겠구나 싶은 생각이 들었다.

그랬다. 모치즈키 리카를 살해한 것은 사에키였다. 리카에게서 카나의 이름을 알아냈고, 결국에는 료이치를 찾아온 것이다.

의식이 점점 흐려지더니 눈앞이 깜깜해졌다.

자동차 진동에 정신이 돌아왔다. 얼마나 오랫동안 의식이 없었던 것일까? 근육이완제 같은 것을 주사한 것 같았다. 료이치는 뒷좌석에 앉아 있었다. 창문 밖을 보니 해가 저물어가고 있었다. 넓은 밭과 민가가 보였다. 인적도 드물고 차도 얼마 다니지 않는 시골길을 달려 산으로 가고 있는 듯했다.

"깼나?"

옆자리에 사에키가 앉아 있었다. 손에는 여전히 발리송 나이프를 쥐고 있었다.

료이치를 보며 비릿한 미소를 지었다.

"당신, 머리가 어떻게 된 건 아니지?"

아까 전 공원에서의 행동을 지켜보고 있었던 것 같았다.

"아니야, 멀쩡해."

"그렇다면 다행인데…. 그럼 단도직입적으로 물을게. 네 딸이 시마다 유키를 죽인 거 맞지?"

"아니, 나는 몰라. 그랬을 리 없어."

"거짓말할 생각하지 마."

사에키는 손에 쥐고 있던 나이프를 료이치의 얼굴 앞으로 들이밀었다. 날카로운 칼끝이 눈앞에서 멈췄다.

"15일 밤에 시마다 유키와 네 딸이 시부야에 있는 무겐이라는 클럽에서 같이 나왔다는 걸 이미 다 알고 왔어. 네 딸 말고는 시마다를 죽였을 만한 사람이 없어. 그리고 시마다의 시신에는 성소자의 표식이 남아있었지. 여기서 유추할 수 있는 건 네가 딸이 한 짓을 감추기 위해 시마다의 죽음을 성소자의 범행으로 위장했다는 거야. 맞지?"

이렇게까지 정확하게 추리해낸 이상 더는 피해갈 수 없었다. 섣불리 거짓말을 했다가는 진짜 칼에 찔릴지도 몰랐다. 료이치는 결국 솔직하게 대답하기로 했다.

"그래, 다 맞아."

사에키는 그 대답에 만족했는지 한쪽 입꼬리가 씩 올라갔다.

"그리고 또 하나 내가 생각한 게 있어. 너는 성소자랑 연결되어 있지?"

충격으로 말이 나오지 않았다.

"반응을 보니 이번에도 맞혔나 보네."

"아, 아니야."

"거짓말하지 마. 간단한 추리야. 나보다 먼저 모치즈키 리카를 만난 녀석이 있었잖아. 블랙체리의 쿠로카와 타모츠라는 녀석 말이야. 그 녀석도 너한테 접근했지? 협박이라도 당했나? 그리고 얼마 안 가서 그 녀석은 성소자한테 살해당했지. 네가 성소자한테 입막음을 부탁했을 테니까. 너랑 성소자의 관계는 도대체 뭐야? 혹시 뭐 증거 인멸이라도 해준 거야?"

눈앞에서 칼끝이 왔다 갔다 했다. 진실을 말하든 말하지 않든 결과는 같을 것이라는 예감이 들었다. 볼일을 마친 사에키는 자신을 죽일 것이다. 리카에게 그랬던 것처럼.

차는 여전히 인적 없는 길을 달리고 있었다. 이제는 산이 제법 가까워진 듯 보였다.

료이치는 넥타이 매듭을 살짝 당겨 느슨하게 풀었다. 앞으로 자신이 하려는 행동을 생각하자 두려움에 심장이 빠르게 뛰었다.

"어디로 가는 거야?"

사에키는 잔인한 미소를 지어 보였다.

"곧 알게 될 거야. 대답이나 해. 성소자랑 이어져 있는 거 맞아?"

"그래, 맞아."

"성소자랑 지금 연락할 수 있어?"

"아니, 연락은 못 해. 얼굴도 본 적 없어. 성소자는 대포폰을 쓰고 있어. 나도 지금 연락이 오기를 기다리는 중이야."

사에키는 료이치의 말이 사실인지 가늠하려는 듯 잠시 동안 침묵을 이어갔다.

"다음 연락은 언제 오는 건데?"

"그건 나도 몰라. 하지만 분명 다시 연락이 올 거야."

"그럼 그때까지만 살려줄게."

칼끝이 얼굴에서 조금 멀어졌다. 지금이 아니면 기회는 없다. 그렇게 생각한 순간, 몸이 본능적으로 움직였다. 료이치는 시트 위에서 반 바퀴를 돌아 그 반동을 이용해 사에키의 얼굴을 구두 밑창으로 강하게 걷어찼다. 차문에 등을 기댄 채 막무가내로 발길질을 해댔다. 사에키가 칼을 든 손으로 얼굴을 막으려는 찰나에 발에 힘이 제대로 실렸다. 칼끝이 그대로 사에키의 목에 박혔다.

"으윽…."

사에키가 손으로 목을 꾹 눌렀다. 손가락 사이로 붉은 피가 쏟아져 나왔다.

"뭐 하는 짓이야!"

운전을 하던 남자가 백미러 너머로 소리쳤다.

머리가 싸늘하게 식었다. 분노의 감정은 없었다. 이성적으로 판단할 뿐이었다. 이 남자도 죽이는 수밖에 없다고 말이다.

료이치는 넥타이를 풀어 두 손으로 양 끝을 꽉 쥐고 운전석 뒤에서 남자의 목에 넥타이를 감아 있는 힘껏 잡아당겼다. 운전석 등받이를 두 발로 밀어내며 넥타이에 체중을 실었다.

소리를 질러대던 남자는 이내 목소리를 잃고 말았다. 목을 조여오는 넥타이를 양손으로 떼어내려 했지만 소용없었다. 운전석에 앉은 채 몸부림쳤다.

차의 속도가 점점 더 빨라지는 것이 느껴졌다. 남자가 액셀을 밟은 채 힘주어 버티고 있었다.

"브레이크 밟아!"

말을 들을 리 없다는 것을 알면서도 료이치는 큰 소리로 외쳤다.

남자가 몸을 비틀며 안전벨트를 풀었다. 남자의 몸부림이 한층 더 심해졌지만 그럴수록 넥타이는 더욱 깊게 목을 파고들었다.

"이제 그만 죽어 줘…."

료이치는 넥타이를 잡아당기는 손의 힘을 풀지 않았다. 손에 감각이 사라져가고 있었다.

그 와중에도 차는 어딘지 알 수 없는 도로를 빠르게 달리고 있었다. 맞은편에서 오는 차가 없어서 다행이었다. 하지만 빨리 차를 멈추지 않으면 료이치의 목숨도 위험했다.

손으로 전해지던 저항이 약해졌다. 남자는 더 이상 움직이지 않았다. 뒤에서 고개를 내밀어 살펴보니 남자는 고개를 푹 숙인 채 혀를 내밀고 있었다.

어서 차를 멈춰야 하는데….

운전석으로 넘어갈까 생각하던 순간 앞쪽에 T자형 교차로가 보이더니 순식간에 가드레일이 코앞까지 다가왔다. 출동하기 직전, 료이치는 운전석 뒤에 몸을 숨기고 두 손으로 머리를 감쌌다.

강한 충격이 온몸을 덮쳤다. 몸이 붕 떠올랐다. 운전석 등받이에 머리를 세게 부딪혔다. 그리고 그대로 뒷좌석 시트로 떨어지며 또다시 운전석 등받이에 머리를 부딪혔다.

차는 가드레일이 심하게 찌그러진 후에야 멈춰 섰다. 머리가 띵하고 세상이 빙글빙글 돌았다. 눈을 깜빡여 봤지만 초점이 맞지 않아 눈앞의 상황이 제대로 보이지 않았다.

잠깐 기다리자 어지러움이 가라앉으며 시야가 돌아왔다. 료이치는 뒷좌석 바닥에 굴러떨어진 상태였다. 몸을 일으키며 상황을 파악했다. 사에키는 조수석 의자 위쪽에 몸이 걸쳐져 있었다. 목과 가슴이 피로 물들어 있었다. 운전석은 에어백이 작동했지만 남자가 안전벨트를 메지 않고 있었던 탓에 차 앞 유리에 머리를 박아 피투성이가 되어 있었다. 죽은 것 같았다.

남자의 목에 감겨 있던 넥타이를 잡아당겨 정장 주머니에 넣었다. 손수건을 꺼내 손이 닿았던 부분을 서둘러 닦아냈다. 문을 열고 밖으로 나와 주변을 빠르게 살폈다. 목격자는 없는 듯했다. 머리와 코에서 피가 흐르고 있었지만 팔다리는 멀쩡히 움직였다. 료이치는 빠른 걸음으로 그곳을 벗어났다.

17

부하직원들이 작성한 보고서를 검토하던 카타세는 무거운 한숨을 내쉬었다. 그들이 감시하고 있는 형사들, 즉 블랙체리에 수사 정보를 유출한 혐의를 받고 있는 세 명의 형사들에게 딱히 눈에 띄는 점이 없다는 내용이었다.

감시를 시작한 지 아직 얼마 되지 않았다. 그렇게 쉽게 꼬리를 드러내지는 않을 것이다. 하지만 카타세는 마음이 급했다. 성소자의 범행 간격이 점점 짧아지고 있기 때문이었다. 사건이 더 많이 일어날수록 경찰 내부에 있는 배신자가 블랙체리에 흘리는 정보의 양도 많아질 것이다. 그리고 블랙체리도 필사적으로 독자적인 수사를 진행할 것이다. 만에 하나 블랙체리가 경찰보다 먼저 성소자를 찾아내기라도 한다면 경찰은 웃음거리가 되고 만다.

어떻게 해야 할지 고민하던 중 책상 위에 놓인 전화기가 울렸다. 같은 경무부 인사1과에 소속된 제도조사계의 마에지마 노보루 경부에게서 내선으로 걸려 온 전화였다. 제도조사계에는 내부 고발용 핫라인이 설치되어 있었다.

"카타세, 잠깐 시간 괜찮아? 이케부쿠로역 앞에 있는 공중전화 번호로 전화가 왔는데, 전에도 한 번 전화를 한 적이 있었던 사람 같아. 블랙체리에 수사 정보를 유출하고 있는 경찰에 대한 수사가 어떻게 되어가고 있는지 물어보고 싶대."

"지금도 연결되어 있어?"

"응, 되어 있어. 담당자를 바꿔 달라고 하더라고. 그럼 그쪽으로 연결할게."

카타세는 외선 버튼을 눌러 전화를 받았다.

"감찰계장인 카타세입니다. 전화 주신 분은 누구시죠?"

"이케부쿠로경찰서 소속 수사관입니다. 이름은 밝히고 싶지 않습니다."

젊은 남자의 목소리였다.

"전에도 한 번 연락을 드렸었는데 성소자 사건에 관한 수사 정보가 외부로 새어 나가고 있습니다. 수사는 진행되고 있는 겁니까?"

"물론입니다. 하지만 아직 이렇다 할 성과가 없습니다. 하나만 물어보죠. 혹시 의심 가는 사람이 있으신 건가요?"

"아니요, 그건….''

당황한 목소리였다.

"저는 모릅니다. 아무튼 서둘러 주세요. 조직 내부에 배신자가 있다는 건 도저히 못 참겠으니까요."

그대로 전화가 끊겼다. 내부 고발자도 범인에 대한 확신은 없는 듯했다. 카타세는 벌써 몇 번째인지 모를 한숨을 또 내쉬었다.

제 **3** 장

1

망령처럼 보였는지도 모른다.

힘겹게 집에 도착하자 아내 에리코가 복도에서 공포에 질린 눈을 하고 서 있었다.

야쿠시마루 료이치는 집으로 오는 길에 공원 화장실에 들러 다친 이마와 코에서 흐르는 피를 씻어냈다. 사에키의 피가 옷에 튀었을지도 모르지만 짙은 회색 정장을 입은 덕에 붉은색 피가 눈에 띄지는 않았다.

료이치를 바라보는 에리코의 몸이 작게 떨리고 있었다. 그새 얼굴이 부은 것일까? 아니면 살인을 저지른 직후의 사람의 얼굴이 원래 그렇게 무서운 것일까?

에리코는 표정이 일그러지더니 결국 울음을 터트렸다.

"왜 그래, 당신…?"

놀란 료이치가 묻자 아내는 목소리를 겨우 쥐어 짜내듯 말했다.

"당신도 카나도 어디론가 가버릴 것 같아서 무서워."

아내의 진심 어린 말에 료이치의 눈에서도 눈물이 흘러내렸다. 신발을 벗고 집 안으로 들어가 아내의 머리를 두 팔로 감싸 안았다.

"나는 아무 데도 안 가. 카나도 이제 괜찮을 거야."

에리코가 두 팔을 뻗어 료이치의 등을 감쌌다. 료이치의 가슴에 얼굴을 파묻은 채 말했다.

"무슨 일이 있었는지 더 이상 묻지 않을게. 그러니까 나랑 쇼타를 버리지 마….”

애틋한 감정이 차올라서 숨이 막힐 것 같았다. 이미 다 식어버린 줄 알았던 아내를 향한 마음이 북받쳐 올랐다.

“당연하지. 나는 당신을 사랑해. 카나도 쇼타도 사랑해. 그러니까—.”

그러니까, 나는 사람을 죽인 거야—.

“그러니까 우리 가족을 절대 버리지 않아. 항상 곁에 있을 거야.”

한 치의 거짓도 없는 진심이었다. 지금까지 저지른 모든 죄가 정당하다고 믿고 싶었다. 다른 모든 것을 포기하더라도 사랑하는 가족의 행복만큼은 자신이 지켜내야 한다고 생각했다.

그렇게 두 사람은 한동안 서로를 끌어안고 있었다.

아미미야흥업의 부사장인 사에키 토시미츠의 죽음은 수사본부에 큰 충격을 안겼다. 수사관들이 사에키의 미행을 시작하려던 시점에 이미 그의 행방은 묘연해진 상태였다. 시신을 발견한 사이타마현 사야마경찰서에서 조사한 내용에 따르면 사에키는 목이 칼에 찔려 사망했고, 동승했던 이와이 켄스케는 끈 같은 것으로 목이 졸려 사망했다. 사야마 경찰서는 이를 살인 사건으로 보고 이케부쿠로경찰서와 합동수사본부를 꾸려 수사를 진행하기로 했다.

다음 날, 료이치는 타케노우치 요시노리 과장에게 전화를 걸어 딸 카나가 추락 사고로 중상을 입었다고 말하며 이틀의 휴가를 요청했다. 워낙 상황이 바쁘게 돌아가고 있었던 터라 타케노우치는 크게 화를 냈지만, 료이치는 쉬어야겠다고 단호하게 말한 뒤 전화를 끊었다.

결국 자신의 손으로 사람을 죽이고 말았다.

사에키를 우발적으로 살해하기는 했지만 만약 죽지 않았다면 반대로 자신이 죽었을 것이다. 사에키는 모치즈키 리카를 납치해 입을 열게 한 뒤 살해했다. 그리고 15일 밤에 시마다 유키와 함께 클럽에서 나온 여자가 야쿠시마루 카나라는 것을 알게 된 사에키는 료이치를 찾아왔다. 또한 그와 같은 이유로 료이치에게 연락을 취했던 쿠로카와 타모츠가 성소자에게 살해당했다는 점에서 료이치와 성소자 사이에 모종의 커넥션이 있다는 사실까지 파악했다. 상당히 위험한 인물이라고 볼 수 있었다. 운전을 하던 남자를 죽일 때는 분명한 살해 의도가 있었다. 다른 방법이 없었다. 그 현장에 함께 있었던 자를 살려둘 수는 없었다.

사람을 죽이는 것이 최악의 범죄라는 사실을 모르는 것은 아니다. 하지만 자신은 경찰이기 이전에 인간이지 않은가. 나라를 지키기 전에 가족을 지켜야 했다.

아버지의 목소리가 들려오는 듯했다.

— 너는 길을 잘못 들었어. 카나의 인생을 아니, 가족들의 인생을 네가 다 망가뜨린 거다.

아니, 절대 그렇지 않아! 료이치는 마음속으로 그렇게 외쳤다. 나는 틀리지 않았다. 나는 카나를 위기에서 구한 것이다. 가족을 지킨 것이다.

아버지는 지금이라도 경찰에 진실을 말하라고 했지만, 절대 그럴 일은 없을 것이다. 그것은 애초에 료이치의 선택지에 존재하지 않았다. 무슨 일이 있어도 끝까지 숨길 것이다. 자신의 목숨이 다할 때까지 말이다.

사에키를 살해하고 도주한 용의자에 관한 목격 증언은 아직 나오지 않았다. 역시나 운이 따르고 있었다. 이대로라면 충분히 도망칠 수 있을 것 같았다. 아니, 반드시 도망쳐야 한다.

아침 9시가 조금 지난 시각이었다. 료이치는 에리코와 함께 차를 타고 사쿠라다이종합병원으로 향했다. 집에서 간단하게 챙겨온 카나의 옷가지를 간호사에게 전달했다. 카나는 여전히 의식이 없었다. 오늘은 면회가 가능해 카나의 병실로 들어갔다. 카나는 침대 위에 누워 조용히 잠들어 있었다. 온몸에 붕대가 감겨 있어 얼굴의 일부만 겨우 보였다. 붕대가 감긴 두 다리는 기구에 매달려 있었고, 왼팔도 부목으로 고정되어 있었다. 료이치와 에리코는 그런 딸의 모습에 눈물이 흘렀다. 두 사람은 딸의 잠든 얼굴을 한참 동안 바라보았다. 병원을 나온 료이치는 집으로 돌아왔고 아내는 회사로 향했다.

낮에는 텔레비전을 보며 시간을 보냈다. 와이드 쇼(정치, 사회, 문화, 스포츠, 연예 등 다양한 분야를 다루는 TV 프로그램의 한 종류-옮긴이)에서는 여전히 성소자 사건이 보도되고 있었다. 한 패널은 경찰 수사에 아직도 진전이 없다며 신랄한 비판을 늘어놓았다.

료이치의 마음속 깊은 곳에서는 계속해서 분노가 소용돌이치고 있었다. 나는 옳은 일을 했다. 길을 잘못 들지 않았다. 그런 분노의 목소리를 높이고 있었다. 아버지를 향한 항변이자 세상을 향한 외침이었다.

저녁에는 배달 앱으로 중국 음식을 시켰다. 에리코는 샐러드라도 만들겠다며 부엌으로 들어갔다. 료이치는 2층으로 올라가 쇼타의 방문을 두드렸다.

"쇼타, 네가 좋아하는 새우볶음밥 시켰어. 같이 먹자."

잠시 후 방문이 열렸다. 뚱한 표정이었지만 별말 없이 료이치를 따라 1층으로 내려갔다.

세 가족이 식탁에 둘러앉아 저녁을 먹었다. 쇼타는 묵묵히 식사에만 집중했다. 에리코는 가끔씩 멍한 얼굴을 했다. 장례식장을 연상케 하는 조용한 분위기였지만 료이치는 개의치 않았다. 쇼타는 식사를 마치자마자 2층으로 올라갔다. 에리코는 설거지를 시작했다. 료이치는 소파에 앉아 텔레비전을 켜고 멍하니 예능 프로그램을 보고 있었다. 설거지를 마친 에리코가 옆으로 와서 앉았다. 료이치는 아내의 손을 잡았다. 아내가 어깨에 기대 왔다. 서로 아무 말도 하지 않았지만 료이치는 그 순간 작은 행복을 느꼈다.

밤 9시경에 타니가와 에이키치 순사부장에게 전화가 걸려왔다.

"딸은 좀 괜찮아? 육교에서 떨어져서 많이 다쳤다면서."

물론 걱정이 되어 연락을 줬을 테지만 혹시나 호기심이 앞선 것은 아닐까 하는 의심이 들었다. 지금은 그냥 모르는 척 내버려 두었으면 좋겠다고 생각 하면서도 성실히 대답했다.

"네, 괜찮아요. 생명에는 지장이 없대요."

"이런 거 물어봐도 될지 모르겠지만, 혹시 스스로 몸을 던진 거야?"

육교 난간은 높은 편이었다. 평소에 걸어 다니다가 떨어지는 일은 잘 없 으니 자살 시도라고 생각하는 것도 무리는 아니었다.

"잘은 모르겠지만 요즘 들어 정신적으로 좀 힘들어하는 것 같기는 했어 요. 유학을 앞두고 여러모로 부담을 느꼈나 봐요."

태연하게 거짓말을 했다.

"그랬구나. 사춘기란 게 그렇지. 별것도 아닌 일들로 고민하게 되잖아. 십 년 후에 돌이켜보면 사실 아무것도 아닌 것들인데."

"네, 그러니까요."

하지만 카나는 십 년이 지나도 지금의 고민을 아무것도 아닌 일로 여기지 는 못할 것이다.

그보다 료이치는 확인해야 할 것이 있었다.

"사에키 쪽 수사는 어떻게 되고 있어요? 이번에도 범인은 성소자인가요?"

"아직 잘 모르겠어."

의외의 대답이었다.

"그게 무슨 말씀이에요?"

"범인이 사에키의 차에 타고 있었어. 사에키한테 납치를 당했던 게 아닌가 싶어. 그러다가 차 안에서 반격을 했던 것 같아."

"납치라니…. 사에키가 성소자를 찾아낸 걸지도 모르겠네요."

"그럴지도 모르지."

타니가와가 작게 웃음을 터트렸다.

"범인 실력이 아주 대단해. 무슨 첩보 영화처럼 사람을 죽였어. 먼저 사에키의 목을 발리송 나이프로 찌르고, 그다음에 운전을 하던 이와이의 목을 넥타이 같은 걸로 졸라서 죽였다니까."

"그랬군요."

"아마 사에키한테 잡혀서 필사적이었던 거겠지. 하지만 치명적인 실수도 했어. 범인도 부상을 입어서 차에 혈흔이 남았어."

"혈흔…."

료이치는 깜짝 놀랐다. 차가 가드레일에 충돌하면서 운전석 등받이에 머리를 부딪혀 이마가 찢어지고 코피도 났다. 그때 흘린 피가 차 안 어딘가에 묻은 듯했다.

성소자의 지시로 바바 유타카가 살해당한 현장에 떨어져 있던 머리카락을 자신의 것으로 바꿔놓았다. 이로써 두 곳의 살해 현장에 료이치의 흔적이 남게 되었다.

이 정도의 살인 혐의라면 사형을 면하기 어렵다. 성소자에게 협박을 당하고 있었다는 변명은 통하지 않을 것이다. 성소자는 대포폰을 사용해 료이치에게 지시를 내렸다. 그의 존재는 환영이나 다름없었다. 그가 존재한다는 사실을 증명하는 것은 불가능해 보였다.

"아, 그리고 의외의 사실도 하나 밝혀졌어. DNA 감식 결과가 나왔는데 이번 사건 현장에서 발견된 DNA와 바바 유타카 살해 현장에서 발견된 DNA가 일치했어. 근데 첫 번째 피해자인 이토 유야의 손톱에서 발견된 DNA랑은 일치하지 않는다는 거야. 성소자가 진짜 두 명이었던 거지. 부검의 선생도 그렇고 후카다도 그렇고 놀라운 혜안을 가졌어. 요즘 젊은 친구들이 참 유능해. 우린 이제 물러날 때가 됐나 봐."

료이치의 DNA는 이제 성소자의 DNA로 확정된 것이나 다름없었다.

타니가와는 아직 하고 싶은 말이 남은 듯했지만 료이치는 더 이상 듣고 있을 수가 없었다.

"죄송해요. 딸아이 때문에 마음이 편하지가 않아서요. 이만 끊겠습니다."

전화를 끊었다. 멍한 기분이었다. 넥타이 대신 잠옷의 목 부분을 만지작거렸다.

바바 유타카의 살해 현장에 있던 머리카락을 자신의 것으로 바꿔치기한 것이 실수였다. 제삼자의 머리카락을 두고 나왔어야 했다고 후회했다. 하지만 사에키 토시미츠의 차 안에 남아있던 혈흔은 자신도 미처 눈치채지 못했다. 이제 와서 할 수 있는 것은 아무것도 없다. 이미 지나가 버린 과거는 되돌리지 못한다.

술을 마시고 싶은 기분이었다.

료이치는 집에서 나와 단골 스낵바인 사오리로 향했다. 가게 안은 거의 만석이라 떠들썩했다.

비어 있는 카운터석으로 가서 앉자 사오리 마마가 다가왔다. 마마의 표정이

어쩐지 낯설게 느껴졌다.

"늘 마시던 걸로."

사오리 마마는 잔에 얼음을 넣고 위스키를 따른 후 탄산수로 희석했다. 료이치의 앞에 조심스럽게 잔을 내려놓았다.

"료이치 씨."

마마가 진지한 얼굴로 말했다.

"무슨 일 있는 것 같은데?"

여자의 직감은 무섭도록 예리했다. 료이치는 가슴이 철렁했다.

"사실 딸아이한테 일이 좀 생겨서 지금 병원에 입원해 있어."

"딸이요? 어머, 놀랐겠다."

료이치는 한숨을 내쉬었다.

"생명에는 지장이 없다는데, 발레 유학을 앞두고 있었잖아. 앞으로 발레를 못 하게 될까 봐 걱정이네."

료이치의 걱정거리 중 절반이 딸에 관한 일이라는 것은 사실이었다. 애초에 자신의 죄는 전부 카나의 미래를 위해 저지른 것이었다. 발레리나의 길을 포기하는 상황이 벌어져서는 안 된다.

료이치의 표정을 가만히 살피던 사오리 마마가 차분하게 말했다.

"혹시 이야기하고 싶은 게 생기면 언제든 가게로 와요. 료이치 씨한테는 늘 신세를 지고 있으니까. 알겠죠?"

료이치가 여전히 무언가를 숨기고 있다는 것을 간파한 듯한 말투였다.

"고마워. 살다 보면 힘들 때도 있고 슬플 때도 있는 법이잖아. 지금이 내 인생의 밑바닥인지도 모르지. 하지만 언젠가 다시 기쁘고 행복한 순간이 찾아올 거라고 믿어 보려고."

"그래요. 지금이 밑바닥이라면 이제 올라갈 일만 남은 거니까."

사오리 마마가 미소를 지으며 말했다. 애써 웃어 주는 것처럼 보였다.

료이치는 원래도 술이 센 편이 아니지만, 오늘은 특히 과음을 하고 말았다. 카나가 걱정되었다. 이대로 깨어나지 못하는 것은 아닐까? 그런 불길한 생각이 자꾸만 들었다. 아내의 상태도 걱정이었다. 아내는 멘탈이 강한 타입은 아니었다. 카나뿐만 아니라 료이치도 평소와 다르다는 것을 눈치채고 있었다. 이러다 아내까지 무너질지도 몰랐다. 하지만 어떻게 해줄 수 있는 것이 없었다. 그런 생각을 하다 보니 술이 계속 들어갔다. 그러다 결국 사오리 마마의 만류에 마지못해 술잔을 내려놓았다.

가게를 나서는 료이치를 향해 사오리 마마는 이야기하고 싶은 것이 생기면 언제든 오라고 다시 한번 말했다. 걱정해 주는 것은 고맙지만 솔직히 조금 거슬렸다. 지금 료이치는 누군가에게 털어놓는다고 해결될 정도의 가벼운 짐을 짊어지고 있는 것이 아니었다.

다음 날 아침, 카나의 꿈을 꾸다 잠에서 깼다. 어린 시절의 카나였다. 발레를 시작한 지 얼마 되지 않았을 무렵, 카나는 학원에 가기 싫다며 자주 울었다. 에리코는 그런 카나를 타이르다 화를 내기 일쑤였고 료이치는 그런 두 사람을 달래는 역할이었다. 그때가 그리웠다. 어쩐지 오늘은 카나의 의식이 돌아올 것 같은 예감이 들었다. 카나가 깨어나면 아내보다 먼저 병원에 가서 카나의 이야기를 듣고 대화를 나눠야 했다.

카나는 왜 육교에서 스스로 몸을 던졌을까? 친구였던 모치즈키 리카가 살해당한 일로 죄책감을 느꼈을 수 있다. 하지만 잘못한 것은 범인이라는 사실을 확실히 일러줘야 한다. 엄마와 동생에게는 아직 비밀을 털어놓지 않았고, 남자친구 문제로 다퉜던 친구가 어쩌다 사건에 휘말려 죽은 것으로 둘러

댔다고 말해주고 입을 맞춰야 한다. 카나가 마음을 다잡을 수 있도록 도와줘야 한다. 카나는 아무 잘못도 하지 않았다. 그 사실을 카나에게 알려줘야 한다.

오전에 아내와 함께 병원을 찾았다. 어제와 마찬가지로 잠들어 있는 카나를 바라보는 것 말고는 할 수 있는 일이 없었다. 30분 정도 지켜본 후 료이치는 다시 집으로, 아내는 회사로 향했다.

저녁 무렵, 상황이 급변했다. 병원에서 연락이 왔다. 카나가 드디어 의식을 되찾았다는 소식이었다. 에리코에게 곧바로 연락해 병원에서 만나기로 했다.

료이치는 차를 운전해 아내보다 먼저 병원으로 향했다. 안내받은 병실로 가보니 의사가 문 앞에 서 있었다. 처음 병원에 왔을 때 만났던 아키바였다. 그의 표정이 어두웠다. 불길한 예감에 몸이 싸늘하게 식었다.

아키바가 조심스럽게 입을 열었다.

"카나 씨를 만나시기 전에 말씀드려야 할 것이 있습니다."

입 안이 바싹 말라서 말이 잘 나오지 않았다.

"카, 카나는… 의식이 돌아온 거 맞죠?"

"네, 의식은 또렷합니다. 다만… ."

아키바가 말끝을 흐렸다.

"어디가 안 좋은 겁니까?"

"그게, 아무래도 기억장애가 있는 것 같습니다. 최근 며칠 동안의 일을 전혀 기억하지 못하더라고요. 이런 증상을 역행성 건망증이라고 하는데, 쉽게 말해 기억 상실입니다."

"기억 상실… ."

전혀 예상치 못했던 전개에 료이치는 어안이 벙벙했다.

"기억이 돌아오기는 하는 건가요?"

아키바가 얼굴을 찌푸렸다.

"그건 알 수 없습니다. 일시적인 증상일 수도 있고, 영영 돌아오지 않을 수도 있습니다."

"지금 카나랑 이야기 좀 해봐도 되나요?"

"네, 잠깐은 괜찮습니다."

문을 열고 병실로 들어섰다. 침대를 세워 상체를 살짝 일으켜 앉은 카나가 간호사의 도움을 받아 컵에 꽂혀 있는 빨대로 물을 마시고 있었다. 이마 위쪽으로 붕대가 칭칭 감겨 있었다. 두 다리는 여전히 기구에 매달려 있었고, 왼팔도 부목으로 고정되어 있어 오른손만 겨우 쓸 수 있는 상태였다.

"카나···."

"아빠."

카나가 료이치를 바라보았다. 멍투성이인 얼굴이 잔뜩 일그러지며 굵은 눈물이 뚝뚝 떨어졌다.

"내가 육교에서 떨어졌대. 왼쪽 팔이랑 다리가 다 부러졌대. 나 발레 연습하러 가야 되는데···."

료이치는 딸의 어깨를 다정하게 토닥였다.

"지금은 치료에만 전념하자. 괜찮아. 발레도 다시 할 수 있을 거야."

카나를 달래며 울음이 멈추기를 기다렸다. 간호사는 두 사람을 배려해 병실에서 나가주었다.

물어봐야 할 것이 있었다.

"육교에서 왜 떨어진 거야?"

카나는 난감한 표정을 지었다.

"그게, 나도 모르겠어. 그때의 기억이 없어."

"아무것도 기억 안 나?"

"응."

료이치는 목소리를 낮추며 조심스럽게 물었다.

"혹시 그럼 그 일도 기억 안 나?"

카나가 눈물을 닦으며 고개를 들었다.

"그 일이 뭔데?"

딸의 얼굴을 지그시 바라보았다. 사람을 죽인 것도, 료이치가 위험을 감수하며 그 죄를 은폐한 것도, 정말 다 잊어버렸다는 말인가.

어떻게 말을 꺼내야 할지 망설여졌다. 신중하게 단어를 골라가며 물었다.

"15일 밤에 있었던 일 말이야. 기억 안 나?"

"15일….”

카나는 기억을 떠올려보려는 듯 미간을 찌푸렸다. 그러더니 천천히 고개를 저었다.

"기억이 안 나. 무슨 일이 있었는데?"

료이치는 크게 놀랐지만 동시에 안도했다. 정말 다 잊어버린 거라면 이보다 더 다행스러운 일은 없었다. 기억해내지 않아도 된다. 카나는 사람을 죽였다는 죄책감을 견디지 못해 스스로 목숨을 끊으려고까지 했으니 말이다.

거짓 기억을 심어 주기로 했다.

"그게 말이야, 너랑 친하게 지냈던 친구가 네 남자친구를 빼앗았어. 그 일로 크게 싸웠는데 그 친구가 어떤 사건에 휘말려서 목숨을 잃었거든. 그래서 네가 죄책감을 느끼고 육교에서 몸을 던졌던 것 같아."

"그랬구나…. 내가 남자친구가 있었나? 머리가 너무 복잡해."

카나가 오른손으로 머리를 감쌌다.

"만난 지 얼마 안 됐다고 했었어. 그 기억도 사라졌나 보다."

거짓말이 술술 나왔다. 이제는 거짓말을 해도 아무렇지 않았다.

"그런가…. 근데 그 죽은 친구는 누구야?"

"이름이 모치즈키 리카라던데, 기억나?"

카나는 놀란 듯 숨을 들이마셨다.

"나랑 같이 아르바이트하던 선배인데, 리카가 죽었다고?"

"응, 안타깝게도 그렇게 됐어."

카나는 또다시 흐르는 눈물을 닦아냈다.

잠시 후 에리코가 장인 장모와 함께 병실에 도착했다. 아내는 딸이 무사하다는 사실에 안도의 눈물을 흘렸다. 타카히사와 후미코도 함께 울며 기뻐했다.

하지만 카나에게 역행성 건망증 증세가 있다고 말해주자 에리코는 크게 동요했다.

"최근 며칠 사이에 있었던 일들을 전부 다 잊어버린 것 같아."

아내는 무언가 하고 싶은 말이 있어 보였지만, 이내 말하지 않기로 결심한 듯 입을 다물었다.

료이치는 아내가 무슨 말을 하려고 했는지 묻지 않아도 알 수 있었다. 카나와 당신이 숨기려고 했던 그 비밀도 잊어버린 거야? 분명 그렇게 묻고 싶었을 것이다. 아내는 그동안 료이치가 하는 말을 믿지 않았다. 두 사람이 커다란 비밀을 숨기고 있다는 것을 알고 있었다.

어느덧 면회 시간이 끝났다. 료이치는 카나에게 인사를 한 뒤 아내와 함께 차를 타고 집으로 향했다. 장인과 장모는 타고 왔던 BMW 차량으로 따로 이동했다. 집에 도착한 료이치는 곧장 아들 방으로 가서 누나가 무사하다는 소식을 전했지만, 쇼타는 그러냐며 자신과는 상관없는 일이라는 듯 무심하게 대답했다.

오늘 저녁은 료이치와 에리코 모두 요리할 기운이 없어 피자를 배달시켜 먹기로 했다. 쇼타도 거실로 내려와 함께 피자를 먹었다.

아내는 여전히 혼란스러워 보였지만 료이치는 안도하고 있었다. 이께에 짊어지고 있던 짐의 절반은 내려놓았다고 볼 수 있었다. 카나는 다행히 자신이 저지른 죄를 잊어버렸다. 이것이 일시적인 현상이 아니기를 바랄 뿐이었다. 그날 밤에 있었던 일을 기억하지 못한다면 죄책감에 시달릴 일도 없다. 카나는 더 이상 괴로워하지 않아도 된다.

자신은 아무래도 상관없었다. 가슴 깊은 곳에서는 여전히 분노의 불길이 거세게 타오르고 있었다. 그 불길이 타오르며 붉은빛을 내는 동안은 괜찮을 것이다. 그 불빛이 제정신이 돌아오는 것을 막아줄 테니까. 료이치에게 제정신은 곧 어둠이었다. 어둠에 삼켜지면 결국 죽음에 이르고 말 것이다.

밤 10시쯤 또다시 낯선 번호로 전화가 걸려왔다.

"나다."

성소자였다. 음성변조된 낮은 목소리로 말했다.

"사에키는 고통스럽게 죽었나?"

웃고 있었다.

"고통스러워했는지 어땠는지는 나도 몰라."

잠시 침묵이 흐른 뒤 성소자가 다시 입을 열었다.

"아마미야 고로를 죽일 거다. 아마미야 쪽에 붙은 수사관들을 철수시켜."

"수사관들이 아마미야를 감시하고 있다는 걸 어떻게 안 거야?"

"그건 중요하지 않다. 어떻게든 철수시켜. 알겠나?"

수많은 생각이 머릿속에 맴돌았다. 불행인지 다행인지 내일은 료이치와 오다기리가 아마미야의 뒤를 밟을 예정이었다.

"내일은 내가 아마미야를 따라다니기로 되어 있어. 알겠어, 한번 해볼게. 대신 이거 하나만 알려줘. 아마미야를 죽이면 네 복수도 끝나는 거야?"

잠시 침묵이 이어지더니 성소자가 대답했다.

"끝날 거다."

"알겠어. 그럼 어떻게든 해볼게."

전화가 끊겼다.

료이치는 힘이 솟아나는 것을 느꼈다. 내일만 잘 넘기면 드디어 끝이 난다. 다 잘 해결될 것이다. 목숨을 거는 한이 있더라도 내일은 반드시 성소자의 지시를 수행해야 한다.

〈엄청난 비밀 하나 알게 됨. 우리 친누나 사람 죽인 듯.〉

누나의 비밀을 널리 알리고 싶었다. 하지만 신원이 밝혀지는 것은 곤란했다. 그래서 익명으로 엑스에 글을 올렸지만 다들 거짓말이라고 여긴 건지 반응이 전혀 없었다. 아무도 '좋아요'를 눌러주지 않았다.

그래서 쇼타는 내용을 이어서 조금 더 올려보기로 했다.

〈누나는 사람을 죽였고 아빠는 사건을 은폐했어. 누나 방에 도청기를 설치해서 둘이 몰래 하는 대화를 엿들은 거라 확실해. 누나가 자기 입으로 사람을 죽였다고 말했어. 둘이서 범죄를 숨기고 있어. 참고로 엄마는 아무것도 모름.〉

어디 사는 누가 썼는지 모르는 익명 글에 반응하는 사람은 이번에도 없었다.

쇼타는 계속 이어갔다.

〈누나가 투신자살을 시도했어. 죄책감을 견디지 못한 것 같아. 목숨은 겨우 건졌는데 공교롭게도 자기가 사람을 죽인 걸 기억을 못 하나 봐. 누나가 제발 천벌을 받았으면.〉

역시나 반응은 없었다. 팔로워가 한 명도 없으니 당연한 일이었다.

차라리 다행인지도 모른다는 생각이 들었다. 누군가 반응을 보인다 해도 더 자세한 내용은 말할 수 없었다. 누구인지 신원이 밝혀지면 쇼타가 피해를 보게 될 수도 있다. 그저 누나가 저지른 짓을 누군가 알아주기를 바랐을 뿐이었다. 누나는 자살을 시도했고, 실제로 크게 다쳤다. 이미 천벌을 받은 것인지도 몰랐다. 글을 올리고 나니 누나에 대한 감정이 어느 정도 해소되었다.

그러나 계정을 그대로 살려둔 것이 문제였다. 다음 날 자고 일어나 보니 상황은 걷잡을 수 없이 커져 있었다. 좋아요 수가 천 개 이상이었고, 재게시 횟수도 삼백 번이 넘었다. 쇼타가 상황을 파악하는 동안에도 좋아요 수가 계속해서 늘어났다.

답글도 잔뜩 달려 있었다. 눈을 크게 뜨고 하나하나 읽어 내려갔다.

〈이거 실화야? 증거는?〉

〈더 자세히 말해 봐!〉

〈앞으로 재밌어질 것 같아서 완전 기대중!〉

〈누나가 살인자라니.. 앞으로 평생 숨어 살아야 할 듯〉

〈누나 방에 도청기를 설치했다고? 남매 사이가 너무 나쁜 거 아니냐ㅋㅋ〉

〈비밀이라면서 SNS에 올리다니ㅋㅋㅋ〉

〈신고했습니다.〉

〈주작이네. 재밌냐?〉

〈진짜면 너네 가족 이제 끝났네.〉

쏟아지는 반응에 핏기가 가셨다. 쇼타는 두려워지기 시작했다.

신고했다는 사람도 있었다. 정말 신고한 걸까? 그 답글이 달린 후로 시간이 꽤 지났지만 아무 일도 일어나지 않았다. 다들 재미 삼아 떠들어대고 있을 뿐이었다.

아무도 이런 글을 보고 진심으로 신고하지는 않는다. SNS에 올라오는 출처가 불분명한 이야기를 사실이라고 믿는 사람은 거의 없다. 다들 농담이나 거짓말 정도로 여겼을 것이다.

많은 사람들이 쇼타의 다음 글을 기다리고 있었다. 쇼타는 그 기대에 부응하고 싶어졌다. 주목받는 기분이 좋았다. 살면서 처음 겪어보는 일이었다.

쇼타는 스마트폰 화면을 터치하던 손가락을 멈췄다. 더 자세한 내용을 올릴 수는 없었다. 그 정도로 이성을 잃은 것은 아니었다. 그럼 뭐라고 올려야 좋을까?

쇼타는 물어보고 싶은 것이 있었다. 이렇게나 많은 사람이 보고 있으니 괜찮은 대답이 하나쯤은 나올 것 같았다.

〈이제 나는 어떻게 해야 될까?〉

마치 채팅처럼 빠르게 답글이 달렸다.

〈이게 진짜면 빨리 경찰에 신고해.〉

그럴 수 있다면 이렇게 고민하지도 않았을 것이다.

다른 답글도 있었다.

〈친누나라며. 이게 세상에 알려지면 살인자 동생이라고 너까지 손가락질받게 될 거야. 그냥 모르는 척하고 이 비밀은 무덤까지 가져가.〉

뻔한 답변이었다. 하지만 가장 타당해 보였다.

익명으로나마 털어놓고 나니 마음속 응어리가 풀린 듯했다. 글을 삭제할까 말까 망설였지만 주목받는 기분을 조금 더 느끼고 싶었다. 상황을 조금 더 지켜보기로 했다.

2

지난 이틀간 야시로 소키는 이케부쿠로의 밤거리를 돌아다녔다. 시마다 유키가 인스타그램에 올린 사진에 찍힌 남자를 찾기 위해서였다. 유흥업소 직원들에게 스마트폰에 저장된 사진을 보여주며 그 남자를 아는지 물었다. 사람들은 야시로가 블랙체리라고 소속을 밝히면 불편해하며 피했고, 소속을 밝히지 않으면 귀찮아하며 비협조적인 태도를 보였다. 게다가 수십 명의 블랙체리 멤버들이 구역을 나누지 않고 이곳저곳을 닥치는 대로 돌아다니며 똑같은 질문을 반복한 탓에 어떤 사람은 그만 좀 하라며 소리를 지르기도 했다.

오늘도 스무 곳이 넘는 가게를 탐문했다. 하지만 사진 속 남자를 아는 사람은커녕 본 적이 있다는 사람조차 없었다. 분카 거리를 따라 걷다가 도키와 거리에서 좌측으로 꺾어 오른쪽에 있는 골목길로 들어서자 유흥업소가 몰려 있는 건물이 나왔다. 아직 탐문한 적이 없는 곳이었다. 엘리베이터를 타고 내려가 지하 1층부터 돌아보기로 했다.

문을 열고 가게로 들어서자 좁고 긴 내부에 테이블이 열 개쯤 놓여 있었다. 예전에 한 번 와본 적이 있는 곳이었다. 손님이 온 줄 알고 황급히 달려 나온 점장으로 보이는 남자도 낯이 익었다.

검은 머리를 올백으로 빗어 넘긴 30대 남자가 손을 비비며 다가왔다.

"혼자 오셨습니까?"

야시로는 옅은 미소를 지으며 말했다.

"전에 한 번 왔었던 것 같은데."

"네, 기억하고 있습니다. 유키 님과 함께 오셨었지요?"

"유키를 알아?"

"네, 그럼요. 이번 일은 정말 안타깝게 됐습니다. 삼가 조의를 표합니다."

남자가 고개를 숙였다. 야시로가 블랙체리 멤버라는 사실을 이미 알고 있는 듯했다.

"지금 우리 조직에서 남자를 하나 찾고 있어."

야시로는 남자에게 스마트폰 화면을 내밀었다. 사진을 확대해 보여주며 물었다.

"내가 유키랑 왔을 때도 이 남자가 있었을지도 몰라."

순간 남자의 표정이 바뀌었다. 놀라움과 당혹스러움이 뒤섞인 얼굴이었다.

"네, 아는 분이기는 한데…."

"알아? 누구야?"

남자가 조심스러운 말투로 대답했다.

"이분은 경찰이에요."

의외의 대답에 야시로는 놀라지 않을 수 없었다.

"경찰이라는 건 어떻게 안 거야?"

"두 분이 다녀가시고 얼마 안 돼서 이분이 혼자 가게에 오셨었어요. 경찰 신분증을 보여주면서 가게 CCTV 영상을 달라고 하더라고요."

"이름은?"

"이름은 듣지 못했어요."

"신분증은 진짜가 맞고?"

"글쎄요, 그건 저도 잘⋯."

"그럼 모르는 거나 마찬가지잖아."

"죄송합니다."

"게다가 손님으로 왔을 땐 변장을 하고 있었을 거 아니야. 나중에 찾아온 경찰이 같은 사람이라는 걸 어떻게 알아본 거야?"

야시로의 질문에 남자는 자신감 넘치는 미소를 지어 보이며 스마트폰 화면 속 사진을 다시 확인했다.

"그게 말이죠, 이분한테 조금 독특한 특징이 있어서 바로 알아봤어요. 그 특징이 뭐였냐 하면―."

남자에게 감사 인사를 전하고 가게를 나왔다. 지상으로 올라가며 야시로는 담배 한 개비를 꺼내 물었다.

마음을 가라앉히고 머릿속을 정리했다. 그 남자가 정말 경찰이 맞을까? 가게에 손님으로 왔던 남자는 며칠 후 자신이 경찰이라고 밝히며 CCTV 영상을 수거해 갔다. 남자는 자신이 찍힌 영상을 없애기 위해 경찰을 사칭했을 가능성도 있었다. 이 단계에서 리더인 카스가 료에게 보고해도 괜찮은 걸까? 방금 가게에서 들은 이 남자의 특징은 흔치 않은 것이었다. 만약 실제로 경찰이라면 그 특징만으로 신원 확인이 가능할지도 모른다. 천만 엔이 코앞에 다가와 있었다.

야시로는 담배를 바닥에 비벼 끄고 카스가에게 전화를 걸었다.

누가 가장 먼저 성과를 올릴 것인가. 카스가 료는 거실 소파에 앉아 스마트폰을 만지작거리며 부하들의 연락을 기다리고 있었다.

지난 며칠 동안 카스가는 타워맨션에서 한 발짝도 나가지 않았다. 오른팔인 이이지마 켄고와 줄곧 함께 지냈다. 식사는 전부 배달로 해결했다. 간부들과의 회의도 모두 온라인으로 진행했다. 이유는 하나였다. 밖에서 경찰이 감시를 하고 있기 때문이었다. 경찰은 성소자가 왜 블랙체리의 멤버들을 노렸는지 알고 싶어 했다. 하지만 카스가는 경찰에 협조할 생각이 없었다. 블랙체리에서는 독자적으로 수사를 진행하고 있었다. 직접 성소자를 찾아 제재를 가할 생각이었다.

답답한 마음에 베란다로 나갔다. 쌀쌀한 밤공기를 마시며 코히바 시가를 피웠다. 그때였다. 전혀 기대하지 않았던 부하에게 전화가 걸려 왔다.

야시로 소키였다.

"형님, 찾았습니다! 성소자를 잡을 수 있을 만한 정보를 손에 넣었어요."

그 말을 듣는 순간 카스가는 흥분을 감출 수 없었다.

"잘했다. 정말 잘했어. 이 정보로 성소자를 잡게 되면 천만 엔은 네 거다."

"감사합니다!"

뛸 듯이 기뻐하는 야시로의 목소리를 들으며 카스가는 전화를 끊었다. 천만 엔은 자신의 것이라고 확신하는 듯했다.

야시로가 알아낸 정보는 상당히 믿음이 갔다. 카스가는 처음부터 시마다 유키를 죽인 모방범이 경찰 관계자가 아닐까 의심하고 있었다. 그자는 경찰 관계자가 아니면 알 수 없는 성소자가 시신에 남기는 표식에 대해 알고 있었다.

카스가는 성소자와 모방범이 한패일 것이라고도 생각했다. 즉 모방범을 잡으면 성소자까지 찾아낼 수 있을지도 모른다.

빠르게 뛰는 심장을 애써 진정시켰다. 이 사건을 담당하는 수사관들 중 야시로가 알아낸 특징과 일치하는 자를 찾으면 범인 후보를 좁힐 수 있다.

하지만 문제는 블랙체리의 힘으로는 그 사람을 찾아낼 수 없다는 것이었다.

카스가는 경찰 내부에 심어 둔 정보원에게 전화를 걸었다.

통화 연결음이 길게 이어진 끝에 상대가 전화를 받았다.

"여보세요?"

여전히 경계하는 듯한 목소리였다. 마지못해 받은 것 같았다.

카스가는 나름 공손한 말투를 써가며 용건을 밝혔다.

"수고 많으십니다. 실은 저희가 성소자 사건에 관한 중요한 정보를 찾은 것 같아서요. 놀라지 마십시오. 유키가 인스타그램에 올린 사진에 유키를 미행했던 것으로 보이는 남자가 찍혀 있어서 저희가 행방을 쫓았더니 글쎄 그 남자가 경찰이었더라고요. 제 생각에는 그 남자가 유키를 살해한 모방범입니다."

"그런 말도 안 되는… ."

"들어보세요. 유키가 갔던 유흥업소에 그 남자도 있었는데, 며칠 후에 그 남자가 CCTV 영상을 회수하러 다시 왔더랍니다. 그때 경찰 신분증을 보여줬다고 하고요."

"그 신분증이 가짜였을 수도 있잖아."

"네, 물론 그럴지도 모르죠. 하지만 한번 알아볼 만한 가치는 있지 않습니까? 제 생각에 모방범과 성소자는 분명 연결되어 있어요. 모방범의 정체를 거의 알아냈던 타모츠가 성소자에게 살해당했으니까요."

"그래서 알아낸 정보가 뭔데?"

카스가가 남자의 특징을 설명하자 상대는 아무 말이 없었다.

침묵이 몇 초간 이어졌다.

카스가는 직감했다.

"짐작 가는 사람이 있으십니까?"

"아니, 지금 당장 떠오르는 사람은 없는데…. 앞으로 주의 깊게 살펴볼게. 연락 고마워."

상대는 빠른 속도로 본인이 할 말만 하고 일방적으로 전화를 끊었다. 당황한 기색이 역력했다.

카스가는 혀를 찼다. 상대는 분명 무언가를 숨기고 있었다. 아무래도 정보를 넘길 사람을 잘못 선택한 것 같았다. 경찰은 자신의 동료를 지켜야 한다는 의식이 강한 조직이다. 짐작 가는 인물이 있어도 모르는 척 넘어갈 것이다. 아니, 하지만 상대는 경찰을 배신하고 외부에 정보를 유출하고 있는 자다. 어쩌면 더욱 교활하게 행동할지도 모른다. 예를 들면 모방범에게 접촉해 협박을 했던 타모츠처럼 말이다.

후자일 확률이 높을 것 같다는 생각이 들었다. 그럼 결국에는 성소자와의 머리싸움이 될 것이다. 결말은 대충 예상이 갔다.

"젠장…."

욕설이 새어 나왔다. 어느 쪽이든 블랙체리에게 좋을 것은 하나도 없었다.

3

전화를 끊은 뒤에도 도무지 믿기지 않아 고개를 저었다.

정말로 경찰 내부에 살인자가 있었을 줄이야….

만약 모방범이 존재한다면 경찰 관계자일 가능성은 충분히 있었다. 실제로 모방범이 있다고 보는 수사관들도 적지 않았다. 시마다 유키 사건만 살해 방식이 달랐기 때문이다. 시마다의 시신에는 성소자의 표식이 남아있었다. 그 표식을 아는 것은 수사 관계자들뿐이었다. 수사 관계자가 블랙체리와 사이가 안 좋은 어그리즈 쪽에 정보를 흘렸고 어그리즈가 범행을 저질렀을 것이라는 추측도 있었지만, 어그리즈 관련 인물들을 조사한 결과 그 가능성은 희박하다는 결론이 났다.

정말이지, 이 수사본부는 문제가 한둘이 아니었다. 자신처럼 한구레 조직에 정보를 흘리는 자가 있는가 하면 성소자의 모방범까지 있다니….

모방범도 자신과 마찬가지로 그럴 만한 사정이 있는 것일까?

후지이 슌스케는 떨리는 숨을 내쉬었다. 지금부터 자신이 해야 할 일을 생각하자 긴장감으로 온몸이 떨렸다.

올해 초까지만 해도 후지이는 본청 수사1과에서 근무하는 성실한 경찰관이었다. 몇 년 안에 진급 시험을 치르고 순조롭게 출세 가도를 달릴 예정이었다. 상사들에게 어느 정도 인정도 받고 있었다. 스스로도 유능한 경찰관이라고 자부하고 있었다. 업무 외적으로도 5년 전 사랑하는 아내와 결혼해 작년에 아들을 얻었다. 행복한 가정을 이뤘다고 생각했다. 일도 가정도 놓치지 않고 모든 것이 순조롭게 흘러가는 듯했다. 그런 자신이 어쩌다 한구레 조직의 정보원으로 전락했는가 하면 이유는 간단했다. 협박을 당했기 때문이다.

인생의 걸림돌이 언제 어디서 나타날지는 아무도 모른다. 굳이 근본적인 원인을 따져보자면 자신의 성적 취향에서 비롯된 일이었다.

후지이는 양성애자였다. 물론 이 사실은 아내에게 비밀로 했다. 결혼을 하고 4년 동안은 다른 욕구를 느낀 적이 없었다. 아내와의 관계로 몸과 마음이 모두 충족되었기 때문이다. 하지만 아들이 태어난 이후부터 아니, 어쩌면 그 이전부터 아내는 점점 관계에 소극적이 되어 갔고, 후지이는 성적 욕구를 해소할 방법을 고민하기 시작했다. 일반적인 성향을 가진 남자라면 다른 여자를 만났겠지만 후지이는 오랜만에 남자를 만나보고 싶어졌다. 한 번 고개를 든 욕망은 억누르기 어려웠다. 결국 결혼한 이후 처음으로 신주쿠 2초메에 발을 들였고, 다시 남자를 만나는 데 빠져들었다. 일을 마치면 2초메로 가서 하룻밤 즐길 남자를 찾는 날이 늘어갔다.

2초메에는 성 매수가 가능한 업소가 있었다. 가게에서 마음에 드는 남자를 지명하고 점장에게 요금을 지불한 뒤 밖으로 데리고 나와 함께 식사를 하거나 곧장 모텔로 향했다. 상대가 직업을 궁금해하는 경우가 종종 있었지만 공무원이라고 대충 둘러대며 경찰이라는 사실을 절대 말하지 않았다. 그리고 후지이는 같은 상대를 두 번 이상 지명하지도 않았다. 한 번의 만남으로 충분했다. 하지만 일곱 번째로 만난 슌페이는 달랐다. 아이돌 그룹 멤버 같은 외모를 가진 슌페이를 보고 첫눈에 반한 후지이는 그 후로 종종 슌페이를 지명했다. 슌페이는 유명 사립대에 다니는 대학생이었다. 원래 이성애자지만 돈이 필요해 몸을 팔고 있다고 했다. 세 번째 만남에서 후지이는 자신이 경찰이라는 사실을 밝혔다. 그것이 실수였다. 그 다음 만남에서 슌페이는 뜻밖의 말을 꺼냈다. 두 사람이 관계하는 영상을 갖고 있다는 것이었다. 슌페이는 그 영상을 아내와 직장 동료들에게 보내겠다고 협박했다. 그러면서도 본인이 원해서 하는 일이 아니라고 말했다. 알고 보니 슌페이는 블랙체리의 멤버였고, 상부에 경찰을 만난 사실을 보고하자 관계하는 영상을 촬영해 협박하라는 명령을 받았다고 했다. 영상이 유포되는 것을 원치 않으면 경찰의 수사 정보를 빼돌리라고 말이다. 물론 이는 협박죄에 해당하지만, 아내와 동료들에게 자신의 비밀이 알려지는 것은 곤란했다.

슌페이는 리더인 카스가 료가 후지이를 만나고 싶어 한다고 말했다. 후지이는 망설였지만 다른 선택지가 없다는 생각이 들었다. 시내의 한 호텔에 있는 카페에서 마주하게 된 카스가 료는 확실히 카리스마가 있었다. 젊은 나이에도 불구하고 체격도 좋고 말솜씨도 뛰어나 왜 그의 주변으로 젊은이들이 모여들고 있는지 알 것 같았다. 카스가는 수사 정보 이외에는 아무것도 요구하지 않겠다며 후지이가 보는 앞에서 촬영된 영상을 삭제했다. 물론 복사본이 있을지도 모르지만 후지이는 카스가가 신뢰할 수 있는 상대라는 생각이 들었다.

약속한 대로 지금까지는 순순히 카스가의 요구에 응해왔다. 하지만 조금 전, 흐름이 바뀐 듯한 기분이 들었다. 경찰 인생 최대의 실적을 올릴 수 있는 기회였다. 고민 끝에 후지이는 결론을 내렸다. 마지막 순간에 배신하는 꼴이 되어 미안하지만 블랙체리에는 협조하지 않을 것이다. 이 엄청난 실적을 한구레 조직에 빼앗길 수는 없었다. 자신의 손으로 모방범을 잡을 것이다. 어차피 블랙체리와의 관계를 계속 이어갈 수는 없는 노릇이었다. 만약 자신을 다시 협박해 온다면 이번에는 카스가를 협박죄로 체포하겠다고 반대로 협박할 생각이었다.

후지이는 카스가가 언급한 특징을 가진 남자를 알고 있었다. 그의 전화번호도 갖고 있었다. 후지이는 그에게 전화를 걸었다.

"여보세요?"

상대는 의아한 목소리로 전화를 받았다.

"네가 누구인지 다 알아."

후지이는 크게 웃음을 터트렸다.

"네가 모방범이었다니."

상대는 말문이 막힌 듯 침묵했다. 이 남자의 인생이 자신의 손아귀에 들어온 것 같은 기분이었다.

내일은 중요한 임무를 앞두고 있었다. 아마미야흥업의 아마미야 고로를 밀착 감시해야 한다. 그리고 성소자가 아마미야를 처리할 수 있도록 빈틈을 만들어내야 한다. 문제는 파트너인 오다기리를 어떻게 따돌리느냐 하는 것이었다.

이번 일만 잘 끝나면 성소자는 목적을 달성하고 료이치도 자유의 몸이 된다. 성소자가 이번에도 깔끔하게 처리해 준다면 사건은 미궁에 빠질 것이다. 그렇게 되면 카나와 료이치가 저지른 죄도 드러날 일은 없다.

오다기리를 어떻게 따돌릴 것인가. 머릿속이 온통 그 생각으로 가득해 잠이 오지 않았지만 내일 하루 종일 집중력을 잃지 않으려면 충분히 잠을 자 둬야 했다. 어느 순간에 갑자기 빈틈이 생길지 알 수 없기 때문이다.

료이치는 양치질을 마치고 침실로 들어갔다. 잠옷으로 갈아입고 침대에 막 누우려는데 스마트폰 벨소리가 울렸다. 모르는 번호였다. 료이치는 긴장한 채 전화를 받았다.

"나다."

성소자였다. 그의 목소리에서 조급함이 느껴졌다. 또 무슨 실수라도 한 것일까?

"이번에는 또 뭐야?"

"내일 큰일을 치르기에 앞서 네가 처리해 줘야 할 일이 있다. 블랙체리에 정보를 흘리는 경찰관이 있다. 한 시간 후에 그자가 이케부쿠로경찰서 옥상으로 갈 것이다. 그자를 없애라."

"잠깐만, 그자를 왜 없애야 하는 건데?"

"네가 가면 상대는 방심할 거다."

"질문에 대답해."

"너는 내가 시키는 대로 할 수밖에 없다."

"아니, 내가 그걸 어떻게 해. 그리고 당장 한 시간 후라니…."

전화는 이미 끊어진 후였다.

몇 초간 충격으로 아무 생각도 할 수 없었다. 그러나 곧 격렬한 분노가 치밀어 올랐다. 어떻게든 감정을 억누르려 애썼다. 화를 내고 있을 시간이 없었다. 료이치는 서둘러 전화로 택시를 불렀다. 그 사이 잠옷을 벗고 정장으로 갈아입었다. 잠시도 지체할 수 없었다. 넥타이는 검은색을 선택했다.

머릿속이 차갑게 식으며 사고가 명료해졌다.

문득 의문이 들었다. 왜 경찰 내부에 있는 배신자를 죽여야 하는 것일까? 그자가 블랙체리와 정보를 주고받는 과정에서 성소자의 정체를 알아낸 것일까? 그자가 없어진다고 해결될 문제일까? 블랙체리도 이미 정체를 알고 있는 것은 아닐까? 만약 쿠로카와 타모츠처럼 블랙체리에 알리지 않은 채 성소자를 협박해 온 것이라면 아직 희망이 있을지도 몰랐다.

집 앞에 택시가 멈춰 섰다. 서둘러 택시에 올라탄 료이치는 이케부쿠로경찰서로 가달라고 요청했다.

옥상에 나타날 남자를 어떻게 처리할지 생각해야 하는데….

어떡하지? 어떻게 해야 되지? 어떡해? 어떻게 해야 돼…?

백미러를 통해 택시 기사의 시선이 느껴졌다.

머릿속 생각이 입 밖으로 새어 나온 모양이었다. 료이치는 입을 꾹 다물었다. 이번에는 오른쪽 다리가 심하게 떨리기 시작했다.

어떡하지? 어떻게 해야 되지? 어떡해? 어떻게 해야 되지…?

같은 질문이 머릿속을 빙빙 맴돌았다. 성소자가 아니라 료이치가 나타나면 상대가 방심할지도 모른다. 그 가능성에 거는 수밖에 없었다.

료이치는 조용한 차 안에서 이동하는 내내 사람을 죽이는 방법에 대해 고민했다.

4

후지이는 옥상으로 이어지는 계단을 서둘러 올라갔다. 곧 살인자를 마주한다고 생각하니 긴장이 되었지만, 자신의 손으로 모방범을 체포할 수 있다는 생각에 피가 끓어올랐다.

경계해서 나쁠 것은 없었다. 후지이는 소리가 나지 않게 조심하며 옥상으로 나가는 문을 열었다. 관할서 옥상은 체포술 훈련이나 장비 점검에 종종 사용되기 때문에 문을 잠그지 않고 열어두는 경우가 대부분이었다.

후지이는 옥상으로 들어섰다. 어슴푸레한 달빛에 사물의 형태가 흐릿하게 보였다. 고가 수조와 큐비클식 고압 수전 설비가 옥상 안쪽에 자리 잡고 있었고, 사방은 허리 정도 높이의 난간으로 둘러싸여 있었다.

밤공기가 제법 쌀쌀했다. 차가운 바람이 옷깃을 파고들었다. 후지이는 정장 위에 코트를 걸치고 왔어야 했나 생각하며 몸을 움츠렸다.

옥상에는 아직 아무도 없었다. 어딘가에 숨어 있는 것은 아닌지 주변을 살폈지만 아무래도 자신이 먼저 도착한 듯했다. 관할서 옥상에서 만나자고 한 것은 후지이였다. 경찰서 내부가 아무래도 안전할 것이라고 판단했다.

게다가 한밤중에 옥상에 올라올 사람은 없다. 하지만 방심해서는 안 된다. 순간의 부주의로 옥상에서 밀려 떨어질 위험이 있었다.

옥상 한가운데로 걸어갔다. 주위를 빙 둘러보았다. 역시 아무도 없었다. 시계를 확인했다. 자정이 조금 넘은 시간이었다. 전화로 한 시간 후에 보자고 했으니 이제 슬슬 나타날 때가 되었다.

그때 옥상 문이 열리는 소리가 났다. 후지이는 황급히 몸을 돌렸다. 남자가 모습을 드러냈다. 검은 정장을 입고 있었다. 평범한 체격이었다. 얼굴은 아직 보이지 않았다. 왼손을 바지 주머니에 넣고 있었다.

후지이는 다가오는 남자를 가만히 지켜보았다.

"야쿠시마루… 선배님?"

나타난 것은 이케부쿠로경찰서의 야쿠시마루 료이치 경부보였다.

"여긴 어쩐 일이십니까?"

후지이는 당황했다.

달빛에 비친 야쿠시마루의 얼굴이 눈에 들어왔다. 마치 죽은 사람처럼 얼굴이 창백했다. 그리고 섬뜩할 정도로 표정이 없었다.

"후지이? 기분전환을 할 겸 밤공기 좀 쐬러 올라왔어."

야쿠시마루는 입술만 움직여 그렇게 말했다. 여전히 무표정이었다. 오른손은 초조한 사람처럼 넥타이 매듭을 만지작대고 있었다.

후지이는 의심이 들었다.

"이렇게 추운 시간에요?"

"그럼 안 되나? 자네야말로 이 시간에 여기서 뭐 해?"

"그게 저는… ."

말문이 막혔다.

야쿠시마루와 함께 있는 것을 모방범이 보면 어떻게 될까? 어쩌면 도망칠지도 모른다. 아니, 상대는 도망칠 곳이 없다. 그렇다면 야쿠시마루와 함께 체포해야 하는 걸까? 실적의 절반을 빼앗기는 기분이 들었다. 하지만 동시에 든든하기도 했다. 상대가 저항할 가능성도 얼마든지 있었다. 힘에는 자신이 없었다. 혼자서 상대를 제압할 수 있을지 의문이었다.

그냥 솔직하게 말할까? 야쿠시마루라면 믿을 수 있었다. 하지만 자신이 어떻게 모방범의 정체를 알고 있는지 물으면 할 수 있는 말이 없었다.

잠시 고민하던 후지이는 입을 열었다.

"… 사실은 잠시 후에 누가 올 거예요. 그자가 모방범일 가능성이 커요."

야쿠시마루의 얼굴에 처음으로 표정이 드러났다. 긴장한 것처럼 보였다.

"모방범이 왜 여기에?"

"저한테 정보원이 따로 있거든요. 그쪽을 통해 모방범의 정체를 알게 돼서 여기로 불러냈어요. 놀라지 마세요. 수사 관계자였어요."

"그래? 모방범이 실제로 존재했다니…."

그때 갑자기 휴대전화 벨소리가 울렸다. 자신의 것은 아니었다. 어딘가 다른 곳에서 울리고 있었다. 소리가 나는 쪽으로 향했다. 옥상 안쪽 깊은 곳의 난간 근처였다.

두 사람은 시선을 주고받았다. 야쿠시마루가 먼저 난간 쪽으로 다가갔다. 후지이도 뒤처지지 않기 위해 바짝 붙어 쫓아갔다.

"없어. 아무것도 없는데?"

야쿠시마루가 고개를 돌려 주변을 살폈다.

난간 발치에서 벨소리가 시끄럽게 울려대고 있었다.

"난간 너머야."

"왜 그런 곳에….″

"나도 모르지.″

야쿠시마루가 난간 밖으로 몸을 내밀었다.

"저기야. 뭐가 있어.″

당황한 후지이가 소리쳤다.

"위험해요! 조심하세요!″

야쿠시마루가 난간 밖으로 몸을 반쯤 내민 채 외벽의 돌출된 부분을 가리키고 있었다. 누군가 꼭대기 층 처마 밑에 스마트폰을 고정시켜 놓은 것 같았다.

"저기 좀 봐.″

야쿠시마루는 상체를 기울여 처마 아래쪽을 들여다보고 있었다. 후지이는 가까이 다가가는 것이 꺼려졌지만 함께 있는 야쿠시마루를 믿고 난간에 손을 올렸다. 하지만 난간은 얼어붙을 듯 차가웠고 후지이는 반사적으로 손을 뗐다.

그 순간 불길한 생각이 머리를 스쳤다. 어쩌면 이 사람이 모방범과 한패인 것은 아닐까? 이 타이밍에 옥상에 갑자기 나타난 것이 과연 우연일까?

수상하다―. 그렇게 생각하는 순간 야쿠시마루가 갑자기 고개를 돌렸다. 두 사람의 시선이 마주쳤다. 후지이는 자신의 경계심을 상대에게 이미 읽혔다는 것을 느꼈다.

위험하다고 깨달았을 때는 이미 야쿠시마루가 손을 뻗어 후지이의 목덜미를 움켜쥔 후였다. 강한 힘에 휘둘려 그대로 중심을 잃었다. 서둘러 두 손으로 난간을 붙잡았지만 몸이 공중에서 반 바퀴 회전했다. 손에 강한 충격이 전해지며 왼손이 미끄러지고 말았다.

후지이는 오른손 하나로 옥상 외벽에 매달린 상태가 되었다. 얼음처럼 차가운 난간의 감촉이 손바닥에 스며들었다.

"사, 살려주세요…."

야쿠시마루는 난간 안쪽에서 후지이를 내려다보고 있었다.

"미안하다. 나도 이런 짓까지는 하고 싶지 않았어."

"당신도 한패였던 거야?"

"한패라니, 누구랑?"

"모방범 말이야. 모방범이 시켜서 나를 죽이러 온 거지?"

오른손의 감각은 이미 사라진 지 오래였다. 팔 전체가 저려 오기 시작했다.

야쿠시마루는 여전히 무표정한 얼굴로 말했다.

"이 사건은 네가 생각하는 것보다 훨씬 더 복잡해. 네가 대화한 상대는 성소자야."

"성소자라고…?"

남자의 얼굴을 떠올렸다. 그가 참혹한 연쇄살인을 저지른 살인마라고는 믿기 어려웠다.

"누구랑 대화했던 거야?"

"살려주면 전부 다 말할게."

"그렇게 나오겠다? 나는 몰라도 상관없어. 어차피 약점을 잡힌 신세니까."

"당신도 그래서…."

"너나 나나 어리석은 짓을 저질렀어. 하지만 결국에는 살아남는 게 이기는 거야."

야쿠시마루의 한쪽 입꼬리가 올라갔다. 미소를 짓고 있었다. 승자의 미소였다.

나는 패배자다. 이대로 죽는 것이다—.

카스가를 배신하지 말았어야 했다. 전화를 받았을 때 의심이 가던 경찰관의 이름을 알려줬어야 했다.

아니, 그 이전에 아내를 배신하지 말았어야 했다. 아내를 두고 다른 남자를 만나서는 안 됐다. 2초메에 발을 들이지 않았다면 슌페이를 만날 일도 없었을 텐데….

후회해도 이미 늦었다.

난간을 잡고 있던 오른손이 서서히 미끄러지고 있었다. 마지막으로 다시 한번 애원했다.

"제발 부탁이야. 살려줘…."

"다 끝난 일이야."

야쿠시마루는 무심하게 말하며 난간에 매달린 후지이의 손을 억지로 떼어냈다. 오른손이 허공에서 허우적거렸다.

몸이 스르륵 공중에 떠올랐다. 마치 슬로모션처럼 느껴졌다.

온 세상이 거꾸로 보였다.

드넓은 밤하늘의 한가운데에 달이 아름답게 빛나고 있었다.

지면을 향해 몸이 빠르게 낙하하기 시작했다.

후지이는 눈을 감았다.

아내도 아들도 아닌 슌페이의 단정한 얼굴이 감은 눈 속에 그려졌다.

이케부쿠로경찰서에서는 마치 벌집을 건드린 것 같은 큰 소란이 일어났다. 본청 소속의 후지이 슌스케 순사부장이 옥상에서 투신해 사망한 것이다. 자택에서 보고를 받은 카타세 카츠나리는 몸을 벌떡 일으켜 곧장 관할서로 달려갔다.

이케부쿠로경찰서의 조직범죄대책과장인 우메즈 카즈아키 경부가 상황을 간략히 설명해 주었다. 사건이 발생한 것은 오전 0시 20분 경으로, 밖에서 큰 소리가 들려 관할서 직원이 나가서 확인해 보니 주차장에 한 남성이 엎드린 채 쓰러져 있었다. 후지이 슌스케 순사부장이라는 것이 확인되어 급히 구급차를 불렀지만 후지이는 이미 사망한 상태였다. 현재까지 유서는 발견되지 않았지만 자살로 보고 수사를 진행 중이라고 했다.

블랙체리에 수사 정보를 유출하던 자가 후지이였던 것일까? 수사의 손길이 자신에게 가까워져 온 것을 눈치채고 두려움에 못 이겨 자살을 선택한 것이 아닐까? 이러한 추측이 가능했다. 그런데 어쩌면 타살일 수도 있지 않을까? 만약 타살이라면 누가 무엇을 위해 후지이를 살해해야 했을까?

카타세는 우메즈 과장의 허가를 얻어 관할서 형사이자 후지이의 파트너였던 하마다를 회의실로 불러냈다. 카타세와 마주 앉은 하마다는 어딘가 곤란한 얼굴을 하고 있었다. 실제로 하마다는 카타세가 수사 정보를 유출했을 것으로 의심하던 조직범죄대책과 형사들 중 한 명이었다.

카타세는 간략히 자기소개를 한 뒤 곧바로 본론으로 들어갔다.

"후지이 순사부장이 자살 징후를 보인 적이 있었습니까?"

하마다는 잠시 생각하더니 고개를 저었다.

"아니요, 제가 보기에는 전혀 그런 낌새는 없었습니다. 자살이라는 게 믿기지 않아요."

"주변 사람들과의 트러블은 없었습니까?"

"글쎄요, 제가 알기로는 딱히 없었습니다."

"심리적으로 압박을 받고 있는 것 같지는 않았나요?"

하마다는 고개를 갸웃하며 잠시 생각에 잠겼다.

"그건 잘 모르겠어요. 후지이 순사부장은 원래 조용한 성격에 말수도 적은 편이라 속마음이 어땠는지 짐작하기가 어렵습니다."

카타세는 단도직입적으로 물었다.

"후지이 순사부장이 블랙체리에 수사 정보를 흘리고 있었습니까?"

하마다는 그 질문에 깜짝 놀란 듯했다.

"아니요, 잘은 모르지만 그런 짓을 할 사람은 아니었던 것 같습니다."

카타세는 하마다의 눈을 똑바로 바라보며 다시 질문을 던졌다.

"그럼 형사님이 블랙체리에 수사 정보를 흘렸습니까?"

"네? 절대 그런 적 없습니다!"

"오늘 0시 20분 경에 어디에 계셨습니까?"

"지금 뭐 하시는 겁니까? 저는 아무 관련이 없습니다."

"어디에 있었는지 대답하세요."

"도장에서 자고 있었습니다. 증언이 필요하면 부하들에게 물어보세요."

"알겠습니다. 이상입니다."

하마다는 언짢다는 듯 헛기침을 하며 자리에서 일어나 회의실을 빠져나갔다. 카타세는 그에게서 아무런 위화감도 느끼지 못했다. 하마다는 결백해 보였다.

그럼에도 어딘가 찜찜했다. 만약 후지이가 자신이 감찰 대상이 된 것을 눈치채고 두려움에 자살을 선택한 것이라면 자신에게도 어느 정도 책임이 있다고 볼 수 있었다. 하지만 물론 비밀 유지 의무를 어기고 수사 정보를 유출한 본인에게 가장 큰 잘못이 있었다.

카타세는 수사 결과가 나오면 자신에게 연락을 달라고 우메즈에게 다시 한번 당부했다. 후지이가 소지하고 있던 업무용 스마트폰은 추락 당시의 충격으로 산산조각이 나버린 탓에 데이터 복구가 어디까지 가능할지 알 수 없는 상황이었지만, 통신사에 요청하면 통화 기록 정도는 확인이 가능하다. 주변 인물은 어느 정도 파악할 수 있을 것이다. 후지이를 잘 아는 누군가에게서 그에게 자살 징후가 있었다는 증언이 나올지도 모른다. 물론 자살이 아닐 가능성도 여전히 배제할 수는 없었다.

카타세는 강당 쪽으로 발길을 옮겼다. 어쩌면 아는 사람, 이를테면 야쿠시마루를 만날 수 있을지도 모른다는 생각에서였다. 강당 안을 들여다보니 뒤쪽에 야쿠시마루가 앉아 있었다. 그에게 말을 걸기 위해 뒤에서 다가가던 카타세는 잠시 주춤했다. 야쿠시마루가 살짝 고개를 숙인 채 넥타이를 만지작거리며 혼잣말을 중얼거리고 있었다. 언제부터 혼잣말을 저렇게 했지? 야쿠시마루에게 넥타이를 만지는 버릇이 있다는 것은 알고 있었지만 혼잣말을 하는 모습은 어딘가 낯설었다.

같은 말을 반복하고 있는 것처럼 보였다.

왠지 다가가면 안 될 것 같은 분위기였지만 그렇다고 이대로 돌아서는 것도 이상하다고 생각한 카타세는 조심스럽게 야쿠시마루의 이름을 불렀다.

뒤를 돌아보는 야쿠시마루의 얼굴이 예사롭지 않았다. 얼굴은 창백했고 두 뺨은 움푹 들어가 있었다. 흡사 귀신을 보는 것 같았다. 카타세는 한동안 말을 잇지 못했다. 그러자 야쿠시마루가 텅 빈 눈빛으로 무슨 일이냐며 물었다. 그 눈빛에 압도당한 듯한 기분을 느낀 카타세는 야쿠시마루의 외모에 대해 언급하지 않기로 했다.

"별일이 다 있네. 후지이랑은 아는 사이였어?"

"대화를 해본 적은 별로 없는데 안면이 있기는 했지. 하마다 씨 파트너였으니까."

"후지이가 블랙체리에 수사 정보를 흘렸을 가능성에 대해서는 어떻게 생각해?"

"그런 거구나. 그래서 네가 여기에 있는 거였네. 글쎄, 그런 소문은 들어 본 적 없는데."

대화를 나누면서도 카타세는 자신도 모르게 야쿠시마루의 얼굴을 관찰하고 있었다. 갑자기 심장이 빠르게 뛰기 시작했다.

"너 오늘 좀 이상한데?"

오히려 그렇게 물은 것은 야쿠시마루였다.

"이상한 건 너지. 안색이 너무 안 좋은데?"

야쿠시마루가 시선을 피하며 말했다.

"내가 말 안 했나? 카나가 육교에서 떨어졌어."

"카나가? 아니, 어쩌다….'"

"나도 모르겠다. 하필 이럴 때 집에도 일이 많네. 안색이 좋을 수가 없어. 미안하지만 나 컨디션이 너무 안 좋다. 내일도 일찍부터 움직여야 해서 먼저 실례 좀 할게."

야쿠시마루는 그렇게 말하고는 도장 쪽으로 사라졌다.

카타세는 그 자리에 멍하니 서 있었다. 딸이 육교에서 떨어졌다는 것은 사실일 것이다. 하지만 왠지 야쿠시마루에게 일어난 문제가 그것 하나만은 아닐 듯한 기분이 들었다.

어딘가 이상했다. 떳떳한 형사에게서는 느껴지지 않는 무언가가 있었다.

두근대는 가슴이 좀처럼 진정되지 않았다.

틀림없다. 그것은 범죄자의 얼굴이었다. 카타세는 확신에 가까운 직감을 느꼈다.

5

도장에 이불을 깔고 누운 료이치는 몸의 이상 징후를 뚜렷이 느끼고 있었다. 뇌가 한껏 각성된 상태였다. 아드레날린 때문인지 기분이 들떠 있었다.

옥상 난간 쪽에 있었던 스마트폰은 이미 회수해 왔다. 후지이를 만나기 전에 미리 박스테이프로 고정시켜 놓았다가 후지이를 만난 후 바지 주머니에 숨겨 둔 스마트폰으로 전화를 걸어 벨소리가 울리게 했다. 후지이는 료이치를 완벽히 믿고 있었다. 살해당하기 직전까지는 말이다. 료이치가 모방범과 한패라는 사실을 눈치챈 순간 바뀌던 후지이의 눈빛이 생생하게 떠올랐다. 조금만 늦게 움직였으면 위험할 뻔했다.

이제 성소자가 아마미야 고로를 살해하기만 하면 일련의 복수극은 막을 내리게 된다. 성소자가 일을 깔끔하게 끝내주기만 하면 수사는 이대로 미궁에 빠지고 료이치의 죄도 드러나지 않을 것이다.

조금만 더 버티면 된다. 그렇게 생각하자 희망이 보이는 듯했다.

어느새 잠이 든 것 같았다. 스마트폰으로 시간을 확인해 보니 6시가 되기 조금 전이었다. 료이치는 이불을 빠져나와 세면실로 향했다.

세수를 하다 거울을 보니 낯선 남자의 얼굴이 비쳤다. 가슴이 철렁했다. 다른 누구도 아닌 자신의 얼굴이었다. 료이치는 거울을 보며 두 뺨을 어루만졌다. 카타세가 놀랄 만도 했다. 볼이 움푹 파여 얼굴의 윤곽이 달라져 있었다. 그리고 무엇보다 거울 속 남자의 눈에는 빛이 없었다. 마치 죽은 사람 같았다. 료이치가 죽인 남자들처럼 말이다.

몇 번이고 물로 얼굴을 씻어내 봤지만 거울 속 낯선 남자는 여전히 그 자리에 있었다. 료이치는 느슨해진 넥타이를 다시 조여 맸다. 그리고 도망치듯 서둘러 거울 앞을 벗어났다.

세면실에서 나온 료이치는 관할서 내부를 돌아다녔다. 사무실 안을 들여다보니 타니가와와 소우마가 있었다. 료이치를 발견한 두 사람은 하던 대화를 멈추었다.

타니가와가 손을 들어 인사했다.

"야쿠마루, 이 수사본부 괜찮은 거야? 무슨 저주라도 받은 거 아니야?"

료이치는 타니가와와 소우마의 얼굴을 번갈아 쳐다보았다. 타니가와의 미소가 어딘가 경직되어 보였다.

"혹시 제 이야기를 하고 계셨어요?"

"뭐?"

타니가와와 소우마는 서로의 얼굴을 마주 보며 어리둥절한 표정을 지었다. 시치미를 떼려는 것일지도 몰랐다.

"너네 집 좋다는 이야기?"

"… 아니에요. 아무것도 아닙니다."

아무래도 피해망상인 듯했다. 료이치는 머리를 긁적였다.

"후지이에 대해 이야기하고 있었어. 말수가 적은 편이기는 했지만 죽을 사람처럼 보이지는 않았잖아."

료이치는 고개를 갸웃했다.

"저도 별로 대화를 나눠본 적이 없어서요. 우울해 보이지는 않았지만 사람 속은 알 수 없으니까요."

"선배는 후지이가 자살한 게 맞다고 보시는 거예요?"

소우마가 의외라는 듯 목소리를 높였다.

"저는 타살이 아닐까 싶었거든요. 다른 방법도 많은데 굳이 관할서 옥상에서 뛰어내릴 이유가 없지 않아요?"

"그렇지는 않아. 경찰이 자기 관할 구역 내에서 권총으로 자살한 사례도 있기는 했어. 일에 치여 살다가 우울증에 걸린 사람은 항의하는 의미로 직장에서 자살을 택하기도 한대."

"그래요? 저로서는 이해가 안 가는데요, 그런 심리는."

"사실 어젯밤에 카타세 감찰계장이랑 잠깐 이야기를 했어. 카타세는 후지이가 블랙체리에 수사 정보를 흘리고 있었다고 보는 것 같더라고. 후지이는 자기가 감찰의 표적이 된 걸 눈치채고 그런 선택을 했던 걸 수도 있지 않을까?"

"그런 거라면 말이 되네."

료이치의 설명에 두 사람은 납득한 듯 고개를 끄덕였다.

사무실을 빠져나와 이번에는 강당으로 향했다. 성소자는 아마미야 쪽에 붙은 수사관들을 철수시키라고 지시했다. 하지만 자신의 파트너이자 본청 소속 수사관인 오다기리 마모루 순사부장을 따돌리기가 쉽지 않을 것 같았다. 뾰족한 수가 떠오르지 않았다. 아마미야를 따라다니면서 임기응변으로 상황에 대처하는 수밖에 없었다.

강당에서 오다기리를 발견했다. 료이치와 마찬가지로 얼굴이 좋지 않았다.

"후지이 씨 일은 참 안타깝네요. 진짜 자살이었을까요?"

"어젯밤에 카타세를 잠깐 만났어. 블랙체리에 수사 정보를 흘리던 게 후지이였을 수도 있다고 하더라고."

"네? 그게 정말이에요?"

"만약 그게 사실이라면 후지이는 더 이상 숨길 수 없다고 생각해서 자살했을 수도 있지."

"그럴 수도 있겠네요. 근데 그렇게 성실해 보이던 사람이 왜…."

"각자 어떤 비밀을 품고 사는지는 알 수 없는 법이니까."

오다기리는 료이치의 얼굴을 가만히 바라보았다. 그런 말을 하는 당신도 무언가 감춰둔 비밀이 있는 거냐고 묻고 싶은 듯했다.

"그나저나 따님 일로 많이 놀라셨겠어요. 좀 괜찮아졌어요?"

"괜찮은 것 같아. 어제저녁에 의식이 돌아왔어. 근데 최근 며칠 동안의 기억이 없는 것 같아."

"기억 상실 같은 거예요?"

"뭐, 그런 거기는 한데 나까지 잊어버린 건 아니니까. 다시 예전처럼 생활할 수만 있다면 더 바랄 게 없어."

한창 대화를 나누고 있는데 타케노우치 과장이 불쑥 나타났다. 오늘도 어김없이 허름한 차림새였지만 얼굴에는 생기가 돌았다.

"야쿠시마루, 오늘은 나왔네? 딸은 괜찮아?"

료이치는 고개를 숙여 인사했다.

"배려해 주신 덕분에 다행히 의식을 되찾았어요. 기억장애가 살짝 있기는 한데 의사 말로는 몸은 금방 회복될 거라고 하더라고요. 걱정을 끼쳐 죄송했습니다."

"자네 집도 이런저런 일이 많네. 하지만 알다시피 수사본부도 많이 혼란스러운 상태야. 신경 쓸 일이 많겠지만 오늘은 아마미야 쪽 감시 좀 잘 부탁할게."

"네, 맡겨 주십시오."

오늘은 큰 실수를 저지를 것이다. 반드시 그래야만 한다.

출세의 길이 막혀버릴지도 모른다. 지금껏 목숨을 걸고 지켜온 것을 잃게 되는 것이다.

그런 료이치의 속내를 모른 채 타케노우치가 말을 이어갔다.

"아마미야 고로는 토츠카라는 젊은 조직원 한 명을 데리고 벌써 며칠째 이케부쿠로의 사무실에만 틀어박혀 있어. 어젯밤에는 피자 배달을 시켰는데 배달하는 사람이랑 마주치지 않으려고 토츠카가 건물 입구에 돈을 넣은 봉투만 내놨다더군. 철저히 사람들과의 만남을 피하고 있어."

료이치는 눈앞이 캄캄해졌다. 아마미야가 건물 밖으로 나오지 않으면 성소자가 공격할 기회를 잡을 수 없다.

"근데 오늘은 움직임이 있을지도 몰라. 아마미야는 당뇨 때문에 이케부쿠로주오병원에서 일주일에 세 번 인공 투석을 받고 있어. 원래대로라면 이틀 전에 투석을 받았어야 하는데 나오지 않았어. 그러니까 오늘은 병원에 갈 수도 있다는 거지."

인공 투석은 기능이 약해진 신장 대신 기계를 사용해 혈액의 노폐물을 제거하고 수분을 유지하게 해주는 치료 방법이다. 신장 기능이 얼마나 저하되었는지에 따라 조금씩 다르겠지만 예정된 투석일을 이틀이나 넘기면 몸에 크게 무리가 갈 수 있다. 따라서 오늘은 아마미야가 투석을 받기 위해 밖으로 나올 확률이 매우 높았다. 한 줄기 희망의 빛이 비치는 듯했다.

엘리베이터를 타고 1층으로 내려갔다. 그때 료이치는 문득 떠오른 생각에 오다기리에게 말을 꺼냈다.

"잠깐 화장실 좀 다녀올게. 앞으로 화장실 가기 쉽지 않을 테니까 너도 지금 다녀오는 게 어때?"

"저는 조금 전에 갔다 와서 괜찮아요. 다녀오세요."

화장실로 들어간 료이치는 어젯밤에 걸려왔던 성소자의 번호로 전화를 걸었다. 상대는 금방 전화를 받았다.

"뭐야?"

"나야. 오늘 내가 아마미야 고로의 감시를 맡을 거야. 아침 9시부터 내일 아침 9시까지야."

"알겠다."

"오늘 아마미야가 인공 투석을 받으러 이케부쿠로주오병원에 갈 수도 있어. 투석을 받는 몇 시간을 노려야 할 거야."

"알겠다."

"그게 다야?"

말투에서 묘한 위화감을 느꼈다. 평소에 통화하던 상대가 아닌 것 같았다. 성소자가 두 명일 가능성이 떠올랐다.

"너 다른 사람이지?"

"무슨 말을 하는 건지….."

"성소자가 둘이야?"

전화가 뚝 끊겼다. 정곡을 찔려 도망친 것 같았다.

뭐, 상관은 없다. 둘이 한패라면 다른 한 명에게 소식을 전할 것이다.

더는 신경을 쓰지 않기로 했다. 관할서 1층에서 오다기리와 다시 합류해 아마미야흥업이 사무실로 사용하고 있는 건물까지 걸어서 이동했다. 게키조 거리를 따라 북쪽으로 걷다가 도키와 거리에서 왼쪽으로 꺾었다. 중간에 편의점에 들러 물과 주먹밥을 샀다. 오다기리는 늘 그렇듯 보기만 해도 단 빵을 잔뜩 집어 들었다.

아마미야흥업 건물이 정면으로 보이는 길가에 후카다 유미가 탄 차량이 세워져 있었다. 운전석 창문을 똑똑 두드렸다.

창문이 내려가며 후카다의 지친 얼굴이 나타났다.

"교대 시간이군요. 기다리고 있었어요."

"별다른 일 없었어?"

"전혀 없었어요. 꼼짝도 안 해요. 그래도 오늘은 아마미야가 투석을 받으러 갈지도 몰라요."

"안 그래도 과장님한테 이야기 들었어."

오다기리가 료이치에게 말했다.

"그럼 저는 뒷문 쪽에 있겠습니다."

뒷문에는 본청 소속 수사관이 잠복 중이었다.

"그래, 부탁할게."

쓰레기봉투를 들고 차에서 내린 후카다를 대신해 료이치가 운전석에 올랐다. 무전기를 건네받았다. 물과 주먹밥이 든 비닐봉지를 조수석에 던져놓았다. 며칠 동안 차 안에서 머물렀던 수사관들의 체취가 뒤섞여 불쾌한 냄새가 코를 찔렀다. 창문을 내려 환기를 시켰다.

무전기를 정장 안주머니에 넣고 귀에 이어폰을 꽂은 뒤 옷 속으로 코드를 통과시켜 마이크를 소매 끝에 고정시켰다.

얼마 지나지 않아 오다기리에게서 무전으로 연락이 왔다.

"뒷문 쪽에서 잠복 시작했습니다. 현재까지 움직임은 없습니다."

소매 끝에 달린 마이크에 속삭이듯 말했다.

"알겠어, 움직임이 있으면 바로 알려줘. 긴 싸움이 될 것 같네. 잠들지 않게 조심해."

"지금 에너지 드링크 하나 마시려고요. 그럼 고생하십시오."

어젯밤에는 잠을 거의 자지 못했다. 하지만 전혀 피곤하지 않았다. 여전히 들뜬 상태였다. 오늘의 임무만 잘 마치면 고통에서 벗어날 수 있다는 굳은 믿음이 있었다.

주먹밥을 하나를 입에 넣고 물로 내려보냈다. 단 한 순간도 건물 출입구에서 시선을 떼지 않도록 주의해야 했다.

료이치도 감시는 처음이었다. 계속 같은 자세로 앉아 감시 대상을 지켜보는 것은 상당한 집중력을 요구하는 일이었다. 지루하기 짝이 없었다. 그렇다고 스마트폰을 만질 수도 없었다. 십 년도 더 전에 담배를 끊은 것이 후회될 정도였다. 껌이라도 씹고 싶었지만 사오는 것을 깜빡했다.

넥타이 끝부분을 손으로 만지작거렸다. 뭐라도 생각해보자. 조금 전 성소자와 나눈 대화를 떠올렸다. 그자는 평소에 통화하던 상대가 아니었다. 성소자는 두 명이다. 오늘 통화한 것은 최초 피해자인 이토 유야를 살해한 자일지도 몰랐다.

왜 오늘은 다른 사람이 전화를 받았을까? 그럴 수밖에 없는 이유가 있었던 것일까? 예를 들면 자고 있었다거나 다른 일로 바빴다거나? 아니, 그런 이유는 아닐 것 같았다. 전화를 받지 못하는 상황이었다면 나중에 다시 전화를 걸면 그만이다. 무언가 특별한 사정이 있는 것이 아닐까?

이번에는 후지이와의 대화를 떠올렸다. 후지이는 경찰 관계자가 옥상에 나타날 것이라고 말했다. 그자가 모방범이라고 확신하고 있었다. 블랙체리와 정보를 주고받는 과정에서 모방범이 경찰 관계자라는 것을 알아낸 것 같았다. 하지만 후지이가 접촉한 상대는 모방범이 아닌 성소자였다. 그리고 성소자는 료이치에게 연락해 자신을 대신해 후지이를 만나 제거하라고 지시했다. 그렇다면 성소자도 경찰 관계자일 수 있다는 결론이 나온다. 관할서 옥상에서 만날 수 있는 상대여야 했다. 틀림없다. 성소자는 경찰 내부 사람이다.

차가운 손이 등줄기를 훑고 지나가는 듯한 기분이 들었다. 정말 그런 일이 가능한 것일까? 가능하다면 도대체 누가…?

수사관들의 얼굴을 하나하나 떠올렸다. 본청 사람일까, 아니면 관할서 사람일까? 잘 아는 사람일까, 아니면 전혀 모르는 사람일까?

내가 아는 사람 중에 성소자가 있다고…?

달팽이가 기어가는 것처럼 시간은 느리게 흘러갔다. 한 시간이 몇 시간처럼 길게 느껴졌다. 생각에 몰두하는 것 말고는 할 일이 없었다.

오늘 하루가 끝날 무렵에는 인생이 180도 달라져 있을 것이다. 성소자는 복수를 끝내고 료이치는 자유를 얻는다. 더는 죄를 짓지 않아도 된다. 가족도 무사할 것이다. 기억을 잃은 카나는 더 이상 죄책감에 시달리지 않아도 된다. 그렇게 되려면 성소자에게 어떻게든 기회를 만들어줘야 한다. 기지를 발휘해야 할 때였다.

"할 수 있어. 다 잘될 거야. 그렇지?"

입 밖으로 소리를 내어 그렇게 중얼거리자 정말로 다 잘될 것만 같은 기분이 들었다.

그때 전방에서 움직임이 포착되었다. 건물 출입구 바로 옆에 있는 차고 문이 천천히 열리더니 검은색 벤츠 차량이 나타났다. 운전석에 앉은 젊은 조직원의 얼굴은 보였지만 뒷좌석의 상황은 확인이 어려웠다.

무전으로 오다기리에게 연락했다.

"이쪽에 움직임이 있어. 차고에서 검은색 벤츠가 나왔는데 대상자는 아직 확인 못 했어. 내가 따라가 볼게."

"알겠습니다. 대상자가 확인될 때까지 저는 여기서 대기할까요?"

지금이 오다기리를 따돌릴 찬스일지도 몰랐다.

"그렇게 하자. 조직원이 혼자 잠깐 뭘 사러 나온 걸 수도 있으니까."

"알겠습니다. 수시로 연락 주세요."

"그럴게."

적당한 거리를 두고 벤츠 뒤를 따라붙었다.

차량은 게키조 거리로 나가 북쪽으로 달렸다. 십여 분을 달려 도착한 곳은 건물 사이에 있는 주차장이었다. 뒷좌석 문이 열리더니 아마미야가 오른손에 지팡이를 들고 내렸다. 운전석에서 내린 젊은 조직원이 아마미야의 팔을 잡아 부축하며 함께 걸었다. 상태가 상당히 안 좋아 보였다. 두 사람이 향한 곳은 이케부쿠로주오병원이었다.

지금은 솔직하게 말하는 수밖에 없었다. 무전으로 연락을 넣었다.

"이케부쿠로주오병원에 도착했어. 대상자 확인 완료. 투석을 받으러 온 것 같아."

"알겠습니다. 저도 그럼 그쪽으로 가겠습니다."

"오케이."

통신이 끊기자마자 료이치는 무심코 혀를 찼다.

어떻게 해야 오다기리를 따돌릴 수 있을까….

병원 정문이 보이는 위치로 이동해 차를 세웠다. 종합병원답게 환자들의 출입이 끊이지 않았다. 잠시 후 오다기리가 병원에 도착했다며 연락을 해 왔다. 건물 뒤편에 있는 직원용 출입문 앞에 자리를 잡은 듯했다.

료이치는 무전으로 말했다.

"앞으로 한동안은 움직이지 않을 거야. 투석을 받는 데 보통 서너 시간은 걸린다 하더라고."

"그래도 방심할 수는 없어요. 만약 성소자가 아마미야를 노리고 있다면 사무실 밖으로 나온 이 타이밍을 놓치지 않을 거예요. 지금도 근처에 숨어서 기회를 엿보고 있을지도 몰라요."

"그럴 수도 있겠네."

오다기리의 지적은 틀리지 않았다. 성소자는 분명 가까이에 있다. 숨을 죽인 채 기회를 노리고 있을 것이다.

오다기리의 목소리가 다시 들려왔다.

"저희 둘 중에 한 명은 병원 안에 들어가 있는 게 좋지 않을까요?"

"그럼 내가 들어갈게. 너는 거기서 계속 보고 있어."

다만 감시 경험이 없었던 터라 대상자가 병원 같은 건물 안으로 들어갔을 경우, 얼마나 가까이 접근해도 되는지 감이 오지 않았다. 그때그때 상황에 맞춰 대응하는 수밖에 없었다.

료이치의 입장에서는 차에 남아 성소자가 아마미야에게 접근할 기회를 최대한 많이 만들고 싶었지만, 누군가 한 명은 병원 안으로 들어갈 필요가 있어 보였다. 그리고 들어가야 한다면 자신이 가는 것이 나았다.

료이치는 차에서 내려 병원 정문으로 들어갔다. 자연스럽게 접수 데스크 앞 대기실을 지나 투석 치료를 담당하는 신장내과가 있는 2층으로 올라갔다. 2층에는 여러 진료과가 한 면에 길게 늘어서 있었고, 그 앞에 긴 의자가 두 줄로 배치되어 있었다.

료이치는 환자들 틈에 섞여 의자에 앉았다. 주변을 살피며 상황을 주시했다. 환자들은 대부분 스마트폰을 들여다보며 저마다의 세계에 몰두해 있었다.

이 안에 성소자가 있는 것일까?

목격 정보에 따르면 성소자는 20대에서 30대 정도로 보이는 평범한 체격의 남성이다. 병원 내부에는 마스크를 쓰고 있는 사람이 많았다. 료이치의 시야에 들어오는 환자들도 전부 마스크를 쓰고 있었는데, 대부분이 50대 이상으로 보이는 남녀였다. 이들 중에 성소자가 있는 것 같지는 않았다.

성소자는 이제 슬슬 모습을 나타낼 것이다.

문제는 료이치가 어떻게 대처하느냐였다. 성소자가 나타난다고 해도 개입해서는 안 된다. 그가 목적을 달성하는 것을 보고도 모른 척해야 한다. 하지만 그렇게 되면 주어진 임무를 다하지 못한 것이 된다. 자신이 방심한 틈을 타 성소자가 살인을 저지른 것처럼 보이게 만들어야 한다.

어떻게 해야 하지? 어떻게 하는 게 좋을까?

옆자리에 앉아 있던 나이 든 여성의 시선이 느껴졌다. 료이치는 자신이 다리를 심하게 떨고 있다는 것을 깨달았다.

료이치는 자리에서 일어나 화장실로 들어갔다. 성소자에게 전화를 걸었지만 응답이 없었다.

"젠장, 왜 안 받는 거야…!"

낮은 목소리로 욕설을 내뱉었다.

화장실에서 나와 앉아 있던 자리로 돌아갔다. 또다시 다리를 떨었다 멈췄다를 반복했다. 신장내과 근처에 계속 머물러 있어서는 안 됐다. 이곳에서 벗어날 명분이 필요했다. 화장실에 가는 것이 가장 좋은 핑곗거리였지만, 자신이 자리를 비우는 타이밍을 알려주고 싶어도 성소자가 전화를 받지 않았다.

왜 하필 이렇게 중요한 순간에 전화를 받지 않는 것일까? 료이치는 순간 가슴이 철렁했다. 혹시 이미 이곳에 와 있기 때문이 아닐까? 전화를 받으면 정체가 발각될 만큼 아주 가까운 곳에 말이다.

료이치는 눈을 크게 뜨고 주변을 다시 한번 살폈다. 다들 료이치보다도 나이가 많아 보였다.

성소자가 나타난다면 지금일 것이다. 이미 이 안에 있어도 전혀 이상할 것이 없었다.

누구지? 도대체 누가 성소자지?

성소자가 움직이면 나는 어떻게 해야 하지?

"어떻게 해야 하지? 어떡해?"

옆자리에 앉아 있던 나이 든 여성이 갑자기 자리에서 일어나더니 다른 자리로 이동했다. 료이치는 그제야 자신이 소리 내어 중얼거리고 있었다는 것을 깨달았다.

하지만 그런 것을 신경 쓸 여유가 없었다.

어떻게 해야 하지? 어떻게 하지? 내가 어떻게 해야⋯.

그때 갑자기 들려온 무전 소리에 정신이 번쩍 들었다. 거친 숨소리에 귀를 기울였다.

"선배님, 죄송합니다. 당했어요⋯."

온몸에 얼음물을 뒤집어쓴 것 같은 기분이었다.

"무슨 일이야?"

"성소자예요. 어떤 남자가 병원 문 앞을 서성거리고 있어서 신분 확인을 하려고 다가갔는데 갑자기 칼로 찔렀어요."

"괜찮아? 지금 바로 갈게."

"다행히 급소는 빗나간 것 같아요. 성소자가 게키조 거리 쪽으로 도망갔어요—."

료이치는 무전 내용을 끝까지 듣지도 않고 뛰기 시작했다. 주변에 있던 환자들이 놀라 웅성거렸지만 그것까지 신경 쓸 겨를이 없었다. 계단을 뛰어 내려간 료이치는 환자들 사이를 헤치며 복도를 달려 직원용 출입문으로 나왔다.

화단 근처에 오다기리가 몸을 웅크린 채 주저앉아 있었다. 셔츠의 가슴 부분이 피로 빨갛게 물들어 있었다.

"괜찮아?"

오다기리의 이마에 식은땀이 흘렀다. 고통스러운 듯 표정이 일그러졌다.

"가슴을 두 번 찔렸어요. 급소는 피한 것 같은데 그래도 너무 아프네요."

료이치는 잠시 동안 멍하니 서 있었다. 어떻게 해야 할지 판단이 서지 않았다.

오다기리는 떨리는 손으로 게키조 거리 쪽을 가리켰다.

"저는 괜찮으니까…. 성소자는 저쪽으로 도망갔어요."

"얼마나 됐어?"

"2, 3분쯤 된 것 같아요."

료이치는 오다기리가 가리킨 방향을 확인했지만 성소자로 보이는 뒷모습은 없었다. 지금 따라가 봤자 잡을 수 있을 것 같지 않았다.

"죄송하지만 의사 좀 불러주시면 안 될까요?"

그 순간 료이치는 불길한 예감이 들었다.

"잠깐만 있어 봐!"

다시 병원으로 뛰어 들어간 료이치는 복도를 달려 계단을 올라갔다. 2층은 이미 어수선한 분위기였다. 신장내과 앞으로 의사들과 간호사들이 몰려 들었다.

침대가 여러 대 늘어서 있는 넓은 투석실 안에서는 몇몇 환자들이 투석 치료를 받고 있었다. 그중 한 침대 주위를 의료진들이 둘러싸고 있었다.

료이치는 그들 사이를 비집고 들어갔다. 아마미야 고로가 침대에 누워 있었다. 그의 왼팔에는 투석 장치에 연결된 튜브가 꽂혀 있었다. 새하얀 시트는 이미 붉은 피로 물든 상태였다.

의사가 심폐소생술을 시도했지만 아마미야는 눈을 뜬 채 사망한 듯했다.

6

몇 분 후, 아마미야 고로의 사망 선고가 내려졌다. 복부를 여러 차례 찔린 상태였다.

이케부쿠로주오병원의 2층 로비는 봉쇄되었다. 기동수사대는 도주한 성소자를 쫓아 주변을 수색했고, 감식반은 투석실에서 증거물을 채취했다. 이번에는 목격자가 있었다. 몇몇 간호사들이 성소자로 보이는 남자가 투석실에서 나가는 것을 목격했다. 다만 그 남자는 모자를 쓰고 안경과 마스크로 얼굴을 가리고 있었던 탓에 신원을 밝혀낼 만한 특징은 확인할 수 없었다. 병원 내 CCTV에도 그의 모습이 찍혔지만 마찬가지로 얼굴을 식별할 수 없었다.

오다기리 마모루 순사부장은 같은 병원에서 치료를 받았다. 다행히 생명에는 지장이 없었다. 전치 4주 진단을 받았으나 2주 정도 안정을 취하면 된다고 했다.

상황은 정신없이 돌아갔고 그 중심에 료이치가 있었다. 본청 수사관 여럿이

교대해 가며 료이치에게 당시 상황에 대해 물었다. 병원에 도착한 이후부터 아마미야가 살해당한 순간까지의 경위를 상세히 진술했다. 몇 번이고 같은 설명을 반복해야 했다. 본청 수사1과 이동도 경부 진급도 이제는 논할 상황이 아니었다. 징계 처분을 받게 될 가능성도 배제할 수 없었다.

길고 긴 조사 끝에 겨우 해방된 료이치가 병원 1층 대기실에 자리를 잡고 앉자 타케노우치 과장이 다가왔다. 타케노우치는 옆자리에 앉으며 손에 들고 있던 캔 커피를 내밀었다. 그리고는 자신의 캔을 따서 먼저 한 모금을 마셨다.

"수고 많았어. 오다기리는 괜찮대. 두 번이나 찔리기는 했는데 상처가 깊지 않았어. 의식도 또렷하고."

료이치는 고개만 끄덕였다. 불행 중 다행이었다.

타케노우치의 얼굴이 갑자기 진지해졌다.

"대충 이야기는 들었어. 조사받으면서 이미 여러 번 말해서 지겹기는 하겠지만 한 번만 다시 정리해 보자. 오다기리한테 무전을 받고 너는 건물 뒤쪽에 있는 직원용 출입문으로 나왔어. 오다기리랑 대화를 나눈 건 불과 몇 분이었고, 불길한 예감이 들어서 곧바로 다시 신장내과로 돌아갔어. 그런데 그때는 이미 사건이 발생한 뒤였다는 거지?"

료이치는 캔 커피를 두 손으로 꼭 쥔 채 고개를 끄덕였다.

"맞아요. 피해자들을 부검했던 시바야마 선생이 추측한 대로 성소자는 두 명이었어요. 한 명이 오다기리를 찌르고 도망간 사이에 다른 한 명이 실행에 옮겼던 거예요."

료이치의 대답을 들은 타케노우치는 납득이 가지 않는다는 듯한 표정을 지었다. 료이치는 불안해졌다.

"오다기리가 있던 곳으로 뛰어가서 대화를 하는 데까지 시간은 얼마나 걸렸어?"

"기껏해야 3분 정도였을 거예요."

"그 사이에 아마미야를 노린 거라면 실행범은 이미 2층에 있었고, 네가 2층에서 1층으로 내려가는 걸 지켜보고 있었다는 거잖아."

"그랬을 수도 있죠."

"그자가 어떻게 네 얼굴을 알고 있었을까?"

순간 말문이 막혔다. 성소자는 료이치가 누구인지 알고 있다. 료이치의 영상을 갖고 있으니 얼굴을 아는 것도 당연했다. 하지만 이런 사정을 모르는 타케노우치는 의문을 가질 수밖에 없었다.

어떻게든 둘러대야 했다.

"제가 정신없이 뛰어가는 모습을 보고 잠복 중인 형사라는 걸 눈치챘던 거 아닐까요?"

타케노우치의 노련한 눈빛이 료이치를 향하고 있었다.

"재미있는 이야기를 하네? 병원 안에 형사가 있다는 걸 성소자가 이미 알고 있었다고?"

"워낙 머리를 잘 쓰는 녀석이니까 경찰이 아마미야를 지켜보고 있다는 것쯤은 예상했을 수도 있죠."

"뭐, 그럴 수도 있지. 그럼 성소자는 잠복 중인 형사가 두 명이라는 것까지 알았다는 거잖아. 한 명을 먼저 찌르고, 오다기리가 너를 부르기를 기다렸다가 아마미야를 죽이러 들어갔으니까."

료이치는 뭐라고 대답해야 좋을지 몰랐다. 섣불리 입을 열었다가는 허점이 드러날 것 같았다.

"사실 한 가지 더 마음에 걸리는 게 있어. 잠깐 따라와 봐."

타케노우치를 따라 직원용 출입문 근처에 있는 보안실로 들어갔다. 감시용 모니터가 한쪽 벽면을 가득 채우고 있었다. 모니터 앞 책상에는 경비원 한 명과 요시노 사토루가 앉아 있었다. CCTV 영상 데이터를 노트북으로 옮기고 있는 것 같았다.

타케노우치가 요시노에게 말을 걸었다.

"아까 그 영상 다시 한번 틀어 봐."

"네."

요시노는 노트북을 조작하며 화면을 가리켰다.

"이거예요. 정문 출입구 천장에 설치된 CCTV 영상이에요."

료이치는 요시노의 뒤에 서서 화면을 들여다봤다. 모자를 쓰고 안경과 마스크로 얼굴을 가린 남자가 출입문을 통해 뛰어나가는 모습이 찍혀 있었다.

타케노우치가 료이치를 향해 고개를 돌리며 물었다.

"어떤 거 같아?"

료이치는 당황했다. 정말 이 남자가 성소자라는 말인가? 얼굴은 잘 보이지 않았지만 전체적인 분위기나 체격, 걸음걸이 등으로 어느 정도 나이대를 짐작해 볼 수 있었다.

료이치는 솔직하게 대답했다.

"이 남자는 60대 이상으로 보이는데요."

"나도 그렇게 생각해. 아마미야흥업의 바바 유타카를 죽인 성소자는 목격자 증언에 따르면 20대에서 30대라고 했었지?"

"네, 맞아요. 성소자가 두 명이라면 말이 되네요. 이 남자가 다른 한 명인 거겠죠."

료이치는 아마미야의 시신 상태를 떠올렸다. 복부의 자창이 여러 개였다. 이번에도 단칼에 죽이지 못했던 것이다.

타케노우치가 고개를 끄덕였다.

"그래, 젊은 남자랑 나이 든 남자가 한패인 걸지도 몰라. 그런데 오늘 아마미야를 살해한 게 나이 든 쪽이었다는 게 마음에 걸린다는 말이지."

"그러게요. 보통은 젊고 힘 있는 쪽이 실행범인 경우가 많기는 하죠. 혹시 오다기리가 잠복 중인 걸 알고 감시하는 형사를 먼저 처리하는 게 더 중요하다고 생각한 건 아닐까요?"

"그렇게 생각할 수도 있지. 아니, 실제로 그랬을지도 몰라. 그래도 뭔가 찜찜하단 말이지. 오다기리를 공격한 게 젊은 쪽이었다고 하면 일부러 치명상은 입히지 않았다는 거잖아. 그리고 오다기리가 무전으로 너한테 연락할 것까지 예상하고 있었고."

타케노우치가 무슨 말을 하고 싶은 것인지 이해가 갔다. 성소자는 경찰의 움직임을 속속들이 파악한 뒤 철저하게 대책을 세워 행동한 것처럼 보였다. 실제로 경찰은 두 명이 한 팀을 이뤄 아마미야를 감시해 왔다. 오늘은 신장 내과가 있는 2층 로비에 한 명, 병원 건물 뒤쪽 출입문에 한 명이 잠복 중이었다. 성소자는 두 사람이 어디에 배치되어 있는지를 정확히 파악하고 있었던 것이다. 2층 로비에는 환자들이 많았기 때문에 형사를 공격하는 것이 불가능했다. 그 대신 밖에 있던 형사를 공격했지만 죽지 않을 정도로만 찔렀다. 그리고 그 형사가 무전으로 지원을 요청할 때까지 기다렸다가 실행범이 아마미야를 살해하고 도주했다.

료이치는 이렇게까지 자세히 성소자에게 말해주지 않았다.

"범인 몽타주를 그릴 수 있게 오다기리한테 협조를 받아야겠어."

료이치는 문득 며칠 전 기억이 떠올랐다.

"몽타주라면 이미 있을 거예요. 쿠로카와 타모츠가 살해당한 현장 주변의 CCTV 영상을 수거하러 다니던 가짜 형사가 있었거든요. 성소자일 가능성이 큰 것 같아서 그때 영상을 넘겨줬던 맨션 관리인의 협조를 받아서 몽타주 작성을 하기로 했었어요."

료이치의 말에 타케노우치는 의아한 표정을 지었다.

"아니, 그런 이야기는 없었는데."

이상했다. 오다기리가 몽타주 전문 수사관을 보내겠다고 하지 않았던가.

"까먹은 거 아니야? 아무튼 이번에 한 번 그려보자."

타케노우치는 그렇게 말하며 두 손으로 무릎을 짚고 일어났다.

료이치는 깊게 숨을 내쉬었다. 좀처럼 몸에 힘이 들어가지 않았다.

이제 할 일은 다 했다. 성소자는 복수를 끝냈고, 료이치는 그의 복수를 도왔다. 자꾸만 웃음이 새어 나왔다. 자신의 웃음소리에 놀란 료이치는 마음을 가다듬고 웃음을 거두었다.

그날 저녁에 열린 수사 회의는 마치 장례식장 같은 무거운 분위기였다. 수사관들은 침묵했고 강당 안은 팽팽한 긴장감이 감돌았다. 료이치는 아나기사와 토시오 수사1과장이 회의에 참석하지 않은 것을 발견했다.

료이치가 자리에 앉자 옆자리의 타니가와가 속삭였다.

"수사1과장이 바뀔 수도 있대."

"어디서 들으셨어요?"

타니가와는 자랑하듯 흥, 하고 콧소리를 내며 말했다.

"내가 본청에 아는 사람이 많잖아. 어쩔 수 없지, 뭐. 희생자가 너무 많이 나오기도 했고, 심지어 감시 중이던 아마미야까지 살해됐으니까."

"그건 제 책임이에요."

"아니야, 이야기 다 들었어. 오다기리가 칼에 찔렸다며. 네가 오다기리한 테 간 사이에 다른 한 명이 아마미야를 죽인 거고. 네가 어떻게 할 수 없는 거 였어. 성소자가 한 수 위였던 거지. 그냥 운이 나빴다고 생각하고 넘겨. 근데 징계를 받을 수도 있기는 하겠다. 경고나 주의 처분으로 끝나면 좋을 텐데."

"각오는 하고 있어요."

진심이었다. 당분간은 아니, 어쩌면 앞으로 평생 출세는 포기해야 할지 도 몰랐다.

큰 대가를 치르게 되었지만 가족만큼은 지켜냈다. 료이치에게는 가족을 지키는 것이 다른 무엇보다 중요했다. 목숨을 걸어서라도 지켜내야 하는 것 이었다.

수사 회의가 시작되었다. 회의의 진행을 맡은 타케노우치 과장이 입을 열 었다.

"다들 알다시피 어제오늘 큰 실책이 이어졌다. 수사관이 스스로 목숨을 끊 었고, 감시 대상자가 살해당했고, 성소자를 놓쳤다. 언론에서도 떠들썩하게 반응하고 있어. 무슨 일이 있어도 이제부터는 명예를 회복해야만 한다. 반드 시 성소자를 체포할 것이다. 수사 방침에 변화가 있을 예정이지만 다들 마음 을 다잡고 각자의 위치에서 맡은 바 임무에 최선을 다해 주기를 바란다."

이어서 수사관들의 보고가 시작되었다. 오늘은 도주한 두 명의 성소자의 행방을 쫓기 위한 탐문 수사가 진행되었다. 병원 정문으로 나와 도주한 나이 든 성소자는 이케부쿠로 4초메 부근에서 행적이 끊겼다. 게키조 거리에서 이 케부쿠로역 방면으로 도주한 것으로 알려진 젊은 성소자에 대한 목격 정보는 전무했다. 병원 주변에서 수거한 CCTV 영상을 분석하는 중이었지만 어디까지 추적 가능할지 알 수 없는 상황이었다.

료이치는 눈을 감았다. 성소자가 잡히지 않기를 마음속으로 빌었다.

부디 에리코가 아무것도 묻지 않기를, 부디 카나의 기억이 돌아오지 않기를, 부디 쇼타가 누나에 대한 집착을 버리기를 빌고 또 빌었다.

우리 가족은 다시 행복을 되찾을 것이다. 그날이 머지않아 올 것이다.

수사 회의가 끝났다. 료이치는 집으로 돌아가기로 했다. 길었던 하루가 마무리되었다. 오늘은 편히 잠들 수 있을 것 같았다.

전철을 타고 사쿠라다이역으로 이동했다. 개찰구를 빠져나오는데 모르는 번호로 전화가 걸려왔다.

료이치는 전화를 받자마자 물었다.

"네 복수는 끝난 거야?"

"끝났다."

음성변조된 차분한 목소리가 이어졌다.

"잊어라. 나도 다 잊을 테니."

짧은 대화를 끝으로 전화는 끊겼다. 너무나도 허무했다.

그토록 단단하게 이어져 있던 두 사람의 관계가 이렇게 끝이 난다는 말인가.

료이치는 잠시 동안 멍하니 서 있었다. 하지만 이내 활력을 되찾은 듯 가벼운 마음으로 발걸음을 옮겼다.

집에 도착하자 에리코가 현관으로 나와 료이치를 맞이했다.

"어서 와."

"다녀왔어."

"치킨 사다 놨는데 먹을래?"

료이치는 현관에 가만히 서서 아내의 얼굴을 바라보았다. 그러다 뜻밖의 말이 입에서 튀어나왔다.

"이 사건은 해결되지 않을 거야."

그것은 료이치의 바람이자 확신이었다.

에리코는 조금 놀란 것 같았다.

"그렇구나."

"응."

에리코는 더 하고 싶은 말이 있는 듯 료이치의 눈을 바라보았다.

그게 당신이 원했던 거야?

그런 마음의 소리가 들려오는 듯했다.

료이치는 그 물음에 대답하듯 작게 고개를 끄덕였다.

그 후 두 사람은 아무 말 없이 거실 소파에 나란히 앉아 묵묵히 프라이드 치킨을 먹었다. 가끔 눈이 마주칠 때마다 미소를 주고받았다. 료이치는 자신이 미소를 지을 수 있다는 사실에 놀라면서도 묘한 기쁨을 느꼈다. 그리고 에리코가 다시 미소를 지을 수 있게 된 것에 감사했다.

기분이 한결 가벼워졌다. 따뜻한 욕조 물에 몸을 담그자 콧노래가 절로 나왔다.

료이치는 웃음을 터뜨렸다. 이번에는 웃음이 멈추지 않았다.

나는 사람을 죽였다. 여러 명을 죽였다.

가족을 위해서, 그리고 나 자신을 위해서였다.

어쩌다 사건에 휘말려 죽은 이들도 있었다. 모치즈키 리카와 쿠로카와 타모츠에게는 잘못이 없었다. 운이 나빴을 뿐이었다. 그래서 죽었다.

후회는 없다. 어쩔 수 없는 일이었다.

침대에 누웠다. 좀처럼 잠이 오지 않았다. 눈이 말똥말똥했다.

성소자에 대한 생각이 머리를 떠나지 않았다. 그는 도대체 누구일까? 그는 경찰이 감시하던 아마미야를 완벽하게 살해했다. 경찰의 움직임을 정확히 읽어낸 뒤 저지른 범행이었다. 죽은 후지이는 그가 모방범이라고 착각하기는 했지만 경찰 내부 사람이라고 확신하고 있었다. 틀림없다. 성소자는 수사본부 안에 있다.

옆에서 아내가 몇 차례 몸을 뒤척였다.

"잠이 안 와?"

"응, 당신도?"

"응. 왜일까? 복잡하게 생각할 필요 없다는 건 나도 아는데…. 나는 그저 당신이랑 애들이랑 행복하게 살고 싶을 뿐이야. 그게 다야."

"나도 그래."

그 대답을 끝으로 아내는 조용해졌다. 잠든 것 같았다.

료이치는 문득 성소자의 정체를 밝혀낼 방법이 아직 남아있다는 사실을 깨달았다. 수사 과정에서 반드시 해야만 하는 일이었다. 피해 갈 수 없었다.

설령 성소자의 정체를 알게 된다고 하더라도 수사본부에 보고할 수는 없다. 혼자만 알고 있어야 한다. 성소자는 여전히 료이치의 약점을 쥐고 있다. 료이치에게도 보험은 필요했다.

7

타워맨션 베란다로 나와 새로운 하루가 막 시작된 도심의 풍경을 내려다보던 카스가 료는 코히바 시가를 재떨이에 비벼 껐다. 차가운 바람이 몸에 스며들었다.

옆에서 이이지마 켄고가 캔맥주를 들이켰다. 이이지마는 술을 아무리 마셔도 얼굴에 티가 나지 않았다. 행동이나 말투가 흐트러지는 일도 없었다. 냉철하게 생각하는 것도 그대로였다.

"경찰은 자살로 처리할 생각일까요?"

정보원이었던 후지이 슌스케 형사가 사망했다. 관할서 옥상에서 투신한 것으로 알려졌다. 텔레비전 뉴스로 그 소식을 접했다. 이제는 경찰 내부 정보를 입수할 방법이 없었다.

후지이가 스스로 목숨을 끊을 리 없었다. 경찰 내부에 숨어 있던 모방범에게 살해당했다고 보는 것이 타당했다.

카스가는 눈부신 하늘을 노려보았다.

"타살이라고 보지는 않을 거야. 동료를 의심하는 꼴이 되니까."

"어떻게 할까요? 경찰에 정보를 제공할까요? 후지이와의 관계를 털어놓아야 하겠지만 이참에 경찰에 은혜를 한번 베푸는 것도 나쁘지는 않아 보입니다."

블랙체리에서 할 수 있는 것은 다 했다. 마무리까지 직접 하고 싶었지만 상대가 경찰이라면 이야기가 달라진다. 국가 권력을 적으로 돌려서 좋을 것이 없다. 다만 경찰에 은혜를 베푼다고 해서 반드시 득이 되는 것은 아니다. 후지이 같은 경찰 내부의 정보원이 또 필요했지만 그리 쉽게 찾을 수 있을 것 같지도 않았다.

"우리가 먼저 움직이지는 않는다. 우리가 차려놓은 밥상에 경찰이 숟가락을 얹는 꼴은 못 보지."

이이지마는 동의하는 듯 고개를 끄덕였다. 그가 예스맨이기 때문은 아니었다. 카스가는 그런 존재를 필요로 하지 않았다. 하고 싶은 말이 있으면 솔직하게 털어놓고 대화를 나눌 수 있는 관계가 이상적이라고 생각했다.

공동현관 인터폰이 울렸다. 누구인지 확인한 이이지마가 카스가를 돌아보며 말했다.

"이케부쿠로경찰서에서 나온 경찰이에요. 성소자에 관해 이야기를 하고 싶다는데요?"

이이지마가 의미심장한 미소를 지었다.

"초대받지 않은 손님일까요, 아니면 환영해야 할 손님일까요?"

"난 싱크로니시티를 믿는 편이야."

"경찰에 정보를 제공할지 논의하던 중에 경찰이 찾아왔다. 카스가는 의미 있는 우연의 일치를 믿는 사람이었다.

"들여보내."

이이지마가 문열림 버튼을 눌렀다.

만일의 사태에 대비할 필요는 있었다. 성소자일지도 모른다. 카스가는 책상으로 다가가 서랍을 열었다. 그 안에는 나이프 컬렉션이 가지런히 정리되어 있었다. 카스가는 서바이벌 나이프를 하나 꺼내 이이지마에게 건넸다. 이이지마는 받아 든 나이프를 벨트 뒤쪽에 끼워 고정시켰다. 카스가도 발리송 나이프를 꺼내 바지 주머니에 숨겼다.

현관 초인종이 울렸다. 이이지마가 문을 열자 정장 차림의 남자가 집 안으로 들어섰다. 40대 중반으로 보였다. 초췌한 얼굴을 하고 있었다. 남자가 건네는 명함을 경계하며 받았다. 명함에는 '야쿠시마루 료이치'라고 적혀 있었다. 계급은 경부보였다.

상대가 어떻게 나올지 먼저 살피기로 했다.

"무슨 일로 오셨죠?"

야쿠시마루가 입을 열었다.

"성소자 건으로 왔습니다. 그자는 블랙체리 멤버들 중에서도 불법 사채업을 운영했던 자들을 노리고 있습니다. 상환 문제로 갈등이 있지는 않았습니까?"

"그 부분은 저희도 알아봤는데 딱히 없었습니다."

"경찰에서도 다시 조사해 보겠습니다. 고객 리스트를 받아 갈 수 있을까요?"

"이미 경찰에 제공했다고 들었습니다만?"

"그게… 데이터가 손상된 상태라 파일을 열 수가 없었습니다."

"그랬군요."

이이지마가 고객 리스트가 담긴 USB 메모리를 건넸다.

"협조해 주셔서 감사합니다. 그리고…."

야쿠시마루가 날카로운 눈빛으로 카스가를 바라보며 물었다.

"성소자에 관한 정보는 따로 없으십니까? 블랙체리에서 독자적으로 수사를 해왔다고 들었는데요."

카스가도 야쿠시마루를 날카로운 눈빛으로 응시했다.

"네, 그랬죠. 하나만 물어봐도 되겠습니까? 경찰은 정말 성소자를 잡을 의지가 있는 겁니까?"

"물론입니다."

"모방범도요?"

"네, 모방범이 있다면 그럴 겁니다."

"모방범이 경찰 관계자일 수도 있습니다."

야쿠시마루는 허를 찔린 듯한 표정을 지었다.

"그게 무슨 뜻이죠?"

"저희 쪽에서 입수한 정보입니다. 모방범은 경찰 관계자일 가능성이 있습니다. 그래서 저희는 그 사실을 경찰 내부에 있던 정보원에게 알렸습니다. 후지이라는 경시청 소속 형사가 저희 쪽 정보원이었습니다."

"후지이 순사부장은 투신자살을 했습니다."

카스가는 어이없다는 듯 말했다.

"진심으로 자살이라고 생각하시는 겁니까? 분명 타살이에요. 경찰 내부에 있는 모방범에게 당한 겁니다. 상대를 잘못 건드린 거겠죠."

야쿠시마루의 입꼬리가 미세하게 떨리고 있었다. 자신도 모르게 넥타이 매듭을 만지작거렸다.

"모방범이 누구인지 알고 있는 겁니까?"

"아니요, 그것까지는 모릅니다."

카스가가 고개를 저었다. 그러자 야쿠시마루는 안도한 듯 보였다.

"하지만 목격 정보를 통해 모방범의 특징은 알아냈습니다. 그 내용을 저희가 후지이 씨한테 알리자마자 후지이 씨가 추락사한 겁니다. 뭔가 이상하다는 생각이 안 드십니까?"

"그랬던 거군요. 그 모방범의 특징이라는 게 뭡니까?"

카스가는 자신의 귓불을 잡아당기며 말했다.

"왼쪽 귀가 뭉개졌대요. 유도선수처럼요."

야쿠시마루의 두 눈이 커졌다. 할 말을 잃은 듯했다.

카스가는 상대의 심정을 고스란히 느낄 수 있었다. 후지이와 같은 반응이었다. 모방범이 누구인지 짐작이 가는 것이다.

"제 생각에 성소자와 모방범은 한패입니다. 모방범이 시마다 유키를 죽인 후 자체 조사를 통해 사건의 진상에 접근했던 쿠로카와 타모츠를 죽인 건 성소자였으니까요. 두 사람 사이에 커넥션이 있는 건 확실해요. 모방범이 경찰 관계자라면 저희는 손을 쓸 방도가 없습니다. 이렇게 된 이상 경찰의 도움을 받아서라도 그 둘을 잡아야 합니다. 부탁을 드려도 되겠습니까?"

"알겠습니다. 최선을 다하겠습니다."

야쿠시마루는 어색하게 고개를 끄덕였다. 기분 탓인지 안색이 한층 더 나빠진 것 같았다.

"시간 내어 주셔서 감사했습니다."

야쿠시마루는 인사를 하고 도망치듯 돌아섰다.

카스가와 이이지마는 형사가 나가는 모습을 지켜본 후 서로 눈을 마주쳤다.

"모방범이 누구인지 아는 것 같군."

"그런 것 같네요."

"그런데 반응이 좀 이상해."

그 형사는 마치 불길한 소식을 전해 들은 사람처럼 얼굴이 눈에 띄게 창백해졌다.

혹시 모방범과 가까운 사이인 것일까?

아마도 그럴 것이다. 야쿠시마루가 앞으로 어떻게 나올지 지켜보는 수밖에 없었다.

모방범은 왼쪽 귀가 뭉개진 남자다. 하지만 카스가는 오해하고 있다. 그 남자는 모방범이 아닌 성소자다. 모방범은 료이치이고, 성소자는 경찰 관계자일 확률이 높다.

한 사람의 이름이 떠올랐다. 수사본부에 소속되어 있으며 료이치도 잘 아는 인물이었다. 설마 그가….

료이치는 차로 돌아오자마자 노트북에 USB 메모리를 연결했다. 파일은 무사히 열렸다. 이름, 주소, 전화번호, 직업, 학교, 가족 관계 등이 상세히 기재되어 있었다. 료이치는 위에서부터 이름을 하나하나 확인해 나갔다.

있었다. 머릿속에 떠올렸던 그 이름을 발견했다.

오다기리 마사오, 65세. 눈길을 끈 것은 성씨였다. 오다기리는 흔한 성이 아니었다. 아마 이 사람은 오다기리 마모루의 아버지일 것이다.

성소자는 오다기리 마모루였다. 오다기리는 왼쪽 귀가 만두귀다. 아마미야 고로를 노리던 성소자는 경찰 내부 사정을 속속들이 알고 있었다. 료이치는 병원 2층에서, 오다기리는 직원용 출입문 앞에서 잠복하고 있었다는 것을 말이다. 료이치는 성소자와 통화했을 때 그렇게까지 자세히는 말하지 않았다. 하지만 성소자는 오다기리를 죽지 않을 정도로만 찔렀고, 그가 료이치에게 연락하기를 기다렸다가 료이치가 자리를 비운 틈에 아마미야를 살해했다. 료이치와 오다기리가 어디에 있는지 모르는 상태에서 그렇게 짧은 시간 안에 치밀한 계획을 세우는 것은 불가능했다.

돌이켜 생각해보니 오다기리가 옆에 없을 때만 성소자에게서 전화가 걸려왔다. 각자 따로 움직일 때만 성소자와 통화를 했다. 잠복을 시작하기 전 료이치가 먼저 성소자에게 전화를 걸었을 때 다른 성소자가 전화를 받은 것도 오다기리가 료이치와 가까운 곳에 있어서였다.

오다기리에게 료이치는 경찰로서도 공범으로서도 좋은 파트너였을 것이다. 증거 인멸에는 위험이 따른다. 특히 파트너에게 들킬 우려가 있다. 그러니 파트너인 료이치를 자신의 편으로 끌어들인 것이 오다기리에게는 유리한 조건이었다. 위험한 일은 료이치에게 떠넘기고 자신은 모르는 척했다. 만약 료이치가 다른 수사관에게 들키더라도 꼬리 자르기를 하면 그만이었다.

추측건대 오다기리 마모루의 아버지인 오다기리 마사오는 과거에 아마미 야구미와 갈등이 있었을 것이다. 오다기리는 아버지가 과거에 반사회 집단에게 회사를 빼앗긴 적이 있다고 말했다. 그리고 최근 들어 돈이 필요해진 그가 블랙체리에서 돈을 빌렸을 것이다. 첫 번째 피해자인 이토 유야를 살해한 것은 오다기리 마사오였다. 그 당시에는 단독 범행이었을 것이다. 그래서 수법이 서툴렀고 흔적도 남았다. 이토 유야를 살해한 뒤 마사오는 아들에게 도움을 요청했을 것이다. 시마다 유키를 죽인 카나가 그랬던 것처럼 말이다.

오다기리 마모루는 아버지를 지키겠다는 결단을 내렸다. 아들은 아버지의 원수를 갚기 위해 과거에 아마미야구미에 속했던 자들을 찾아내 살해했고, 블랙체리 멤버들에게까지 손을 댔다.

오다기리는 자신과 같은 실수를 저질렀다. 사랑하는 가족을 지키기 위해 죄를 숨기려 했고, 그로 인해 더 많은 죄를 짓게 되었다.

과연 료이치는 그런 그를 비난할 수 있을까?

8

진통제 덕분인지 통증은 느껴지지 않았다. 통증뿐만이 아니라 온몸을 떨게 할 정도의 공포도 느껴지지 않았다.

아무것도 느낄 수 없었다. 오다기리 마모루는 병실 침대에 누워 멍하니 천장을 바라보았다.

머릿속에서는 줄곧 같은 생각이 맴돌고 있었다. 그 선택이 옳았는가? 물론 옳았다. 아버지를 다시 만난 그날 밤으로 다시 돌아간다고 해도 같은 선택을 했을 것이다. 분노는 그만큼 깊고 강렬했다.

15년 전, 아버지 마사오가 경영하던 화장품 회사가 아마미야구미에 통째로 넘어갔다. 아마미야구미의 조직원이었던 이토 유야와 토다 신스케는 신분을 숨긴 채 마사오에게 접근해 한국의 인기 화장품을 저렴하게 들여올 수 있다며 거래를 제안했고, 마사오는 그 제안을 받아들였다. 하지만 그 상품은 전혀 팔리지 않았고 외상 대금만 잔뜩 떠안게 되었다. 마사오의 회사는 원래부터 경영 상황이 좋지 않았던 탓에 외상 대금을 갚을 수 없었다. 결국 이토와 토다의 요구대로 발행 주식의 절반 이상을 두 사람에게 매각했다. 이후 마사오는 경영권을 빼앗기고 회사에서 쫓겨났다. 회사는 빚은 많았지만 자사 건물을 한 채 보유하고 있었다. 당연히 그 건물까지 내놓을 수밖에 없었다. 이토와 토다는 처음부터 그 건물을 노리고 접근한 것이었다. 아마미야구미의 구미초인 아마미야 고로가 그 건물의 소유주가 되었다는 소식을 고문 변호사를 통해 듣게 된 마사오는 그제야 이토와 토다가 아마미야구미의 조직원이라는 사실을 알게 되었다.

은행 대출을 받으며 개인 보증을 섰던 마사오는 회사 빚을 고스란히 떠안았다. 마사오는 개인 파산을 신청했다. 집을 내놓고 공영 아파트로 이사했다. 가족들은 극심한 생활고에 시달렸다. 마모루가 16살이 되던 해의 일이었다. 아버지는 나이가 많아 새 직장을 구하지 못했고 집에 있는 기간이 길어졌다. 어머니는 스트레스를 견디지 못하고 반년 후 욕실에서 손목을 그었다. 피로 붉게 물든 욕조 안에서 새하얀 얼굴로 죽어 있는 어머니의 모습이 아직도 눈에 선했다. 아무리 불러도 어머니는 눈을 뜨지 않았다.

언젠가 그들에게 복수할 것이다—. 마모루는 그렇게 맹세했다.

아버지에게도 그 결심을 털어놓았지만 아버지는 아무 말도 하지 않았다. 진심으로 받아들이지 않았던 것일지도 모른다.

마모루는 신문 배달 아르바이트를 하며 생계를 책임졌다. 대학에 진학한다는 선택지는 없었다. 고등학교를 졸업하자마자 경찰 공무원 시험에 응시해 합격했다. 그제야 생활이 어느 정도 안정되었다. 그리고 얼마 뒤 아버지가 사라졌다. 아버지가 남긴 메모에는 〈너를 더 이상 고생시키고 싶지 않다.〉라고 적혀 있었다. 〈복수는 잊어라.〉라는 말도 함께였다. 마모루는 그 후로 한 번도 이사를 하지 않았다. 아버지가 언젠가 돌아올 것이라고 믿었기 때문이었다.

그로부터 12년의 세월이 흐른 올해 2월 21일의 늦은 밤, 아버지가 집으로 돌아왔다. 전혀 예상하지 못했던 갑작스러운 일이었다. 마모루는 변해 버린 아버지의 모습에 경악을 금치 못했다. 노숙자와 다를 바 없는 행색이었다. 옷은 한 번도 빨아 입지 않은 듯 얼룩이 잔뜩 묻어 있었고, 아버지는 뼈와 가죽만 남은 상태였다. 실제 나이보다 훨씬 더 늙어 보였다.

"마모루, 내가 죽였다….”

그것이 아버지가 내뱉은 첫 마디였다. 아버지의 눈은 기이한 광채를 뿜어내고 있었다.

"15년 전에 우리 회사를 빼앗아 간 야쿠자들 기억하지? 그중에 한 명이었던 이토 유야를 죽였어.”

아버지는 지난 12년의 세월을 담담하게 이야기하기 시작했다. 마사오는 일용직으로 일하며 하루하루 먹고살았다. 극심한 가난에 시달렸다. 신용 대출을 받았지만 그 돈으로는 부족해 사채에까지 손을 댔다. 더는 헤어날 수 없는 지경에 이른 마사오는 죽을 각오를 했다. 그때 우연히 이케부쿠로역 안을 지나가던 길에 이토를 발견했다. 그가 아마미야구미의 조직원이었다는 것을 단번에 알아봤다. 마사오는 홀린 듯 그의 뒤를 쫓아갔다.

이토의 뒷모습을 보고 있으니 15년 전의 일이 마치 어제 있었던 일처럼 생생하게 떠올랐다. 그리고 창자가 끊어질 것 같은 분노도 되살아났다. 당시 아마미야구미에는 여섯 명의 조직원이 있었다. 그들의 이름을 전부 기억하고 있었다. 마사오는 이토가 여전히 야쿠자로 활동하면서 비싸 보이는 옷을 입고 다니는 것에 화가 치밀어 올랐다. 자신은 극도의 빈곤 속에서 스스로 목숨을 끊을 생각을 하며 하루하루를 버티는 처지였다. 한때는 얼마나 간절히 복수를 꿈꾸었던가. 그때 복수하지 않았던 것이 후회스러웠다.

마사오는 이토 유야의 집을 알아낸 후 남은 돈을 탈탈 털어 서바이벌 나이프를 구입했다. 그리고 사흘 동안 이토를 미행하며 살해할 기회를 엿보았다. 사실 그 사흘 동안 이토를 살해할 기회가 여러 번 있었지만 좀처럼 실행에 옮기지 못했다.

나이프를 버릴까 고민하던 순간, 이대로 포기하면 죽을 때 반드시 후회할 것이라는 생각이 들었다. 마사오는 결심을 굳혔다. 그리고 2월 21일, 이토를 뒤에서 찔렀다. 손이 떨려 제대로 찌르지 못했다. 이토는 쓰러지지 않고 몸을 돌려 저항하기 시작했다. 이토는 마사오의 목을 잡았다. 마사오는 분노에 몸을 맡긴 채 계속해서 이토를 찔렀다. 이토의 힘은 감당하기 힘들 정도였다. 계속 찌르지 않으면 자신이 살해당할지도 모른다고 생각했다.

결국 쓰러진 이토는 더 이상 움직이지 않았지만 마사오는 멈추지 않고 끊임없이 이토를 찔러댔다. 그간 쌓이고 또 쌓인 원한을 쏟아부었던 것이다. 그리고 이토의 이마에 있는 힘껏 X 표시를 새겼다.

드디어 복수를 했다―. 마사오는 후련함을 느꼈다. 이 정도로 상쾌한 기분을 느껴본 적이 없었다. 몸의 떨림도 없었다. 사람을 죽였다는 죄책감이 전혀 들지 않았다.

오히려 남아있는 다섯 명의 조직원을 하루라도 빨리 처리해야 한다는 조급함이 밀려왔다. 정직하게 살아온 자신은 그들에게 속아 지옥을 경험했는데, 자신을 속인 악당들은 지금껏 아무렇지 않게 평온한 삶을 살아왔다는 사실이 화가 나서 견딜 수가 없었다. 절대 잡히지 않을 것이라는 이상한 자신감도 있었다. 아마미야구미와의 악연을 알고 있는 사람은 이제 아무도 없었다. 오다기리 마사오의 이름이 용의선상에 오를 일은 없을 것이다. 설령 잡힌다 해도 자신의 목숨은 어떻게 되든 상관없었다. 어차피 산 송장이나 다름없이 살고 있었다.

마사오는 혼자서 나머지 다섯 명을 전부 살해할 생각이었지만 한계를 느낀 것도 사실이었다. 이토 유야의 격렬한 저항에 이미 부상을 입었기 때문이었다. 흉기를 사용한다 해도 야쿠자를 상대로는 체력적인 면에서 밀릴 수밖에 없었다. 혼자서 다섯을 더 죽이는 것은 불가능해 보였다.

마사오는 고민했다. 이 사실을 털어놓을 수 있는 상대는 마모루밖에 없었다. 하지만 마모루를 이 일에 끌어들여서는 안 된다는 것도 알고 있었다. 게다가 마모루는 경찰이다. 오랫동안 만나지 못한 아들이 어떻게 지내고 있을지 생각해보았다. 피해자의 고통을 누구보다 잘 아는 만큼 정의롭고 훌륭한 경찰이 되어 있을 터였다.

여기까지가 한계였다. 어차피 잡힐 거라면 마모루의 손에 잡히고 싶었다. 마사오는 그런 마음으로 12년 만에 집으로 향했다. 그리고 고백을 끝마친 마사오는 마모루 앞에 두 손을 내밀었다.

네가 나를 체포하렴….

마모루는 한참 동안 멍하니 아버지의 두 손을 바라보았다.

아버지의 이야기를 들은 마모루는 어머니가 스스로 목숨을 끊었던 그 날로 되돌아갔다. 피로 붉게 물든 욕조 안에서 숨을 거둔 어머니의 얼굴이 선명하게 기억났다.

언젠가 그들에게 복수할 것이다―. 과거에 했던 다짐이 다시 떠올랐다. 야쿠자들에 대한 증오를 단 하루도 잊은 날이 없었다.

"아버지, 저도 도울게요."

마모루는 그렇게 말했다.

마사오는 놀란 눈으로 아들을 바라보았다.

"너를 이 일에 끌어들일 순 없어!"

"이미 끌어들였잖아요! 아버지가 사람을 죽인 시점에 이미 저를 끌어들인 거라고요."

"미안하다."

마사오는 무릎을 꿇고 머리를 조아렸다.

"내가 어리석은 짓을….."

마모루는 고개를 저었다.

"아니에요. 아버지는 저 대신 복수를 한 거잖아요. 한순간도 그자들을 잊은 적이 없어요. 괜찮아요. 들키지만 않으면 돼요. 아버지랑 아마미야구미를 연결지을 만한 증거는 아무것도 없어요. 잘만 하면 절대 들키지 않을 거예요."

마모루는 아버지의 어깨를 감싸 안았다. 마사오도 아들을 끌어안았다. 눈물이 흘러내렸다.

"그래. 만에 하나 무슨 일이 생기면 내가 모든 죄를 뒤집어쓰고 세상을 떠나마."

복수를 향한 강렬한 욕망에 사로잡힌 마모루는 마음이 조급해졌다.

운명의 장난인지 마모루는 이토 유야 사건의 수사를 맡게 되었다. 목격자는 없었는지, 주변에 CCTV는 없었는지 신경이 쓰였다. 다음 날 수사본부로 출근해 목격자도 CCTV도 없었다는 것을 확인한 마모루는 각오를 굳혔다.

나머지 복수는 내가 맡는다. 자신들의 죄를 반성하지 않고 인생을 즐기며 살고 있는 그자들을 용서할 수 없다. 어머니의 원한을 갚지 않고는 눈을 감을 수 없다. 자신이 겪은 고통을 똑같이 느끼게 해줄 것이다. 아버지보다 더 잘해 낼 자신이 있었다. 아마미야구미의 조직원들을 남김없이 처리할 생각이었다.

조직원들의 이름은 또렷이 기억하고 있었다. 마모루는 전과자 데이터베이스에서 그들의 이름을 검색했다. 다들 전과가 있었던 터라 손쉽게 정보를 얻을 수 있었다. 그들의 거주지를 찾아가 미행하는 것은 어렵지 않았다. 먼저 한 명을 골라 미행하다가 목격자와 CCTV가 없는 곳에서 지나쳐 가는 척하며 칼로 찔렀다. 그렇게 일주일 만에 두 번째 타깃이었던 토다 신스케를 살해했다.

마모루는 일주일에 한 명씩 살해할 계획이었다. 하지만 상대는 그렇게까지 어리석지는 않았다. 전 조직원이 두 명이나 살해된 것을 알게 되면 누군가 자신들을 노리고 있다는 사실을 눈치챌 것 같았다. 무언가 눈속임이 필요했다. 마침 그때 마사오가 한구레 조직 블랙체리에서 돈을 빌렸는데 심한 빚독촉에 시달리고 있다는 사실을 털어놓았다. 마모루는 이거구나 싶었다. 약자를 착취하는 쓰레기 같은 자들은 절대 용서하지 않을 것이다. 마모루는 추심을 담당하던 오구라 렌과 그의 상사인 시마다 유키까지 살해해 피해자들 사이의 공통점을 알 수 없게 만드는 계획을 떠올렸다.

그러던 중 예상치 못한 일이 벌어졌다. 파트너인 야쿠시마루 료이치의 딸이 시마다 유키를 살해했고, 야쿠시마루가 그것을 성소자의 범행으로 위장했던 것이다. 시마다를 미행하던 마모루는 그 과정을 전부 지켜보았다. 유용하게 써먹을 수 있을 것 같았다.

시마다와 오구라가 사망하면 경찰은 블랙체리가 운영하던 불법 사채업에 주목할 것이 분명했다. 고객 리스트에는 오다기리 마모루의 이름이 올라가 있다. 그로 인해 꼬리를 밟힐 위험이 있다. 어떻게든 고객 리스트의 데이터를 삭제해야만 한다. 또한 아마미야구미의 조직원들도 경계하기 시작했을 것이다. 살인은 갈수록 어려워질 수밖에 없다. 사건 현장에 증거를 남길 우려도 있다. 증거를 자신이 직접 인멸하는 것은 너무 위험하다. 누군가 대신해 줄 사람이 필요하다. 그런 고민을 하던 중 야쿠시마루의 약점을 잡게 된 것이다. 그리고 실제로 그는 훌륭한 손발이 되어 주었다.

사에키 토시미츠는 직접 처리하지 못했지만 아마미야 고로를 살해하며 오다기리 부자의 복수는 끝이 났다.

어머니의 원수를 갚았다. 오랜 원한을 풀었다. 성취감이 들 줄 알았는데 아니었다.

마모루에게 남은 것은 깊은 허무감이었다.

그토록 증오했던 자들을 모두 살해했지만 얻은 것은 아무것도 없었다. 스스로를 위험에 빠트렸을 뿐이었다.

돌아가신 어머니만은 기뻐하고 계시기를 바랐다.

나는 옳은 일을 한 거지? 맞지? 마모루는 어머니에게 물었다. 하지만 대답은 돌아오지 않았다.

잠들고 싶었다. 전부 다 잊어버리고 싶었다. 눈을 뜨면 또다시 현실로 돌아와 있었다. 목격자도 나왔고, 아버지도 CCTV에 찍혔다. 다만 변장을 하고 있었기 때문에 체포로 이어질 만한 결정적인 증거가 되지는 않을 것이다. 이 사건은 이대로 마무리될 확률이 높았다.

그래도 한때는 복수를 다른 무엇보다 중요한 일로 여겼었다. 지금은 그저 평온함이 필요했다.

그 순간, 병실 한쪽에서 인기척이 느껴졌다. 몸을 움직이지 못해 얼굴을 확인할 수 없었지만 왠지 야쿠시마루 료이치일 것 같은 기분이 들었다.

언제부터 거기에 있었던 것일까? 회상 속 이야기를 그가 전부 다 듣고 있었던 것 같은 기분이 들었다.

왜 여기에 있는 거지?

입이 떨어지지 않았다. 의식이 몽롱했다.

잠시 후 인기척이 사라졌다. 약물 때문에 헛것을 본 것 같았다.

그러다 문득 야쿠시마루가 자신의 정체를 눈치챘을지도 모른다는 생각이 들었다. 후지이를 옥상에서 밀어 떨어뜨리기 직전에 야쿠시마루는 후지이에게서 모방범의 이름을 들었을 수도 있다. 아니면 블랙체리의 사무실에 찾아가 고객 리스트를 다시 입수했고, 그 안에서 아버지의 이름을 발견했을지도 모른다. 오다기리는 흔한 성이 아니었다. 후지이는 관할서 옥상에서 만나자고 했었다. 성소자가 경찰 관계자라는 것을 이미 알고 있었던 것이다.

몸속 깊은 곳에 잠들어 있던 기력이 서서히 손발로 전해졌다.

마모루는 의식이 또렷해지기를 잠시 기다렸다가 침대에서 일어나 환자복을 벗어 던지고 옷장에 걸려 있던 정장을 꺼내 입었다. 상처는 거의 다 아문 상태였다. 애초에 크게 다친 것도 아니었다. 휴대하고 있던 권총은 다른 수사관이 관할서에 반납한 상태였다.

병실을 나와 관할서로 향했다. 권총을 다시 지급 받기 위해서였다.

9

수사본부는 피폐해진 상태였다. 인근 관할서의 지원을 받아 수사 인력은 크게 늘어났지만 도주한 성소자를 체포하는 데 성공하지 못했다. 목격자 진술에 따르면 성소자는 두 명인 것으로 예상되었다. 그러는 사이 시마다 유키 사건은 모방범의 소행일 수 있다는 주장은 잊혀 가고 있었다.

모방범이 존재하든 안 하든 15일 밤에 시마다 유키와 함께 무겐에서 나간 여자의 신원을 파악하는 것은 사건 해결에 도움이 될 것 같았다. 카타세 아야카는 그렇게 굳게 믿고 있었지만 모치즈키 리카가 살해당한 후로 이렇다 할 성과를 내지는 못했다. 시마다의 마지막 행적을 알지도 모르는 여자의 정체는 여전히 밝혀지지 않았고 수사에는 진전이 없었다.

현재 아야카는 후지이 슌스케 순사부장 자살 사건의 수사를 맡고 있었다. 하지만 아야카는 후지이가 자살했다고는 생각하지 않았다. 후지이는 블랙체리와 이어져 있었고 블랙체리는 자체적으로 수사를 해 왔다. 블랙체리로부터 정보를 얻은 후지이는 경찰 내부에 있는 모방범이 누구인지 눈치챘던 것이 아닐까 하는 의심이 들었다. 아야카는 후지이의 스마트폰 포렌식을 하고 싶었지만 추락할 때의 충격으로 기기가 심하게 파손된 상태였다. 데이터는 복구할 수 없어도 통신사에 요청해 통화 기록을 확인해 볼 생각이었다.

이케부쿠로경찰서를 나가려는데 라인 메시지가 하나 도착했다. 사이버범죄대책과에서 근무하는 남자친구, 스기모토 이츠키가 보낸 것이었다. 급히 연락을 달라는 내용이었다.

무슨 일일까 의아해하며 전화를 걸자 이츠키는 진지한 목소리로 말했다.

"아야카한테 알려줘야 할 것 같은 사건이 있어서."

"무슨 사건인데?"

"라인으로 엑스 계정 하나 보내줄 테니까 확인해 봐."

곧바로 라인으로 메시지가 도착했다. 아야카는 링크를 열어 위에서부터 읽어 내려갔다.

〈엄청난 비밀 하나 알게 됨. 우리 친누나 사람 죽인 듯.〉

많은 이들이 이 게시글에 반응을 보였다. 구체적인 내용을 알고 싶어 하는 답글이 많았다.

해당 계정의 주인은 글을 몇 번 더 올렸다.

〈누나는 사람을 죽였고 아빠는 사건을 은폐했어. 누나 방에 도청기를 설치해서 둘이 몰래 하는 대화를 엿들은 거라 확실해. 누나가 자기 입으로 사람을 죽였다고 말했어. 둘이서 범죄를 숨기고 있어. 참고로 엄마는 아무것도 모름.〉

〈누나가 투신자살을 시도했어. 죄책감을 견디지 못한 것 같아. 목숨은 겨우 건졌는데 공교롭게도 자기가 사람을 죽인 걸 기억을 못 하나 봐. 누나가 제발 천벌을 받았으면.〉

이츠키가 조심스러운 말투로 물었다.

"좀 신경 쓰이지 않아?"

"뭐, 그렇기는 한데…. 설마 진짜일까? 낚시글일 수도 있잖아."

자신이 남긴 글에 떠들썩하게 반응하는 사람들을 모습을 보기 위해 거짓 내용을 올리는 사람들이 실제로 많이 있었다.

"시마다 유키가 살해되던 날 밤에 함께 있었던 여자를 찾고 있지 않았어?"

"설마 이 사람이 말하는 누나가 그 여자라는 거야?"

"시기가 대충 맞잖아. 아주 불가능한 이야기는 아니지 않아?"

정말 가능한 이야기일까? 아야카는 다시 한번 엑스에 올라온 게시글을 읽어 내려갔다. 그러다 문득 오빠가 했던 말을 떠올렸다. 오빠는 시마다를 죽인 것은 수사 관계자일지도 모른다고, 그자가 여자를 이용해 시마다를 죽였거나 혹은 여자가 시마다를 죽인 후 그자가 성소자의 범행으로 위장했을지도 모른다고 했었다.

"이 사건, 내가 좀 알아봐도 될까? 당사자를 만나 봐야겠어. 계정 소유주의 개인정보는 확인됐어?"

"응, 잠깐만 기다려봐. 야쿠시마루 쇼타, 17세, 주소는 네리마구 사쿠라다이―."

이츠키가 알려준 정보를 메모한 뒤 전화를 끊은 아야카는 곧바로 오빠인 카츠나리에게 전화를 걸었다. 방금 들은 내용을 설명하며 계정 소유주의 누나가 시마다와 함께 무겐에서 나간 여자일 가능성을 언급했다. 카츠나리는 흥미를 느낀 듯했다. 마지막으로 계정 소유주의 개인정보를 말해주자 전화 너머에서 놀란 듯한 숨소리가 들려왔다.

"아는 사람이야?"

그렇게 묻던 중 아야카의 머릿속에 한 사람의 얼굴이 떠올랐다.

"설마 오빠 친구인 야쿠시마루 씨네 아들은 아니지?"

카츠나리는 질문에 대답하는 대신 경고하듯 말했다.

"아야카, 이거 당분간 아무한테도 말하지 마. 우리 둘만의 비밀이야. 알겠지?"

카타세 카츠나리는 아야카가 라인으로 보내준 링크에 접속해 내용을 확인했다. 야쿠시마루 쇼타는 료이치의 아들이다. 주소를 보니 틀림없었다. 엑스에 올린 글 중에는 진실인지 거짓인지 알 수 없는 내용이 많았다. 하지만 만약 이것이 전부 다 사실이라면….

그렇게 가정하고 생각해보았다. 15일 밤, 시마다 유키와 함께 있었던 여자는 야쿠시마루의 딸인 카나였다. 카나는 시마다 유키와 무겐에서 나와 시마다의 아파트로 이동했다. 그리고 추측건대 성폭행을 당할 위기에 처한 카나가 순간적으로 아령을 휘둘러 시마다를 살해했고, 이 사실을 아빠에게 알렸다. 야쿠시마루는 딸의 미래를 생각해 자수하는 길을 선택하는 대신 성소자의 범행으로 위장했다. 시마다만 살해 방식이 달랐던 것은 카나가 범인이기 때문이었다.

며칠 전, 야쿠시마루는 카나가 육교에서 떨어졌다고 말했다. 설마 스스로 몸을 던진 것이었을까? 만약 그렇다면 죄책감을 견디지 못하고 자살을 시도했다는 쇼타의 글과 일치한다.

후지이가 투신자살을 한 직후에 야쿠시마루를 만났을 때 느꼈던 위화감을 떠올렸다. 그의 얼굴은 범죄자의 얼굴이었다. 혹시 후지이를 자살로 위장해 살해한 것도 야쿠시마루가 아니었을까?

후지이는 블랙체리의 정보원이었다. 그리고 블랙체리는 자체적인 수사를 통해 15일 밤에 시마다와 함께 클럽에서 나간 여자가 야쿠시마루 카나였다는 것을 밝혀냈다. 어쩌면 후지이는 그 사실을 알았던 것이 아닐까? 그래서 야쿠시마루를 옥상으로 불러냈던 것이다.

틀림없다. 모방범은 야쿠시마루 료이치였다.

깊은 실망감이 가슴을 파고들었다. 물론 딸이 살인을 저질렀다는 최악의 상황에 직면하게 되면 누구나 당황할 수 있다. 하지만 그는 딸이 자수하도록 설득했어야 한다. 인생에 한 번 있을까 말까 한 중요한 선택의 기로에서 그는 잘못된 길을 선택하고 말았다. 경찰로서 아니, 인간으로서 죄를 저지른 사람은 엄중한 처벌을 받게 해야 한다. 친구라고 해서 예외를 둘 수는 없다.

카타세는 분노로 떨리는 숨을 내뱉었다. 마음은 아프지만 할 일은 해야 했다.

자리에서 일어나 아무도 없는 복도로 나갔다. 스마트폰을 꺼내 전화를 걸었다. 통화 연결음이 유독 길게 느껴졌다. 마침내 상대가 전화를 받았다.

짜증스러운 목소리가 들려왔다.

"여보세요? 또 무슨 일인데?"

카타세는 애써 차분한 말투로 말했다.

"중요한 이야기가 있어. 지금 바로 만날 수 있을까?"

"알겠어. 늘 가던 커피숍으로 가면 돼?"

"아니, 시마다 유키의 시신이 발견된 공원은 어때?"

잠깐의 침묵이 흘렀다.

"… 거기로 갈게."

그 대답을 마지막으로 전화가 끊겼다.

야쿠시마루도 평범한 만남이 아님을 느꼈을 것이다.

카타세는 또다시 깊은 한숨을 내쉬었다.

야쿠시마루에게 수갑을 채울 수 있는 사람은 자신뿐이었다.

10

해가 저물고 있었다. 길가에 멈춰선 료이치는 추위에 몸을 떨었다. 아니, 추위 때문만은 아니었다.

카타세는 어떤 이유에서인지 공원에서 만나자고 했다. 그것도 시마다 유키의 시신이 발견된 공원에서.

시마다와 함께 무겐에서 나온 여자가 카나라는 사실을 알게 된 것일까? 대체 어떻게? 쿠로카와 타모츠의 입은 이미 막았다. 쿠로카와 말고는 두 사람이 무겐에서 나가는 모습을 목격한 사람은 없었다.

"어떡하지? 어떻게 해야 되지?"

료이치는 소리 내어 중얼거렸다.

카타세와 만나고 싶지 않았다. 하지만 만나러 가지 않는다는 선택지는 없었다.

— 네가 모방범이야?

그렇게 물어보면 뭐라고 대답해야 할까?

거짓말로 일관하는 수밖에 없었다. 결정적인 증거를 가지고 있지는 않을 것이다.

그런데 만약 가지고 있다면? 도대체 어떤 증거를?

아무리 생각해도 답은 나오지 않았다. 공원 쪽으로 발걸음을 옮겼다.

태양이 구름 뒤로 숨어들었다. 세상이 어두워졌다. 마지 자신의 운명을 암시하는 것 같았다.

가슴속에 절망감이 번졌다. 자신이 과연 카타세의 추궁에서 빠져나갈 수 있을까?

"어떡하지? 어떻게 해야 하지…?"

납덩이를 매단 것처럼 발걸음이 무거웠다. 심장 박동이 조금씩 빨라졌다.

마침내 공원에 도착했다. 이곳에는 이미 두 번이나 와 본 적이 있었다. 해는 거의 다 저물었고, 주변의 나무들은 검은 실루엣을 드리웠다. 버려진 듯한 낡은 놀이기구들이 여기저기 놓여 있었다.

사람은 없었다. 단 한 사람을 제외하고는 말이다.

정장 차림의 카타세가 공원 한가운데 서 있었다. 왼쪽 겨드랑이 밑이 불룩 튀어나와 있는 것이 눈에 들어왔다. 카타세는 권총을 휴대하고 있었다. 그의 표정에는 엄숙함, 그리고 일말의 슬픔이 뒤섞여 있었다.

목이 바짝 말라왔다. 료이치는 갈라진 목소리로 상대를 불렀다.

"… 카타세."

"야쿠시마루."

카타세도 갈라진 목소리로 이름을 불렀다.

두 사람은 약간의 거리를 둔 채 서로를 마주했다.

긴 침묵이 흘렀다. 료이치도 카타세도 입을 열지 않았다. 그저 서로를 바라보고 서 있을 뿐이었다.

태양이 지며 서쪽 하늘 저편이 피처럼 붉은색으로 물들었다. 찬 바람이 두 사람 사이를 스쳐 지나갔다.

마침내 카타세가 입을 열었다.

"자수해라."

짧지만 날카롭게 파고드는 한마디였다. 료이치는 가슴이 터질 듯 두근거렸다.

자수하라고? 내가?

아무 생각도 할 수 없었다. 머릿속이 새하얘졌다.

"무슨 말이야?"

입이 제멋대로 움직였다.

"말 안 해도 알잖아."

"정말 모르겠어서 묻는 거야."

"그만하자. 다 알고 왔어. 네 아들 쇼타가 SNS에 익명으로 글을 올렸어. 누나가 사람을 죽인 것 같다고."

"쇼타가…?"

카타세의 말을 어떻게든 이해해보려 했다. 머리가 조금씩 돌아가기 시작했다.

"너랑 카나가 나눈 대화를 도청했던 모양이야. 누나가 사람을 죽였고 아버지가 그 증거를 없앴다고, 누나가 투신자살을 시도했다고 글을 올렸어. 카나가 육교에서 떨어졌다고 했었지?"

설마 아들에게 이렇게 배신을 당할 줄이야…. 아무리 익명이라고 해도 경찰이 그 글을 보고 움직일 거라는 생각을 전혀 하지 못했던 것일까? 너무나도 어리석은 짓이었다.

눈앞이 흐려졌다. 무릎이 떨리고 있었다. 서 있는 것만으로도 힘에 부쳤다.

"네가 모방범이었어. 시마다 유키를 죽인 건 네 딸이었겠지. 그 사실을 알고 너는 성소자에게 죄를 뒤집어씌우기로 했어. 시마다의 시신에 성소자의 표식을 남기고 이 공원에 유기했어. 왜 카나에게 자수하라고 하지 않은 거야? 그때 자수했다면 일이 이렇게까지 커지지는 않았을 텐데."

카타세의 말이 두개골을 울렸다.

료이치는 반박할 말이 없었다.

"너는 이해 못 해. 아무 고민도 없이 사는 네가 뭘 안다고….."

카타세는 놀란 듯 눈을 크게 떴다. 전혀 예상하지 못했던 말을 들은 듯한 얼굴이었다.

"카나는 우리 부부의 희망이었어. 어렸을 때 발레를 시작해서 발레리나가 되기 위해 피나는 노력을 해 왔어. 지난겨울에 런던에 있는 명문 발레학교에 합격해서 세계적인 발레리나로 성장하기 위한 첫걸음을 이제 막 내디디려던 참이었어. 그런데 시마다가 카나한테 약을 먹이고 강간하려고 한 거야. 카나는 그 집에 있던 아령으로 시마다의 머리를 때렸어. 정당방위였지. 하지만 시마다가 너무 어이없게 죽어버렸어. 운이 나빴던 거야. 그래도 처음에는 자수시키려고 했어. 신고 전화도 했었다고. 하지만 정당방위가 인정된다고 해도 사람을 죽였다는 사실은 변하지 않는 거잖아. 그럼 카나의 인생이 어떻게 되겠어? 세계적인 발레리나가 되겠다는 꿈은? 꿈은 산산조각 나고 카나에게 남는 건 비참한 인생뿐이겠지. 너한테 딸이 있다고 생각해봐. 똑같은 상황에 처한다면 너는 어떻게 할 건데? 딸을 자수시킬 거야?"

카타세는 단호한 말투로 즉답했다.

"당연하지. 나라면 자수하게 했을 거야."

"너답네. 너는 피도 눈물도 없잖아!"

료이치는 카타세에게 손가락질을 하며 그렇게 소리쳤다.

"시마다는 죽어 마땅한 쓰레기였어. 그런 쓰레기를 정당방위로 죽인 걸로 내 딸의 인생이 망가지게 놔둘 수는 없어. 이게 당연한 부모 마음이라고. 그걸 이해 못 해?"

"나도 이해하지. 하지만 그건 범죄야. 너도 잘 알잖아."

료이치는 코웃음을 쳤다. 카타세의 진부한 정의감이, 그리고 그런 하찮은 정의감에 사로잡힌 이 세상이 우습게 느껴졌다.

그런 정의는 무시 받아 마땅하다. 그런 정의는 진정한 약자를 구하지 못한다.

"너랑은 말이 안 통해. 우리는 주어진 환경도, 갖고 있는 가치관도 전혀 달라. 난 너를 친구라고 생각한 적이 단 한 번도 없었어."

카타세는 한 걸음 다가서며 말했다.

"다시 한번 말할게. 야쿠시마루, 자수하자. 이게 내가 너한테 베풀 수 있는 최대한의 배려야. 안 그러면 내가 너를 체포하는 수밖에 없어."

체온이 몇 도는 더 떨어진 것 같은 기분이 들었다. 판단이 망설여졌다. 망설일 여지가 없다는 것을 알면서도 말이다.

권총을 휴대하고 있다는 사실이 떠올랐다. 왜 지금 그 생각이 났을까?

손이 떨리고 있었다.

왜 지금 그런 생각을 하는 것일까?

온몸이 떨리고 있었다.

"바보 같은 생각 하지 마."

마치 그 말이 마중물이 된 듯 료이치의 손이 숄더스트랩에 꽂혀 있는 권총으로 향했다.

하지만 카타세의 움직임이 더 빨랐다. 카타세는 정장 상의 안쪽으로 손을 넣어 망설임 없이 권총을 꺼내 양손을 뻗어 조준했다. 총구가 료이치를 향하고 있었다.

료이치는 권총을 꺼내려던 손을 멈췄다.

"꺼내지 마."

카타세가 총을 겨눈 채 단호하게 말했다.

"내가 너를 쏘게 만들지 마."

료이치는 총구에 시선을 빼앗겼다. 마치 자신을 끌어당기는 것 같았다.

죽음이 입을 벌리고 나를 부르고 있다. 이쪽으로 오면 편해질 거라고….

그래, 죽으면 편해질 거야. 편해지고 싶어. 죄를 짓는 것도 이제는 지쳤다. 증거를 감추는 것도 지쳤다. 체포되지 않을까 두려움에 떠는 것도 지쳤다.

살아가는 것에 지쳤다—.

"나를 쏴 줄 거야?"

"뭐?"

"… 딸이 저지른 죄가 세상에 알려지면 나는 더 이상 살아갈 수 없어. 네가 이 고통을 끝내줄 수 있냐고 묻는 거야."

"말도 안 되는 소리 하지 마."

손가락이 권총 그립에 닿았다.

"하지 마, 야쿠시마루…."

카타세의 손가락이 방아쇠에 닿았다.

권총을 꺼내면 카타세가 자신을 쏴 줄 것이다. 그러면 모든 것이 끝난다. 나는 고통에서 해방될 것이다. 하지만 카나는 어떻게 되는 거지? 가족들은?

카타세는 정의감에 사로잡혀 료이치가 저지른 죄를 세상에 알리려 할 것이다. 그렇게 되면 카나와 가족들의 미래는 무너진다.

내가 죽어서는 안 된다. 내 고통을 끝내서는 안 된다. 나는 고통 속에서 몸부림치며 살아가야 한다. 지금 죽어야 하는 것은 카타세다. 지금 카타세를 쏘지 않으면 나는 가족을 잃게 된다.

손가락이 굳어 움직이지 않았다.

어서 총을 꺼내!

몸이 움직이지 않았다.

"하지 마…."

카타세가 갈라진 목소리로 말했다. 그도 두려워하고 있었다.

"선배님."

그때 부드러운 목소리가 들려왔다.

그 목소리에 얼어붙어 있던 몸의 긴장이 풀렸다. 뒤를 돌아보자 검은 나무들 사이에서 누군가가 모습을 드러냈다.

오다기리였다. 그의 손에는 이미 권총이 쥐어져 있었다. 총구는 카타세를 향해 있었다.

카타세는 깜짝 놀란 얼굴로 갑자기 끼어든 남자를 쳐다보았다. 하지만 카타세의 총구는 여전히 료이치를 향해 있었다.

오다기리는 카타세에게 총을 겨눈 채 료이치에게 물었다.

"선배님, 괜찮으세요?"

료이치는 여전히 권총 그립을 잡은 채 움직이지 못했다.

"여긴 왜 온 거야?"

"저희는 파트너잖아요. 선배님을 따라왔죠."

오다기리는 지금까지의 대화를 전부 다 듣고 있었던 것 같았다.

료이치는 자신의 파트너를 노려보았다. 오다기리는 이 상황에도 여전히 가면을 쓰고 있었다.

"너는 내 파트너가 아니야."

"그게 무슨 말씀이세요?"

"어설픈 연기는 그만둬. 네가 누구인지 알고 있으니까."

오다기리의 입가에 서서히 미소가 번졌다.

"카타세, 잘 들어. 얘가 성소자야. 블랙체리의 카스가한테 들었어. 시마다 유키를 미행하던 자는 왼쪽 귀가 뭉개진 경찰 관계자였다고. 성소자는 처음부터 시마다도 죽일 생각이었던 거야. 그리고 블랙체리의 사채 고객 리스트에 얘네 아버지로 보이는 오다기리 마사오라는 이름이 있었어."

그 말을 마치자마자 료이치는 숄더스트랩에서 권총을 뽑아 성소자를 향해 총구를 겨눴다. 오다기리는 놀란 표정을 지었다. 우리는 좋은 파트너이지 않냐고 묻고 싶은 듯했다.

"성소자는 두 명이야. 다른 한 명은 네 아버지겠지. 최초 피해자인 이토 유야를 죽인 건 오다기리 마사오였어. 그리고 두 번째 피해자부터는 네가 살해했겠지. 마지막에 아마미야 고로를 죽인 건 오다기리 마사오야. 너는 병원 밖에서 네 가슴을 스스로 찔렀어. 그러니 젊은 성소자를 봤다는 사람이 한 명도 없는 게 당연하지. 처음부터 이상하다고 생각했어. 성소자가 경찰의 움직임을 속속들이 알고 있었으니까."

이제 료이치는 오다기리에게, 오다기리는 카타세에게, 카타세는 료이치에게 총을 겨누고 있었다. 이 거리에서 총격전이 벌어진다면 사상자가 발생할 수밖에 없었다.

"네 아버지를 체포해서 목격자에게 보여주면 확실한 증거가 될 거야."

카타세가 애써 흥분을 가라앉히며 말했다.

"쏘면 안 돼, 야쿠시마루. 진정해. 범인은 반드시 생포해야 돼."

오다기리를 겨눈 료이치의 팔이 미세하게 떨리고 있었다. 그동안 성소자에게 무리한 지시를 받았던 것은 사실이지만, 오다기리에게 적대감이나 살의를 품고 있지는 않았다. 오히려 기묘한 유대감을 느끼고 있었다. 두 사람 모두 가족을 위해 자신이 해야 할 일을 했을 뿐이었다. 그저 운이 조금 나빴던 두 사람이 우연히 만나게 되었던 것이다.

반면에 오다기리는 태연하게 총을 겨누고 있었다. 사람을 쏘는 것쯤은 아무 일도 아니라는 듯한 태도였다.

"선배님, 저를 쏘실 수 있겠어요? 저희가 어떤 사이인데요."

아무 대답도 할 수 없었다. 권총을 꺼내 들기는 했지만 다시 손가락이 굳어 움직이지 않았다.

오다기리의 말이 맞았다. 우리가 어떤 사이였던가. 우리는 운명 공동체였다.

"둘이 한패였던 거야?"

카타세가 소리쳤다.

"어떻게 경찰이라는 것들이…. 둘 다 자수해. 그리고 법의 심판을 받아."

오다기리가 천천히 주위를 둘러보며 말했다.

"글쎄요. 선배님도 저도 지켜야 할 게 있으니까 어쩔 수 없이 그 많은 죄를 저질러 온 겁니다. 그런데 이제 와서 자수를 하면 그게 다 무의미한 일이 되겠죠. 지켜야 할 것을 지키지 못하게 되는 거라고요. 선배님, 제 말이 틀렸나요?"

이번에도 료이치는 아무 대답도 할 수 없었다. 오다기리의 말이 전적으로 옳았다.

"잘 생각해보세요. 카타세 씨한테 죄를 뒤집어씌우는 건 어떨까요? 카타세 씨를 모방범으로 만드는 거예요. 그럼 전부 다 순조롭게 해결할 수 있어요."

료이치는 전혀 놀라지 않았다. 예상을 크게 벗어난 제안은 아니었다. 료이치 역시 마음 한 켠에서 같은 생각을 했고, 또 그렇게 되기를 바라고 있었다.

카타세에게 죄를 뒤집어씌울 수 있을까? 모방범은 경찰 관계자다. 그렇게 생각하는 수사관들이 제법 많았다.

오다기리의 목소리가 이어졌다.

"모방범은 여기서 죽어야 합니다. 그리고 성소자와 진짜 모방범은 살아남을 겁니다."

몸이 차갑게 식었다. 그래, 오다기리의 말대로 하면 모든 것이 해결될 것이다.

권총을 겨눈 팔이 조금씩, 아주 조금씩 카타세를 향해 움직였다.

죽일 수 있을까? 내가 정말 카타세를 죽일 수 있을까?

카타세의 눈이 커졌다. 료이치가 자신을 배신하려 한다는 사실을 깨달은 듯 절망감으로 얼굴이 일그러졌다.

"너네 둘 다 지금 제정신 아니야! 야쿠시마루, 오다기리, 총 내려놔! 명령이다!"

나는 카타세를 죽일 수 있다―.

료이치의 팔 끝이 카타세의 머리를 향했다.

총성이 울렸다. 카타세의 몸이 뒤로 튕겨 나갔다. 료이치가 쏜 것이 아니었다. 그 사실에 놀랐다. 방아쇠를 당긴 것은 오다기리였다. 오다기리는 확인 사살을 위해 바닥에 쓰러진 카타세에게 다가갔다. 그리고 가까운 거리에서 다시 총을 쐈다. 한 발, 두 발, 세 발.

심장이 빠르게 뛰었다. 오다기리는 카타세의 죽음을 확인하느라 료이치의 움직임을 눈치채지 못했다.

총구가 오다기리의 머리를 향했다. 지금 여기서 오다기리를 죽이면 료이치의 죄를 아는 사람은 아무도 남지 않는다. 얼마나 매혹적인 일인가.

오다기리가 료이치 쪽으로 몸을 돌렸다. 놀란 듯 눈이 커졌다. 그리 놀랄 일은 아니지 않나? 반대 상황이었다면 상대도 똑같이 행동했을 것이다. 아니면 설마 진짜 우정을 나눈 사이라고 믿었던 것일까? 특별한 유대감을 느낀 것은 맞지만 그것도 오늘로 마지막이다.

료이치는 방아쇠를 당겼다. 상당한 충격이 팔과 몸을 덮쳤다. 발사된 총알이 오다기리의 목에 박혔다. 피가 튀며 오다기리가 쓰러졌다. 마치 꿈을 꾸는 것 같았다.

료이치는 정신을 차리고 카타세에게 달려갔다. 한눈에 봐도 이미 사망했음을 알 수 있었다. 오다기리는 손으로 목을 막은 채 버둥거리고 있었다. 목에서 피가 끊임없이 흘러나왔다. 하고 싶은 말이 있는 듯 입술을 움직였지만 아무 소리도 나오지 않았다. 오다기리와 눈이 마주쳤다. 이런 결말을 전혀 예상하지 못했던 것처럼, 자신이 살해당할 것이라고는 꿈에도 생각해보지 않았던 것처럼 진심으로 놀란 듯한 눈빛이었다. 우리 사이에 어떻게 이럴 수 있어요…. 그런 마음의 소리가 들려오는 듯했다. 얼마 지나지 않아 오다기리는 눈을 뜬 채 그대로 움직임을 멈추었다. 료이치는 방아쇠에서 손가락을 떼고 권총을 숄더스트랩에 다시 꽂아 넣었다. 손이 심하게 떨리고 있었다.

두 구의 시신을 내려다보며 길게 숨을 내쉬었다. 아주 잠시 동안 황홀에 가까운 감정에 사로잡혔다.

멀리서 경찰차의 사이렌 소리가 들려오기 시작했다.

경찰이나 구급대원이 도착하기 전에 해야 할 일이 있었다. 성소자는 료이치가 시마다의 시신을 옮기는 장면을 찍은 영상을 갖고 있다고 말했다. 누가 보기 전에 오다기리의 주머니에서 스마트폰을 꺼내 자신의 주머니에 넣었다.

사이렌 소리가 점점 더 가까워지고 있었다.

또 해야 할 일이 있을까? 료이치는 빠르게 머리를 굴렸다.

순간 머리를 스치는 생각에 료이치는 다시 오다기리의 스마트폰을 꺼내 통화 기록을 확인했다. 〈아버지〉라고 저장된 번호로 전화를 걸었다.

상대는 금방 전화를 받았다.

"마모루, 무슨 일이야?"

"당신의 아들은 경찰과 총격전을 벌이다 죽었습니다. 제가 마지막 가는 길을 지켜봤습니다."

체념이 깃든 목소리가 되돌아왔다.

"그렇습니까…."

"도망가셔도 좋습니다."

"… 아니요, 도망가지 않을 겁니다."

"저에 관한 이야기를 경찰에 하실 겁니까?"

잠시 침묵이 흘렀다.

"마모루한테 들었습니다. 딸을 위해 여러 위험을 감수하셨다고요. 우리 아들은 나를 위해 그 많은 죄를 지었습니다. 그동안 잘해 주셨습니다. 고맙게 생각합니다."

그렇게 전화는 끊겼다. 료이치는 그 자리에 멍하니 서서 경찰이 도착하기를 기다렸다.

11

야쿠시마루 료이치는 단숨에 세간의 주목을 받는 인물이 되었다. 성소자 사건의 진상을 밝혀낸 수사관으로 알려졌기 때문이었다.

료이치가 만들어낸 스토리는 이랬다. 블랙체리에서 얻은 목격 증언과 사채 고객 리스트를 통해 오다기리 마모루 순사부장이 성소자라는 확신을 갖게 되었다. 그 추측이 맞는지 확인하기 위해 학창 시절부터 가깝게 지내 온 친구이자 감찰계 소속 경찰인 카타세 카츠나리를 만나기로 했다. 공원에서 만나 이야기를 나누던 중 오다기리가 나타나 카타세를 사살했다. 그리고 료이치에게도 총구를 겨눴기 때문에 불가피하게 오다기리를 쐈다. 오다기리는 사망했고, 카타세도 안타깝게 목숨을 잃었다.

고위 간부들은 몹시 기뻐했다. 수많은 희생자가 나왔음에도 미제로 남을 뻔했던 어려운 사건이었는데, 비록 용의자가 사망하기는 했지만 드디어 결론을 낼 수 있게 되었기 때문이었다. 물론 수사가 종료된 것은 아니었다. 오다기리 마모루의 범행이 맞다는 것을 뒷받침하기 위한 수사가 계속 이어졌다. 가택 수색도 진행되었다. 그 과정에서 오다기리 마사오의 시신이 발견되었다. 목을 매 자살한 상태였다. 또한 노트북을 압수하였으나 다행히 걱정하던 자료는 나오지 않았다. 료이치가 시마다의 시신을 유기하던 장면을 찍은 영상은 오다기리의 스마트폰에만 저장되어 있었던 것이다.

몽타주 전문 수사관이 작성한 몽타주는 오다기리 마모루와 닮아 있었다. 유흥업소 점장의 증언으로 시마다 유키를 미행하던 남자가 오다기리였다는 사실이 밝혀졌다. CCTV 영상을 통해 병원에서 도주한 남자가 오다기리 마사오였다는 사실도 확인되었다.

성소자 사건은 그렇게 마무리되어 갔다. 그리고 료이치의 죄를 아는 사람은 아무도 남아있지 않았다.

수사본부에서는 다들 입을 모아 료이치를 칭찬했다. 영웅 대접을 받았다. 하지만 어딘가 석연치 않은 표정을 짓고 있는 사람도 있었다. 타케노우치 과장이었다. 료이치를 회의실로 부른 타케노우치는 이렇게 물었다.

"설마 경찰 내부에 성소자가 있을 줄은 몰랐어. 그것도 이렇게 가까운 곳에…. 오다기리가 성소자라는 걸 최근까지 전혀 몰랐던 거야?"

료이치는 넥타이 끝부분을 손으로 살짝 잡았다.

"전혀 몰랐습니다. 정말 아무렇지 않게 행동했어요. 아무도 의심하지 못했을 겁니다."

"어째서 감찰관인 카타세한테 이 일을 상의하려고 했던 거야?"

료이치는 어깨를 으쓱하며 대답했다.

"사실 카타세가 먼저 저한테 몇 차례 연락을 했었어요. 블랙체리에 수사 정보를 유출하는 사람이 저희 수사본부 내에 있는 것 같다면서요. 저한테 짐작 가는 사람이 없냐고 물어봤어요. 그러면서 성소자 사건에 관심이 있다고 말하기도 했고요. 물론 과장님께 바로 보고를 드렸어야 했는데, 그 전에 제 추측이 타당한지 객관적인 조언을 구하고 싶어서 카타세와 이야기를 나눠보려고 했던 거예요."

타케노우치는 아무런 반응 없이 다음 질문을 던졌다.

"네 증언에 따르면 오다기리는 카타세를 먼저 한 발 쏜 뒤에 가까이 다가가서 세 발을 더 쐈어. 맞지? 그럼 너는 오다기리가 네 발을 쏜 다음에야 권총을 꺼냈다는 거잖아. 카타세는 이미 진작에 권총을 꺼내 들었는데 말이야. 왜 너는 오다기리가 첫 발을 쐈을 때 곧바로 권총을 꺼내지 않았던 거지?"

"너무 갑작스러워서 몸이 움직이지 않았습니다. 오다기리는 나타날 때부터 이미 권총을 들고 있었어요. 카타세는 빠르게 반응했습니다. 하지만 저는 부끄럽게도 권총을 꺼내지 못했습니다. 정말 눈 깜짝할 사이에 벌어진 일이었어요."

그다지 설득력이 없는 변명에 불과하다는 것을 료이치도 알고 있었다.

하지만 달리 둘러댈 방법이 없었다.

"그렇군."

타케노우치는 한숨 섞인 목소리로 말했다. 그리고는 가장 날카로운 질문을 던졌다.

"오다기리가 쓰던 스마트폰에 대해 혹시 아는 거 없어? 시신에서 스마트폰이 안 나왔어. 집에도 없었고. 요즘 같은 세상에 스마트폰을 안 썼을 리가 없잖아. 아무래도 누가 가져간 것 같아서 말이야."

"설마요…. 저는 아니에요."

"당연히 너를 의심하는 건 아니야. 넌 이 사건을 해결한 영웅이잖아. 그냥 확인차 물어본 것뿐이야."

"잘 모르겠습니다."

"그래, 알겠다. 나가 봐."

타케노우치는 만만하게 볼 상대가 아니었다. 하지만 그보다 더 까다로운 상대가 료이치를 기다리고 있었다.

밤 9시가 넘어서야 료이치는 집으로 돌아갈 수 있었다. 에리코에게 퇴근한다고 라인으로 메시지를 보내자 처가에 가 있다는 대답이 돌아왔다. 장인 장모와 앞으로의 일을 상의하고 있는 것 같았다. 쇼타와 셋에서 함께 저녁 식사를 하고 싶었는데 아쉬웠다. 그래도 앞으로 천천히 시간을 들여 평범했던 일상을 하나씩 되찾으면 된다고 생각했다.

관할서 정문을 나오는데 누군가 뒤에서 야쿠시마루의 이름을 불렀다. 돌아보니 네이비색 정장을 입은 여자가 서 있었다. 누구인지 알아보는 데 시간이 조금 걸렸다.

"너는 카타세의…."

"동생 아야카예요."

아야카는 가볍게 고개를 숙였다.

오랜만에 보는 얼굴이었다. 마지막으로 만났을 때 아야카는 아직 초등학생이었다. 료이치가 대학생이었을 때 기치조지에 있는 카타세의 집에서 몇 번 마주친 기억이 있었다. 그로부터 20년이 넘는 세월이 흘렀다. 아야카는 어느새 다 큰 어른이 되어 있었다. 대학을 졸업하고 경시청에서 근무하고 있다는 이야기를 들은 적이 있었다. 얼굴 생김새가 카타세와 닮아 보였다. 오빠를 잃은 슬픔이 창백한 얼굴에 고스란히 드러났다. 료이치는 찌릿한 가슴의 통증을 느꼈다.

료이치는 자세를 바로 하고 고개를 숙여 인사했다.

"삼가 고인의 명복을 빕니다. 이번 일은 정말 안타깝게 됐어."

"야쿠시마루 씨, 사실대로 말씀해 주세요."

고개를 들자 아야카가 입술을 꾹 다문 채 료이치를 주시하고 있었다.

"사실대로라니?"

"오빠랑 저는 모방범을 쫓고 있었어요. 모방범은 경찰 내부 사람이에요."

아야카의 두 눈동자에는 분노가 타오르고 있었다.

"당신이잖아요."

아야카의 기세에 눌린 료이치는 간신히 반론을 시도했다.

"아무리 친한 친구의 동생이라도 그냥 넘어갈 수가 없는 이야기네. 증거라도 있어?"

"있어요. 당신 아들이 엑스에 글을 올렸어요. 누나가 사람을 죽인 것 같다고요. 당신과 누나의 대화를 도청해서—."

"아아, 그 이야기라면 카타세한테 이미 들었어."

료이치는 웃어 보이려 했지만 제대로 되었는지는 의문이었다.

"우리 아들이 망상이 좀 과해서 말이야. 병원에 한 번 데려가 봐야 할 것 같은데 본인은 망상이 아니라고 그렇게 고집을 피우네. 정말 곤란하다니까. 아주 애를 먹고 있어."

아야카는 분노로 온몸이 떨리고 있었다. 두 주먹을 꽉 쥐고 료이치의 말에 반박했다.

"그런 거짓말이 통할 거라고 생각하세요?"

료이치는 일부러 격앙된 태도를 보였다.

"거짓말이 아니야. 사실이라고. 성소자는 오다기리였어. 증거도 다 나왔잖아. 모방범 같은 건 없어. 애초에 존재하지도 않았다고."

"이 일을 윗선에 보고할 겁니다."

커다란 눈동자에서 한줄기 눈물이 뺨을 타고 흘러내렸다.

"하고 싶으면 해. 나는 사실만 말하면 되니까. 확실한 증거도 없이 사람을 의심했다가는 네가 신뢰를 잃게 될 거야. 그럼 나는 바빠서 이만."

료이치는 서둘러 그 자리를 벗어났다. 숨을 쉬기가 어려워 넥타이를 느슨하게 풀었다. 아야카가 정말로 이 일을 상부에 보고한다면 료이치는 영웅의 자리에서 한순간에 추락해 의심의 눈초리를 받게 될 위험이 있었다.

이제 어떻게 해야 하지?

고민해도 답은 나오지 않았다.

카타세가 사살되고 오다기리가 사망하며 안도했던 것도 잠시, 료이치는 또다시 궁지에 몰리고 말았다. 아야카는 오빠의 복수를 위해 료이치를 겨냥하고 있었다. 아야카가 자신이 알고 있는 내용을 상부에 보고하는 것만으로도 료이치는 상당한 타격을 입게 될 가능성이 있었다.

하지만 증거는 아무것도 남아있지 않았다. 카나가 시마다 유키를 살해하는 장면을 목격한 사람은 없었다. 시마다의 아파트에 들어가는 것을 본 사람도 없었다. 클럽에서 함께 나가는 모습을 본 유일한 사람인 쿠로카와 타모츠는 이미 이 세상 사람이 아니었다.

료이치가 시마다의 시신을 들고나와 공원에 유기하는 장면을 목격한 오다기리 또한 이미 사망했다.

카나가 시마다를 살해했다는 증거는 없었다. 마찬가지로 료이치가 시마다의 시신을 유기했다는 증거도 없었다.

료이치는 사에키 토시미츠와 운전기사를 살해했지만 목격자는 나오지 않았다.

후지이 슌스케도 살해했지만 그 장면을 목격한 사람 역시 존재하지 않았다.

이것은 완전범죄였다. 료이치가 범죄를 저질렀다는 증거는 아무것도 없었다.

가족들을 떠올렸다. 카나는 기억을 잃어버렸다. 카나가 죄책감에 자신의 죄를 털어놓을 가능성은 사라졌다. 아내 에리코는 료이치와 카나를 의심하고 있지만 진실을 알게 되는 것이 두려워 아무것도 묻지 않고 있었다. 문제는 쇼타였다. 쇼타는 몰래 도청을 계속했다. 아마 녹음 파일을 가지고 있을 것이다. 어떻게든 그것을 없애야 했다. 필요하다면 무력을 써서라도 없앨 생각이었다.

집에 도착한 료이치는 곧장 쇼타의 방으로 향했다. 에리코는 처가에 가 있었다. 쇼타와 단둘이 이야기를 나눌 수 있는 절호의 기회였다. 방문 앞에 선 료이치는 노크도 하지 않고 문을 벌컥 열었다.

"잠깐 이야기 좀 하자."

쇼타는 불만이 가득한 표정으로 료이치를 돌아보았다.

"뭐야? 노크도 안 하고—."

료이치는 방문을 닫은 후 입을 열었다.

"너 엑스에 이상한 거 올렸지? 경찰에는 인터넷에 올라온 게시글을 감시하는 부서가 있어. 네가 쓸데없는 글을 올리는 바람에 경찰이 나를 찾아와서 이것저것 캐물은 거 알아?"

쇼타는 벌떡 일어나 대들었다.

"다 사실이잖아! 누나가 사람을 죽였잖아. 그리고 아빠는 그 죄를 감추려고 했잖아. 내가 다 들었다고!"

료이치는 있는 힘껏 쇼타의 뺨을 내리쳤다. 쇼타의 몸이 힘없이 날아갔다.

"아프잖아! 왜 때리는데!"

당황해 소리치는 쇼타를 향해 료이치는 분노에 찬 목소리로 말했다.

"조용히 듣기나 해! 그래, 카나는 사람을 죽였어. 사실이야. 나는 그 죄를 감추려고 살인자한테 뒤집어씌웠어. 그것도 사실이야. 그런데 그게 다가 아니야. 나는 그보다 더한 짓도 저질렀어."

쇼타는 료이치에게서 실제로 그 말을 듣게 되자 놀란 듯 눈을 동그랗게 떴다.

"이 사실이 세상에 알려지면 어떻게 될지 생각해봐. 내 인생도 카나의 인생도 끝나겠지. 하지만 그게 다가 아니야. 네 인생도 네 엄마의 인생도 끝나는 거야. 네 앞날에도 지옥이 기다리고 있는 거라고. 대학에도 못 가고, 취직도 못 하고, 밖에 나가지도 못할 거야. 그래도 괜찮냐고!"

쇼타는 할 말을 잃었다. 그러다 기어들어 가는 목소리로 말했다.

"… 그렇게 일이 커질 줄은 몰랐어."

"이미 커졌어. 하마터면 전부 다 밝혀질 뻔했다고."

"잘못했어…."

쇼타는 몸을 벌벌 떨며 눈물을 흘렸다.

그 모습에 료이치는 다시 온화한 말투로 대화를 이어갔다.

"너는 그동안 누나를 부러워했던 거잖아. 하지만 카나는 이미 충분히 벌을 받았어. 안 그래?"

"다들 누나만 예뻐하니까…."

"바보 같기는. 자식이 어떻든 사랑하는 게 부모야. 너도 마음만 먹으면 얼마든지 잘할 수 있어. 네가 안 하고 있을 뿐이잖아. 이제부터라도 네 인생을 되찾으면 돼. 알겠어?"

"알겠어. 내가 잘못했어."

"엑스에 올린 글부터 지우자."

"이미 지웠어."

"도청한 거 녹음 파일도 있지? 그것도 지워."

"알았어."

쇼타는 책상 서랍에서 녹음기를 꺼내 저장된 데이터를 삭제했다.

"잘 들어. 방금 했던 이야기들은 우리 둘만의 비밀이야. 엄마한테도 말하면 안 돼. 엄마는 감당하지 못할 거야. 아무한테도 말하지 마. 약속할 수 있지?"

"응."

료이치는 울먹이는 쇼타의 어깨를 다정하게 토닥여 주었다.

이 녀석에게는 애정이 부족했던 것인지도 몰랐다. 그 점이 후회스러웠다.

그림을 그리고 싶다고 했을 때 무턱대고 반대할 것이 아니라 이야기를 더 들어 줬어야 했다. 관심을 보여줬어야 했다. 하지만 이미 지나간 일이다. 이제부터 관계를 새롭게 구축해 나가면 된다. 소중한 가족이니까 그래야만 한다.

이제 다 되었다. 위기가 끝난 것은 아니지만 모든 것을 무너트릴 수도 있었던 증거는 사라졌다. 안도의 한숨을 내쉬며 1층으로 내려가 보니 예상치 못한 인물이 소파에 앉아 있었다.

에리코의 아버지인 타카히사였다. 카키색 스웨터에 베이지색 슬랙스 차림이었다. 머리도 단정하게 손질되어 있었다. 6개월 남은 시한부 인생을 사는 사람이라고는 믿기지 않을 정도로 젊고 말끔한 인상이었다. 그리고 무엇보다도 그는 마치 깨달음의 경지에 이르기라도 한 듯한 온화한 표정을 짓고 있었다.

"아버님."

료이치는 타카히사에게 다가가지 못하고 가만히 서 있었다. 방문이 닫혀 있기는 했지만 제법 큰 소리를 냈다. 혹시 대화 내용이 들리지 않았을까 하는 두려움이 엄습했다.

얼굴이 새하얗게 질려갔다. 억지로 미소를 지을 수조차 없었다. 당황한 기색을 숨기지 못한 채 물었다.

"무슨 일이세요? 에리코는 처가에 있다고 들었는데요."

"맞아, 에리코는 우리 집에 있어. 걱정할 것 없네."

타카히사는 지극히 차분한 목소리로 말했다.

"나한테 상의하고 싶은 게 있을 것 같아서 왔어."

"상의요…? 글쎄요, 딱히 없는데…."

"없을 리가. 곤경에 처해 있지 않나? 카나가 택시를 타고 돌아온 그 날 밤부터 말이야."

료이치는 너무 놀라 말문이 막혔다. 15일 밤, 차를 운전해 집으로 돌아왔을 때 타카히사와 마주쳤었다. 타카히사는 료이치가 퇴근길이라면서 차를 타고 들어온 것을 이상하게 여겼었다. 그때부터 이미 료이치와 카나가 골치 아픈 사건에 휘말렸다는 사실을 눈치채고 있었던 것이 분명했다.

료이치는 힘이 빠진 듯 소파에 주저앉았다.

"아버님, 얼마나 알고 계신 거예요?"

"자네가 성소자 사건에 개인적으로 연관되어 있다는 것 정도야."

"혹시 아내도 알고 있나요?"

타카히사는 작게 고개를 저었다.

"아니, 에리코가 어디까지 알고 있는지는 나도 몰라. 아마 의심은 하고 있겠지. 하지만 에리코는 진실을 확인할 용기도 없고, 진실을 알게 되더라도 감당하지 못할 거야."

"저도 그렇게 생각해요."

"이제 다 말해 보게."

타카히사는 몸을 앞으로 숙이며 팔꿈치를 무릎 위에 올리고 두 손의 깍지를 꼈다. 그 어떤 충격적인 사실도 전부 받아들이겠다는 각오가 엿보였다.

타카히사는 이상한 낌새를 알아차렸음에도 지금껏 침묵해 왔다. 그를 믿어도 괜찮을 것 같았다. 료이치는 모든 것을 털어놓기로 마음을 굳혔다.

료이치는 자신이 저지른 죄를 하나하나 이야기하기 시작했다. 카나가 택시를 타고 집에 돌아왔던 날에 있었던 일들, 그리고 그 이후에 저지른 수많은 범죄들까지—.

타카히사는 얼굴색 하나 변하지 않았다. 입을 꾹 다문 채 가만히 듣고 있었다.

모든 이야기가 끝나자 타카히사는 천천히 입을 열었다.

"그래. 자네가 고생이 많았겠어."

"아버님, 죄송해요. 걱정을 끼쳐 드려 정말 죄송합니다."

료이치는 깊이 고개를 숙였다. 왈칵 눈물이 쏟아졌다. 장인에게 자신의 노력을 인정받은 것 같아 기뻤다.

"저희 아버지한테도 이야기했는데, 아버지는 화를 내셨어요. 제가 가족들의 인생을 다 망가뜨린 거라고요. 지금이라도 늦지 않았으니 경찰서에 가서 솔직하게 말하라고 하셨어요."

그 말을 들은 타카히사가 테이블을 세게 내리치며 목소리를 높였다.

"그건 말도 안 되는 소리다! 자네는 가족들의 인생을 지킨 거야. 옳은 일을 한 거라고."

"… 정말 그런가요?"

"그럼, 당연하지. 내가 자네였어도 똑같이 했을 거야. 카나를 위해서도, 가족들을 위해서도, 이 비밀은 반드시 지켜져야 해. 나는 자네가 자랑스러울 정도야."

야버지와는 정반대의 의견이었다. 처음부터 아버지가 아니라 장인에게 상의했어야 했다.

그래, 나는 옳은 일을 했다. 나는 틀리지 않았다.

"내 말 잘 들어라."

타카히사는 목소리를 더욱 낮춰 자신의 계획을 털어놓았다.

그 이야기를 들으며 료이치는 목메어 울었다.

12

카타세 카츠나리의 장례식이 아오야마장례식장에서 엄숙하게 치러졌다. 도쿄공안위원회 위원장, 경시총감, 도쿄의회 의장, 도쿄 부지사 등이 조의문을 낭독했다. 경찰 간부와 동료 등 이백 명이 넘는 조문객이 참석해 고인의 명복을 빌었다. 오빠는 두 계급 특진해 경시정이 되었다.

모두가 카타세 카츠나리의 죽음을 안타까워했다. 유능한 형사였다는 찬사가 이어졌다.

아야카는 눈물을 보이지 않았다. 마음속에 자리한 것은 오빠에 대한 자랑스러움과 격렬한 분노였다. 오빠는 왜 죽어야 했는가. 오빠를 죽인 것은 오다기리라는 경찰이었다. 이 점은 의심하지 않았다. 현장 검증을 통해서도 증명된 사실이었다.

문제는 오빠가 총을 맞았을 때 야쿠시마루는 무엇을 하고 있었는가다. 오다기리는 총을 네 발이나 쐈다. 첫 발을 쐈을 때 야쿠시마루가 곧바로 반격했다면 오빠는 죽지 않았을지도 모른다.

야쿠시마루는 오빠가 죽기를 바랐던 것이다. 자신이 모방범이라는 사실을 오빠에게 들켰기 때문이다.

야쿠시마루는 오빠의 죽음을 지켜본 뒤 성소자인 오다기리를 사살했다. 이로써 자신이 모방범이라는 사실을 아는 사람은 이 세상에서 모두 사라졌다고 생각했을 것이다.

절대 용서할 수 없었다. 이대로 끝낼 수는 없었다. 아직 한 명, 야쿠시마루가 모방범이라는 것을 알고 있는 사람이 남아있었다. 그것은 바로 아야카 자신이었다.

야쿠시마루 쇼타가 엑스에 올린 게시글만으로는 충분한 증거가 되지 못했다. 만약 도청한 녹음 파일이 있다면 이야기는 달라진다. 하지만 자택 수색영장을 발부받으려면 그 필요성을 입증할 증거가 있어야 했다. 엑스에 올라온 글이 사실일 가능성이 크다는 것을 증명해야 하는데 아직 수사가 충분히 이루어지지 못했다. 그리고 야쿠시마루가 녹음 파일을 이미 삭제했을 가능성도 있었다.

아야카는 후지이 슌스케 순사부장의 스마트폰 통화 기록을 확보했다. 후지이는 사망 직전, 오다기리에게 전화를 걸었다는 사실이 밝혀졌다. 오다기리가 후지이를 살해한 것이었을까? 더 자세한 내용을 확인하기 위해 아야카는 통신사에 요청해 추가로 입수한 오다기리의 스마트폰 통화 기록과 대조해 보니 오다기리는 후지이에게 전화를 받은 직후에 야쿠시마루에게 전화를 걸었던 사실이 드러났다. 후지이를 옥상에서 밀어 떨어트린 사람은 야쿠시마루가 아니었을까? 하지만 이것도 추측일 뿐 물증이 없었다.

그날 퇴근 후 아야카는 오모테산도에 있는 레스토랑에서 스기모토 이츠키와 만났다. 오빠의 죽음으로 마음 아파하는 아야카를 위로하기 위해 이츠키가 식사 자리를 제안했던 것이다. 이츠키는 네이비색 정장에 검은색 넥타이를 매고, 옆머리를 짧게 다듬은 헤어스타일을 하고 나타났다.

두 사람은 다른 테이블석에서 조금 떨어진 알코브 공간(벽이 안쪽으로 들어가 아늑한 분위기가 나는 독립 공간-옮긴이)에 마련된 자리에 마주 보고 앉았다. 이츠키의 얼굴을 보자마자 아야카는 눈물이 왈칵 쏟아져 나왔다. 이츠키의 위로를 받으며 겨우 울음을 멈춘 아야카는 사건의 전말을 털어놓기 시작했다.

이츠키가 알려준 정보로 모방범을 찾아낸 것부터 설명했다. 엑스에 글을 올린 사람은 카타세 카츠나리의 친구이자 이케부쿠로경찰서 소속 형사인 야쿠시마루 료이치 경부보의 아들이었고, 야쿠시마루의 딸이 시마다 유키를 살해하고 그 죄를 야쿠시마루가 은폐했을 가능성이 크다는 사실까지 이야기했다.

이츠키는 심각한 표정으로 입을 열었다.

"이번 사건에서 가장 큰 실적을 올린 사람이 사실은 모방범일지도 모른다는 거야?"

아야카는 단호하게 고개를 끄덕였다.

"거의 확실해."

이츠키는 눈에 띄게 당황하고 있었다. 놀라움보다 두려움이 더 큰 것 같아 보였다.

진지한 눈빛으로 아야카의 눈을 똑바로 바라보며 물었다.

"이거 나 말고 또 누구한테 이야기했어?"

아야카는 고개를 저으며 말했다.

"아직 아무한테도 못 했어. 확실한 증거가 없으니까."

"아직은 말하지 않는 게 낫겠어. 듣고만 있어도 식은땀이 나네."

그렇게 말하며 이츠키는 물수건으로 이마에 난 땀을 닦았다.

"이츠키가 내 입장이라면 범인을 안 쫓을 거야?"

"글쎄. 솔직히 나는 그럴 만한 용기가 없어. 하지만 오빠의 원수를 갚고 싶은 거잖아?"

"맞아."

오빠는 정의로운 사람이었다. 모방범을 검거하기 직전이었다. 오빠가

남기고 간 그 일을 자신이 마무리해야 했다. 그리고 오빠의 원수를 갚아야
했다.

"그리고… 범죄자를 그대로 놔둘 수는 없어."

"그 마음은 이해해."

이츠키가 오른손을 뻗어 아야카의 왼손을 감쌌다.

"하지만 너한테 무슨 일이 생기는 건 바라지 않아."

"알아. 신중하게 접근할 거야. 근데 문제는 범행 현장을 목격한 사람이
하나도 없어. CCTV에도 안 찍혔고. 어떻게 수사를 해야 할지 갈피를 못 잡
겠어."

"그러게. 다른 가족들을 공략해 보는 건 어때? 그 아들은 누나랑 사이가 안
좋으니까 그런 글을 올렸을 거 아니야. 아들은 잘하면 입을 열지 않을까?"

야쿠시마루의 집 앞에서 잠복이라도 하고 싶었지만 수사본부의 규모가 축
소되며 아야카는 본청으로 이미 복귀한 상태였다. 수사를 이어가려면 근무
외 시간을 활용하는 수밖에 없었다. 내일은 밤에라도 야쿠시마루의 집에 찾
아가 볼까 생각했다. 그런데 다음 날 아침, 예상치 못한 인물에게서 연락이
왔다. 이케부쿠로경찰서의 타케노우치 과장이었다. 잠깐 볼 수 있겠냐는 타
케노우치의 말에 아야카는 곧바로 이케부쿠로경찰서로 향했다. 두 사람은
빈 회의실에서 마주했다.

타케노우치는 낡고 허름한 정장을 입고 있었다. 전체적인 분위기는 느긋
해 보였지만 인상은 날렵했다. 눈빛이 날카롭게 빛나고 있었다.

"카타세, 너한테 맡기고 싶은 일이 있어서 불렀어. 샤쿠지이코엔역 근처에
있는 히마와리라는 노인요양시설에 자꾸 이상한 소리를 하는 환자가 있다는
제보가 들어왔어. 자기 아들이랑 손녀가 살인 사건에 연루되어 있다고 한다

더군."

아야카는 눈을 크게 떴다.

"그게 설마….."

"그래, 맞아. 그 환자의 이름은 야쿠시마루 카즈오, 야쿠시마루 료이치 경부보의 아버지야. 모방범을 쫓고 있는 너한테 딱인 임무 아니야?"

타케노우치의 한쪽 입꼬리가 올라갔다.

노인요양시설 히마와리는 조용한 주택가 골목에 위치하고 있었다. 세련된 외관의 주황색 건물이었다. 꽤 넓어 보이는 시설 부지는 꽃이 활짝 핀 벚나무로 둘러싸여 있었다.

로비에 마련된 접수처 앞에서 샤쿠지이경찰서 소속의 사노 순사부장이 아야카를 기다리고 있었다. 40대 중반쯤 되어 보이는 그는 거무스름한 얼굴에 키가 크고 마른 체형이었다.

"이곳 시설 직원분께서 제보를 하셔서 야쿠시마루 카즈오 씨를 만나 이야기를 들었습니다. 성소자 사건과 관련된 내용이라서 수사본부에 연락을 드린 거고요."

아야카는 사노와 나란히 걸으며 물었다.

"아들과 손녀가 살인 사건에 연루되어 있다고 했다면서요?"

그 순간 사노의 표정이 어두워졌다.

"그렇기는 한데 제가 직접 들은 건 아니에요."

관할서에서 이미 충분한 조사를 거쳤을 거라고 생각했던 아야카는 의아했다.

"그게 무슨 말씀이시죠?"

"야쿠시마루 카즈오 씨는 루이소체 치매를 앓고 계세요. 제가 질문을 드려도 대답을 잘 못 하십니다. 정신이 맑으실 때도 가끔 있다고는 하는데 안타깝게도 요즘 계속 상태가 좋지 않으세요."

"치매라니….."

"솔직히 말해서 증언의 신빙성에 의문을 가질 수밖에 없습니다."

"신빙성은 제가 다른 증거들로 보충하겠습니다."

사노는 야쿠시마루 카즈오의 병실로 아야카를 안내했다. 카즈오는 창가에 있는 의자에 홀로 앉아 고개를 숙이고 있었다. 플란넬 소재의 카키색 체크무늬 셔츠에 검은색 코듀로이 팬츠를 입고 그 위에 밤색 카디건을 걸친 차림이었다. 겉모습은 비교적 단정해 보였다.

"야쿠시마루 카즈오 씨?"

아야카가 이름을 불러 보았다.

카즈오는 아무런 반응이 없었다.

아야카는 고개를 숙이며 자신을 경시청 소속 경찰이라고 소개했다.

이번에도 반응은 없었다.

아야카는 불안해하며 입을 열었다.

"카즈오 씨, 잠시 말씀 좀 여쭐게요. 아드님과 손녀분이 계시죠? 두 분이 살인 사건에 연루되어 있다고 여기 직원분한테 말씀하셨다던데, 사실이에요?"

카즈오는 여전히 아무 말이 없었다. 아야카의 말을 이해하고 있는지조차 의심스러웠다.

난감했다. 카즈오의 정신이 맑아지기를 바라던 중 카즈오가 갑자기 고개를 들었다. 어딘가를 뚫어지게 쳐다보고 있었다.

"아가씨, 저 남자 좀 쫓아주면 안 될까?"

사노를 말하는 것일까? 하지만 카즈오의 시선은 사노를 향해 있지 않았다.

"어떤 남자를 말씀하시는 거예요?"

"저기 있잖아. 검은 옷을 입고 있는 남자 말이야. 계속 나를 노려보고 있어. 나를 감시하는 거라고. 뭘 봐! 저리 가!"

카즈오는 숨는 시늉을 하며 두 손으로 머리를 감쌌다.

사노가 낮은 목소리로 말했다.

"헛것을 보시는 것 같아요. 환시가 루이소체 치매의 대표적인 증상 중 하나거든요."

아야카는 실망한 얼굴로 눈앞의 노인을 바라보았다. 카즈오는 진심으로 두려움에 떨고 있었다. 안타깝지만 이런 상태라면 야쿠시마루 카즈오의 증언은 증거가 될 수 없었다.

요양시설에서 나와 타케노우치에게 전화를 걸어 상황을 설명했다. 아야카는 밑져야 본전이라는 마음으로 야쿠시마루 료이치에 대한 체포영장을 청구할 수 있을지 물었지만 단칼에 거절당했다.

"치매 환자의 증언으로는 어렵지. 게다가 피해망상까지 보이는 거면 증거 능력이 아예 없어."

"그럼 야쿠시마루 쇼타를 만나보겠습니다."

"잠깐만, 너무 서두르지는 말자고. 지금 야쿠시마루 료이치는 성소자를 잡은 영웅이야. 상당한 의혹이 있는 게 아닌 이상 영웅의 자리에서 끌어내리는 건 너무 위험해. 경찰의 위신을 크게 떨어뜨릴 수도 있어."

"결국은 체면이 문제라는 건가요?"

"네 입장도 위험해질 수 있어서 그래."

아야카는 반론하려다 참았다. 타케노우치의 말대로 좌천이라도 당하게 되면 이 사건을 더 이상 수사할 수 없게 된다. 하지만 이대로 물러날 수도 없었다. 오빠를 죽게 내버려 둔 야쿠시마루에게 복수하기 전까지는 절대 포기할 수 없었다.

아무래도 야쿠시마루 료이치를 다시 만나봐야 할 것 같은데—.

아야카는 네리마구 사쿠라다이에 있는 야쿠시마루 료이치의 집을 찾아가 인터폰을 눌렀다. 잠시 후 현관문이 열리고 료이치가 얼굴을 내밀었다. 그의 표정은 당황한 것 같기도, 화가 난 것 같기도, 또 두려워하는 것 같기도 했다.

처음 봤을 때와는 전혀 다른 사람 같았다. 당시 야쿠시마루는 대학생이었다. 키가 크고 성실해 보이는 사람이었다. 그를 동경하는 마음도 조금은 있었다. 그로부터 20년이 넘는 세월이 흘렀다. 그리고 자신의 추리가 맞다면 그는 무거운 죄를 저질렀다. 오빠의 좋은 친구였던 과거의 모습은 조금도 남아있지 않았다.

아야카는 조금의 흔들림도 없이 말했다.

"야쿠시마루 씨, 요양시설에 계신 아버님께서 아들과 손녀가 살인 사건에 연루되어 있다고 하셨더라고요. 아드님에 이어서 아버님까지도 당신의 죄를 털어놓았어요. 이제 솔직하게 말씀해 주시죠."

료이치는 과장된 한숨을 내쉬었다.

"아버지는 치매 환자인데다 피해망상까지 있어. 이상한 소리를 하시는 게 하루 이틀이 아니라고. 그런 아버지의 말이 증거가 될 수 있을 리가 없잖아."

"모방범은 당신이에요. 그러니까 오다기리가 총을 네 발이나 쏘는 동안 아무것도 안 하고 오빠가 죽는 걸 보고만 있었던 거겠죠."

"그런 거 아니야."

료이치는 강하게 고개를 저으며 말했다.

"오다기리가 네 오빠를 쏜 건 정말 순식간이었어. 너무 놀라고 무서워서 꼼짝도 할 수 없었어. 일부러 보고만 있었던 게 아니라고."

아야카는 료이치의 눈을 똑바로 바라보았다. 이것이 거짓말쟁이의 얼굴인가 생각했다. 하지만 거짓말을 하는 것처럼 보이지는 않았다. 어쩌면 진실을 말하고 있는 것은 아닐까? 모방범이 아닌 건가? 이 사람이 만약 진짜 영웅인 거라면….

믿음이 흔들리기 시작했다.

아니야, 이 사람은 모방범이 맞다. 확실한 증거를 들이밀지 않는 한 그는 절대로 진실을 말하지 않을 것이다. 답답했지만 딱히 뾰족한 수가 없었다.

"그만 가주면 안 될까?"

료이치는 차분한 말투로 말했다.

"나는 카타세를 같은 경찰로서 존경했어. 정말 아까운 인재를 잃었다고 생각해. 하지만 나는 모방범이 아니야. 우리 딸도 살인자가 아니고. 아들의 망상이 심한 건 맞지만 본인이 한 짓을 후회하고 있어. 이게 네가 알고 싶어 했던 진실이야. 이만 돌아가 줘."

아야카는 분했지만 더 이상 그를 공격할 만한 패가 없었다.

결국 그대로 돌아서려던 순간, 갑자기 들려온 벨소리에 아야카는 깜짝 놀랐다. 자신의 스마트폰이었다. 전화를 받아보니 타케노우치 과장이었다.

"지금 당장 이케부쿠로경찰서로 와."

타케노우치는 흥분한 듯 떨리는 목소리로 말했다.

"모방범이 자수하러 왔어."

"뭐라고요?"

아야카가 놀라 소리쳤다.

"누군데요?"

"시라이 타카히사, 야쿠시마루 료이치의 장인이야."

아야카는 뒤를 돌아보았다. 료이치는 무언가를 알고 있는 듯한 미소를 짓고 있었다.

13

있는 것이라고는 책상 한 개와 의자 세 개뿐인 살풍경한 조사실에서 아야카는 시라이 타카히사와 책상을 사이에 두고 마주 앉아 있었다. 타카히사는 수갑을 차지 않은 대신 허리에 묶인 포승줄이 의자에 고정되어 있었다. 옆에서는 기록 담당 수사관이 노트북 키보드를 연신 두드렸다.

타카히사는 실제 나이보다 젊고 정정해 보였다. 조금도 위축된 기색이 없었다. 그는 자신이 올바르게 살아왔음을 자랑스럽게 여기는 듯했다.

그런 타카히사가 막힘없이 범행을 자백하는 모습은 어딘가 기이하게 느껴졌다.

"15일 밤에 손녀인 카나가 울면서 집으로 돌아왔습니다. 모르는 남자가 자신에게 약을 먹이고 성폭행을 했다고 하더군요. 하필 료이치가 집에 없을 때라 제가 이야기를 들어주었습니다. 카나는 현명하게도 그 남자의 집을 스마트폰 GPS로 확인해 왔어요. 저는 화가 나서 견딜 수가 없었습니다. 집에서 뛰쳐나와 료이치의 차를 몰고 그 남자의 아파트로 갔습니다. 전혀 두렵지 않았어요. 처음부터 그냥 넘어가지 않을 생각이었으니까요. 남자의 집에서 몸싸움이 벌어졌고 순간적으로 바닥에 놓여 있던 아령을 들어 내리쳤습니다. 그런데 하필 안 좋은 위치를 맞았는지 한 번에 쓰러지더라고요. 물론 저도 놀랐습니다. 사람을 죽인 건 처음이었으니까요. 하지만 나쁜 건 제가 아니라 그 남자라고 생각했습니다. 그래서 성소자의 범행인 것처럼 꾸미기로 한 겁니다. 차에 시신을 실어 이케부쿠로에 있는 공원으로 옮긴 다음, 이마에 X 표시를 새겼습니다."

"잠깐만요. 성소자가 남기던 표식을 어떻게 알고 있었던 거죠? 그건 수사 관계자들밖에 몰랐던 정보인데요."

"물론 료이치한테 들었습니다. 성소자 사건을 수사하고 있다는 것을 듣고 제가 궁금해서 이것저것 물어봤습니다."

"혹시 야쿠시마루 료이치를 감싸고 있는 건 아닌가요?"

"그런 것 아닙니다. 제가 혼자 한 짓입니다. 정말이에요. 제가 몸은 아파도 머리는 멀쩡합니다."

"오다기리 마모루 순사부장과 연락을 주고받았습니까?"

"아니요."

"아마미야흥업의 사에키 토시미츠와 운전기사인 이와이 켄스케를 살해했습니까?"

"아니요."

"후지이 슌스케 순사부장을 옥상에서 밀었습니까?"

"아니요."

타카히사를 똑바로 응시했다. 아야카는 분한 마음에 이를 악물었다.

경찰관으로서의 신념이 흔들렸다. 완전범죄는 존재할 리 없다. 아니, 존재해서는 안 된다. 야쿠시마루 료이치를 궁지로 몰아넣을 수 있는 단서가 분명 어딘가에 있을 것이다.

인생 최고의 연기를 펼쳐야 한다. 장인에 대한 동정심은 필요 없다. 본인이 원해서 한 일이었다. 료이치는 자신에게 부여된 역할에만 충실하면 된다.

형사 사무실로 들어가자 타니가와, 소우마, 요시노, 그리고 후카다가 자리에서 일어났다. 무슨 말을 꺼내야 할지 몰라 당황한 기색이 역력했다.

타니가와가 간신히 입을 열었다.

"야쿠마루….."

료이치는 어떤 비판이든 받아들일 준비가 되었다는 듯 힘주어 고개를 끄덕였다.

"정당방위였다고는 해도 저희 장인어른이 큰 물의를 일으켰어요. 죄송해요. 진심으로 사과드릴게요."

깊이 고개를 숙였다.

동료들은 하나같이 입을 모아 료이치의 탓이 아니라고 말했다. 료이치는 그럼에도 책임을 느끼지 않을 수 없다고 말하며 착잡한 표정을 지어 보였다.

타니가와가 료이치를 위로하듯 말했다.

"그래도 야쿠마루가 성소자를 잡았다는 사실은 변하지 않아. 정말 존경스러워."

료이치는 다시 한번 고개를 숙였다.

잠시 후 타케노우치 과장의 호출을 받은 료이치는 빈 회의실로 들어가 타케노우치와 마주 앉았다.

"저희 가족 일로 수사본부에 큰 폐를 끼쳤습니다. 진심으로 사죄드립니다."

타케노우치는 차가운 시선으로 료이치를 바라보았다. 한동안 아무 말 없이 료이치의 표정을 자세히 살폈다.

마음속을 꿰뚫어 보는 듯한 눈빛이었다. 료이치는 자신도 모르게 넥타이로 향하던 손을 멈췄다. 침묵을 견디지 못하고 결국 먼저 입을 열었다.

"정말로 장인어른이 자백을 한 겁니까?"

"본인은 그렇게 말하고 있어. 자기가 시마다 유키를 죽였다고. 조사를 진행한 건 카타세의 동생이었어. 전부 다 털어놓았다더군."

료이치는 절망한 듯 한숨을 내쉬었다.

"그렇군요…. 이게 사실이라면 정말 엄청난 짓을 하셨네요."

"정당방위였으니 무거운 벌을 받지는 않겠지…. 그래도 가족한테 성소자가 남긴 표식에 관해 이야기한 건 실수였어."

"제가 경솔했습니다. 하지만 딸이 그런 일을 당했을 줄은…. 장인어른이 아니라 제가 그 이야기를 들었다면 아마 제가 그 남자를 죽였을 겁니다."

두 사람의 눈이 마주쳤다. 료이치의 눈에서는 증오의 감정이 엿보였을 것이다. 시마다는 죽어 마땅한 자였다. 딸을 둔 부모라면 그 상황에서 누구나 같은 결정을 내렸을 것이다.

타케노우치는 료이치를 질책하듯 말했다.

"형사가 할 말은 아닌 것 같은데."

"죄송합니다. 실언을 했습니다."

"무슨 마음인지는 알겠어."

"이제 사건은 다 마무리된 거죠?"

"그렇지. 본인이 자백을 했으니까. 시마다 유키의 스마트폰을 가지고 있기도 했고. 시라이 타카히사가 모방범이라는 건 틀림없어."

타케노우치가 잠시 침묵했다.

"하지만 한 가지 이상한 점이 있어. 사에키 토시미츠가 타고 있던 차량에서 나온 DNA는 오다기리 마모루의 것도 아니었고 시라이 타카히사와도 일치하지 않았어."

료이치는 태연한 척했다. 넥타이를 살짝 만졌다. 마음의 동요가 조금이나마 가라앉았다.

"그래요? 이상하기는 하네요. 그 혈액이 범인의 것이 아니었을 수도 있지 않을까요?"

타케노우치는 넥타이를 만지는 료이치의 손을 바라보며 씩 웃었다.

"그래, 그럴 수도 있지."

14

카스가 료는 뉴스 기사를 확인한 뒤 스마트폰을 테이블 위에 툭 던져 놓았다.

이곳 타워맨션의 거실에서 이케부쿠로경찰서의 야쿠시마루 료이치 경부보에게 모방범이 경찰 내부에 있다는 사실과 그자의 신체적 특징을 알려준 직후, 야쿠시마루는 이케부쿠로 3초메에 있는 공원에서 오다기리 마모루 순사부장을 사살했다. 오다기리 마모루가 성소자였던 것이다. 카스가의 예상과 달리 모방범이 아닌 성소자가 경찰 관계자였다. 모방범은 야쿠시마루 료이치의 장인인 시라이 타카히사였다. 손녀가 성폭행을 당했다는 사실에 분노한 시라이 타카히사는 아령으로 시마다 유키를 살해했다. 그리고 야쿠시마루에게 전해

들은 수사 정보를 참고해 성소자의 범행으로 위장한 뒤 시신을 유기한 것으로 알려졌다.

무언가 이상했다.

야쿠시마루는 왜 오다기리를 체포하지 않고 사살한 것일까? 기사에는 야쿠시마루와 개인적으로 친분이 있었던 카타세 카츠나리 경부가 사건에 휘말려 희생되었다고 나와 있었다. 카타세는 야쿠시마루의 지인이기는 하지만 경시청 경무부 소속으로 이번 사건과는 전혀 무관했다. 카타세가 왜 그곳에 있었는지 이유를 알 수 없었다. 오다기리가 먼저 카타세에게 총을 여러 발 쐈고, 야쿠시마루는 오다기리에게 단 한 발을 쐈다. 오다기리는 왜 카타세를 쏜 것일까? 그 점도 의문이었다.

카스가는 그동안 성소자와 모방범이 한패라고 생각했다. 모방범이 시마다 유키를 살해한 후 사건의 진상에 접근하던 쿠로카와 타모츠가 성소자에게 살해당했기 때문이었다. 오다기리 마모루와 시라이 타카히사는 도대체 어떻게 연결되어 있었다는 말인가?

한참을 생각하던 카스가의 머릿속에 의심스러운 인물이 떠올랐다. 그자만 혼자 이득을 봤다.

바로 야쿠시마루 료이치였다. 그는 성소자를 사살한 것이 알려지며 영웅 대접을 받고 있었다.

시라이 타카히사는 야쿠시마루를 감싸고 있는 것이 아닐까? 어떤 기사에는 시라이가 암에 걸려 시한부 판정을 받았다고 나와 있었다.

모방범이 야쿠시마루 료이치였다면 어떤가? 딸이 성폭행을 당했다는 사실을 알게 된 야쿠시마루는 이성을 잃고 시마다 유키를 살해했다. 혹은 딸이 시마다를 죽이고 아빠에게 도움을 요청했을 수도 있다. 야쿠시마루는 모방범의 소행으로 꾸미기 위해 시마다의 시신에 표식을 남겼다. 만약 그렇다면 성소자는 그 사실에 분노했을 것이다. 게다가 성소자는 야쿠시마루가 진범이라는 사실을 알 방법이 없었다. 하지만 성소자가 시마다 유키를 미행하고 있었다면 어떤가? 성소자는 야쿠시마루가 시마다를 이케부쿠로의 공원에 유기하는 모습을 지켜보고 있었던 것은 아닐까?

그 현장을 목격한 성소자, 즉 오다기리는 잔머리를 굴려 경찰인 야쿠시마루를 이용하기로 했을지도 모른다. 예를 들어 오다기리가 살해 현장에 남긴 증거를 야쿠시마루에게 인멸하도록 지시했을 가능성이 있다. 만약 성소자가 야쿠시마루의 범행 장면이 찍힌 동영상을 갖고 있다면 야쿠시마루는 목숨을 걸고 무슨 일이든 했을 것이다.

카스가는 창백해지던 야쿠시마루의 얼굴이 떠올랐다. 야쿠시마루는 그때 처음으로 성소자가 누구인지 알게 된 것이 아니었을까?

야쿠시마루는 오다기리가 성소자라는 사실을 몰랐다. 하지만 성소자의 신체적 특징을 듣고 가장 먼저 오다기리를 떠올렸다. 아마 상당히 놀랐을 것이다.

카스가는 웃음을 터트렸다. 이보다 더 통쾌할 수는 없었다. 지금 야쿠시마루는 영웅이다. 아무도 그가 모방범이라고는 생각하지 않을 것이다.

딱 한 명, 자신만 빼고 말이다.

15

잠이 오지 않아 침대를 빠져나온 카타세 아야카는 창가에 놓인 소파에 기대

앉아 밤에 마시다 남은 캔맥주를 들이켰다. 미지근해져 맛이 없었다. 스마트폰을 확인하니 새벽 2시가 넘은 시각이었다. 좁은 방 안에 놓인 침대에는 남자친구인 이츠키가 작게 숨소리를 내며 잠들어 있었다. 오빠가 세상을 떠난 이후로 혼자 있는 것이 괴로워졌다. 그런 아야카를 위해 이츠키가 함께 지내주고 있었다. 그가 곁에 있어 주는 것만으로도 큰 위안이 되었다.

지금도 여전히 오빠가 죽었다는 사실이 믿기지 않았다. 그렇게나 쾌활하고 우수했던 오빠가 흉악범의 총에 맞아 허무하게 죽어 버릴 줄이야….

차가운 슬픔 뒤에는 반드시 끓어오르는 분노가 따라왔다.

그 순간 오빠를 구하지 않은 자가 있다. 무언가를 알고 있는 듯했던 료이치의 미소를 잊을 수가 없었다. 그의 집 앞에서 시라이 타카히사가 자수하러 왔다는 타케노우치 과장의 연락을 받았을 때의 일이었다.

그 남자가 모방범임이 틀림없었다. 그는 오빠를 구할 수 있었지만 가만히 보고만 있었다. 오빠가 모방범의 정체를 알아냈기 때문이었다. 그런 남자가 영웅 대접을 받고 있다는 것을 도저히 참을 수가 없었다.

아야카는 시라이 타카히사의 조사가 끝난 뒤 타케노우치가 했던 말을 떠올렸다. 아마미야흥업의 사에키 토시미츠가 타고 있던 차량에서 나온 DNA는 오다기리의 것도 시라이의 것도 아니었다고 했다.

타케노우치는 의미심장한 미소를 지으며 말했다.

"도대체 누구의 DNA일까? 사에키를 죽인 건 성소자도 모방범도 아니라는 건가."

"뻔하잖아요. 야쿠시마루 경부보의 DNA겠죠. 시라이는 거짓 진술을 하고 있는 거예요."

타케노우치는 목소리를 낮추며 경고했다.

"섣부른 추측은 하지 않는 게 좋아."

"야쿠시마루 경부보의 DNA 감식을 하면 바로 알 수 있지 않습니까."

타케노우치는 깊은 한숨을 내쉬었다.

"그러려면 감식시료채취영장이 필요한데, 영웅 대접을 받고 있는 야쿠시마루를 상대로 그런 영장을 청구할 수 있는 사람은 아마 경찰 내부에는 없을 거야."

"잘못돼도 한참 잘못됐어요. 사람을 죽인 범인이 저렇게 활개를 치고 다니는 게 말이 되냐고요."

"잘못된 거 알아. 카타세, 네 마음은 이해하지만 지금은 기다려야 할 때야. 계속 지켜보자고. 언젠가는 꼬리가 밟힐 거야. 악행은 반드시 드러나게 되어 있어. 그렇게 믿고 기다려 보자."

에필로그

야쿠시마루 에리코는 화장실에 틀어박혀 위가 텅 비어 버릴 때까지 구토를 했다. 회사에는 일주일 동안 휴가를 냈다. 회사의 입장도 곤란해졌을 것이다.

아버지 타카히사가 아무리 정당방위였다고는 해도 사람을 죽였다고 자백했다. 15일 밤, 카나는 시마다 유키라는 남자의 집으로 끌려갔다. 그 이야기를 들은 타카히사는 시마다의 집을 찾아갔고, 몸싸움을 벌이다 아령으로 시마다를 때려 살해했다.

에리코는 아버지가 어떤 사람인지 누구보다 잘 알고 있었다. 아버지는 일시적인 감정에 휘둘려 폭력을 쓸 만큼 생각이 짧은 사람이 아니었다. 그 자백은 꾸며낸 이야기일 것이다. 아무래도 아버지는 료이치와 카나를 감싸려는 것 같았다.

15일 밤―. 그날 밤에 카나에게 무슨 일이 있었던 것은 분명했다.

도대체 무슨 일이 있었던 것일까? 카나가 시마다라는 남자에게 위협을 당했다고 아버지에게 말했다면 아버지는 료이치에게 상의했을 것이고, 료이치는 그 남자를 체포했을 것이다. 그 남자를 죽이겠다는 생각을 했을 리가 없다. 카나가 아버지가 아닌 료이치에게 말했더라도 마찬가지로 그 남자를 체포했을 것이다.

하지만 카나가 그 남자를 죽였다면 이야기는 달라진다. 성폭행을 당할 위기에 처한 카나가 저항하다 아령을 휘둘렀고 남자는 사망했다. 카나가 울면서 료이치에게 전화를 걸어 도움을 요청하는 모습이 눈앞에 그려졌다. 료이치는 선택의 기로에서 고민했을 것이다. 자수하게 할 것인가, 아니면 살인을 은폐할 것인가. 딸의 미래가 걸린 문제였다. 세계적인 발레리나가 되겠다는 카나의 꿈이 산산조각 나는 것을 료이치는 차마 지켜볼 수 없었을 것이다.

그 마음이 뼈저리게 이해가 갔다. 에리코는 료이치 이상으로 카나에게 애정을 쏟아 왔다. 카나가 발레리나로 성공하는 것은 에리코의 꿈이기도 했다. 그 꿈이 사라지는 것은 생각만 해도 가슴이 찢어질 듯 아팠다. 하지만 그럼에도 료이치는 카나에게 자수를 권했어야 했다. 그뿐만이 아니다. 이 모든 사실을 알게 된 아버지가 료이치와 카나의 죄를 뒤집어쓰기로 한 것 역시 어리석은 선택이었다. 아버지는 아마 시한부 판정을 받은 자신이 남은 삶을 희생해 모든 책임을 짊어져야겠다고 생각했을 것이다. 료이치가 저지른 죄를 자신이 전부 끌어안고 이 세상을 떠나면 모든 것이 원만하게 해결될 것이라고 믿었는지도 모른다.

용서할 수 없었다. 다들 자신에게는 한 마디 상의도 없이 마음대로 중대한 결정들을 내렸다. 파멸로 치닫는 결정들을 말이다.

분노로 장이 뒤틀릴 정도였다. 하지만 이제 와서 에리코가 할 수 있는 것은 아무것도 없었다. 아니, 무엇을 하려고 해서는 안 되는 상황이었다. 시간을 되돌릴 수 없다면 더는 아무것도 해서는 안 된다.

가족을 지키기 위해서다. 가족이 무너지지 않으려면 침묵을 지키는 수밖에 없었다.

세상은 남편을 영웅이라며 치켜세웠고, 손녀의 원수를 갚은 거라며 타카히사를 동정했다. 그럼에도 에리코는 도무지 예전처럼 행동할 수가 없었다. 사람을 죽인 카나도 결국 견디지 못하고 육교에서 스스로 몸을 던지지 않았던가. 료이치가 아무렇지 않게 행동하고 있다는 사실이 놀라웠다. 료이치는 성실함이 유일한 장점이었던 지극히 평범한 남편이었다. 하지만 딸이 저지른 죄를 덮기로 결심한 그날, 료이치는 잘못된 길로 들어서고 말았다. 더 이상 제정신이 아니었다. 아마 남편이 저지른 죄는 그뿐만이 아닐 것이다. 더 많은 죄를 지었다는 것은 말하지 않아도 알 수 있었다. 그런데도 남편은 이전과 다름없는 모습을 연기하고 있었다.

에리코는 휴가가 끝나는 대로 회사를 그만두기로 결심했다. 가족이 무너지지 않도록 어떻게든 노력하고 싶었지만 에리코에게는 너무 벅찬 일이었다. 회사를 그만두는 선택이 가족에게 어떤 영향을 미칠지는 알 수 없었다. 앞으로 범죄자 가족을 두었다는 이유로 주변 사람들에게 차가운 시선을 받게 될지도 모른다. 지금보다 더 살기 힘들어질 수도 있다. 아이들에게는 특히 더 가혹한 미래가 기다리고 있을지도 모른다. 부모로서 할 수 있는 것들은 무엇이든 해줄 생각이었다. 하지만 그것도 한계가 있을 것이다. 어쩔 수 없는 일이었다.

*

스낵바 사오리에 잠깐 들를까 생각했지만 그만두었다. 사오리 마마의 얼굴을 어떻게 봐야 할지 도무지 답이 나오지 않았다. 세상 사람들이 보는 료이치는 성폭행을 당한 딸의 아버지이자 성소자를 잡은 영웅이었다. 하지만 그런 시선은 료이치의 마음을 달래주지도, 후련하게 해주지도 못했다.

자신이 저지른 수많은 죄를 잊을 수가 없었다.

딸의 살인을 덮기 위해 시신을 훼손하고 유기했다. 무고한 자를 죽게 만들었다. 자신의 신변을 지키기 위해 사람을 죽였다. 그리고 장인에게 죄를 뒤집어씌우고 자신은 명성을 얻었다.

사랑하는 딸을 위해, 가족을 위해, 그리고 자기 자신을 위해 한 일이었다. 선택의 여지가 없었다. 그렇게 할 수밖에 없었다. 같은 상황을 다시 마주하게 된다 해도 료이치는 같은 선택을 할 것이다. 그리고 그 선택이 옳았다고 믿을 것이다.

료이치는 혼자 거실 소파에 앉아 캔맥주를 들이켰다. 에리코는 지금 이 집에 없었다. 장모와 함께 옆집에 있었다. 슬퍼하는 장모를 혼자 둘 수 없다는 이유에서였다. 에리코는 타카히사가 죄를 지었다는 것을 믿지 않았다. 아내는 진실을 알고 있을 것이다. 알면서도 아무것도 묻지 않는 것은 료이치를 배려해서가 아니었다. 에리코는 가족이 완전히 망가지는 것이 두려울 뿐이었다. 하지만 그거면 충분했다. 아무것도 묻지 않고 있어 주기만 한다면 더 바랄 것이 없었다.

카나는 기억을 잃어버렸다. 시간이 지나면 다시 발레를 할 수 있을까? 세계적인 발레리나를 꿈꿀 수 있을 정도로 회복할 수 있을까?

쇼타의 분노는 가라앉았을까? 카나가 돌아오면 다시 질투의 불씨가 살아날까? 아니면 마음을 다잡고 다시 일어설 수 있을까?

나는 어떻게 해야 할까? 이 정도 명성이면 출세도 기대해볼 수 있지 않을까?

가족을 지키기 위해서라도, 무너지지 않기 위해서라도, 그리고 무엇보다도 타카히사의 희생을 헛되이 하지 않기 위해서라도 자신이 저지른 수많은 죄는 죽을 때까지 가슴속에 묻어두어야 한다. 앞으로도 계속 좋은 사람인 척

연기해야 한다. 그러면 된다.

밤의 정적을 깨듯 스마트폰 벨소리가 울렸다. 입원 중인 카나에게서 걸려온 전화였다.

"아빠….."

한참을 운 것 같은 목소리였다.

"왜 그래? 무슨 일 있어?"

"나 기억났어. 전부 다….."

료이치는 숨을 크게 들이마셨다. 아무 말도 할 수 없었다.

"카나….."

"나 때문에 할아버지가….."

"기다려. 지금 바로 갈게."

료이치는 잠옷을 입은 채로 차를 몰아 사쿠라다이종합병원으로 향했다. 심장이 빠르게 뛰고 있었다. 그 소리가 머릿속까지 울렸다. 어떻게 해야 좋을지 알 수 없었다.

면회 시간이 끝나는 저녁 8시가 되기 직전에 겨우 도착했다. 병실로 들어가자 카나는 침대를 세워 상체를 일으킨 상태로 앉아 있었다. 머리의 붕대를 풀어 이제는 얼굴을 볼 수 있었다.

"카나….."

"아빠….."

료이치는 딸에게 달려가 어깨를 끌어안았다.

"나 사실은ㅡ."

"아무 말도 하지 마. 아무 말도….."

더욱 힘껏 끌어안았다. 말로 표현할 수 없는 분노가 몸속 깊은 곳에서부터 치밀어 올라 팔이 부들부들 떨렸다. 모든 원인은 그 남자에게 있었다. 그 남자만 만나지 않았더라면….

나는 죄를 지을 필요가 없었다. 그 많은 범죄를 저지를 필요가 없었다. 장인이 죄를 뒤집어쓸 필요도 없었다. 잘못된 길을 따라 너무 먼 곳까지 와버렸다. 카나가 기억을 잃은 덕분에 불안 요소가 하나 줄었다고 생각했는데 이렇게 또 문제가 생기다니….

그냥 죽여버릴까?

료이치는 갑자기 북받쳐 오른 격한 감정에 혼란스러웠다. 카나의 미래를 위해 시작한 일이었는데 지금 도대체 무슨 생각을 하고 있는 거야.

"카나, 아무 걱정도 하지 마. 전부 다 잊으려고 노력해야 돼."

료이치의 품 안에서 카나가 떨리는 목소리로 말했다.

"… 잊을 수 있을까?"

"잊어야 해. 잊지 못하면 또다시 육교에서 뛰어내려야 할 테니까."

카나는 무서운 이야기를 들은 것처럼 두려움에 몸을 떨었다.

료이치는 딸의 부드러운 머리카락을 다정하게 쓰다듬어 주었다.

관할서 옥상에서 밤의 도시를 둘러보았다. 네온사인 빛으로 거리가 반짝였다. 날씨가 좋았다. 따스한 바람이 기분 좋게 뺨을 스쳤다.

료이치는 밤공기를 한가득 들이마셨다. 봄의 향기가 났다.

두 손바닥을 내려다보았다. 이곳에서 후지이 슌스케를 밀어 떨어트렸다는 것이 좀처럼 실감이 나지 않았다. 수많은 죄를 저질러 온 것이 마치 꿈처럼 느껴졌다.

나는 앞으로 어떻게 되는 것일까? 막연한 불안감에 휩싸인 료이치는 몸이 떨려왔다. 가짜 명예를 등에 업고 출세를 하게 될까? 아니면 그동안의 모든 악행이 드러나 범죄자로 전락하는 미래가 기다리고 있을까?

료이치는 난간을 붙잡았다. 아래를 내려다보았다. 다리가 얼어붙었다.

순간 불어온 강한 바람이 몸을 감쌌다. 옷자락이 펄럭였다.

눈을 감았다. 그리고 넥타이 매듭에 손가락을 끼워 천천히 넥타이를 풀었다.

무한 정의

초판 1쇄 발행   2025년 4월 1일

지은이   나카무라 히라쿠
옮긴이   이다인

펴낸이   황윤재
디자인   오아름
교정교열   혜로
편집 · 제작   네오시스템

펴낸곳   허밍북스
출판등록   2022년 11월 23일 제2022-000030호
주소   (42699) 대구시 달서구 문화회관11길 31, 3층
전화   053-591-1010
팩스   053-591-1075
이메일   jaeo@hmbs.co.kr
인스타그램   @humming__books

ISBN   979-11-991752-0-4 03830
값   18,800원